Ralf Bernhardt & Hans Georg Würsching

Aqua Mortis

Wasser des Todes

Der dritte ~~Ein~~ Whisky Krimi

Deutsche Erstausgabe

Cluaran

Deutsche Originalausgabe

September 2010

Cluaran OHG
Publishers & Distributors
Schillerstraße 9
D-64683 Einhausen
Germany
info@cluaran.de
www.cluaran.de

1. Auflage

Umschlaggestaltung: Cluaran OHG
Druck + Bindung: Seraprint, Einhausen
Printed in Germany

ISBN 978-3-9809344-5-9

Nach einem guten Whisky könnte man jedem vergeben - selbst seinen eigenen Verwandten!

Oscar Wilde

Jemand, der Whisky liebt, kann kein schlechter Mensch sein.

W. C. Fields

Die besten Vergrößerungsgläser für die Freuden dieser Welt sind die, aus denen man trinkt.

Joachim Ringelnatz

"Ich hätte nicht von Scotch
zu Martinis wechseln sollen"

Die letzten Worte von Humphrey Bogart

Inhalt

Teil 1
Schottland

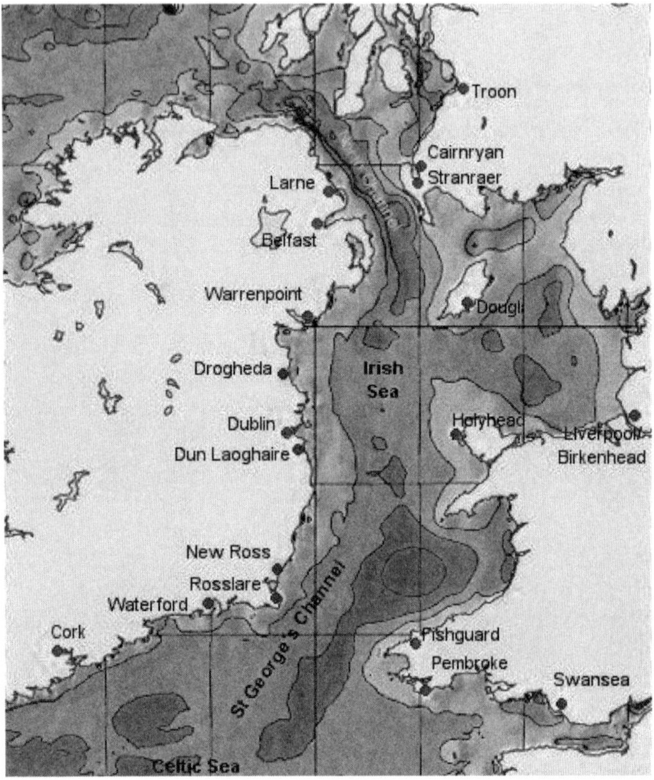

Troon
Cairnryan
Stranraer
Larne
Belfast
Warrenpoint
Dougl
Drogheda
Irish
Sea
Dublin
Dun Laoghaire
Holyhead
Liverpool
Birkenhead
New Ross
Rosslare
Waterford
Cork
St George's Channel
Fishguard
Pembroke
Swansea
Celtic Sea

Aale

Wenn im Atlantik ein Mensch bei Dunkelheit über Bord geht, egal ob freiwillig oder nicht, und dabei nicht sofort von einer helfenden Seele entdeckt wird, spielt es eigentlich keine Rolle mehr, ob er zu diesem Zeitpunkt noch lebt. Seine Chance, lebend geborgen zu werden, ist dann gleich Null. Das Gleiche gilt auch für den ca. 6.000 Quadratkilometer großen Teil des Atlantiks zwischen Schottland und Irland, der dort den Namen Irische See trägt.

Selbst ein noch so guter Schwimmer wäre nicht in der Lage, die viele Kilometer lange Strecke bis zur nächsten Küste zurückzulegen. Deshalb stellt sich in so einem Fall auch nicht die Frage, ob derjenige zu Tode kommt, sondern nur noch wie.

Gelegentlich verirrt sich auch in diesen Teil des Meeres der eine oder andere Haifisch und freut sich über ein üppiges Mahl. In den meisten Fällen sorgt allerdings der rege Schiffsverkehr in dieser Meerenge dafür, dass dem um sein Leben kämpfenden Menschen alle Hoffnungen zunichte gemacht werden. Schiffsschrauben haben keine Gefühle und sie kennen deshalb auch keine Gnade und drehen sich immer munter weiter. Darin lassen sie sich auch nicht beirren, wenn ihnen ein Mensch in die Quere kommt. Was dann noch übrig bleibt, sinkt hinab zum Meeresboden und dient den Seeaalen, aber auch fast allen anderen Fischen, als willkommene Ergänzung ihres Speiseplanes.

Mit diesem Wissen machte sich auch der Mann an Bord des kleinen Fischtrawlers nicht die Mühe, sein Opfer vorher zu töten oder wenigstens bewusstlos zu schlagen. Als der Trawler ungefähr die Mitte zwischen der Isle of Man, der Holyhead Bay und Dublin erreicht hatte, trieb er den Mann vor sich her zur Reling. Wenn dieser auch nur ansatzweise zögerte, verpasste ihm der Mann mit einem Elektroschocker immer wieder kurze, aber heftige Stromstöße. Die Elektroschocks, mit einer Einsatzdauer von ein bis vier Sekunden, brachten sein Opfer immer wieder zu Fall und führten bei ihm mehr und mehr zu Orientierungsstörungen.

So blieb dem armen Kerl letztendlich nichts anderes übrig, als den Befehlen seines Peinigers zu gehorchen. Mit einem letzten heftigen Stromschlag beförderte ihn der Mann in die kalten Fluten der Irischen See, um ihn damit für immer zu entsorgen. Da niemand an Bord ein Interesse am Überleben des Mannes hatte, blieben auch seine anfänglichen Schreie unbeachtet und verklangen dann bald ungehört in der Ferne und im Wellenrauschen. Der Mann an Bord des Trawlers dachte noch bei sich: Eigentlich ist das ja das perfekte Verbrechen, ein Mord, den man nicht als solchen erkennen kann. Wenn man jemanden bei Sturm im Atlantik über Bord schmeißt, wird entweder nichts mehr von ihm gefunden oder nicht mehr genug, um zu beweisen, dass er gezwungenermaßen über die Reling ging. Aber da ja niemand wusste, dass sich der Mann überhaupt bei ihnen an Bord befunden hatte, wäre es auch nicht nötig, irgendjemanden anzuschwindeln.

Die Kleidung des Opfers sog sich schnell voll Wasser und wurde immer schwerer. Natürlich hatte man darauf verzichtet, ihm eine Rettungsweste anzuziehen. Die Männer hatten schließlich immer noch ein Gewissen und wollten seinen Todeskampf nicht unnötig in die Länge ziehen. Deshalb zog ihn auch bald das Gewicht von Schuhen, Hose und Hemd immer öfter unter die Wasseroberfläche. Er schluckte von dem salzigen Seewasser und bekam einen heftigen Würgereiz. Während er diesen bekämpfte, versank er zirka drei Meter tief unter die Wasseroberfläche. Mühsam und verzweifelt kämpfte er sich wieder nach oben, schnappte gierig nach Luft, aber es dauerte nicht lange und er versank erneut. Mehr und mehr schwanden ihm die Kräfte und das kalte Wasser der Irischen See sorgte ebenfalls dafür, dass er sich bald nicht mehr bewegen konnte. Nach einem letzten verzweifelten Versuch, sich an der Wasseroberfläche zu halten, versank er endgültig in den kalten Fluten.

Der Seeaal, auch Meeraal genannt, kommt im östlichen Atlantik und auch im Mittelmeer vor. Vereinzelt ist die Art auch in der Nordsee bis zu den Färöern und Südnorwegen zu finden. Er ist deutlich größer und schwerer als der europäische Aal. Im Gegensatz zu den wesentlich kleineren Männchen können Weibchen bis zu 2,40 Meter, gelegentlich sogar bis zu drei Meter, lang und über 100 kg schwer werden. Auch ihr Kopf und Maul sind erheblich größer als bei den bekannteren Flussaalen. Aber, genau wie ihre europäischen Verwandten, sind Seeaale insbesondere in der Dämmerung und in der Nacht aktiv. Kleine Fische werden von ihnen aktiv im Mittelwasser und auch an der Wasseroberfläche gejagt. Dabei entpuppt sich der Aal als geschickter Jäger.

Die oft verbreitete Aussage, Aale seien Aasfresser, resultiert allerdings lediglich aus ihrem Versteckverhalten und ist falsch. Es kann zwar vorkommen, dass Aale aus Körperöffnungen von Leichen und Tierkadavern kriechen, aber es wurden noch nie Reste davon in den Därmen der Aale gefunden. Deshalb wurde früher das Auslegen von Tierschädeln zum Fang genutzt. Diese Fangmethode wurde in der "Blechtrommel" von Günter Grass literarisch zwar sehr schön, fachlich aber grundfalsch beschrieben. Fischer wissen, dass Aale bestenfalls frisch getötete Köder fressen, niemals aber verweste.

Der Grund dafür liegt nicht zuletzt in dem extrem fein ausgebildeten Geruchssinn des Aales begründet. Er ist in der Lage, einzelne Geruchs- oder Geschmacksmoleküle wahrzunehmen. Laborversuche haben erwiesen, dass Aale den Duft von Rosenöl noch wahrnehmen können, wenn man einen Fingerhut voll in der 58-fachen Wassermenge des Bodensees verdünnt. Dies erlaubt es dem Aal, auch bei absoluter Dunkelheit seine Beute anzusteuern.

Und so war es auch ein ausgewachsenes Weibchen, das die Witterung von dem treibenden und noch frischen Körper aufnahm und sich um ihn kümmerte, bevor irgendeine Schiffsschraube ihr Werk beginnen konnte. Sie biss größere Stücke aus dem Gesicht des Mannes heraus und widmete sich dann auch anderen Körperstellen, bis ihr Hunger gestillt war. Die Reste des Mannes sanken weiter hinab zum Grund der Irischen See.

In der Zwischenzeit setzte der Fischtrawler seine Fahrt unbeirrt und vor allem unbehelligt nach Süden zum St George´s Channel fort. Die Männer an Bord wollten schließlich noch in dieser Nacht die Küste des Festlandes erreichen.

Wolle

Zwei Wochen vorher, in einer milden Spätsommernacht Anfang September, wölbte sich ein sternenklarer Himmel über der Weidefläche, auf der die meisten Schafe friedlich vor sich hin dösten oder schliefen. Einige allerdings schlenderten auf der saftigen Wiese umher und knabberten gelangweilt an den taufeuchten Grashalmen. Andere trabten zu dem kleinen Bach, der die eine Seite der Weidefläche begrenzte, um zu trinken.

In der Ferne hörten die Schafe irgendwann das Brummen eines schweren Wagens, der langsam näher kam. Da dieses Geräusch für sie allerdings nicht ungewöhnlich war, verbanden sie es nicht mit Gefahr, sondern gingen weiterhin ihren zahlreichen und wichtigen Beschäftigungen nach.

Plötzlich durchbrach ein metallischer Aufschrei die Ruhe der Nacht. Malträtierter Stahl, der von einem festen Gegenstand gequält wurde, ganz so, wie wenn Metall auf Stein trifft und der Stein dabei Sieger bleibt, schrie seinen Schmerz in die herbstliche Nachtluft. Das Brummen des Wagens erstarb abrupt, erklang nach wenigen Minuten erneut und entfernte sich dann schnell. Das metallische Geräusch war allerdings auf die Entfernung nicht sehr laut zu hören gewesen, sodass nur einige der schlafenden Schafe kurz aufschreckten. Sie schliefen, nach einem kurzen Rundblick, gleich wieder weiter, weil das Geräusch auch genauso schnell wieder verklungen war. Noch nicht einmal Jack, der Hund des Farmers, hatte es für nötig gehalten, seinen Unmut über das Geräusch durch ein Bellen zu verkünden. Das lag aber in erster Linie daran, dass er in seinem Alter schon fast taub war und deshalb das Geräusch gar nicht richtig mitbekommen hatte.

Die Schafe, die auf dem Weg zum Bach gewesen waren, hatten ebenfalls nur kurz innegehalten und ihren Weg dann fortgesetzt. Na ja, einige waren auch einfach stehen geblieben, weil sie vergessen hatten, dass sie eigentlich etwas trinken wollten. Dass das Wasser des Baches völlig anders roch und auch anders schmeckte als sonst, irritierte zwar das eine oder andere Schaf beim Trinken, aber der Durst überwog. Und schließlich tranken sie ja schon ihr ganzes Schafleben lang aus diesem Bach.

Als der Farmer am nächsten Morgen vors Haus trat, bewunderte er wie immer den schönen Sonnenaufgang, der sein gesamtes Farmgelände und die nahen Hügel in sanftes, orangegelbes Licht tauchte. Er musste dabei an die Worte seines Vaters denken, der immer gesagt hatte: *Was nützt der schönste Sonnenaufgang, wenn man gar nicht aufgestanden ist?* Der Farmer ahnte allerdings nicht, dass dieser sonnige Tag einige sehr dunkle Wolken für ihn persönlich bereithielt.

Wie jeden Morgen begrüßte er erst einmal Jack, den alten Hofhund, indem er ihm im Vorbeigehen kurz den Kopf tätschelte. Ein dankbares Schwanzwedeln war alles, was der alte Jack erwidern konnte. Dann ging der Farmer über die Weide, um nach seinen Schafen zu sehen. Seine 302 Blackface waren über die ganze Weide verstreut und er hielt Ausschau nach Betty mit ihren beiden Lämmern, die dieses Jahr im April das Licht der Weide erblickt hatten. Eines der Lämmer musste sich wohl gestern ein Bein verletzt haben und der Farmer wollte nachsehen, wie es ihm heute ging. Sollte das Bein gebrochen sein, würde er es wohl töten müssen, weil es so nicht den Winter überstehen würde. Auch wenn seine Frau und er dadurch zu einem ungeplanten Lammbraten kamen, war es ihm eigentlich doch lieber, wenn das kleine Lamm wieder gesund werden würde.

Während er in Gedanken versunken über die Weide schlenderte und nach Betty suchte, bemerkte er zwei Schafe, die ein Stück links von ihm auf dem Boden lagen und keinerlei Anzeichen machten sich zu erheben. Im Gegenteil, sie blieben völlig regungslos liegen. *So fest können die doch nicht schlafen*, dachte der Farmer und ging hinüber zu den beiden Tieren. Beim Näherkommen bemerkte er, dass eines der Schafe die Augen zwar offen hatte, aber damit merkwürdig verdreht aus der Wolle schaute. Der Farmer hatte schon oft genug tote Schafe gesehen, um sofort zu erkennen, dass dieses Schaf schon seit ein paar Stunden auf der großen Himmelsweide graste.

Auch das zweite Schaf war nur noch körperlich anwesend. Bei beiden waren keinerlei äußere Verletzungen zu erkennen. Einen Moment lang glaubte der Farmer, einen alkoholischen Geruch wahrzunehmen. Aber das musste wohl eine Täuschung oder vielleicht ein persönliches Wunschdenken gewesen sein. Jedenfalls hatte er noch nie ein Schaf gesehen, das einen Flachmann bei sich hatte, um ab und zu daraus zu trinken. Er musste sich also geirrt haben. Allerdings hätte er selbst jetzt am liebsten einen Schluck von seinem Haus-Malt zu sich genommen.

Als er sich um die eigene Achse drehte und über die Weide blickte, entdeckte er noch ein paar weitere Schafe, die ebenfalls völlig regungslos auf dem Boden lagen und scheinbar tief und fest schliefen. Ein kalter Schauer lief ihm über den Rücken, als er daran dachte, dass sich seine Tiere eventuell eine Krankheit eingefangen hatten. Eventuell sogar die Maul- und Klauenseuche! Oh Gott, hoffentlich nicht! Wenn er deswegen alle seine Tiere würde töten müssen, das wäre sein finanzieller Ruin. Wovon sollte er dann noch leben und sich und seine Frau ernähren?

Es kam zwar immer wieder mal vor, dass eines oder auch zwei Schafe einer Herde eines natürlichen Todes starben, auch am gleichen Tag. Aber das kam glücklicherweise so selten vor, dass es den meisten Farmern in ihrem ganzen Leben nicht passierte. Warum also ausgerechnet ihm? Und als er seine Inspektion beendet hatte, wusste er, dass 18 seiner Schafe die Nacht nicht überlebt hatten. Das war nicht normal! Irgendetwas musste passiert sein. Aber was? Er musste es der Polizei melden und wohl auch dem Veterinäramt. Oh Gott, wieder lief ihm ein kalter Schauer über den Rücken. Dieses Mal sogar rauf und runter.

Nachdem er bei der lokalen Polizeistation in Rothes angerufen hatte, wartete der Farmer vor dem Haus auf die Ankunft des Polizeichefs, der versprochen hatte, den Tierarzt gleich mitzubringen. Eine halbe Stunde später konnte er das Polizeifahrzeug sehen und erkannte, dass tatsächlich zwei Personen darin saßen. Der eine war unverkennbar Billy-Boy, der stark übergewichtige Chef der kleinen lokalen Polizeistation. Nachdem das Auto anhielt und der Tierarzt mit einer eleganten Bewegung aus dem Auto ausstieg, quälte sich auch William Shortbread, seit seiner Kindheit von allen nur Billy-Boy genannt, aus seinem viel zu engen Fahrzeug. Bei seiner Leibesfülle musste er sich tatsächlich durch die Türöffnung quetschen, und er vollführte dieses Kunststück mit der Eleganz und Anmut eines gestrandeten Wals.

Der Tierarzt hatte inzwischen den Farmer begrüßt und sich von ihm die toten Schafe zeigen lassen. Sie waren leicht zu identifizieren, da es die Einzigen waren, die jetzt noch auf dem Boden lagen. Alle anderen Schafe hatten sich mittlerweile ihrer Hauptaufgabe gewidmet: grasen und in regelmäßigen Abständen ein "Määh" ausstoßen. Bis Billy-Boy endlich aus dem Auto raus war, hatte der Tierarzt bereits das erste tote Schaf oberflächlich untersucht.

Nachdem er noch ein zweites Schaf einer kurzen Inspektion unterzogen hatte, richtete sich der Tierarzt auf und sah den

Farmer nachdenklich an. »Hmm«, meinte er dann. »Ich habe eine gute und eine schlechte Nachricht für dich. Die gute ist, dass es sich mit ziemlicher Sicherheit nicht um die Maul- und Klauenseuche oder eine andere ansteckende Krankheit handelt. Die schlechte aber ist, ich bin mir ziemlich sicher, dass die Schafe vergiftet wurden. Genaueres, und vor allem womit, kann ich noch nicht sagen.«

»Vergiftet! Wer soll denn meine Schafe vergiften und, vor allem, warum? Das macht doch keinen Sinn!«, rief der Farmer entrüstet.

»Das weiß ich auch nicht. Aber ich werde ein Schaf mitnehmen und untersuchen. Vielleicht finde ich ja heraus, womit es vergiftet wurde.«

Der Polizeichef war inzwischen auch schnaufend bei den beiden eingetroffen und hatte die letzten Sätze noch mitgehört. »Wenn hier Fremdverschulden vorliegt, werde ich wohl den Täter ermitteln müssen.« Er machte keinen besonders glücklichen Eindruck dabei, und man sah ihm problemlos an, dass er, im sprichwörtlichen Sinne, keinen Bock hatte, überhaupt zu ermitteln.

Was für ein talentfreier, fauler Sack!, dachte der Farmer und auch der Tierarzt erweckte den Eindruck, als ob er gerade Ähnliches dachte.

»Hast du deinen Schafen gestern etwas anderes zu fressen oder zu trinken gegeben als sonst?«, fragte der Veterinär den Farmer schnell, um die Situation zu überspielen.

»Nein, die bekommen weder zu fressen noch zu trinken von mir. Warum auch? Die haben ihre Weide und dahinten den Bach. Warum sollte ich da noch etwas anderes zufüttern? Denkst du etwa, ich hätte meine Tiere vergiftet?« Der Farmer kam langsam in Rage.

»War ja nur ne Frage. Reg dich bitte nicht auf«, beschwichtigte ihn der Tierarzt. »Ich muss das fragen, um alle Eventualitäten ausschließen zu können.«

Nachdem der Farmer noch ein paar weitere Fragen des Tierarztes beantwortet hatte, Billy-Boy hatte keine Fragen gestellt, schleifte der Tierarzt ein Schaf bis zum Auto und packte es in den Kofferraum. Die Proteste von Billy-Boy, dass sein Auto jetzt tagelang stinken würde, ignorierte er dabei einfach. Er schaute ihn allerdings mit einem Blick an, wie ihn Priester normalerweise für einen Ketzer einsetzen würden. Billy-Boy verzichtete sofort auf weitere Kommentare.

Dann fuhren beide wieder davon und ließen einen nachdenklichen Farmer und 17 tote Schafe zurück.

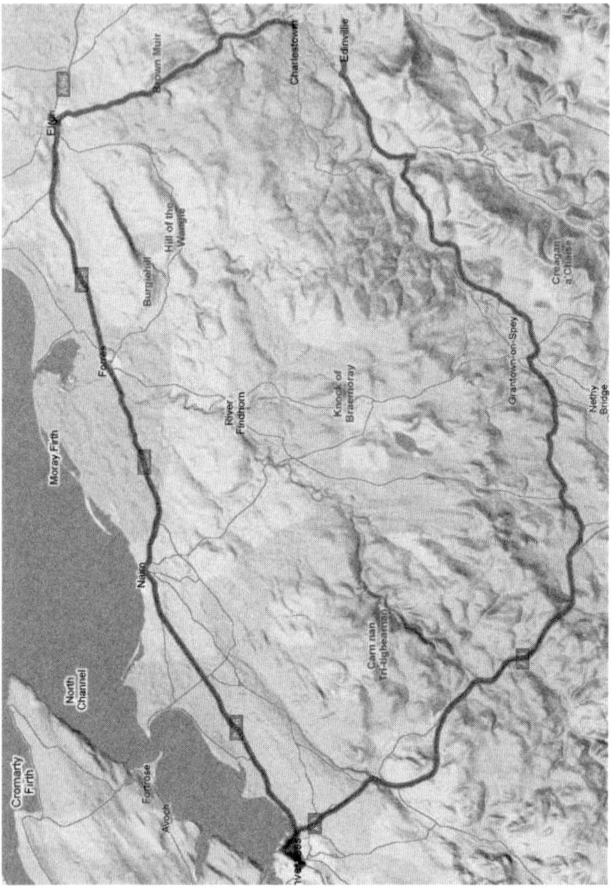

Cromarty Firth
Fortrose
Avoch
North Channel
Moray Firth
Nairn
Forres
Elgin
Brown Muir
Hill of the Wangie
Charlestown
River Findhorn
Knock of Braemoray
Carn nan Tri-tighearnan
Grantown-on-Spey
Nethy Bridge

Flotter Flitzer

Zur gleichen Zeit auf der A96 in Richtung Inverness.

»Muss das denn wirklich sein?«

»Graeme, Schatz! Wie oft denn noch? Ich dachte, wir hätten das jetzt ausreichend besprochen? Du hast dich nach viel Tamtam doch endlich entschieden. Jetzt zieh das auch durch! Ich habe keine Lust, noch ein einziges Mal mit dir die ganzen Händler abzuklappern. Wir fahren jetzt dahin, holen ihn ab, und danach reden wir mindestens ein Jahr nicht mehr über deinen alten, okay?«

»Ich könnte ihn doch in der Garage stehen lassen und ihn so als Hobby Stück für Stück wieder aufmotzen. Wie heißt das jetzt? Pimp my Oldtimer, oder so.«

Ishbel sackte entnervt in ihren Fahrersitz und schüttelte ihren Kopf, während sie still vor sich hin lächelte. »Du kannst doch eine Schraube nur dann festziehen, wenn auf dem Schraubenzieher "Vorne" und "Hinten" steht, und jetzt willst du ein völlig schrottreifes Auto reparieren? Bitte bleib doch einmal auf dem Teppich! Und außerdem ist deine Garage bereits randvoll mit deinen anderen antiquarischen Erinnerungsstücken. Also, genug jetzt!«

»Schrottreif? Mein Auto ist nicht schrottreif! Gut eingefahren vielleicht. Oder, mit ein paar Gebrauchsspuren versehen.

Aber garantiert nicht schrottreif!« Graham verschränkte die Arme vor der Brust und blickte demonstrativ missmutig aus dem Seitenfenster.

»Zum tausendsten Mal: Ein Auto, das nicht anspringt und das nur durch die Beifahrertür zu betreten ist, ist schrottreif. Basta!«, antwortete Ishbel amüsiert. »Außerdem hast du die klare Anweisung deiner Vorgesetzten, mit deiner "alten Gurke" nie wieder auf dem Firmenparkplatz in Inverness aufzutauchen. Und nachdem besagte Herren, diese Knauser, sich nicht dazu herablassen konnten, dir in deiner Position einen Firmenwagen zu stellen, bleibt dir wohl oder übel nichts anderes übrig, als dir selbst einen zu kaufen.«

»Aber ich brauche doch nicht wirklich einen Dienstwagen, Schatz. Da käme ich mir doch vor wie einer dieser Megabosse. Am besten noch mit Chauffeur! Nein, nein, das ist nichts für mich. Und außerdem habe ich doch schon eine neue Katze, warum soll ich mir jetzt auch noch ein neues Auto zulegen?«, versuchte es Graham erneut.

»Oh Mann, das eine hat doch mit dem anderen nun wirklich nichts zu tun. Nach 21 Jahren hat ein Fahrzeug, ohne die entsprechende technische Pflege, nun mal ausgedient. Ende!«

Der leicht aggressive Unterton in Ishbels Stimme veranlasste Graham, ab jetzt lieber zu schweigen. Nach mittlerweile zwei Jahren Beziehung wusste er genau, welches Warnsignal er besser beachten sollte. Trotzdem wurmte es ihn ungemein, lieb gewonnene Dinge einfach aus schnöden, praktischen Gründen auszutauschen. Und insbesondere sein hellblauer Ford, Baujahr 1987, gehörte für ihn fast schon zur Familie. Nur weil ein paar unwesentliche Details, wie fehlende Airbags, fast blinde Scheinwerfer und eine Heizung, die erst dann richtig funktionierte, wenn man bereits seit Stunden am Ziel seiner Fahrt angekommen war, ein entspanntes Fahrgefühl nur bedingt aufkommen ließen, war das für Graham noch lange kein Grund, einen alten Freund einfach so fallen zu lassen.

Sein ausgeprägtes Verantwortungsgefühl gegenüber seiner Lebensgefährtin Ishbel McTaggert, langjährige Leiterin des

Visitor Centres der Ben Rhinnes Distillery, hatte ihn dann aber doch dazu bewogen, ein neues Auto zu kaufen. Schließlich wollte er ihr ihre Ängste um ihn nicht länger zumuten. Deshalb hatte er sich dann doch breitschlagen lassen und mit dem Kauf eines Neuwagens einverstanden erklärt. Wie nicht anders zu erwarten, hatte es von der Entscheidung bis zum endgültigen Kauf dann aber noch fast ein halbes Jahr gedauert. Da sein Gehalt seit seiner Beförderung zum Group Distilleries Manager vor gut zwei Jahren ein Niveau erreicht hatte, welches auch den Kauf einer Mittelklasselimousine erlauben würde, hatte ihn Ishbel, sozusagen standesgemäß, ausschließlich zum Erwerb einer solchen gedrängt. Er selbst war eher ein Verfechter der Nützlichkeit und fand einen Kleinwagen für die kurzen Strecken mit maximal zwei Insassen ausreichend. Alternativ wäre für ihn nur noch etwas Urbritisches infrage gekommen: ein waschechter Land Rover Defender. Oder, noch besser, ein schöner, alter aus den 70er Jahren. Aber, alleine die laut geäußerte Idee hätte fast ausgereicht, dass Ishbel wieder bei ihm ausgezogen wäre.

Ein Rover 75 war ihm dann doch zu bieder und auch Ishbel hatte offensichtlich andere Vorstellungen über das ideale Fahrzeug für ihn. Nach endlosen Diskussionen konnte man sich dann doch auf einen Vauxhall Antara Edition 2.0 CDTi E SUV einigen, einen dynamischen und repräsentativen Wagen, wie Ishbel meinte. Für Graham war er zumindest britisch genug.

Und heute war es nun endlich soweit. Der Vauxhall Turbodiesel mit 150 PS und mit ein paar Sonderausstattungen – ausschließlich auf Ishbels Wunsch – und in British Racing Green lackiert – Grahams persönliche Hommage an sein geliebtes Heimatland – stand nun endlich beim Händler für ihn bereit. Um nicht in letzter Sekunde noch eine Meinungsänderung aufkommen zu lassen, hatte Ishbel darauf bestanden, ihn persönlich nach Inverness zu fahren und die Übergabe des Fahrzeugs zu begleiten – das Wort "überwachen" wäre allerdings korrekter gewesen.

Vor gut einem Jahr war sie aus ihrem kleinen Eigenheim in Craigellachie zu ihm, in sein Elternhaus nach Charlestown, gezogen. Einerseits, um ihrer langjährigen Beziehung nun endlich den richtigen privaten Rahmen zu geben, andererseits, um seine nun häufige Abwesenheit aus Charlestown zu kompensieren. Seitdem hatte sich Grahams etwas gezwungenes Verhältnis zum Leben deutlich gelockert, und einige seiner Spleens hatten sich geradezu in Luft aufgelöst.

Dafür hatte sich sein beruflicher Stress leider deutlich erhöht. Vor zwei Jahren war er, nach dem gewaltsamen Tod einiger Vorstandsmitglieder der Scotch Whisky Society, fast gezwungenermaßen zum Chief Manager aller 14 Brennereien seines Arbeitgebers geworden. Bis dahin hatte er als Distillery Manager der Ben Rhinnes Brennerei nicht nur einen nahezu beschaulich familiären Job, sondern auch nur zehn Minuten zu Fuß in sein Büro.

Heute saß er an etlichen Tagen nahezu ein Drittel des Tages im Auto, um, nach seinen Worten, nur noch "Management by Helicopter" zu machen: Alle paar Tage von oben, unter lautem Getöse, niederstoßen, eine Menge Staub aufwirbeln und wieder in große Höhen verschwinden. Leider gar nicht seine Vorstellung von einem ausgefüllten Berufsleben.

Da für die Ben-Rhinnes Distillery noch kein neuer Manager gefunden worden war, musste Ishbel die Brennerei fast alleine führen. Zum Glück hatte sie mit Greg Henderson, dem langjährigen Still Man, eine tatkräftige Unterstützung gefunden.

Und auch in ihrem neuen Zuhause wurde sie seit fast zwei Monaten von Sherry, ihrer neuen Katze, über die Abwesenheit von Graham hinweggetröstet. Graham und sie hatten die Katze aus dem Tierheim geholt, damit die Familie wirklich komplett sei, wie Graham augenzwinkernd gemeint hatte. Sie beide waren sich darüber einig, dass sie in ihrem "biblischen" Alter keine gemeinsamen Kinder mehr wollten. Und eine Katze, das wusste Graham aus Erfahrung, war selbstständig genug, dass man sie, bei entsprechender Möglichkeit zum Freilauf, tagsüber auch durchaus alleine lassen konnte. Eigentlich wollte Graham aus dem Tierheim eine Katze holen, die von der Farbe des Fells ähnlich grau getigert war wie ihre Vorgängerin namens "Katze", die leider vom Tierarzt eingeschläfert werden musste. Aber Sherry hatte im Tierheim sofort die beiden adoptiert und auf katzentypische Art ihr Herz erobert. Ishbel, die noch nie eine Katze hatte, war anfangs etwas skeptisch gegenüber der neuen Mitbewohnerin gewesen. Aber Graham hatte sie mit dem Spruch "Katzen hinterlassen Spuren in deinem Herzen" neugierig gemacht, und inzwischen wollte sie Sherry auch tatsächlich nicht mehr missen. Sie waren quasi ein Herz und eine Seele geworden.

Gegen 8:00 Uhr am Morgen waren sie gemeinsam nach Inverness aufgebrochen, um ihm sein neues Auto zu kaufen. Sie waren zunächst auf der A941 über Rothes nach Elgin gefahren und von dort auf der A96 nach Westen in Richtung Inverness abgebogen. Nach abgeschlossenem Verkauf – und keine Sekunde früher – wollte Ishbel dann mit ihrem Auto wieder nach Charlestown zurückfahren, während Graham seine Probefahrt zu seinem Onkel, auf dessen Farm, fortsetzen würde, mit dem er um 15:00 Uhr verabredet war. Vor zwei Jahren hatte er bei der Klärung des "Blumen-Mörder"-Falles geholfen, indem er die manipulierten Bücher zweier Brennereien entdeckte und der Polizei entscheidende Hinweise gegeben hatte. Diese betriebswirtschaftlichen Fachkenntnisse hatten sich anschließend natürlich auch in seiner Verwandtschaft herumgesprochen, und seitdem half er seinem einzigen Onkel bei dessen Steuererklärung. Auch wenn Graham in den letzten Jahren nur wenig Kontakt zu seinem Onkel gehabt hatte, war dieser ihm doch schon immer sympathisch gewesen, und deshalb half er ihm auch gerne. Er hatte ihm auch dieses Jahr versprochen, ihn bei der Steuer wieder zu unterstützen, und wollte sich heute mit ihm treffen, um die Unterlagen soweit vorzubereiten.

Nicht weit vom Raigmore Hospital entfernt, in dem vor zwei Jahren eines der Opfer des "Blumen-Mörders" an Rizin gestorben war, erreichten sie die A9 und bogen nach rechts ab. Wenig später nahmen sie den Abzweig nach links auf die A82 und erreichten kurz darauf die Harbour Road. Pünktlich um 09:30 Uhr bogen sie nach rechts ab auf den Hof der Vauxhall Niederlassung in der Harbour Road Nummer 40 in Inverness.

Sie wurden bereits von Simon Hornsby, dem Sales Consultant, erwartet. Der leicht übergewichtige Verkäufer, mit seinen kurzen, roten Haaren, schob nervös seine Brille auf der Nase hoch und konnte sein ansonsten mühelos zur Schau gestelltes freundliches Verkäuferlächeln nur mit Mühe aufrecht erhalten. Er kannte die beiden, und speziell Graham, mittlerweile gut genug, um zu wissen, dass er sich die Provision bei diesem Autoverkauf wirklich hart erarbeiten musste. Und tatsächlich fing Graham auch, nach einer nur kurzen Begrüßung und noch auf dem Weg zu dem im Verkaufsraum ansprechend ins rechte Licht gerückten Neuwagen, gleich wieder damit an, laut zu überlegen, ob ein neues Auto wirklich unbedingt jetzt sein müsste. Die kräftigen Backen des Verkäufers fingen leicht an zu schlottern, als er sich Hilfe suchend nach Ishbel umsah.

Während Graham um das neue Auto herumschlich und dabei den Eindruck vermittelte, dass er sich keineswegs über den Antara freuen würde, sondern eher so wirkte, als würde er gerade zu etwas ganz Schlimmem gezwungen werden, nickte Ishbel dem Verkäufer aufmunternd zu. Sie wusste, dass sich Graham einfach nur auf seine, für ihn typische Art noch etwas zierte.

Graeme strich derweil mit der Hand über das runde Logo in der Mitte der großen Heckklappe, auf dem der stilisierte Greifvogel mit der Fahne und dem großen V darauf abgebildet war. Er dachte wehmütig daran, dass dies zwar das Zeichen eines britischen Automobilherstellers war, einem Unternehmen, das 1857 in London als Maschinenfabrik gegründet worden war und seit 1925 zu General Motors gehörte. Er wusste aber auch, dass seit Mitte der 1970er Jahren keine eigenen Fahrzeuge mehr entwickelt wurden, sondern im Wesentlichen die Modellpalette von Opel übernommen wurde. Also war dies doch eigentlich eher ein deutsches Fahrzeug und kein wirklich britisches, oder? Er hätte sich doch mehr für den Kauf eines Land Rovers stark machen sollen. Mit diesem Gedanken drehte er sich zu Ishbel um, die sofort an seinem Blick erkannte, was mit ihm los war. Und als er gerade den Mund aufmachte, um ihr vorzuschlagen, sich die Sache mit dem Land Rover doch noch einmal zu überlegen, erstickte sie diesen Versuch bereits im Ansatz, mit einem fast schon barschen »Nein, Graham, versuch es erst gar nicht!«

Wieder einmal war er erstaunt, wie gut ihn diese Frau inzwischen kannte und genau wusste, was in ihm vorging. Und er erkannte auch, dass er keine Chance mehr hatte, aus dieser Sache wieder herauszukommen. Also nickte er nur ergeben.

Simon Hornsby war inzwischen kurz vor einem Nervenzusammenbruch angelangt und sein, sonst schon mit einem gesunden rötlichen Teint aufwartendes, Gesicht, war inzwischen mit hektischen roten Flecken verunstaltet. Sein Blutdruck hatte eine gefährliche Höhe erreicht, und wenn Ishbel kein Machtwort gesprochen hätte, wäre wohl innerhalb der nächsten Viertelstunde sein Herz implodiert.

Graeme kaufte schließlich doch sein neues Auto zum Preis von 24.800 Pfund. Nachdem der Übergabevertrag unterschrieben war und auch die Zahlungsmodalitäten geklärt waren, hatte der Verkäufer ihn noch in die Funktion des neuen Wagens, und vor allem seiner vielen technischen Funktionen, eingewiesen. "Schnickschnack", wie Graham dabei mehrfach betonte. Aber dann war es endlich soweit, Hornsby hatte ihm alles erklärt, vieles davon sogar mehrfach, Graham hatte das meiste davon sarkastisch kommentiert, aber auch ihm fiel keine Frage mehr ein. Endlich, zumindest aus Hornsbys Sicht, reichte ihm der Verkäufer die Autoschlüssel und verschwand sofort danach fluchtartig in sein Büro.

Während Simon Hornsby nass geschwitzt und völlig entnervt in seinen Sessel sank, verabschiedete sich Graham von Ishbel, die wieder über Elgin zurückfahren wollte, und nahm auf den Ledersitzen seines neuen Autos Platz. *Eigentlich ganz bequem*, dachte er dabei, *und man steigt auch viel angenehmer ein als in mein altes Auto*.

Kurze Zeit später, während Hornsby immer noch ernsthaft darüber nachdachte zu kündigen, war Graham nach Süden unterwegs, in Richtung der Glenallachie Distillery, in deren Nähe die Farm seines Onkels lag. Er hatte sich für die etwas weitere Strecke über die A9 und A95 entschieden, denn glücklicherweise hatte er genügend Zeit eingeplant bis zum Termin mit seinem Onkel, da er sich in aller Ruhe auf seinen neuen fahrbaren Untersatz einlassen wollte. Schließlich mussten sie beide sich erst einmal aneinander gewöhnen.

Unterwegs auf der A9 freundete er sich mehr und mehr mit seinem neuen Auto an und fand, dass sie eigentlich doch sehr gut zueinander passten. Auch wenn er seinem alten Auto immer noch etwas nachtrauerte, war er ganz froh und auch stolz auf seinen neuen Flitzer. Mit seinen 18-Zoll-Leichtmetallrädern im Fünf-Speichen-Design und mit den 235er Niederquerschnittsreifen wurde die Sportlichkeit des Opels Antara ja auch wirklich ansprechend betont. Sein Onkel würde Augen machen. Obwohl sich Graham für ein Dieselmodell entschieden hatte, war der Zwei-Liter-Common-Rail-Turbodiesel mit seinen 150 PS sehr flott und sportlich unterwegs. Auch das Fünf-Stufen-Automatikgetriebe arbeitete hervorragend und passte sich seiner Fahrweise recht gut an. Eigentlich war er jetzt doch mehr als nur zufrieden, dass ihn Ishbel zu dem neuen Wagen verholfen hatte. Stolz grinsend passierte er gerade den kleinen Ort Tomatin mit seiner gleichnamigen Distillery, die bereits seit 1986 dem japanischen Konzern Takara Shuzo and Okura & Co Ltd. gehörte und damit die erste schottische Brennerei war, die ganz in japanische Hände kam. Wenig später kam er zu dem Abzweig der A938, die über Carrbridge, mit der schönen, pittoresken Packpferdbrücke von 1717, nach Dulnain Bridge, mit dem Speyside Heather Garden Centre, führte und nach insgesamt sechs Meilen dort auf die A95 traf.

Kurz vor Grantown-on-Spey fuhr er an der Craggan Mill vorbei, einer alten Kornmühle aus dem 17. Jahrhundert, in der seit vielen Jahren schon ein hervorragendes Restaurant seine Besucher mit ausgezeichneter schottischer Küche verwöhnte. Dort musste er unbedingt mit Ishbel mal wieder hin. Sheila McConachie und Graham Harvey kochten einfach fantastisch gut. Nachdem er die Brücke über den River Spey überquert hatte, sah er, vor dem Abzweig der A939 nach Tomintoul, auf der rechten Seite das Spey Valley Smokehouse[1].

Nach weiteren zwölf Meilen kam er am Abzweig der B9137 vorbei, die zur nahe gelegenen Cragganmore Distillery führte, und kurz darauf sah er schon die Zufahrt zum Ballindalloch Castle.[2] Nachdem er die steile Kurve hinunter ins Tal hinter sich gebracht hatte und dabei die hervorragende Kurvenstabilität seines Autos bewundert hatte, kam hinter Marypark rechts auch schon die Zufahrt zur Glenfarclas Distillery, eine der wenigen verbliebenen schottischen Brennereien, die noch immer im Besitz der Familie war, die sie 1865 gekauft hatte. Gedankenversunken legte er die restliche Strecke bis zur Farm seines Onkels zurück. Bei Daugh of Kinermony bog er auf eine unnummerierte Straße ab. Dort, hinter dem Spey Valley Drive, bei Boginduie, lag die Farm seines Onkels ziem-

[1] Es gehört zu Strathaird Salmon, mit Sitz in Inverness, das wiederum vor über 20 Jahren von Ian Anderson, dem Sänger von Jethro Tull, gegründet wurde. An der Stelle des Spey Valley Smokehouse wurde schon seit 1888 Lachs geräuchert und im nahen River Spey gibt es auch heute noch zahlreiche Lachse. Beim Besuch der Räucherei kann man den Arbeitern durch Fenster dabei zusehen, wie sie den Lachs zerlegen, filetieren und über den Dauben von alten Whiskyfässern räuchern. Natürlich der geräucherte Lachs hier auch gekauft werden. Eine empfehlenswerte Qualität, die sehr gut schmeckt.

[2] Das romantische Schloss aus dem 16. Jahrhundert, in dem die Macpherson-Grant-Familie seit 1546 zu Hause ist, ist ein typisches Beispiel für den schottischen Baronial-Stil und steht auf einem Grundstück, das auf der einen Seite vom River Avon, auf der anderen vom River Spey begrenzt wird. Ballindalloch Castle ist eines der sehr wenigen Schlösser in Schottland, die immer noch im Privatbesitz der gleichen Familie sind, die schon von Anfang an dort wohnen. Ein Stein- und Rosengarten ist zu bewundern sowie ein Taubenhaus von 1696 mit 844 Taubenboxen.

lich genau zwischen der Glenallachie Distillery in der einen und der Benrinnes Distillery in der anderen Richtung.

Die ganze Angelegenheit ließ dem Farmer weiterhin keine Ruhe, und er ging nochmals über die Weide zu den toten Schafen. Da die meisten inzwischen auf der Weide weitergezogen waren, um woanders zu grasen, fiel ihm auf, dass fast alle toten Schafe in der Nähe des Baches lagen. Hatte das vielleicht etwas zu bedeuten? Er musste es Billy-Boy sagen, auch wenn er sich so gut wie keine Hoffnungen machte, dass der den Täter überhaupt würde ermitteln können. *Bis der endlich einen Hirnspender gefunden hat, besteht dazu keinerlei Chance*, dachte er sarkastisch. Dabei fiel ihm wieder der Spruch von Sam, seinem alten Freund, ein, den dieser zwei Abende zuvor im Pub zum Besten gab: *Weißt du eigentlich, Ben, was der Unterschied zwischen Billy-Boy und einer Dose Hundefutter ist? Hundefutter gibt es auch mit Hirn.* Nach einem kurzen Lächeln verdunkelte sich seine Laune aber beim Anblick der vielen toten Körper auf seiner Weide schnell wieder. Er würde nachher die toten Schafe erst einmal in seine Scheune bringen und sie dort lagern. Was dann mit ihnen passieren würde, musste er vom Untersuchungsergebnis des Veterinärs abhängig machen. Falls nichts Dramatisches zu Tage kommen sollte, konnte er wenigstens das Fleisch noch einigermaßen gewinnbringend verkaufen.

Am Bach angekommen, konnte Ben Cairndow allerdings nichts Auffälliges oder gar Ungewöhnliches feststellen. Er entschied sich daher, am Bachlauf entlangzugehen, der bei Ford in den Burn of Aberlour mündete. Dort, in etwa 800 Meter Entfernung, führte die Straße von Glenallachie nach Milltown of Edinvillie über eine alte Brücke.

Erst als er an der Brücke angelangt war, bemerkte Ben, dass einer der alten Brückensteine aus seiner Verankerung gerissen war. Hier musste ein schweres Fahrzeug, vermutlich ein Lastwagen, erst vor kurzem dagegen gerammt sein, denn die Schrammen an dem Mauerwerk sahen noch sehr frisch aus. Außerdem lag hier ein deutlicher Geruch nach Whisky in der Luft, und dieses Mal war es garantiert keine Einbildung. Ben entdeckte dann auch, beim Inspizieren der Straße, auf der Brücke eine Pfütze, bei deren näherer Untersuchung es sich eindeutig um Whisky handelte. Die Brücke war auch an der Stelle, an der der Stein fehlte, ganz feucht und roch ebenfalls intensiv danach. Ben entdeckte Reifenspuren, ja sogar eindeutig Bremsspuren, die, wegen ihrer Breite, genauso eindeutig auf einen Lastwagen schließen ließen und, auf der anderen Seite der Brücke, über ein Feld in Richtung einer riesigen, alten Scheune führten.

Neugierig geworden, folgte Ben den Spuren. Er wusste, dass die alte Scheune schon seit mehreren Jahren leer stand. Winston, sein Nachbar, war inzwischen zu alt, um die Farm noch selbst zu bewirtschaften, wollte diese aber auch nicht verkaufen. Seine Tochter lebte in Inverness und hatte auch kein Interesse an Landwirtschaft. Wäre er selbst ein paar Jahre jünger, hätte er das gesamte Gelände vermutlich erworben und sein eigenes Anwesen damit deutlich vergrößert. Aber für wen eigentlich? Seine Frau und er waren zwar auch nach 38 Jahren immer noch glücklich verheiratet, aber es war ihnen nie vergönnt gewesen, sich den gemeinsamen Kinderwunsch zu erfüllen.

Mit diesen Gedanken im Kopf erreichte er die alte Scheune. Die Reifenabdrücke führten genau auf das geschlossene doppelflügelige große Haupttor zu, und ganz offensichtlich war das Fahrzeug, das die Spuren verursacht hatte, in die Scheune hineingefahren. Ben versuchte, die kleine Tür neben dem Scheunentor zu öffnen, und stellte fest, dass sie, wie auf dem Lande üblich, nicht abgeschlossen war. Als er durch die geöffnete Tür, die gleichzeitig etwas Licht eindringen ließ, die Scheune betrat, konnte er noch einen großen Tanklastwagen darin stehen sehen. Ein schwerer alkoholischer Duft schwängerte die Luft: Whisky!

Plötzlich fühlte er eine Bewegung hinter sich, ein kurzes elektrisches Knistern war zu hören, dann erfasste ihn die Wirkung des Elektroschocks und brachte ihn zu Fall.

Er stürzte zu Boden und bekam nicht einmal mehr mit, dass er mit seinem Kopf so unglücklich auf den eisernen Rand einer Scheibenegge aufprallte, dass er sich dabei das Genick brach und starb. Sein letzter Gedanke war noch: *Sind meine Schafe daran gestorben?* Noch bevor sein Körper endgültig auf dem Boden aufschlug, war er tot. Der Mann, der mit dem Elektroschocker in der Hand hinter ihn getreten war, beugte sich zu dem vermeintlich Bewusstlosen zu seinen Füßen herunter und erkannte, dass dieser mehr als nur bewusstlos war. Er zuckte mit den Schultern, steckte den Elektroschocker wieder in das Futteral an seinem Gürtel und zog den Toten weiter von der Tür weg, damit er sie nicht behinderte, wenn sie mit ihren Fahrzeugen wegfahren würden.

Graham näherte sich der Farm seines Onkels um kurz vor 15:00 Uhr und war inzwischen zu einem extrem stolzen Neuwagenbesitzer mutiert. Hätte ihn jetzt jemand darauf angesprochen, ob er nicht lieber wieder mit seinem alten Ford fahren wolle, er hätte ihn für verrückt erklärt. Gerade dachte Graham daran, den netten Verkäufer anzurufen, um sich für das tolle Fahrzeug zu bedanken, als er den Abzweig zur Farm seines Onkels erreichte. So blieb Simon Hornsby ein allzu früher Tod durch Herzversagen erspart.

Wenig später erreichte Graham auch schon den Hof und parkte sein Auto direkt gegenüber der Eingangstür. Er hupte kurz, denn er wollte seinen Onkel vors Haus locken, um ihm sein neues Auto zu zeigen. Während er auf seinen Onkel wartete, ließ Graham seinen Blick über das Anwesen gleiten, schließlich war er schon seit Monaten nicht mehr hier gewesen. Der Hof wurde auf einer Seite von Bäumen und Hecken begrenzt, durch die der geschotterte Weg führte, auf dem Graham zur Farm gefahren war. Links vom Haupthaus stand eine große, holzverkleidete Scheune mit Schiebetüren und einem Wellblechdach, rechts vom Wohngebäude gab es einen Schuppen mit mehreren Stallungen und Wirtschaftsräumen. Das Farmhaus selbst war aus grauen Bruchsteinen errichtet worden. Es machte einen gedrungenen und wehrhaften Eindruck unter seinem Ziegeldach. Alle Holzkomponenten des Hauses, wie Fenster- und Türrahmen oder Dachbalken, waren frisch in einem kräftigen Blau lackiert. Graham hätte zwar das Ben Rhinnes-typische Dunkelrot bevorzugt, sein Onkel war aber von der Farbe des Meeres im Morgengrauen so begeistert, dass er alles nur Erdenkliche, bis hin zu den Farbmarkierungen seiner Schafe, mit blauer Farbe versah. Das gesamte Anwesen wirkte alles in allem sehr gepflegt. Es hatte sich seit seinem letzten Besuch nichts verändert. Graham hupte erneut und stieg dann aus.

Als sich im Haus immer noch nichts rührte, klopfte Graham kurz an die Eingangstür und öffnete diese dann. »Ben! Sally!«, rief er laut ins Haus. Keine Reaktion. Graham ging hinein und schaute in die Küche und ins Wohnzimmer, aber er konnte weder seine Tante noch den Onkel finden. Er ging deshalb durch die Küche und zum Hinterausgang hinaus, um nachzusehen, ob beide eventuell draußen im Gemüsegarten oder auf der Weide waren. Als Erstes bemerkte er Jack am Gartentor, das zu den Weiden führte, und begrüßte ihn. Der alte Hund machte einen für sein Alter sehr aufgeregten Eindruck und winselte und bellte sogar immer wieder dabei. so als wollte er Graham unbedingt etwas mitteilen. Da Graham mit einem

Rundblick über das Farmland die beiden Gesuchten auch nicht entdecken konnte, sondern lediglich die Schafe sah, die über die Weide verstreut waren, machte er, aus einer spontanen Eingebung heraus, die Leine los, mit der der alte Jack an dem Torpfosten angebunden war und an der dieser schon die ganze Zeit gezerrt hatte. Graham nahm das Ende der Leine in die Hand und, so schnell, wie es seine alten Knochen erlaubten, lief Jack sofort in Richtung Weide davon. Graham hatte einige Mühe, dem Hund zu folgen, der ihn an der Leine hinter sich herzog. Außerdem hatte er plötzlich das Gefühl, dass hier irgendetwas nicht stimmte.

Schnell eilten beide über die Felder hinweg in Richtung Bachlauf. Am Ende der Schafsweide erkannte Graham dann, dass die vielen Schafe, die hier lagen, nicht schliefen, sondern eindeutig tot waren, und sein Gefühl verwandelte sich in Panik. *Was war hier nur passiert? Und wo um Himmels Willen war eigentlich sein Onkel?*, dachte er. Dann folgte er Jack am Bach entlang zur Brücke. Jack wurde ebenfalls immer unruhiger und bellte nun laut. Als beide die Brücke erreicht hatten, erkannte Graham in einiger Entfernung auf dem Nachbarfeld eine Scheune, deren Flügeltor weit offen stand. Jack eilte direkt darauf zu und rannte nun so schnell, dass er Graham die Leine aus der Hand riss und Graham ihm nicht mehr schnell genug folgen konnte. Noch bevor Graham die Scheune erreichte, war Jack schon darin verschwunden, und sein Bellen nahm fast hysterische Formen an. Alarmiert folgte ihm Graham in die Scheune und wandte sich nach rechts in die Richtung, in der Jacks Bellen inzwischen in ein beklagenswertes Winseln übergegangen war. Da es hier, im Gegensatz zum strahlenden Himmel draußen, sehr dunkel war, und sich seine Augen noch nicht an den Lichtunterschied gewöhnt hatten, stolperte Graham wenige Sekunden später über etwas, das vor ihm im Staub am Boden lag. Er konnte gerade noch sein Gleichgewicht halten und kniete sich dann nieder, um zu sehen, was ihn fast zu Fall gebracht hätte. *Ein menschlicher Körper*, durchzuckte es ihn. *Das wird doch nicht …* Aber seine

Augen hatten sich jetzt erschreckend schnell an das Dämmerlicht gewöhnt, und aus seiner Ahnung wurde brutale Gewissheit: Vor ihm lag sein Onkel und rührte sich nicht mehr.

Graham konnte keine Atmung, und am Hals seines Onkels auch keinen Pulsschlag, spüren. Rasch griff er nach seinem Handy und rief den Notarzt an. Er gab mit knappen Worten wieder, was er vorgefunden hatte, beschrieb nur zur Sicherheit noch kurz den Weg zur Farm und zur Scheune und setzte sich dann fassungslos neben seinen toten Onkel auf den Boden. *Was war hier nur geschehen?*, fragte er sich danach. *Hatte sein Onkel einen Unfall gehabt?* Die wildesten Gedanken gingen ihm durch den Kopf. *War er vom Dach gefallen? Hatten die toten Schafe etwas damit zu tun? Wurde er von einem wilden Bock gerammt? Was hatte er überhaupt hier auf dem Nachbargrundstück zu tun? Und wo war seine Tante? Hatte die etwa …?* Mehr sich selbst als den alten Jack tröstend, zog er den immer noch winselnden Hund zu sich heran und begann ihn zu kraulen.

Der Notarzt traf kurze Zeit später ein und untersuchte den leblosen Körper. Graham hatte inzwischen die kleine Tür aufgemacht, sodass sein Onkel besser zu erkennen war.

»Tut mir Leid, Graham«, sagte Burt, der Notarzt, wenig später. »Aber dein Onkel ist tot.«

»Aber, was ist denn nur passiert?«, stellte Graham jetzt die Frage laut, die ihm schon die ganze Zeit durch den Kopf ging.

»Das kann ich dir leider auch nicht genau sagen, aber so, wie es für mich aussieht, hat er sich sein Genick gebrochen.« Der Notarzt schaute sich in der Scheune etwas um und entdeckte die Egge. »Vielleicht ist er gestolpert und dabei mit dem Kopf auf die Egge geprallt.« Nach einer kurzen Pause fügte er hinzu: »Wir müssen die Polizei und den Polizeiarzt anrufen.« Damit griff er zu seinem Handy und instruierte die Zentrale entsprechend.

Danach gingen beide vor die Scheune und warteten auf das Eintreffen der Polizei sowie des lokal zuständigen Polizeiarztes, der in Fällen unnatürlichen Todes die Leichenschau vornimmt und dabei untersuchungsrichterliche Befugnisse hat. Er stellt nach seiner offiziellen Besichtigung der Leiche auch eine Bescheinigung über den Todesfall aus.

Jack hatte sich inzwischen wieder soweit beruhigt, dass er, unweit seines Herrchens, still auf dem Boden lag. Vermutlich war er aber auch deswegen so still, weil er sich bei dem Gewaltmarsch zur Scheune total verausgabt hatte. Graham hoffte nur, dass diese arme Kreatur nicht auch noch starb, jetzt, wo sie ihr geliebtes Herrchen verloren hatte. In dem Moment wünschte er sich, Susan wäre noch Sanitäterin hier in der Gegend. Ihr könnte er vielleicht etwas von seinem Entsetzen und seiner Trauer mitteilen, was ihm bei Burt nicht so gut gelang. Als er Susan vor Jahren bei dem Mordfall in seiner Brennerei zum ersten Mal gesehen hatte, war sie ihm gleich aufgefallen. Souverän, aber doch menschlich und verständnisvoll. Das Alan und Susan später ein Paar wurden, war ein echter Glücksfall. So konnten er und Ishbel sie weiterhin auch privat treffen, ohne dass jedes Mal ein Unfall passieren musste. So in Gedanken versunken, stand er mit Burt, Susans Nachfolger, am Scheuneneingang. Beide sahen zwar die Reifenspuren davor, sie nahmen diese aber nicht wirklich wahr. Keiner der beiden kam auch nur ansatzweise auf die Idee, dass diese Spuren etwas mit der Tat zu tun haben könnten.

Graham hätte später nicht mehr sagen können, was er und der Notarzt miteinander gesprochen hatten. Er glaubte aber, es seien Stunden vergangen, bis das Polizeiauto, mit William Shortbread am Steuer und dem Polizeiarzt auf dem Beifahrersitz, endlich vor der Scheune vorfuhr.

»Schau an, der Chef persönlich gibt sich die Ehre«, meinte der Notarzt mit einem leicht sarkastischen Unterton, als sich Billy-Boy wieder mal schnaufend aus dem Wagen schälte.

Shortbread, der die Worte zwar gehört, aber den Unterton nicht verstanden hatte, meinte vorwurfsvoll: »Eddie ist krank und Ruby musste zu einem schweren Unfall auf der A95. Da muss ich die ganze Arbeit mal wieder alleine machen.«

»Na immerhin hast du wenigstens den Chef der Leichen gleich mitgebracht«, ergänzte der Notarzt noch, während er sich dem älteren Mann zuwandte, der grinsend auf der anderen Seite des Autos stand, denn dieser hatte sehr wohl den Unterton korrekt verstanden.

»Hallo, Duncan«, begrüßte er den Polizeiarzt. »Ich habe hier einen Kunden für dich.«

»Hi, Burt«, grinste der Leichenbeschauer zurück. »Lass mal sehen.«

Beide gingen in die Scheune hinein, um die Leiche zusammen in Augenschein zu nehmen, während Graham und Billy-Boy draußen stehen blieben.

»Stimmt es, dass es sich bei dem Toten um deinen Onkel handelt?«, fragte Billy-Boy. »Mein Beileid.«

»Ja, leider. Danke.« Zu einer umfassenderen Antwort war Graham momentan einfach nicht in der Lage. Der Tod seines Onkels nahm ihn doch mehr mit, als er erwartet hatte.

»Der arme Kerl. Erst sterben seine Schafe und jetzt hat auch noch er einen tödlichen Unfall«, ergänzte Shortbread mitfühlend.

»Ja, wirklich ein Jammer«, meinte Graham. Dann stutzte er. »Moment mal, woher weißt du von den toten Schafen? Ihr seid doch direkt hierher gefahren und seid nicht über die Weide gekommen.«

»Äh, na ja, ich war heute Morgen schon mal bei deinem Onkel. Zusammen mit dem Tierarzt«, stammelte Shortbread. »Dein Onkel hatte uns angerufen, na ja, halt wegen der toten Viecher.«

»So, so, und was meinte der Tierarzt?«

»Na ja, der meinte, die Schafe wären vermutlich vergiftet worden, und er hat eines davon mitgenommen, um es zu untersuchen.«

»Vergiftet?!«

»Ja, das Scheißvieh hat mir mein ganzes Auto versaut. Das musst du dir unbedingt mal ansehen. Wer macht mir das jetzt wieder sauber?«

»Das ist mir so was von scheißegal, was mit deinem blöden Auto ist«, antwortete Graham aufgebracht und seine Stimme klang plötzlich gefährlich gepresst. Dieses Mal bemerkte sogar Billy-Boy den Stimmungsumschwung.

»Die Schafe wurden also vergiftet und jetzt ist auch noch mein Onkel tot, das kann doch wohl kein Zufall sein«, fuhr Graham fort und seine Stimme wurde bereits etwas lauter. »Was hast du seit heute Morgen schon alles unternommen?«

»Na, was schon, ich habe den Tierarzt zu seiner Praxis gefahren und bin dann wieder in die Polizeistation zurück.«

»Sonst nichts! Hast du hier etwa nicht die Gegend erkundet?« Grahams Stimme wurde noch eine Spur lauter. Er merkte, wie sein mühsam unterdrücktes Entsetzen über den Tod seines Onkels sich nun unweigerlich ausdehnte, wie das Quecksilber in einem Thermometer, wenn man es über eine Flamme hielt.

»Die Gegend erkundet? Etwa zu Fuß?«, unterschätzte Billy-Boy die Situation schon wieder.

»Ja, was denn sonst, du Riesenrindviech«, schrie Graham nun aus vollem Hals. »Wenn du nicht immer so stinkfaul wärst und gleich heute Morgen etwas unternommen hättest, könnte mein Onkel noch leben, Herrgott nochmal.«

»Quatsch, das eine hat doch mit dem anderen nichts zu tun. Der Tod deines Onkels war ein Unfall. Basta! Und ob die Schafe vergiftet wurden, steht ja auch noch nicht fest, das ist doch auch nur eine Vermutung«, widersprach Billy-Boy in einem heldenhaften Anfall von Mut.

»Ich hoffe verdammt noch mal für dich, dass du Recht hast.« Graham beruhigte sich langsam wieder etwas.

»Wie hat der Streit denn angefangen?«, fragte Duncan Campbell, der Polizeiarzt. Von Graham und Billy-Boy unbemerkt, war er, wohl durch Grahams Gebrüll angelockt, zusammen mit dem Notarzt vor die Scheune getreten und hatte die letzten Sätze noch mitbekommen.

Graham informierte ihn daraufhin über die toten Schafe und, dass "Shortbread, unser Superbulle", er zeigte dabei abfällig in Richtung Billy-Boy, es nicht für nötig erachtet hatte, die nähere Umgebung nach der Ursache für die Vergiftung abzusuchen.

»Mmh«, meinte der Polizeiarzt. »Vielleicht hat er ja Recht, dass es zwischen den beiden Ereignissen tatsächlich keinen Zusammenhang gibt. Aber irgendwie kommt mir die Sache seltsam vor. Sei so gut und nimm den Hund mit, wir gehen mal gemeinsam rüber zur Weide. Ich will mir die Schafe auch mal ansehen.«

Graham ging in die Scheune, bückte sich und nahm die Leine von Jack wieder in die Hand. Durch seinen Adrenalinschub von vorhin, hatten sich all seine Sinne geschärft. Er schnupperte mehrfach in verschiedene Richtungen innerhalb der Scheune. Vor lauter Aufregung hatte er den Duft, den er jetzt in der Scheune zu erkennen glaubte, vorhin nicht wahrgenommen, als er hinter Jack zu seinem toten Onkel geeilt war. Aber jetzt, ja, den Geruch kannte er nur zu gut. »Whisky«, murmelte er, als er Jack hinter sich her ins Freie zog.

»Ist euch aufgefallen, dass es in der Scheune nach Whisky riecht?«, fragte er und blickte dabei Duncan und Burt an.

»Whisky? Nein, ich habe nichts bemerkt«, meinte Burt. Auch Duncan schüttelte den Kopf.

»Komisch. Na, vielleicht habe ich mich auch getäuscht. Los, gehen wir«, forderte Graham die drei anderen auf.

Der Notarzt und der Polizeiarzt setzten sich auch sofort in Bewegung, nur William Shortbread blieb stehen.

»Was ist los, Herr Kommissar, kommst du nicht mit? Es ist doch dein Job hier zu ermitteln, oder?«, forderte ihn der Notarzt heraus.

»Das ist mir viel zu anstrengend, ich bleibe lieber hier beim Auto und warte auf euch. Außerdem muss ja einer bei dem Toten bleiben und ihn bewachen.« Shortbread war froh, dass ihm Letzteres gerade noch rechtzeitig eingefallen war. Damit ging Billy-Boy wieder zu seinem Auto, hievte seinen massigen Körper hinein und blieb abwartend darin sitzen.

Die anderen schüttelten ihre Köpfe und machten sich zu Fuß auf den Weg zur Brücke. Dabei waren die Rollen zwischen Graham und dem alten Jack im Vergleich zum Hinweg exakt vertauscht. Jack schlich jetzt mehr hinter Graham her, als dass er lief, und er war offensichtlich dankbar, dass alle an der Brücke eine kleine Pause einlegten. Unterwegs hatten die Männer allerdings nicht an bissigen Kommentaren über Shortbread gespart.

»Der hat einen Body-Maß-Index wie ein rundes Landbrot«, begann der Notarzt.

»Das liegt bestimmt daran, dass er sich weniger bewegt als die Polkappen«, ergänzte der Polizeiarzt.

»Stimmt, Billy-Boy ist genauso schnell wie eine tote Schnecke«, stimmte ihm der Notarzt zu.

»Er macht es einem wirklich sehr schwer, ihn zu mögen«, warf Graham ein.

»Sein Stern hängt schon so tief, dass er Furchen über den Acker zieht.«

»Wenn man sich mit ihm unterhält, wird einem schnell klar, dass es sich um jemanden handelt, bei dem zwar oben Licht brennt, aber niemand zu Hause ist.«

Und so ging es weiter, bis sie die Brücke erreichten und dort ebenfalls die frische Bruchstelle im Mauerwerk sahen. Graham entdeckte auch eine kleine, kaum noch flüssige, feuchte Stelle unterhalb der beschädigten Mauer, deren Geruch ihn wieder heftig an den in der Scheune erinnerte. Er drückte einen Finger hinein und roch dann daran.

»Ganz eindeutig, hier ist Whisky verschüttet worden«, sagte er dann triumphierend. »Und, der riecht genauso wie in der Scheune. Ich hatte also vorhin doch Recht.« Auffordernd hielt er den beiden seinen Finger hin und auch sie rochen nacheinander daran.

»Du hast Recht, das riecht wirklich nach Whisky«, sagte Duncan und auch Burt nickte zustimmend. »Hat hier heute Nacht einer eine Party veranstaltet? In der Scheune vielleicht? Vielleicht ein paar Kids aus der Gegend, obwohl, die saufen doch nur Wodka oder Dragonfruit-Bier oder wie der Mist heißt. Lass das nachher mal Shorty wissen. Vielleicht kriegt er ja wenigstens im Dorf heraus, ob hier heute Nacht was los war.«

Sie gingen noch weiter bis zur Weide und zu den ersten toten Schafen. Aus dieser Richtung kommend war für alle besonders auffällig zu erkennen, dass fast alle toten Tiere unweit des Bachlaufs lagen.

Graham fasste seine Gedanken zusammen: »Hier stinkt doch etwas gewaltig zum Himmel. Und ich meine nicht den Whisky. Eine Leiche in einer Scheune, die nach Whisky riecht. Eine beschädigte Brücke, vor der es ebenfalls nach Whisky riecht, und dann auch noch tote Schafe auf der Weide entlang des Bachs. Das kann doch alles kein Zufall sein. Da muss es einfach einen Zusammenhang geben.«

»Ja, das sehe ich auch so«, bestätigte Duncan. »Ich werde im Präsidium anrufen, dass die uns die Spurensicherung schicken. Das muss näher untersucht werden. Unser Oberkommissar ist bei so vielen Ungereimtheiten grenzenlos überfordert.« Er griff zum Handy und tippte die Tastenkombination ein.

»Und wir gehen inzwischen zu unserem Superpolizisten zurück und informieren ihn über den Stand unserer Ermittlungen und dass wir ihm professionelle Hilfe zur Seite stellen wollen«, ergänzte Graham. Anschließend nahm er im Gehen sein Handy und rief Ishbel an, um ihr mitzuteilen, dass das Wesen namens Überraschung mal wieder mit einer hässlichen Grimasse aus dem Gebüsch namens Leben gehüpft war und ein neues Auto im Moment wohl das Unwichtigste war, worüber sie sich Gedanken machen mussten.

SpuSi

Gegen 16:30 Uhr traf das Fahrzeug der Spurensicherung an der Scheune ein, in der immer noch der tote Ben lag. Graham, Burt und Duncan hatten inzwischen Billy-Boy über ihre Erkenntnisse informiert und auch, dass das Team der Spurensicherung unterwegs war, um sich den Fundort der Leiche, die Brücke und auch die toten Schafe näher anzusehen. »Endlich!«, konnte sich Graham nicht verkneifen.

Shortbread war daraufhin beleidigt abgedampft, aber eigentlich war er froh gewesen, dass ihm jemand die Arbeit abgenommen hatte. Er musste schließlich noch den Bericht über den morgendlichen Einsatz auf der Weide schreiben und das war für ihn aufregend genug.

Zusammen mit den fünf Frauen und Männern der Spurensicherung, waren auch zwei Männer der so genannten Crime Squad erschienen. Die Crime Management Business Area ist in Schottland die Nachfolgeorganisation des früher als CID (Criminal Investigation Division) bekannten Bereiches, und in ihr sind, neben der Crime Squad, die für Gewaltverbrechen zuständig ist, auch die weiteren spezialisierten Abteilungen Drugs Squad, Fraud Squad sowie Family Protection angesiedelt. Der Sitz der CMBA ist in Aberdeen. Dank Blaulicht und Sirene hatten es die beiden Fahrzeuge geschafft, in Rekordzeit vor Ort zu sein, sodass sie noch bei Tageslicht die nähere Umgebung der Scheune und auch die Weide mit den toten Schafen in Augenschein nehmen konnten.

Die beiden Polizisten der Crime Squad traten auf die drei wartenden Männer zu. »Ich bin Detective Chief Inspector Jimmi Hicks, Abteilung für Schwerverbrechen«, stellte sich der Leiter der Mordkommission vor. »Und das ist Inspector Colin Tulloch«, damit wies er auf den zweiten Beamten in Zivil, der jetzt neben ihm stand. Die beiden ließen sich von dem Notarzt und dem Coroner berichten, was nach ihrer Ansicht vorgefallen war und was sie in der Scheune vorgefunden hatten. Graham drängte sich immer wieder dazwischen, um auch seinen Teil zur Geschichte beizusteuern, schließlich war er es ja gewesen, der seinen toten Onkel gefunden hatte.

»Gut, danke«, sagte DCI Hicks wenig später. »DI Tulloch wird Sie jetzt von dem Fundort wegführen, damit meine Männer alle Spuren sichern können.« Widerwillig befolgten die Männer die Anweisung von Hicks und folgten dem Inspector zu einer kleinen Gruppe von großen Steinen, die unweit der Scheune lagen, aber den Beamten doch weit genug weg erschienen, dass sie die Untersuchungen nicht stören konnten. Dort sollten sie sich noch bereithalten, falls der Chief Inspector noch Fragen haben sollte.

Die Mitarbeiter der Spurensicherung hatten als Erstes die Reifenspuren vor und in der Scheune gesichert und Gipsabdrücke davon genommen, um das Reifenprofil später einem bestimmten Reifentyp, und eventuell sogar einem bestimmten Fahrzeugtyp, zuordnen zu können. Sie hatten dabei schon festgestellt, dass mindestens einen Tag ältere Spuren von zwei kleineren Lastwagen in die Scheune hineinführten und offensichtlich als letzte Spuren auch wieder herauskamen, denn sie überlagerten alle weiteren Reifenspuren entsprechend. Außerdem waren auch die Spuren eines wesentlich größeren Lastwagens zu erkennen, die scheinbar nur in die Scheune hineinführten. Im Eingangsbereich der Scheune war auch eine feuchte Stelle am Boden gefunden worden. Der Geruch in der Luft ließ auch sie sofort vermuten, dass hier Whisky verschüttet worden war.

Graham beobachtete das Gewusel am Tatort. Er musste Abstand halten, was ihm sichtlich schwer fiel, aber die Männer aus Aberdeen, die ihn nicht kannten, hatten kein Verständnis für seine detektivische Neugier. Er war ihnen einfach nur im Weg, und auch wenn er noch so sehr beteuert hatte, dass er doch mit dem Toten verwandt war und deshalb ein Recht darauf hatte, bei der Spurensicherung dabei zu sein, wurde er von dem Polizisten in Zivil, der sich als Detective Inspector Tulloch vorgestellt hatte, in sicherem Abstand zur Scheune förmlich geparkt, während der andere, offensichtlich der Chef der Einheit, die Aktivitäten aller Anwesenden koordinierte. Selbst seine wiederholt geäußerten Hinweise, dass er der Polizei schon mehrfach bei der Aufklärung von Serienmorden entscheidend geholfen habe, waren hartnäckig ignoriert worden. Eine bodenlose Gemeinheit, schmollte Graham jetzt vor sich hin, während Duncan in Ruhe eine Zigarette rauchte. Er war dieses Vorgehen der offiziellen Einsatztruppe schon gewohnt und hatte, im Gegensatz zu Graham, keine detektivischen Ambitionen.

Der Techniker, die Fotografin, Beamte in Zivil, die beiden Einsatzwagen, die Beleuchtung, die gerade in der Scheune aufgebaut wurde, das Stimmengewirr, das Brummen des Generators, der die großen Lampen mit Strom versorgte – das Übliche eben. Er kannte das ja schon von anderen Tatorten, an denen er gewesen war. Und irgendwie fand er das Ganze, trotz des Todes seines Onkels, wieder ganz schön aufregend und verspürte sogar ein gewisses Hochgefühl darüber, dass es wieder etwas zu ermitteln gab und er mittendrin dabei war. Na ja, mittendrin stimmte nicht wirklich, er war dieses Mal nur in der Nähe. Aber besser als nichts.

Und dann wurde es sogar richtig aufregend, denn kaum hatten die Techniker die ersten Lampen im Inneren der Scheune aufgebaut und eingeschaltet, um auch den Rest des riesigen

Gebäudes zu untersuchen, wurden diese auch schon fündig. Was bei der Größe des gefundenen Gegenstandes auch nicht wirklich überraschte.

Hinter einem Berg aus Heu verborgen, sodass er auf den ersten Blick in der dunklen Scheune nicht erkennbar war, wurde ein Tanklastzug entdeckt. Die vordere Seite des Tankaufliegers schien an der linken Ecke eingerissen zu sein und erweckte den Eindruck, dass man sie durch mehrere Lappen notdürftig abgedichtet hatte, um ein weiteres Auslaufen des Inhaltes zu vermeiden.

Graham erkannte durch das weit offen stehende Tor der Scheune und dank der taghellen Beleuchtung darin sofort, dass es ein Whiskylastwagen war, denn er trug den Schriftzug der größten Spedition in Schottland, die Whiskytransporte durchführte und ihren Sitz in Craigellachie hatte. Auch seine Brennerei nutzte diese Spedition regelmäßig, um den Ben Rhinnes Whisky zur Abfüllanlage in Broxburn zu transportieren. Außerdem konnte er die leuchtend orange Gefahrentafel, mit der ihm so vertrauten UN-Nummer 3065 für alkoholische Getränke, dem darüber befindlichen Emergency Action Code 2YE und dem Gefahrenzeichen daneben, sofort ausmachen. Die Telefonnummer und das Kürzel für die Transportgesellschaft konnte er zwar auf die Entfernung nicht entziffern, aber die Aufschrift "McGearson" war auf dem Fahrzeug deutlich zu erkennen.

Als die Männer der Spurensicherung sich daran machten, den Wagen näher zu untersuchen, folgte die nächste Überraschung. Im Fahrerhaus fanden sie den gefesselten und geknebelten Fahrer, der bewusstlos quer über den Sitzen lag. Davon bekam Graham allerdings nichts mehr mit. Im Gegenteil, der Beamte in Zivil stand plötzlich wieder vor ihm und bedeutete ihm nachdrücklich, dass er hier nicht weiter helfen könne und jetzt besser nach Hause fahren solle. *Als wenn ich überhaupt hätte helfen dürfen*, brummelte Graham so leise, dass es der Beamte nicht hören konnte. Zumindest tat der so.

»Fahren Sie jetzt bitte nach Hause, Sir. Wir melden uns bei Ihnen, wenn wir noch Fragen haben.«

»Na gut, aber melden Sie sich doch bitte sofort, wenn es in dem Fall etwas Neues gibt«, brachte Graham seine Hoffnung auf eine weitere Beteiligung an den Ermittlungen zum Ausdruck.

»Sobald es erforderlich wird, setzen wir uns mit Ihnen in Verbindung.«

Das klang für Graham genau so, wie es wohl auch gemeint war. Der Beamte hielt es in keinster Weise für erforderlich, sich jemals wieder bei Graham zu melden.

»Los, gehen wir«, wandte sich Graham enttäuscht an Duncan, den Polizeiarzt, den das gleiche Schicksal wie ihn getroffen hatte. Auch seine Dienste waren hier nicht mehr länger erwünscht. »Ich fahre dich nach Hause.«

»Okay, danke, das ist nett von dir.«

Burt Lang, der Notarzt, war, kurz nach dem Eintreffen des Spurensicherungsteams und nachdem er dem Leiter des Teams Bericht erstattet hatte, wieder weitergefahren. Er war inzwischen von DCI Hicks wieder angerufen worden, um sich um den bewusstlosen Fahrer zu kümmern, und befand sich deshalb wieder auf dem Weg zurück zur Scheune.

Und so machten sich Graham und Duncan auf den Weg zu Grahams neuem Auto, um den Weg nach Hause anzutreten. Nachdem Duncan Grahams neuen Flitzer entsprechend bewundert hatte, stiegen beide ein. Graham war zwar aus reiner Gewohnheit zuerst zur Beifahrertür gegangen, um dort einzusteigen, hatte dies aber im letzten Moment gerade noch rechtzeitig bemerkt. Er musste sich wohl erst noch daran gewöhnen, dass er sein neues Gefährt tatsächlich auch auf dem regulären Weg betreten konnte. Er überspielte die peinliche Situation geschickt, indem er Duncan die Tür aufhielt.

»Oh, sehr freundlich von dir. Ich hoffe aber, du legst mir nicht noch ein Handtuch auf den Sitz. Mein Hintern ist nämlich, im Gegensatz zu deiner Hose, noch sauber.«

Etwas beschämt klopfte sich Graham seinen Hosenboden ab, den er sich beim Sitzen auf dem Scheunenboden verschmutzt hatte. Gut, dass Ishbel dies nicht als Erste bemerkt hatte.

»Wo ist eigentlich Sally, Bens Frau?«, fragte ihn Duncan, nachdem sie losgefahren waren.

»Oh Gott, stimmt, ich habe überhaupt nicht mehr an Tante Sally gedacht«, antwortete Graham und schlug sich dabei mit der flachen Hand an den Kopf. Dabei durchfuhr es ihn heiß und kalt. »Im Haus war sie vorhin nicht als ich gekommen war. Hoffentlich ist ihr nicht auch etwas zugestoßen«, fügte er voller Schreck hinzu.

»Jetzt mal nicht gleich den Teufel an die Wand. Vielleicht ist sie ja weggefahren, um jemanden zu besuchen«, beruhigte ihn Duncan.

»Na, ich werde nachher von zu Hause aus mal rumtelefonieren und morgen früh auf jeden Fall als Erstes noch mal zur Farm fahren und nachsehen. Dann müsste sie ja wieder zu Hause sein.«

»Gute Idee«, grinste Duncan, der Graham richtig einschätzte. »Dabei kannst du ja dann noch etwas weiter ermitteln.«

»Was du nur immer denkst«, grinste Graham zurück. Ohne das früher übliche zwei- bis dreimalige Abwürgen des Motors startete er den Wagen und rollte über den Zufahrtsweg zurück zur Hauptstraße.

Während sich die beiden auf dem Heimweg befanden, hatten die Beamten, zusammen mit dem Notarzt, den Fahrer wieder ins Diesseits geholt und sich vor der Scheune auf ein paar große Steine gesetzt. Der leitende Beamte, Detective Chief Inspector Jimmi Hicks, begann, ihn einem ersten Verhör zu unterziehen. Der Notarzt stand bereit, um sicherzustellen, dass der Mann durch diese Befragung nicht überfordert würde. Er klagte zwar über Kopfschmerzen und, dass es ihm immer wieder mal schwindlig sei, aber ansonsten schien es ihm wieder ganz gut zu gehen.

Derek McNab, einer von 170 Fahrern der McGearson Transportgesellschaft, erzählte noch etwas benommen alles, an das er sich erinnern konnte.

»Ich war mit meinem Laster gestern Abend auf dem Weg von Craigellachie zur Abfüllanlage in Broxburn. So gegen 17:00 Uhr wurde der Auflieger in der Craigellachie Distillery mit Whisky befüllt und dann bin ich losgefahren.«

»Warum erst so spät? Ist das nicht ungewöhnlich?«, fragte DCI Hicks.

»Nein, nein. Das kommt öfter vor. Die Abfüllanlage in Broxburn, in der mein Whisky in Flaschen abgefüllt werden sollte, arbeitet rund um die Uhr, im Dreischichtbetrieb, und da muss halt auch oft noch nachts angeliefert werden.«

»Haben Sie den ganzen Tag in der Distillery gewartet oder wie läuft das normalerweise ab?«

McNab lachte kurz. »Nein, das wird doch heute alles durch Computer gesteuert. Die Jungs in Broxburn geben die Anlieferungsaufträge an die Brennereien und die informieren unsere Zentrale. Und dann kommen die Kollegen und ich zum Zuge, die gerade Dienst haben. Auch wir arbeiten inzwischen in Schicht oder haben zumindest Rufbereitschaft.«

»Macht Ihnen das nichts aus, den langen Weg nachts zu fahren?«

»Aber nein, ich fahre sogar gerne nachts, da sind die Straßen schön leer und es gibt so gut wie nie einen Stau.«

»Was hatten Sie denn eigentlich geladen?«

»Na Whisky, das habe ich doch schon gesagt.«

»Ja, natürlich. Ich meinte aber, welche Art von Whisky denn?«

»Ach so, verstehe. Das war 16-jähriger. Unverdünnt. Der sollte in Fassstärke abgefüllt werden. Ich hatte knapp 12.000 Liter im Tank, das können Sie aber auch alles aus den Frachtpapieren entnehmen. Daraus sollten in Broxburn dann etwas mehr als 17.000 Flaschen abgefüllt werden.«

»Okay, was ist dann passiert?«

»Unterwegs, in der Nähe vom Ballindalloch Castle, gleich hinter der steilen Kurve, stand ein Kleinlaster mit Warnblinkanlage mitten auf der Straße ...«

»Können Sie das Fahrzeug näher beschreiben?«, unterbrach ihn der Chief Inspector.

»Klar, das war so ein dunkler Mercedes Vario Kleintransporter mit geschlossenem Kastenaufbau. So einen Kastenwagen ohne Fenster habe ich selbst schon gefahren, als ich bei UPS noch Zustellfahrer war. Sah ziemlich neu aus. Hatte mich schon gewundert, warum so eine neue Karre liegen bleibt.«

»Konnten Sie das Nummernschild erkennen?«

»Nee, da hab ich nicht hingeguckt.«

»Hatte der Wagen irgendwelche Aufschriften oder besondere Kennzeichen?«

»Nein, der sah aus, als wäre er dunkelbraun oder schwarz, aber er hatte keinerlei Aufschriften, weder auf der Seite noch hinten und auch sonst ist mir nichts Besonderes aufgefallen.«

»Okay, weiter bitte.«

»Ich habe also angehalten, auch weil ich eh nicht ohne Probleme dran vorbeigekommen wäre, und habe gefragt, ob ich helfen kann. Der Mann neben dem Wagen meinte, ich solle mir mal den Motor ansehen, der wäre in der Kurve ausgegangen und springe einfach nicht mehr an. Ich bin ausgestiegen und wurde sofort von einem zweiten Mann, der plötzlich neben mir aus dem Dunkeln auftauchte, mit einer Waffe bedroht.

»Können Sie die beiden Männer beschreiben?«

»Nicht so richtig. Der eine stand neben der Motorhaube ein bisschen im Schatten. Keine Ahnung. So groß wie ich etwa. Hatte eine schwarze Kappe auf. Haare weiß ich nicht. Klamotten ... Ich glaube eine Jeans und eine Jeansjacke. Den mit der Waffe habe ich nicht richtig gesehen, der stand erst schräg hinter mir und dann musste ich mich auch wegdrehen, sodass er komplett hinter mir stand.«

»Sie haben wirklich absolut nichts erkennen können?«

»Tut mir Leid, da kann ich mich nicht genau erinnern, wie die aussahen. Ganz normal halt, nicht besonders, denke ich. Keine Ahnung«, bemerkte McNab und griff sich dabei an den Kopf. »Ich kann mich nicht darauf konzentrieren.«

Auf ein Signal des Notarztes hin verzichtete der Beamte auf weitere Fragen zu dem Täter. »Was ist dann passiert?«

»Der Mann mit der Pistole hat mich dann gezwungen, wieder in den LKW zu steigen, und hat sich dann neben mich gesetzt und weiter mit der Waffe bedroht. Ich hab die ganze Zeit nur auf die Knarre geguckt. Ein bisschen älter war er irgendwie. Auch mit Jeansklamotten. Hatte ne dunkle Stimme. So wie vom Saufen oder so. - Da fällt mir ein, dass er eine schwarze Wollmaske über dem Gesicht trug, genau! Hat mich aber bei der ganzen Aufregung gar nicht gewundert. Ich bin dann also losgefahren und er hat mich dirigiert, während das andere Fahrzeug hinterhergefahren ist. Wir sind dann irgendwann von der Hauptstraße abgebogen. Ab da weiß ich nicht mehr, wohin wir gefahren sind, ich kannte die Gegend nicht. Es war sehr dunkel, wir fuhren über eine schmale Straße, und der Mann zwang mich, viel zu schnell zu fahren, weil die es offensichtlich sehr eilig hatten. Und dann ist es passiert, hinter einer Kurve führte die Straße nach rechts über eine schmale, alte Steinbrücke. Ich konnte den Lastwagen nicht schnell genug abbremsen und rammte die Brücke mit der linken Seite des Aufliegers. Das klang so, als hätte ich mir dabei die Bordwand aufgerissen. Dabei habe ich den Wagen abgewürgt. Der Mann ist kurz rausgesprungen und kam dann schnell wieder zurück. Der war jetzt richtig hektisch und forderte mich auf, so schnell wie möglich weiterzufahren. Dabei rammte er mir immer wieder die Pistole in die Seite. Wir sind dann aber nur noch das kurze Stück bis zu einer Scheune weitergefahren und in diese hinein. In der Scheune haben die mich gezwungen, etwas zu trinken. Ich glaube es war Kaffee, der schmeckte aber irgendwie komisch. Dann haben die mich gefesselt und geknebelt und wenige Minuten danach war da schlagartig nur noch Dunkelheit.«

»An die Fahrt und den Unfall können Sie sich aber noch sehr detailliert erinnern«, bemerkte DCI Hicks erstaunt. »Warum haben Sie ausgerechnet dann, wenn es um die Beschreibung der Täter geht, Erinnerungsstörungen?«, fragte er misstrauisch.

»Keine Ahnung, da habe ich einen echten "Filmriss". Ich würde Ihnen ja gerne helfen, aber ich kann mich wirklich nicht erinnern.«

»Kann es sein, dass diese Gedächtnislücke durch Alkoholkonsum oder etwas anderes hervorgerufen werden konnte?«, wandte sich der Beamte an den Notarzt.

»Sie sagten, dass Sie einen ungewöhnlichen Geschmack bei dem Getränk, das man Ihnen gegeben hat, wahrgenommen haben? Was war daran merkwürdig?«, fragte der Notarzt den Fahrer stattdessen.

»Ich sagte ja schon, es war wohl Kaffee, den ich bekommen habe, aber irgendwie hat der salzig geschmeckt. Ich dachte noch, dass die vielleicht Zucker mit Salz verwechselt hatten.«

Der Notarzt nickte wissend. »Ich vermute, dass man Ihnen GHB oder GBL verabreicht hat.«

»Was ist denn das«, fragte McNab erschrocken. »Ist das etwas Schlimmes?«

»Das sind K.o.-Tropfen, aber keine Sorge, das Schlimmste haben Sie schon hinter sich«, beruhigte der Arzt den Fahrer, der ganz erschrocken aus der Wäsche schaute.

Während Detective Chief Inspector Hicks den Fahrer zusammen mit dem Notarzt vor der Scheune befragte, waren die Kollegen der Spurensicherung nicht untätig gewesen. Die Spurentechniker des Kommissariats, in weiße Spezialanzüge gehüllt, die im Licht der Scheinwerfer zu leuchten schienen, krochen in jede Ritze, in jeden Winkel, den es in dem Lastwagen gab. Alles, was sie fanden – Haare, Fusseln, Papierfetzen, ja selbst Essensreste – wanderte in kleine Tüten, die entsprechend beschriftet wurden. Auch nach Fingerabdrücken wurde überall gewissenhaft gesucht. Das gleiche Spiel setzte sich anschließend in der gesamten Scheune und auch davor fort und würde sich sicherlich noch über mehrere Stunden hinziehen. Eine schlaflose und arbeitsreiche Nacht stand dem gesamten Team bevor.

»Fällt Ihnen sonst noch etwas ein, was uns zur Ergreifung der Täter hilfreich sein könnte«, fragte Hicks den Fahrer

»Nein, tut mir wirklich Leid«, antwortete McNab. »Außerdem habe ich inzwischen starke Kopfschmerzen. Es wäre mir recht, wenn wir die Befragung abbrechen könnten.«

Der Notarzt nickte zustimmend und DCI Hicks beschloss daraufhin, die Befragung fürs Erste abzubrechen.

»Okay, danke erstmal. Wir werden Sie zunächst zur Untersuchung ins Krankenhaus fahren. Vielleicht finden die da ja genau raus, womit man Sie betäubt hat. Dann würde ich Sie bitten, morgen auf dem Revier nochmals eine Täterbeschreibung abzugeben. Wir werden dann einen Zeichner einsetzen.«

McNab wurde daraufhin von einem uniformierten Beamten zunächst ins Krankenhaus gefahren.

Über den in der Scheune gefundenen Tanklastwagen informierte DCI Hicks telefonisch das Scottish Business Crime Centre in Stirling, die Abteilung für Wirtschaftskriminalität, und versprach den Kollegen, dass er ihnen morgen eine Kopie seines Berichtes mit allen wichtigen Daten schicken würde.

Chief Inspector Hicks hatte von dem Notarzt auch erfahren, dass morgens bereits der lokale Tierarzt da gewesen war und eines der toten Schafe zur weiteren Untersuchung mitgenommen hatte. Er rief ihn deshalb an und fragte ihn, ob er schon Ergebnisse habe.

»Ja, ich habe das Schaf inzwischen untersucht und auch die Todesursache gefunden«, sagte der Tierarzt, nachdem sich Hicks vorgestellt hatte.

»Und, woran ist das Tier gestorben?«

»Ich hatte Recht mit meiner Vermutung, dass es vergiftet wurde. Aber ich war doch überrascht, woran es letztendlich gestorben ist.«

»Jetzt machen Sie es nicht so spannend. Woran?«

»Alkoholvergiftung! Das Schaf hatte fast drei Promille im Blut.«

»Was schließen Sie daraus?«

»Na ja, ich nehme nicht an, dass das Tier alkoholabhängig war und regelmäßig zur Flasche gegriffen hat. Deswegen denke ich, dass ihm irgendjemand irgendwie größere Mengen Alkohol oder zumindest was Hochprozentiges innerhalb von kurzer Zeit verabreicht hat. Aber, wer macht so etwas nur? Ben bestimmt nicht, der teilt seinen Whisky generell nicht gerne und schon gar nicht mit seinen Schafen. Der kommt also als Täter bestimmt nicht in Frage.«

»Nun, das glaube ich auch, der ist inzwischen selbst zum Opfer geworden. Aber, was Sie sagen, passt zu unseren bisherigen Erkenntnissen, dass eine größere Menge Whisky in den Bach gelangt ist. Vermutlich haben die Schafe genau zu dem Zeitpunkt daraus getrunken, als der vorbeigeflossen ist.«

»Ja, das könnte die Alkoholvergiftung verursacht haben. Aber, was meinen Sie damit, dass Ben selbst Opfer geworden ist?«

»Ben Cairndow wurde in der Scheune seines Nachbarn tot aufgefunden, zusammen mit einem Tanklastwagen, der Whisky transportiert hatte.«

»Oh mein Gott, was ist denn passiert?«

»Das darf ich Ihnen aus ermittlungstechnischen Gründen leider nicht sagen.«

»Wie geht es Sally, seiner Frau? Ist sie schon daheim und weiß davon?«

»Was meinen Sie mit "schon daheim"? Wir suchen seine Frau schon die ganze Zeit, da wir sie weder im Haus noch auf dem Grundstück gefunden haben. Ich wollte nachher eine Fahndung herausgeben lassen.«

»Das können Sie sich sparen. Ben hatte mir heute Morgen gesagt, dass Sally gestern zu ihrer Schwester Crissy nach Perth gefahren ist. Sie wollte eigentlich heute Abend wieder zurückkommen.«

»Haben Sie die Telefonnummer der Schwester?«

»Nein, aber den Namen: Christine Shepherd, in Perth. Ich weiß nur, dass sie in der Nähe vom Scone Palace wohnen muss, das hatte Ben mal erzählt.«

»Gut, vielen Dank für die Information, den Rest finden wir schon heraus. Ich schicke morgen einen Beamten bei Ihnen vorbei, der den Obduktionsbefund des Schafes abholen kommt. Können Sie den bis zehn Uhr fertig stellen?«

»Ja, kein Problem.«

»Gut, vielen Dank.« Damit beendete DCI Hicks das Gespräch und rief sofort in der Zentrale an, um sich die Nummer der Schwester heraussuchen zu lassen. Nach weniger als einer Minute hatte ihm der Sergeant vom Dienst die Nummer organisiert und Hicks rief dort an.

Er erreichte unter der Nummer allerdings nur Christine Shepherd, von der er erfuhr, dass ihre Schwester vor zirka 20 Minuten aufgebrochen sei und sich inzwischen auf dem Heimweg befinde. Sie besitze aber kein Handy und lehne diesen neumodischen Schnickschnack generell ab, deswegen könne er sie auch nicht unterwegs erreichen.

DCI Hicks rief daraufhin bei Shortbread an und beauftragte diesen, zum Haus des Farmers zu kommen und dort auf die Rückkehr von dessen Frau zu warten. Er sollte ihr den Tod ihres Mannes schonend beibringen. Dann trat auch er den Heimweg an und überließ den Fundort der Leiche dem Team der Spurensicherung.

Was Chief Inspector Hicks aber nicht ahnen konnte, war, dass Shortbread zwar gesagt hatte, dass er sich um Sally Cairndow kümmern würde, aber keine Lust hatte, sich deswegen die Nacht um die Ohren zu schlagen. Er hatte für sich entschieden, dass es am nächsten Morgen immer noch Zeit genug war, rauszufahren, um sie zu informieren.

Und so kam es, dass Grahams Tante Sally gegen 23:00 Uhr zurück nach Hause kam und dieses leer vorfand. Sie war später dran als erwartet, denn sie stand unterwegs fast eine Stunde lang im Stau. Und sie wusste zu dem Zeitpunkt immer noch nichts vom Tod ihres Mannes. Sie erklärte sich seine Abwesenheit vielmehr damit, dass er wohl die Zeit ausgenutzt hatte und mit einem seiner Kumpels im Pub versackt war. Der alte Hallodri, grinste sie noch bei dem Gedanken. Da sie von der langen Fahrt aber hundemüde war, ging sie gleich ins Bett, ohne auf seine Rückkehr zu warten, und schlief völlig ahnungslos tief und fest bis zum nächsten Morgen.

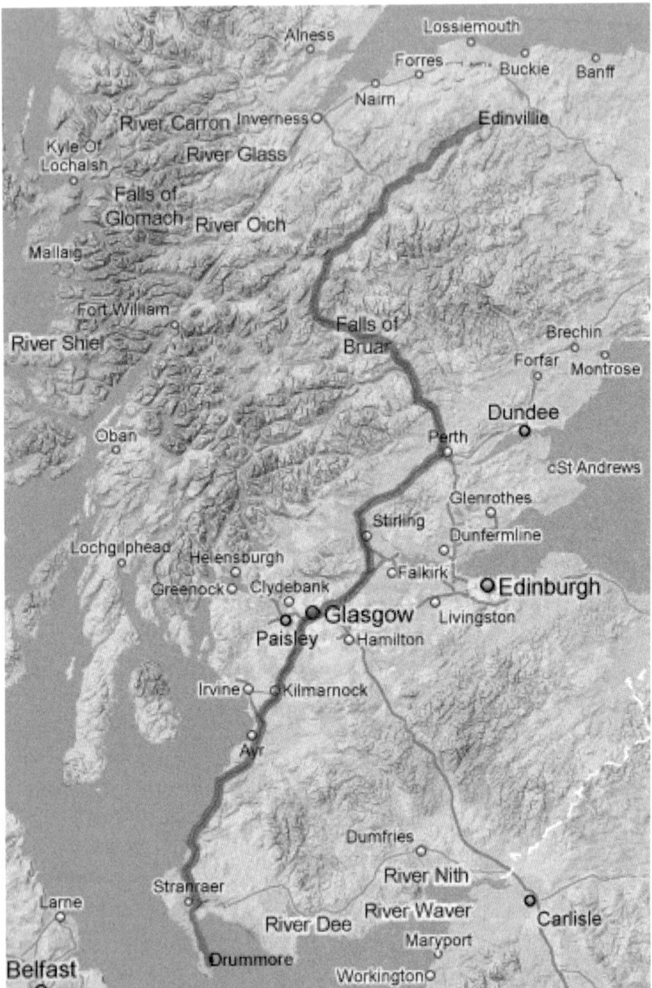
Lossiemouth
Alness
Forres
Buckie
Banff
Nairn
River Carron
Inverness
Edinvillie
Kyle Of Lochalsh
River Glass
Falls of Glomach
River Oich
Mallaig
Fort William
Falls of Bruar
Brechin
River Shiel
Forfar
Montrose
Dundee
Oban
Perth
St Andrews
Glenrothes
Stirling
Dunfermline
Lochgilphead
Helensburgh
Falkirk
Greenock
Clydebank
Edinburgh
Glasgow
Livingston
Paisley
Hamilton
Irvine
Kilmarnock
Ayr
Dumfries
River Nith
Stranraer
Larne
River Waver
Carlisle
River Dee
Maryport
Belfast
Drummore
Workington

Gentlemen?

Der kleine, auch bei hellem Sonnenlicht etwas verschlafen wirkende, Ort Drummore träumte im Süden der "The Rinns of Galloway" genannten Halbinsel einem neuen Tag entgegen. Obwohl Drummore das größte aller Rinns Dörfer ist, so ist es auch der am weitesten südlich gelegene Ort der hammerkopfförmigen Halbinsel. Es genießt sogar den Ruf, das südlichste Dorf in ganz Schottland zu sein. Und so weit südlich von der nächsten größeren Stadt Stranraer entfernt, verirrten sich um diese Jahreszeit so gut wie keine Touristen mehr. Man war wieder unter sich und das Leben der gut 300 Einwohner verlief in ruhigen Bahnen.

Das Dorf von Drummore besitzt einen kleinen Supermarkt, einen Eisenwarenhändler, das "Ships Inn" Gasthaus und das Queens-Hotel. Es gibt im Ort auch eine Post. Kraftstoff sowie einen Reparaturservice gibt es in der Dorfwerkstatt. Drummore hat eine Grundschule, und in der Kirkmaiden Informationszentrale in der Stair Street, der Hauptstraße des Dorfes, gibt es Informationen über die nähere Umgebung. All dies reichte den meisten Einwohnern völlig aus, um den täglichen Bedarf an Lebensmitteln und, was man sonst noch so alles brauchte, zu decken. Und selbst die Touristen waren mit diesem Angebot meist zufrieden. Jeder kannte jeden und man lebte hier zufrieden und vor allem friedlich. Hektik war für die meisten Einwohner ein Fremdwort.

Der nach Norden ausgerichtete Hafen, durch das Rinns vom starken südwestlichen Wind abgeschirmt, wurde bereits im frühen 19. Jahrhundert mit einer Bootsanlegestelle errichtet. Jahrelang wurde die Luce Bay überwiegend vom Verteidigungsministerium und dem West Freugh Flughafen als Bombardierungszone und Testgelände für neue Waffenentwicklungen genutzt. Der Hafen wurde erst 2004 durch die Drummore Harbour Trust Ltd. übernommen, mit dem Ziel, ihn für den Einsatz von Vergnügungsbooten zum Hochseefischen auszubauen. Und seit dieser Zeit war der kleine Ort schon fast so etwas wie eine Hafenstadt geworden. Natürlich ohne dass dadurch so etwas wie Stress aufkommen konnte.

Die speziell im Winterhalbjahr vorherrschende Ruhe und Beschaulichkeit sowie die geschützte Hafenanbindung hatten aber auch für eine Gruppe von Männern den Ausschlag gegeben, sich mit ihrem Unternehmen hier niederzulassen.

Die McFish Company hatte in der Cailiness Road, südöstlich vom Hafen, ihr Geschäft für den Export von schottischem Fisch und anderen Meeresspezialitäten eröffnet. Von den Fischern von Drummore, aber auch aus der näheren Umgebung, wurden Spezialitäten angekauft und mit speziell dafür hergerichteten Kühltransportern nach Drummore gebracht, um sie von dort aufs europäische Festland zu exportieren. Es war ein kleines, aber sehr spezialisiertes Unternehmen, das für den Transport eigens dafür umgebaute Fischtrawler benutzte, in denen spezielle Kühltanks für eine ununterbrochene Kühlkette beim Transport sorgten.

Wie spezialisiert das kleine Unternehmen aber wirklich war, ahnte allerdings keiner der Einwohner von Drummore. Niemand hätte auch nur im Traum daran gedacht, dass sich unter dem Deckmantel des Versandes von Fischspezialitäten der heimliche Umschlagplatz von gestohlenem schottischem Whisky verbarg. Kein Außenstehender wusste, dass der Stahltank eines der Fischtrawler ausschließlich dafür genutzt wurde, um Whisky zu transportieren, der in Schottland noch nicht in Flaschen abgefüllt worden war. In dem Kühlraum eines anderen Trawlers wurden oft Kisten mit bereits in Flaschen abgefülltem Whisky außer Landes geschmuggelt.

Fischspezialitäten machten bei McFish nur den kleinsten Teil des Geschäftes aus. Eine entsprechende europaweit agierende Organisation verdiente viele Millionen durch den Handel mit gestohlenem Whisky.

Die vier Männer waren spät dran, als sie, am Clashwhannan Wohnwagenpark und dem lokalen Pub vorbei, nach Drummore hineinfuhren. Die mit der Aufschrift "Seafood Specialities" versehenen Kleinlastwagen erreichten das Firmengelände der McFish ungefähr zu dem Zeitpunkt, als die Spurensicherung, knapp 500 Kilometer entfernt, den Lastwagen in der Scheune entdeckte. Bei den Wagen handelte es sich ebenfalls um Spezialumbauten, die von außen nicht als solche zu erkennen waren. Denn in dem vermeintlichen Kühlraum befanden sich mehrere kleinere Tanks, die ausschließlich für den Weitertransport von Whisky bestimmt waren und durch einen Einlassstutzen im Dach befüllt werden konnten.

Die beiden Fahrzeuge fuhren am hinteren Ende des Firmengeländes in eine große Lagerhalle mit Zugang zum Meer, in der sich ebenfalls ein großer Tankbehälter befand. Dort sollte der Inhalt der beiden Lastwagen in den 25.000 Liter fassenden Vorratstank umgepumpt werden, der, gemäß seiner Beschriftung, offiziell für die Lagerung von Dieselkraftstoff diente, inoffiziell aber für eine völlig andere Art von "Sprit" gedacht war.

Die Stimmung unter den Männern war extrem angespannt und immer noch höllisch gereizt. Der Anführer der Truppe, der auch den einen Lastwagen gefahren hatte, hatte unterwegs genügend Zeit gehabt, die Ereignisse in der Scheune immer und immer wieder gedanklich durchzuspielen. Er stieg sofort aus seinem Fahrzeug aus, nachdem er es rückwärts an den Lagertank herangefahren hatte. Das zweite Fahrzeug war noch mit dem Einparkmanöver beschäftigt, als der Boss schon Richtung Beifahrerseite ging. Als diese sich wenig später öffnete, entstieg ein Mann dem zweiten Lastwagen, der so aussah, als wäre er durch seinen persönlichen, körperlichen Einsatz allein in der Lage, die gesamte Anabolikabranche am Leben zu erhalten. Millisekunden später setzte sich der Streit fort, der schon in der weit entfernten Scheune seinen Anfang gefunden hatte.

»Henry, du Idiot«, ging der Anführer gleich verbal auf den muskelbepackten Beifahrer des zweiten Fahrzeuges los. »Was hast du dir nur dabei gedacht, den Kerl in der Scheune gleich umzubringen?«

Dabei war die Kälte in seiner Stimme kein Oberflächenfrost, sondern sie ging so tief, dass sie für einen ganzen Winter gereicht hätte.

»Aber Boss«, antwortete Henry. »Ich habe dir doch vorhin schon gesagt, dass ich ihn nicht umgebracht habe. Das war ein Unfall. Ehrlich!«

»Quatsch«, ereiferte sich der Anführer und baute sich drohend vor dem größeren Mann auf. »Gib es endlich zu, du hast einfach zu fest zugeschlagen, du hirnloser Muskelprotz«

»Nein, ehrlich Boss. Ich habe überhaupt nicht zugeschlagen. Ich habe ihm nur kurz mit meinem Elektroschocker eine verpasst.«

Auch die anderen zwei Männer hatten sich inzwischen zu den Streithähnen gesellt und waren innerlich schon darauf vorbereitet, dass sie die beiden trennen mussten, bevor es zu Handgreiflichkeiten kommen konnte. Auch wenn Henry fast doppelt so schwer war wie ihr Boss, wussten sie, dass dieser, dank einer jahrelangen Kampfsportausbildung, keine Probleme damit hätte, Henry mühelos zu besiegen. Sie würden also eher Henry schützen müssen, damit ihr Boss ihn bei einem Kampf nicht ernsthaft verletzen würde.

»Dann hast du ihm halt einen zu starken Stromschlag verpasst. Der Kerl war schon alt und sein Herz hat das nicht ausgehalten.«

»Nein, ehrlich, ich war ganz vorsichtig«, erwiderte Henry trotzig. »Ich habe ihn doch zur Scheune kommen sehen und hab den Schocker extra so eingestellt, dass er nur kurz bewegungsunfähig würde.«

»Und wie erklärst du dir dann, dass er trotzdem tot ist?«

»Als ich mich gebückt habe, um ihn zu fesseln, gab er keinen Mucks mehr von sich. Der muss unglücklich gestürzt sein. Da stand doch ein Haufen Geräte rum, da isser wohl draufgeknallt.«

So ging der Streit noch eine Weile hin und her, bis ihr Boss letztendlich akzeptierte, dass Henry den alten Mann weder mit Absicht, noch, weil er einfach zu blöd war, umgebracht hatte.

Als ihr Boss, immer noch zornig, in sein Büro ging, um den erforderlichen "Papierkram" zu erledigen, machten sich seine Mitarbeiter daran, die Ladung der beiden Fahrzeuge umzupumpen. Im Inneren der Lastwagen befanden sich je sechs doppelwandige Gefahrgutcontainer aus verzinktem Stahlblech mit Kunststoff-Innenbehälter und jeweils 1.000 Liter Fassungsvermögen. Diese waren wiederum auf einer Stahlpalette mit Gitterrahmen befestigt, die ihnen einen besonders robusten Schutz, auch während des Transports garantierten. Über einen Einfülldom konnten sie durch eine zusätzlich Einfüllöffnung im Dach des Transporters befüllt werden, während die Entleerung durch eine elektrische Fasspumpe mit einer Fördermenge von 100 Liter/Minute erfolgte. Diese war versteckt unterhalb des vermeintlichen Kühlraumes angebracht.

Was den Chef der Bande aber am meisten ärgerte, war die Tatsache, dass er seinen ursprünglichen Plan, zusammen mit seinem Team als die neuen Gentleman-Räuber in die Geschichte einzugehen, jetzt vergessen musste. Sie wollten sich abheben von dem anderen "Diebsgesindel". Es sollten nur die Reichen geschädigt werden, in diesem Falle die Distillerybesitzer, allerdings ohne dabei einem Menschen Schaden zuzufügen.

Er wollte, ähnlich wie damals Ronald Biggs, der 1963 mit seinen 15 Komplizen einen Postzug ausraubte und dabei 120 Geldsäcke im Wert von 2,6 Mio. Pfund erbeutete, als einer der berühmtesten Ganoven der Welt bezeichnet werden. Es wäre so schön gewesen, wenn irgendwann auch sein Leben und seine Taten verfilmt worden wären.

Daraus wurde aber jetzt wohl nichts mehr, nur weil Henry, dieser Idiot, Mist gebaut hatte. Während seine Männer den Inhalt der Lastwagen in den Lagertank umpumpten, saß der Anführer in seinem Büro und bereitete die Papiere für den Weitertransport der Schmuggelware vor. Er musste seinem Geschäftspartner auf dem Festland auch noch mitteilen, dass er, wegen dem Unfall an der Brücke, über 1.000 Liter weniger erhalten würde als angemeldet.

Noch immer saß der Ärger über den ersten Toten bei einer ihrer Aktionen tief in ihm. Das Schmuggeln von Whisky hatte seit vielen Generationen Tradition in seiner Familie. Er war allerdings der Erste, der sich auf den Whisky anderer Leute, sprich Brennereien, spezialisiert hatte, während seine Vorfahren immer selbst gebrannten Whisky am englischen Zoll vorbeigeschmuggelt hatten. Aber die Herstellung von Whisky in größeren Mengen, um ihn dann illegal weiterzuverkaufen, war heutzutage kein einfaches Unterfangen mehr. Da war es, zumindest aus seiner Sicht, schon wesentlich sinnvoller, wenn er diesen Schritt anderen überließ und sich erst beim fertigen Produkt in die Prozesskette einschaltete. Bei diesem Gedanken lächelte er, aber seine Augen glitzerten dabei so kalt, wie ein zugefrorener Bergsee.

In dieser guten alten Familientradition hatte er begonnen, sein eigenes Geschäft durchzuführen und nach und nach das Schmuggeln in großem Stil aufgebaut. Natürlich hatte er dafür keine Ich-AG gegründet oder ein entsprechendes Gewerbe angemeldet, das machte man in diesem Metier schließlich nicht. Allerdings hatte er mit der Zeit ein Team zusammengestellt, das einerseits, genau wie er, skrupellos genug war, um sich auf anderer Leute Kosten zu bereichern, aber andererseits auch über die nötige Expertise verfügte, um den Diebstahl ganzer LKW-Sendungen zu organisieren, durchzuführen und auch die damit verbundenen logistischen Probleme zu bewältigen.

Aller Anfang war auch bei ihnen schwer gewesen, aber, nachdem es ihm gelungen war, einen der Fahrer zu bestechen, und der ihn dann mit Insidertipps versorgt hatte, konnten sie gezielter agieren und sich Ladungen vornehmen, bei denen der Gewinn für sie entsprechend hoch war.

Nachdem sie bis dahin nur kleinere Mengen erbeutet hatten, deren Weiterverkauf ihnen nur ein paar Zehntausend Pfund eingebracht hatten, war gleich der erste Tipp ihres neuen "Geschäftspartners" quasi Gold wert. In der Nacht auf Dienstag, zwei Wochen vor Weihnachten, hatten sie, nahe dem Flughafen Glasgow, in einem sorgfältig geplanten, bewaffneten Raubüberfall einen kompletten Lastwagen gestohlen, der Malt Whisky in einem Handelswert von fast 600.000 Pfund transportiert hatte. Sie waren zu diesem Zeitpunkt noch zu zweit gewesen, sein Cousin und er, aber dennoch hatte alles wie am Schnürchen geklappt. Mit einem dunklen Ford Transit hatten sie gegen 22:00 Uhr den LKW blockiert, waren herausgesprungen und hatten den Fahrer mit einem Gewehr bedroht. Er wurde aus seinem Fahrerhaus gezerrt, zu dem Transit geschleppt und gefesselt und geknebelt im Heck liegen gelassen. Während er ihn zu einer nahe gelegenen Scheune fuhr, war sein Partner ihnen mit dem LKW gefolgt. Dort lag der Fahrer fast fünf Stunden lang, während von ihnen das Fahrzeug entladen wurde. Gegen 03:00 Uhr morgens, hatten sie den Fahrer, zusammen mit seinem leeren Lastwagen, wieder nach Paisley zurückgebracht. Die Beute von 10.800 Flaschen Buchanan´s Deluxe 18-year-old, die der Sattelauflieger enthalten hatte, war zwar für den Export nach Spanien bestimmt gewesen, fand aber auch in Schottland schnellen Absatz. So kurz vor Weihnachten hatten sie keine Probleme damit, alle Flaschen schnell loszuwerden. Bei einem Verkaufspreis von knapp 400.000 Pfund für die komplette Menge, störte sich auch niemand an den spanisch bedruckten Etiketten. Der Inhalt und vor allem der günstige Preis zählten.

Er hatte zu seinem Cousin schon immer gesagt, dass die Zeiten der Tresorknacker endgültig vorbei waren. Elektronisch abgesicherte Geldschränke, bewaffnete Posten und Fernsehkameras machten den Panzerknackern von heute die Arbeit immer schwerer. Selbst die Geldtransporte waren heutzutage nicht mehr zu überwältigen. Die LKW-Transporter allerdings waren für ihn nichts anderes als Geldschränke auf Rädern, die zudem kaum bewacht wurden und deren Schlösser leicht geknackt werden konnten. Er war dabei allerdings nicht an Zigaretten oder anderen Produkten interessiert, sondern wollte sich ausschließlich auf Whisky spezialisieren.

Der zweite große Tipp ihrer Kontaktperson brachte ihnen 15 Paletten Markenwhisky ein, die sich in einem Kasten-LKW auf dem Weg nach Deutschland befanden. Der Verkauf brachte ihnen knapp 220.000 Pfund. Und er brachte ihnen auch ein neues Teammitglied ein, denn der Fahrer dieses LKW war niemand anderer, als ihre Kontaktperson persönlich. So kam es, dass zwar der gestohlene LKW gefunden wurde, aber sowohl die Ladung als auch der Fahrer spurlos verschwunden blieben.

Mit dem inzwischen erbeuteten Geld hatten Sie in Drummore ihre McFish Tarnfirma gegründet und auch insgesamt drei MAN Lastwagen der Baureihe TGL 8.150 angeschafft. Mit verstärkten Rahmenkonstruktionen und größerem Radstand hatten sie die Nutzlast der Fahrzeuge auf knapp sechs Tonnen erhöht.

Inzwischen war ihr Team auf sieben Personen angewachsen. Als Letzter war Terry zu ihnen gestoßen, der ebenfalls als Fahrer bei einem Transportunternehmen tätig gewesen war und dann doch lieber in die "freie Marktwirtschaft" wechseln wollte. Natürlich hatte auch er, quasi als Einstand, eine LKW Ladung Whisky mitgebracht.

Aber nach dem Ärger, den dieser Idiot von Henry ihm inzwischen bereitet hatte, und vor allem, weil er ihm seinen

Lebenstraum zerstört hatte, hätte er sich wohl besser mehr Gedanken um die Mitglieder seines Teams machen sollen. Der Anführer haderte weiterhin mit seinem Schicksal, geriet erneut ins Grübeln und dachte an die gute alte Zeit zurück.

Er konnte sich noch sehr gut daran erinnern, wie er als kleiner Junge auf den Knien seines Großvaters saß und diesem zugehört hatte, wenn der die Geschichten seines eigenen Vaters, Großvaters und sogar Urgroßvaters weitergegeben hatte. Großvater war ein wunderbarer Geschichtenerzähler gewesen, und er hatte seinem Enkel die Geschichten immer und immer wieder so anschaulich geschildert, dass sowohl der kleine Junge damals auf dem Schoß als auch der erwachsene Mann heute immer noch das Gefühl hatte, als wäre er persönlich dabei gewesen.

Der Boss erinnerte sich, wie, nach den Erzählungen seines Großvaters, damals die Geschichte seiner Familie und des schottischen Whiskies begann.

SCOTLAND
1841-1892
English Miles
Orkney
Islands
Pentland Firth
Minch
Little Minch
Barra
Coll
Tiree
Firth of Forth
Edinburgh
Berwick
Dumfries
Kirkcudbright
Wigtown
Solway Firth
North Channel
IRELAND
Carlisle
Aberdeen
Forfar
Haddington
Longitude West from Greenwich

Very Long Ago

Nacht! Es war eine eiskalte Nacht im Jahre 1754.

Dicht an dicht stehende graue Steinhäuser duckten sich in die spätwinterliche Gasse. Obwohl eigentlich Vollmond war und der Mond mit seinem Licht den Himmel erfüllte, vermochte er es dennoch nicht, bis zum Boden des schmalen Wegs durchzudringen.

Die Dunkelheit störte den Mann aber nicht. Die Straßen seines Heimatortes waren ihm genauso vertraut wie die tückischen Pfade, die ihn auf seinem Weg erwarteten. Er wusste, dass ihm seine Frau durchs Fenster nachsah, und natürlich wusste er auch, dass sie sich, wie immer, Sorgen machte. Aber sie hatten mehrfach darüber gesprochen, dass er diesen Weg auf sich nehmen musste. Es war notwendig. Nicht nur für sie beide, sondern für die gesamte Familie.

Mit festen Schritten folgte er der kleinen Nebenstraße bis zum Ende des Ortes. Hinter den letzten Häusern konnte er die dunkle Silhouette der nahen Bergkette mehr erahnen als wirklich erkennen. Ein enger, gewundener Pfad schlängelte sich den Weg zu den Bergen hinauf, teils unter tief liegenden Nebelschwaden verborgen.

Doch der einsame Wanderer kannte die Gegend wie seine Westentasche. Schon oft hatte er den beschwerlichen Weg auf sich genommen, nur begleitet von seinem treuen Gefährten Ben. Auch heute folgte dieser dem Mann, der, genau so trittsicher wie er, den Weg auch bei nahezu völliger Dunkelheit fand.

Schon vor über einer Stunde hatte es angefangen zu regnen. Dieser leichte, als drizzle bekannte Nieselregen, den man kaum sehen konnte und der nur etwas auf der Haut kitzelte. Der aber dennoch dafür sorgte, dass man nach relativ kurzer Zeit klitschnass war. Aber selbst nasse Steine und glitschiges Moos konnten beide nicht aus dem Tritt bringen und ihre kostbare Fracht gefährden. Sicher, ohne zu zögern oder gar zu straucheln, setzten sie einen Fuß vor den anderen, als sie langsam den Berghang erklommen. Auch Ben spürte instinktiv, dass er die schwere, kostbare Fracht auf seinem Rücken nicht gefährden durfte. Er trug zwei kleine Fässer mit jeweils zehn Gallonen selbstgebranntem Whisky links und rechts in den Pannier Baskets über seinem Rücken, große Weidenkörbe, die eigentlich für den Transport von abgeschossenen Moorhühnern gedacht waren. Peter war froh, dass er sich vor vier Jahren dieses zuverlässige Pferd gekauft hatte. Diese, Highland Garron genannte, Rasse waren starke Ponies, die traditionell von Rotwild-Jägern benutzt wurden.

Peter war diesen Weg im zeitigen Frühjahr schon unzählige Male gegangen. Manchmal lag dann hier sogar noch Schnee, aber das hatte ihn nie abgehalten. Es war schließlich in diesen Zeiten nicht einfach, das Überleben einer Kleinbauernfamilie zu sichern. Da konnte er auf ein zusätzliches Einkommen, das ihm der schwarzgebrannte Whisky brachte, nicht verzichten. Und was sollte er auch sonst mit der überzähligen Gerste anfangen. Der nasse Spätherbst und die kalten Winter hier in Schottland sorgten unweigerlich dafür, dass die Gerste anfing zu schimmeln und letztendlich verrottete. Deshalb war es in seinen Augen nichts anderes als reine Notwehr, seine überschüssige Gerste zu retten, indem er sie zu Malz Whisky verarbeitete. Eine kupferne Brennblase, eine kupferne Kühl-

schlange und ein paar hölzerne Bottiche waren schließlich alles, was man dazu brauchte, um das landwirtschaftliche Jahr im Winter weiterzuführen. Whisky war außerdem im Winter die beste Medizin für die gesamte Familie, selbst der kleine Charles bekam bei Erkältungen seinen Whisky Toddy verabreicht. Whisky war schließlich ein Produkt des schottischen Klimas. Trauben wuchsen hier halt einfach nicht besonders gut, sonst hätten sie statt Whisky Wein hergestellt und den Italienern und Franzosen Konkurrenz gemacht. Stattdessen wurden einfach lokal vorhandene Rohstoffe miteinander verbunden, um ein Getränk herzustellen, das es der schottischen Landbevölkerung ermöglichte, die harten Winter besser zu überstehen. Und außerdem konnte man sich damit noch etliche Schillinge dazu verdienen.

Peter und Ben waren auf dem Weg nach Tomintoul. Dort würde Peter seinen Kunden treffen, der ihm in dem höchstgelegenen Ort in den Grampian Mountains seine beiden Fässer abnehmen würde. Der vor wenigen Jahren auf Geheiß des Duke of Gordon, im Anschluss an die Schlacht von Culloden, gegründete Ort lag zwar an einer alten Heeresstraße, die Fort George mit Edinburgh verbindet, war aber einfach zu weit weg von Edinburgh oder Inverness und zu schwer zugänglich, als dass er hier mit den hinterhältigen Staatsdienern rechnen musste. Bis nach Tomintoul hatte sich bislang noch nie ein Zollbeamter verirrt.

Peter hatte mal irgendwann in der Stadt gehört, dass die Kunst des Destillierens vermutlich von den Ägyptern und Chinesen erfunden worden war, zum Zwecke der Parfumherstellung aus Blumen und Pflanzen. Der Mann, der ihm das berichtete, war Ire gewesen und hatte ihm außerdem erzählt, dass Mönche dieses Wissen bereits im sechsten Jahrhundert nach Europa gebracht hätten, zur Herstellung von vergorenen Fruchtgetränken und den ersten Bieren aus Getreide. Der dadurch gewonnene Alkohol wurde damals als Heil- und Stärkungsmittel eingesetzt und sollte Krankheiten heilen und ein langes Leben bescheren. Das Uisge Beatha, das Wasser des Lebens, war also eher eine Medizin als ein Genussmittel und hatte aus dieser Anwendung seinen Namen.

Als der Ire dann auch noch behauptete, der irische Schutzpatron Saint Patrick habe die Kunst des Destillierens aus den Mittelmeerländern mit ins keltische Irland gebracht und damit seien also eindeutig die Iren die Erfinder des Whiskies gewesen, entbrannte eine heftige Diskussion im Pub. Sowohl der Ire als auch die anwesenden Schotten beanspruchten das Recht für ihre jeweilige Nation, zum ersten Mal Whisky hergestellt zu haben.

Der in Geschichte offensichtlich sehr bewanderte Ire erzählte dann weiter, dass in Irland bereits im 12. Jahrhundert Whisky gebrannt worden sei. Als die Soldaten von Heinrich II 1172 in Irland einfielen, wäre das Wasser des Lebens dort schon weit verbreitet und beliebt gewesen. Auch die ersten Brennereien waren schon entstanden. Da die Soldaten mit dem gälischen Begriff Uisge Beatha nicht zurechtkamen, das köstliche Lebenswasser aber durchaus schätzten, hatten sie es kurzerhand in Whisky umgetauft. Erst viel später wäre die Kunst, aus Getreide trinkbaren Alkohol herzustellen, von irischen Mönchen nach Schottland gebracht worden.

Die Schotten hielten dagegen, dass Saint Patrick in der schottischen Stadt Dumbarton geboren wurde, und deshalb sei er ein Schotte und damit Schottland der eigentliche Geburtsort des Whiskies. Nach einem hitzigen Wortgefecht beschlossen beide Parteien, doch lieber ein weiteres Glas Whisky zu trinken als sich darum zu streiten. Da für beide Seiten eindeutig feststand, dass es nicht die verhassten Engländer waren, die das von allen Anwesenden geliebte Lebenswasser erfunden hatten, waren letztendlich wieder alle zufrieden. Sie einigten sich auf: Erfunden haben ihn die Iren, berühmt gemacht haben ihn die Schotten.

Diese Geschichten hatten Peter zwar sehr interessiert, aber wer als Erster Whisky produziert hatte, war ihm dennoch völlig egal. Sollten doch die Iren den Whisky erfunden haben, die Schotten hatten ihn auf jeden Fall trinkbar gemacht. Auch wenn es ursprünglich Mönche waren, die die Kunst des Whiskybrennens beherrschten, waren es doch Farmer wie seine Vorfahren gewesen, die sehr schnell diese Kunst übernahmen. Schließlich waren sie es, die den Rohstoff zur Herstellung auf ihren Feldern anbauten. Ohne ihre Gerste würde es kein Uisge Beatha geben.

Peter wusste von seinem Großvater, dass bereits gegen Ende des 15. Jahrhunderts die Herstellung von Whisky auf den Farmen in ganz Schottland weit verbreitet und dabei die Produktion durch das so genannte Pot Still Verfahren deutlich verbessert worden war.[3]*.*

Im 16. Jahrhundert aber hatte sich dann alles dramatisch geändert. 1505 erhielt die Guild of Surgeon Barbers in Edinburgh das Monopolrecht zur Herstellung von Aqua Vitae für medizinische Zwecke. Und Mitte des 16. Jahrhunderts wurde die strafrechtliche Verfolgung von zahlreichen Verstößen gegen die Beachtung dieses Monopolrechtes in ganz Schottland konsequent durchgezogen. In ganz Schottland, bis hoch zu den Orkneys, wurde Whisky hergestellt, hauptsächlich jedoch in den Highlands. Whisky war zu einem beliebten Ge-

---

[3] In den Unterlagen des schottischen Schatzamtes, des Scottish Exchequer, von 1494 wurde eine Anweisung vermerkt, dem Ordensbruder John Cor, einem Mönch der Lindores Abbey im Nordwesten von Fife, 8 bolls gemälzte Gerste zu geben, zur Herstellung von Aqua Vitae für den König. Damit konnten etwa 1.000 Liter Whisky hergestellt werden, was zeigt, dass das Destillieren von Whisky damals schon gängige Praxis war. Allerdings[0] ist es nicht so, dass 1.000 Liter Whisky für die damalige Zeit eine gigantische Menge waren und dem König lange Zeit gereicht hätten, speziell dann nicht, wenn er in Partylaune gewesen ist. Als der Erzbischof von York 1466 feierlich eingesetzt wurde, hatte man für die Zeremonie 300 tuns Ale und 1.000 tuns Wein bestellt, um mit ihnen 1.000 Schafe, 2.000 Gänse, 200 Dutzend weibliche Strandläufer, 104 Pfaue, 608 Hechte und 2.000 heiße Vanillepuddings hinunterzuspülen. Wenn man bedenkt, dass 1 tun soviel ist wie 2 Pipes, was wiederum 3 Puncheon entspricht und, wie jeder weiß, 1 Puncheon 84 Gallonen fasst, ergibt das also alles in allem eine ganze Menge Liter. Grob gerechnet ist eine tun also etwa 1.000 Liter, was also aus dem Fest des Erzbischofs sicherlich ein denkwürdiges Ereignis gemacht hat.

tränk geworden, und die Zunft der Barbiere und Chirurgen wollte sich diese Einnahmequelle nicht beschneiden lassen. 1579 wurde das Brennen dann ausschließlich dem Adel gestattet, da die Gerste als Nahrungsmittel in Schottland knapp wurde. Auch König James V hatte bei ihnen soviel Whisky bestellt, dass ihn sein Hofstaat sicherlich nicht nur zum Einreiben, sondern auch für innere Behandlungen verwendet hat. Außerdem hatten die Reformen von John Knox und seinem Nachfolger Andrew Melville, als Oberhäupter der presbyterianischen Kirche, dafür gesorgt, dass der Alkoholgenuss verteufelt wurde. Gemäß ihrer Kirchenordnung wurden strenge Strafen nicht nur auf Ehebruch und Gotteslästerung, sondern auch auf Trunkenheit verhängt. Wer am Sabbat dem Gottesdienst fernblieb oder beim Whiskytrinken erwischt wurde, konnte von der Kirk Session, die eine Art Sittengericht darstellte, zu Gefängnis bei Wasser und Brot verurteilt werden. Und die Gerichtsbüttel waren überall unterwegs, um auszuspionieren, ob nicht irgendwo ein Zechgelage stattfand. Deshalb wurde John Knox im Volksmund oft Freudentöter genannt. Bei Beerdigungen wurde dennoch nicht auf den Farewell Whisky verzichtet, natürlich immer so, dass der Pfaffe davon nichts mitbekam.

Das Haus lag außerhalb des Dorfes auf einer kleinen Anhöhe. Direkt dahinter ragte der Wald auf, düster und scheinbar noch unberührt. Davor senkten sich hügelige Wiesen bis zur Straße hinunter, man konnte über die Felder bis aufs Hochmoor hinübersehen. Im Frühling und Sommer war es schön, dann blühte alles und strotzte vor Leben und Farben. Jetzt aber, im Februar, waren die Äcker kahl und wirkten seltsam verwaist. Über dem Moor stieg Nebel auf, und ungehindert heulte der Nordwind über die nackte Erde und die kurz geschorenen Wiesen. Im Vorgarten des Hauses faulte das Laub, und die Tannen im Wald bogen sich ächzend, als hätten sie das alles schon lange satt.

Es war immer noch dunkel, als Peter am Haus ankam. Aber immerhin hatte es wieder aufgehört zu regnen und Peters Kleidung war schon fast wieder getrocknet. Er klopfte an die Tür. Auch wenn es in Schottland üblich war, seine Tür tagsüber, und auch meist des Nachts, nicht abzuschließen, so gebot es dennoch der Anstand anzuklopfen, bevor man ein Haus betrat. Nachts war es in diesen unruhigen Zeiten sogar dringend erforderlich, um nicht versehentlich erstochen oder erschossen zu werden. Wie leicht hätte er mit einem englischen Steuerbeamten verwechselt werden können. Dann hätte sicherlich sein letztes Stündlein geschlagen, dachte Peter.

»Wer ist da?«, erklang kurz nach seinem Klopfen eine barsche Stimme.

»Ich bin es, Peter«, antwortete er.

Die Tür öffnete sich und die Silhouette eines rundlichen Mannes erschien im Türrahmen. Als dieser Peter erkannte, grinste er, entblößte dabei etliche braune Zähne und damit seine nicht ganz unberechtigte Angst vor dem Barbier, der nicht umsonst im Volksmund auch Zahnbrecher genannt wurde.

»Hi, Peter. Hast du es also doch geschafft, bei dem Wetter hierher zu kommen. Ich hatte schon fast nicht mehr damit gerechnet.« Nach einem prüfenden Blick in alle Richtungen trat er vor das Haus und fröstelte sofort. Eisige Luft entriss ihm den Atem in kleinen, dampfenden Wölkchen. Peter erkannte, dass er gut daran getan hatte anzuklopfen, denn der Mann hielt eine Pistole in der Hand, die er soeben in den Bund seiner Hose steckte.

»Hallo, Ron, auch schön dich zu sehen«, antwortete Peter. »Ich habe die beiden Fässer für dich dabei. Es hat zwar geregnet unterwegs, aber das macht einem echten Schotten ja nichts aus. Speziell dann nicht, wenn er in Geschäftsangelegenheiten unterwegs ist.« Sie grinsten sich beide an.

Peter und Ron kannten sich schon seit einigen Jahren und waren inzwischen nicht nur Geschäftspartner in Sachen illegalem Whisky, sondern auch Freunde geworden. Ron Drury kaufte von mehreren Farmern aus dem nahen und weiten Umkreis illegal hergestellten Whisky auf, um ihn dann wieder, natürlich mit entsprechendem Gewinn, weiterzuverkaufen. Den Whisky von Peter kaufte er dabei am liebsten, da dessen Qualität immer höher lag als die seiner anderen Lieferanten.

Nachdem beide gemeinsam kurz den Inhalt von Bens Packtaschen inspiziert hatten führte Peter das müde Pferd in den nahen Stall, wo dieses gleich zufrieden an einem Haufen Heu knabberte. Peter hievte mit Rons Hilfe die beiden Fässer aus den Packtaschen und stellte sie auf den Boden. Ron nickte zufrieden, er würde die Fässer verstecken, wenn Peter wieder weg war. Auch wenn beide inzwischen eine vertrauensvolle Freundschaft verband, fand er, dass es Peter nichts anginge, wo er seinen geschmuggelten Whisky aufbewahrte. Nicht nur, weil es die schottische Gastfreundschaft erforderte, sondern auch weil sich beide Männer gut verstanden, bat er Peter ins Haus, um sich äußerlich und innerlich aufzuwärmen.

In der großen Stube brannte das Torffeuer im Kamin und verbreitete eine angenehme Wärme und seinen typischen Geruch. Peter trat vor das Feuer, um seine klamme Kleidung vollends zu trocknen und auch seine Knochen zu wärmen. Ron schenkte inzwischen zwei Gläser mit Whisky halbvoll und stellte sie auf den grob gezimmerten Tisch. Nachdem Peter sich zu ihm an den Tisch gesetzt hatte, erhoben sie ihre Gläser und riefen, wie es ihre Vorfahren schon seit Jahrhunderten taten, »Scotland shall rise again!« Damit toasteten sie sich stolz zu.

Eine halbe Stunde später, nachdem er auch sein Geld erhalten hatte, machten sich Peter und Ben wieder auf den beschwerlichen Heimweg.

Auf dem Heimweg hing Peter wieder seinen Gedanken nach. In seiner Familie war es schon seit vier Generationen üblich, Whisky selbst herzustellen. Schon sein Ur-Ur-Großvater hatte Whisky gebrannt, und zwar lange bevor die Engländer im Januar 1644 ihre Malzsteuer eingeführt und die Produktion von Uisge Beatha mit 2s 8d pro Pint besteuert hatten. Angeblich wollte das schottische Parlament mit diesen zusätzlichen Einnahmen einen Krieg gegen England finanzieren. Die Schotten glaubten dieser Rechtfertigung allerdings nicht, sondern sahen diese Steuer als Anschlag auf ihre Freiheit. Und natürlich reagierten die Schotten darauf wie immer, wenn sie etwas verboten bekamen. Sie suchten und fanden einen Weg, die Zahlung der Steuer zu umgehen. Da sich niemand daran hielt, wurde Whisky 1707 in Schottland verboten – es sei denn, man erwarb eine staatliche Lizenz. In den folgenden Jahren kam es wegen der Steuern zu blutigen Auseinandersetzungen zwischen den "gaugers" genannten Steuereintreibern und den Schmugglern. Nahezu 200 Jahre sollte der Widerstand gegen die hohe Besteuerung des Whisky anhalten.

Peters Großvater hatte seine illegale Brennerei in einer kleinen Höhle hinter einem Wasserfall verborgen, sodass der verräterische Rauch beim Brennen durch den Wasserfall zog und dadurch eher wie Sprühregen aussah. Als die Steuerbehörden eine Prämie von fünf Pfund für jede bei ihnen abgegebene Brennblase zahlten, hatte sein Vater seine alte Brennblase, die wegen eines kleinen Lochs nicht mehr benutzt werden konnte, dort abgegeben. Für die dafür erhaltene Prämie konnte er sich problemlos eine neue und auch noch bessere Brennblase kaufen.

Viele der illegalen Brenner gingen ähnlich geschickt vor und nach[0] kurzer Zeit wurde zehnmal mehr Destillat von illegalen Freibeutern hergestellt als von den lizenzierten Brennereien. Das Ganze wurde auch noch dadurch gefördert, dass die legalen Brennereien sich genötigt sahen, den Anteil ungemälzter Gerste in ihrer Produktion zu erhöhen, um Kosten zu sparen. Das führte schnell dazu, dass nur der illegale Whisky als echter schottischer Whisky betrachtet wurde und die Destillerien auf ihren Produkten sitzen blieben. In jener Zeit wurde legal hergestellter Whisky als "Parliament" bezeichnet, während der schwarz gebrannte den Namen "Poteen" trug. In abgelegenen Gebieten des schottischen Hoch-

landes und auf den Inseln, wo kein Steuereintreiber hinkam, wurde dieser unerlaubte Whisky hergestellt und in die großen Städte im Süden geschmuggelt.

Zu Beginn des 18. Jahrhunderts stieg die Nachfrage nach Whisky dramatisch, speziell, als der so genannte Gin Act 1736 eine Besteuerung von Gin einführte, die nicht für Whisky galt. Die offiziellen Produktionsmengen stiegen von 100.000 Gallonen in 1708 auf 275.000 Gallonen in 1738. Als dann das Scottish Excise Board beschlossen worden war, wurden die zahlreichen Schwarzbrenner unerbittlich verfolgt. Und das galt heute noch so, erinnerte sich Peter grimmig. Wer keine Lizenz zum Brennen vorweisen konnte und von dem Excise Man erwischt wurde, wanderte unweigerlich für viele Jahre ins Gefängnis. Peter hatte sogar schon von Schießereien in den Borders und nördlich von Edinburgh gehört, bei denen die Steuereintreiber die fliehenden Schwarzbrenner hinterrücks erschossen hatten. Die Barbaren aus dem Süden hatten halt schon immer dafür gesorgt, dass es den Männern in den Highlands auf Dauer nicht gut ging. Genau wie die meisten Schotten, fand er nichts Unmoralisches dabei, Whisky schwarz zu brennen und zu schmuggeln. Das gehörte einfach zum Leben und oft auch zum Überleben vieler kleiner Farmern und auch mancher Brennerei. Selbst Geistliche der schottischen Kirche stellten inzwischen Lagerraum für illegal gebrannten Whisky unter ihren Kanzeln zur Verfügung. Er hatte auch davon gehört, dass manch einer den Whisky in Särgen vor den Zollbeamten versteckte.

Die hohe Malzsteuer führte auch dazu, dass diejenigen, die ihren Whisky legal herstellten, den Anteil an gemälzter Gerste verringern und durch ungemälzte Gerste ersetzen mussten, um die höheren Kosten auszugleichen. Deshalb galt bald nur noch der illegal hergestellte Whisky als echter und original schottischer Whisky. Der Schmuggel blühte und die legalen Brennereien blieben auf ihrem Produkt sitzen. Zudem ein echter Schotte darüber hinaus nicht auch noch mithelfen wollte, das englische Steuersäckel zu füllen. Deshalb dauerte es nicht lange, bis Schottland, und speziell das schottische Hochland, mit illegalen Whiskybrennereien förmlich übersät waren. Die Highlands waren unwegsam und kaum erschlossen und konnten nur von den ortsansässigen Schotten gefahrlos bereist werden.

Aber die Krönung hatten die vermaledeiten Engländer den Schotten vor acht Jahren zugefügt. Jedes Kind wusste inzwischen über die kurze ruhmreiche Geschichte von Bonnie Prince Charlie, die letztendlich in einem Massaker endete. Peter stieg die Zornesröte ins Gesicht, als er an die Konsequenzen dieser Niederlage dachte, und auch Ben spürte, dass sein Herr plötzlich mit zornigeren Schritten voranstapfte.

Im August 1745 war der 25-jährige Charles Edward Stuart, auch "Bonnie Prince Charlie" genannt, aus seinem Exil in Rom, bei Arisaig, an der Westküste von Schottland, gelandet, um den britischen Thron für seinen Vater zurückzuerobern. Er proklamierte seinen Vater zum König von Schottland und entrollte in Glenfinnan, am Nordufer des Loch Shiel, am 19.08.1745 sein Banner. Zahlreiche schottische Clans schlossen sich ihm an. Auch aus der Verwandtschaft von Peter waren einige Highlander bereit, mit dem Prinzen in die Schlacht gegen England zu ziehen.

Der Prinz führte daraufhin den Aufstand von 1745 an. Nach anfänglichen Erfolgen seiner Truppen bei Prestopans, östlich von Edinburgh, als die Anhänger des Prinzen am 21.09.1745 ganze zehn Minuten brauchten, um die englischen Regierungstruppen in die Flucht zu schlagen, folgte Sieg auf Sieg.

Charles drang mit seinen Schotten sogar bis Derby, fast vor die Tore Londons, vor, sodass der König dort schon alles zur Flucht nach Frankreich packen ließ. Dann aber verließ ihn sein Glück, zumal viele Soldaten seiner Armee sich so weit weg von der Heimat unwohl fühlten und er ein großes Problem mit dem Nachschub für sein Heer hatte. Er musste dann, mit zwei mächtigen hannoverschen Armeen im Nacken, zurück nach Schottland fliehen. Am 17.01.1746 gelang den bereits wieder auf dem Rückzug befindlichen Hochländern in Falkirk ein letzter Sieg über die englische Armee.

Auf dem Schlachtfeld im unwirtlichen Drummossie Moor, acht Kilometer östlich von Inverness, wurde Bonnie Prinz Charlie, mit seinen 4.500 Highlandern, am 16.04.1746 in weniger als 40 Minuten von den 9.000 Mann starken Truppen, unter dem Herzog von Cumberland, vernichtend geschlagen. Auf dem weiten, flachen Terrain hatten die Highlander, als Bergvolk auf den Kampf im offenen Gelände nicht eingestellt, den in Zahl und Bewaffnung überlegenen Engländern mit ihren Kanonen nichts entgegenzusetzen. Sie waren hoffnungslos unterlegen. Es war die letzte große, offene Feldschlacht, die das Ende des gälischen Clansystems bedeutet. Der siegreiche Herzog verlor nicht mehr als 350 Männer, während die Schotten fast 2.000 Tote zu beklagen hatten. Die Niederlage bedeutete das Ende des Jakobitenaufstandes von 1745. Der Duke of Cumberland, wegen seines erbarmungslosen Tötens auch "Butcher", der "Schlächter", genannt, ließ die Clanmitglieder, die nicht auf dem Schlachtfeld starben, im ganzen Land jagen. Weitere 3.000 wurden bei der monatelangen Verfolgungsjagd ermordet. Auch Peter und seine Familie mussten sich vor den Häschern verstecken

Am schlimmsten aber war, dass von nun an die Schotten die englischen Herrscher als die ihren akzeptieren mussten. Das Tragen von Breitschwertern, Dolchen und Musketen sowie Kilt und Dudelsackspielen wurden verboten. Schottland hatte aufgehört zu existieren!

Zornig kickte Peter einen Stein aus dem Weg.

Prinz Bonnie entkam, nach fünfmonatiger Flucht durch das Hochland und mit Hilfe des Hebridenmädchens Flora MacDonald, am 20.09.1746 mit einem Schiff nach Frankreich. Er war mit einem irischen Pass ausgestattet und als deren Dienstmädchen Betty Burke verkleidet. Trotz einer sehr hohen Belohnung von £ 30.000, für die man sich damals den schönsten Landsitz hätte kaufen können, und einer landesweiten

Suche, wurde er von niemandem verraten und konnte von Skye aus entkommen. Das war den Engländern wenigstens nicht gelungen, die Schotten hielten zusammen und ließen sich auch nicht für noch so viel Geld dazu verleiten, einen der ihren zu verraten.

Peters Frau Mary lag ihm wie so oft in den Ohren, er solle endlich damit aufhören, schwarzgebrannten Whisky zu schmuggeln. Die englischen Steuerbeamten wurden immer zahlreicher, und das Risiko, erwischt zu werden, erhöhte sich dadurch Tag um Tag. Im Corgarff Castle, am Lecht Pass, war sogar ein Regiment englischer Rotröcke stationiert worden, um von dort aus Jagd auf Whisky-Schmuggler zu starten. Wer von denen erwischt wurde und sich ihnen nicht sofort ergab, wurde erbarmungslos erschossen oder erschlagen. Gerüchten zufolge passierte das auch oft denen, die sich bereits ergeben hatten.

Wieder einmal diskutierten Peter und seine Frau, dass sie doch eigentlich genug Geld zusammen hätten, um die Schiffspassage für sich und die beiden Kinder zu bezahlen. Die Steuern, die von den Landlords erhoben wurden, wurden immer höher, und die gesamte wirtschaftliche Situation in Schottland hatte sich, nach der Schlacht von Culloden, dramatisch verschlechtert. Die Engländer taten alles, um ihnen das Leben so schwer wie möglich zu machen. Etliche seiner Nachbarn hatten deshalb auch schon die beschwerliche Schiffsreise auf sich genommen und waren nach Amerika ausgewandert, um dort ein besseres Leben anzufangen.

Aber nicht so Peter. Nein, er würde in seinem geliebten Schottland bleiben. Diese schroff-schöne Landschaft mit ihren hügeligen Anhöhen voller Heidekraut, dem torfigen Boden, der den Brennstoff für den Winter lieferte, den Bächen und Flüssen mit ihrem klaren und kühlen Wasser voller Forellen und Lachse sowie den Feldern mit der goldgelben Gerste. Überall blühte der gelbe Ginster, Schafherden weideten wie kleine weiße Flecken auf den grün gewellten Hügeln bis zum Horizont. Das war seine Heimat!

In einer Zeit, als das Schwert noch mächtiger war als das Wort, hatten seine Vorfahren hier in dieser Region schon gegen die Dänen gekämpft, die immer wieder mit ihren Langschiffen vor der Küste auftauchten oder in die Flussmündungen hineinruderten. Mit den Drachenbooten waren Tod und Verderben bis tief ins Land eingedrungen. Aber die Schotten, die damals noch Skoten genannt wurden, hatten nicht den Mut verloren, sondern tapfer gekämpft und so war es ihnen schließlich unter Skotenführer Kenneth MacAlpine, Sohn von Alpin, dem 34. König von Dalriada, gelungen, die feindlichen Besatzer wieder aus dem Land zu vertreiben. Die hatten darauf in England leichtere und fettere Beute gesucht und auch gefunden. Kenneth MacAlpine hatte danach das erste geeinte schottische Königreich mit der Hauptstadt Scone bei Perth gegründet, indem er sein Herrschaftsgebiet Dalriada, mit der Felsenfestung Dunadd, mit dem Reich der Pikten vereinte. Er begründete mit dem Königreich Alba - später Scotia genannt - die schottische Monarchie.

Auch Peter würde sich niemals von anderen dazu zwingen lassen, sein geliebtes Schottland zu verlassen. Nein, das war er schon alleine seinen Ahnen schuldig, niemand würde ihn von hier vertreiben! Niemand!!

Ishbel

»Ich kann es nicht fassen! Du musst entweder irgendwie mit einem Krimi-Gen auf die Welt gekommen sein oder du bist doch mit Sherlock Holmes verwandt. Kannst du die Dinge nicht einfach mal so sehen, wie sie sind?« Ishbel stand wutschnaubend vom Esstischstuhl auf, auf dem sie sich erst vor gut 30 Minuten niedergelassen hatte.

Als sie nach Hause gekommen war, hatte sie ihre Tasche todmüde an die Garderobe gehängt, zusammen mit ihrem Mantel und Schal samt Handschuhen, und wollte einfach nur zur Entspannung eine Tasse Tee trinken. Ihr Tag als so genannte Interims-Managerin der Ben Rhinnes Distillery hatte mal wieder alles von ihr abverlangt. Das Letzte, was sie sich für ihren Abend gewünscht hatte, war, von einem Todesfall in der Familie überrascht zu werden. Und das Allerletzte, von dem sie geträumt hatte, war ein dubioser Todesfall samt gestohlenem Whisky. Und das Aller-Allerletzte, was die schlimmsten Dinge noch toppen konnte, war ein Lebenspartner, der sich mal wieder in den Kopf gesetzt hatte, die Arbeit von Polizei, Staatsanwaltschaft und des MI5 in einer Person erledigen zu wollen. Aber genau das entsprach dem, was sie in der letzten halben Stunde zu hören bekam. »Es tut mir wirklich um deinen Onkel Leid. Ich habe ihn zwar nur einmal kennen lernen dürfen, habe ihn aber gleich ins Herz geschlossen. Er war ein richtig lebenslustiger Kerl. Und er und Sally waren ein wirklich goldiges Paar. Aber, dass er ermordet worden sein soll, ist doch wirklich nicht dein Ernst.«

»Aber der Laster ...«, versuchte Graham wiederholt zu erklären.

»Hör doch bitte auf! Ja, ein gestohlener Laster ist merkwürdig. Aber, wie du selber eben gesagt hast, kommt das wohl anscheinend häufiger vor. Das hat mit deinem Onkel doch überhaupt nichts zu tun. Warte lieber mal ab, was mit seinen Schafen los ist. Vielleicht hat er vor Aufregung einfach einen Herzanfall bekommen oder ist einem Schaf nachgelaufen und ist gestürzt. Fertig!«

Graham hatte, nachdem Ishbel nach Hause kam, sofort zu erzählen begonnen. Ihre Müdigkeit ignorierend, hatte er ihr die gesamte Geschichte über die Schafe, seinen Onkel und den Laster in aller Ausführlichkeit geschildert und dabei natürlich seine ganz persönlichen Schlussfolgerungen eingeflochten. Da musste etwas Großes dahinter stecken, vielleicht sogar eine internationale Mafia oder so etwas.

»Mein lieber Schatz, jetzt lass doch mal die Kirche im Dorf. Du übertreibst gewaltig«, antwortete Ishbel gereizt und lauter als sonst bei ihr üblich.

Nach Grahams aufgeregten Schilderungen und Mutmaßungen ergab sich für Ishbel nur ein Bild: eine weltumspannende Verschwörung von mafiösen Whiskyschiebern, die am laufenden Band ältere Farmer meuchelten und ganz nebenbei, sozusagen als Würze ihrer Arbeit, die schottischen Schafbestände dezimieren. Dass er dabei in seiner Aufregung mal wieder völlig übers Ziel hinausgeschossen war, fiel ihm erst bei Ishbels aggressiver Reaktion auf.

»Okay, ja, da kannst du natürlich Recht haben«, meinte er deshalb beschwichtigend, »aber, du musst schon zugeben, dass die ganze Geschichte merkwürdig ist, und außerdem rege ich mich nur so auf, weil der blöde Shortbread was hätte tun können. Dann wäre mein Onkel noch am Leben. Vielleicht zumindest. Und jetzt will keiner das einsehen. Das ärgert mich so ungemein!« Resigniert und wütend zugleich beendete er seine permanenten Laufrunden um den Esstisch und ließ sich auf einen Stuhl fallen. Dabei setzte er sich auf die neuen Wagenschlüssel, die er genau auf diesen Stuhl gelegt hatte. Mit schmerzerfüllter Miene sprang er sofort wieder auf. »Den hatte ich ganz vergessen. Der neue Wagen ist prima. War eine gute Idee.« Allerdings kamen seine Worte ohne große Überzeugung rüber.

Ishbel war inzwischen aufgestanden, um für sich und Graham einen Tee zu kochen. Aus der Küche rief sie: »Ist ja schon gut, Schatz. Lass uns nicht streiten. Ich kann deinen Ärger verstehen. Nur verstehe bitte auch mich. Ich habe von Todesfällen und Polizei und den Aufregungen genug für die nächsten drei Leben. Lass den Dingen dieses Mal einfach ihren Lauf und kümmere dich um die wichtigen Dinge.«

»Und die wären?«, antwortete Graham wenig überzeugt.

»Zum Beispiel um deine Tante Sally.«

»Hab ich doch schon die ganze Zeit, aber ich weiß wirklich nicht, wo sie hin sein könnte.« Graham griff zum wiederholten Mal zum Telefon, um auf der Farm anzurufen. Dabei sah er auf seine alte Armbanduhr: 22:30 Uhr.

Nach dem fünfzehnten Klingeln legte Graham den Telefonhörer wieder auf. Tante Sally schien immer noch nicht zu Hause zu sein. Er schaute Ishbel, die mit einem Tablett mit dampfenden Teetassen und ein paar Ingwerkeksen aus der Küche kam, kopfschüttelnd an und sagte: »Sie meldet sich nicht. Ich versuche es dann später noch einmal.«

»Das ist seltsam, dass Sally um diese Uhrzeit nicht zu Hause ist. Die geht doch abends immer früh zu Bett, damit sie am nächsten Morgen mit den Hühnern aufstehen kann.«

»Die haben doch schon längst keine Hühner mehr.«

»Oh Schatz, das sagt man doch nur so«, antwortete Ishbel. Sie erkannte, dass Graham durch den Tod seines Onkels, und insbesondere das Verschwinden seiner Tante, immer noch völlig neben der Spur war und anders reagierte als sonst.

»Ja, stimmt, du hast ja Recht. Weißt du was, vielleicht ist Sally ja zu ihrer Schwester Christine gefahren«, sagte Graham plötzlich hoffnungsvoll. »Das macht sie doch öfters mal. Ich rufe gleich mal bei Crissy an.« Schon suchte er in seinem Telefonregister nach der Nummer seiner anderen Tante.

»Warte mal, Graeme. Wenn Sally bei Crissy ist, dann sind die beiden alten Leutchen inzwischen entweder beide im Bett oder Sally ist inzwischen längst auf dem Heimweg. Versuch es lieber später noch mal bei ihr daheim. Ansonsten kannst du morgen immer noch bei Crissy anrufen. Wenn du die jetzt aus dem Schlaf reißt, erschrecken die sich vielleicht beide zu Tode.«

»Mmh, du hast vermutlich Recht. Ich versuche es nachher noch mal bei ihr. Aber weißt du was, jetzt rufe ich mal bei Alan an. Nur, um ihm die Story mal schnell zu erzählen und mich sozusagen aus fachkompetenter Sicht beruhigen zu lassen«, ergänzte er schnell, als er Ishbels Ansätze zu widersprechen bemerkte. »Außerdem muss ich mich bei irgendeinem über Billy-Boy beschweren und da fang ich am besten ganz oben an!«

»Das hat doch auch Zeit bis morgen, meinst du nicht? Und außerdem ist Alan wohl kaum der richtige Mann, um einen Dorfpolizisten in die Kolonien strafversetzen zu lassen, oder?«

»Wenn nicht Alan, wer dann? Irgendeiner muss dem Deppen doch mal auf seine dicken Finger hauen. Außerdem könnte Alan ja einfach mal beiläufig seinen Namen bei den Ermittlungen fallen lassen. Vielleicht klappt dann alles etwas schneller, meinst du nicht?«, fragte er hoffnungsvoll.

»Nein, meine ich nicht«, entgegnete Ishbel, den heißen Becher Tee unter ihre Nase haltend. »Außerdem wäre es höflich von dir, vor dem Telefonieren mal auf die Uhr zu schauen.«

»Der ist bestimmt noch nicht zu Bett, und morgen steckt der doch sicher wieder in irgendwelchen Meetings fest und ist nicht erreichbar. Nein, das mache ich besser jetzt«, sagte Graham bestimmend und griff demonstrativ zu seinem Handy.

Ishbel merkte, dass er sich von diesem Vorhaben nur schwer würde abbringen lassen und sie spürte auch intuitiv, dass ihm dieser Anruf bei Alan gut tun würde, egal, ob dieser ihm helfen konnte oder nicht.

»Also gut, dann ruf ihn halt an und sag ihm und Susan einen schönen Gruß von mir. Ich räume schon mal den Tisch ab und die Küche auf.«

Graham hatte inzwischen schon die Nummer von Alan gewählt, die er auswendig kannte. Dieser meldete sich nach dem vierten Klingeln.

»Hallo, Alan, hier ist Graham Morrice.«

»Hallo, Graeme, [illegible] geht es dir?«, antwortete Alan.

»Gut, danke. Na [illegible], eigentlich nicht, mein Onkel ist heute gestorben.«

»Oh, das tut mir Leid. Mein Beileid Graham. War er krank gewesen?«

»Nee, der war immer putzmunter. Der hat in seinem ganzen Leben noch nie einen Arzt gebraucht.«

»Ist etwas mit ihm passiert? Hatte er einen Unfall?«

»Reicht dir eigentlich auch ein Toter?«, überfiel Graham mit aufgeregter Stimme Alan förmlich. Denn das war es, was ihn schon die ganze Zeit beschäftigte, dass hier ein Serienmörder am Werke sein könnte.

»Wie meinst du das denn?«, fragte Alan hörbar irritiert.

Nachdem seine Frage endlich raus war, hatte sich Graham wieder etwas beruhigt. »Ben, mein Onkel, ist heute tot in der Scheune des Nachbarn gefunden worden, und dort stand auch ein Whiskytransporter drin. Die Beamten meinen, es wäre ein Unfall, aber ich bin mir sicher, dass er ermordet wurde. Und seine Schafe wurden auch vergiftet.«

»Jetzt mal langsam Graham, ich verstehe nur Bahnhof. Beruhige dich und erzähle von Anfang an, was da heute passiert ist.«

Nachdem Graham mehrmals durchgeatmet hatte, erzählte er Alan von den toten Schafen seines Onkels, dem Einsatz von

Shortbread, dem Fundort der Leiche, der beschädigten Brücke und dem Lastwagen, der Whisky transportiert hatte.

»Da ist bestimmt ein Serienmörder am Werke«, beendete er seinen Bericht.

»Jetzt übertreib nicht gleich. Ein Serientäter vielleicht, aber für einen Serienmörder fehlen uns weitere Ansatzpunkte.« Alan hatte bewusst vermieden, Graham gegenüber zu sagen, dass ihm definitiv weitere Tote fehlten, um von einem Serienmörder zu sprechen.

Doch Graham schien diesen Gedanken auch so erraten zu haben. »Aber wenn du die ganzen toten Schafe berücksichtigst, dann haben wir es ja schon mit einem Massenmörder zu tun. Lebewesen ist schließlich gleich Lebewesen«, ergänzte er noch kleinlaut, da ihm sein Versuch, Alan umzustimmen, nun doch etwas kindisch vorkam.

»Graham, bitte. Lass den Kollegen etwas Zeit, um die Zusammenhänge herstellen zu können.«

»Aber das ist doch bestimmt nicht der erste Fall, bei dem ein Lastwagen samt Ladung gestohlen wurde und es zu einem Todesfall kam«, ließ Graham nicht locker.

»Scheinbar doch, denn ich habe bislang noch nichts von einem Toten im Zusammenhang mit verschwundenen Lastwagen gehört.«

»Na gut«, erwiderte Graham spürbar bedauernd. »Kannst du aber nicht trotzdem in diesem Fall ermitteln?«

»Nein, Graeme, definitiv nicht. Du weißt doch, dass ich inzwischen zum Leiter der Mordkommission ernannt wurde. Da kann und darf ich mich nicht persönlich um die Aufklärung eines, entschuldige, wenn ich das so sage, normalen Todesfalles kümmern. Das machen die Kollegen schon gründlich. Keine Sorge. Wenn dein Onkel ermordet wurde, finden die das bestimmt heraus.«

»Aber kannst du nicht wenigstens mal mit den ermittelnden Beamten reden?«

»Nein, das geht ebenfalls nicht.« Alan spürte, dass Graham furchtbar enttäuscht war, und wollte ihm zumindest etwas entgegenkommen. »Weißt du was, ich frage Brian, ob er dir helfen kann und mal mit den Kollegen spricht.«

»Oh Alan, das wäre super. Herzlichen Dank!« Graham klang wieder begeistert und wollte das Gespräch schon glückselig beenden.

»Wie geht es denn Ishbel«, fragte Alan gerade noch rechtzeitig, bevor Graham den Hörer auflegen konnte.

»Oh, gut, danke. Ich soll dir und Susan auch einen schönen Gruß von ihr ausrichten«, antwortete Graham verlegen und fügte schuldbewusst hinzu: »Wie geht es euch denn so?«

»Danke, auch ganz gut. Wie immer viel zu tun, aber sonst ist alles in Ordnung.«

»Schön, dass freut mich. Wäre toll, wenn wir uns mal wieder treffen könnten. Gerne auch zusammen mit Brian«, antwortete Graham nicht ganz ohne Hintergedanken.

»Mal sehen, ich spreche mal mit ihm, wenn ich ihn wieder sehe«, antwortete Alan

»Prima, mach es gut, einen schönen Abend noch.«

»Danke, euch auch«, beendete Alan das Gespräch.

Am nächsten Morgen, in aller Frühe, machte sich Graham auf den Weg zur Farm seines Onkels. *Na ja*, verbesserte er sich selbst auf der Fahrt dorthin, als er an seinen Onkel dachte, *das war jetzt wohl nur noch die Farm seiner Tante Sally. Wie die wohl reagieren würde, wenn er sie über Onkel Bens Tod informierte? Vielleicht hätte er doch besser Ishbel mitnehmen sollen. Frauen waren doch einfach besser im Trösten als Männer. Aber vielleicht war Tante Sally ja schon von der Polizei informiert worden.*

Als er auf der Farm eintraf, musste er aber erkennen, dass seine Tante noch keine Ahnung vom gewaltsamen Tod ihres Mannes hatte. Sie lief suchend im Hof der Farm von einem Gebäude zum anderen und rief dabei immer wieder den Namen ihres Mannes. Erst als Graham auf dem Hof anhielt und ausstieg, erkannte ihn seine Tante und kam auch gleich auf ihn zu.

»Hallo, Graeme«, begrüßte sie ihn kurz und fuhr aufgeregt fort: »Onkel Ben ist verschwunden. Ich mache mir langsam Sorgen um ihn. Gestern Abend, als ich heimkam, war er nicht da und heute Morgen, als ich aufgewacht bin, lag er ebenfalls nicht neben mir. Es wird ihm doch nichts passiert sein.«

»Na ja, Tante Sally«, stammelte Graham, der nicht wusste, wie er es ihr schonend beibringen sollte. Alle Sätze, die er sich unterwegs zurechtgelegt hatte, waren völlig aus seinem Gedächtnis verschwunden. *Oh Gott, wäre nur Ishbel dabei.*

»Was ist denn? Hatte er etwa einen Unfall auf dem Heimweg aus dem Pub?«, fragte Sally, die sofort gespürt hatte, dass Graham etwas über das Verschwinden ihres Mannes wusste, es aber nicht sagen wollte oder konnte.

»Ja«, sagte Graham erleichtert, dass ihm seine Tante die Worte quasi in den Mund gelegt hatte. »Er hatte einen Unfall, aber nicht auf dem Heimweg aus dem Pub. Lass uns doch bitte ins Haus gehen.«

»Ein Unfall! Ist er im Krankenhaus?« Tante Sally rührte sich nicht vom Fleck.

»Nein, Tante, er ist nicht im Krankenhaus. Wie soll ich es dir nur sagen?« Instinktiv trat Graham auf seine Tante zu und nahm sie in den Arm. »Ach Sally, ich weiß nicht wie ich es dir sagen soll. Der arme Onkel Ben ist tot.«

»Tot?!« Sally löste sich aus der Umarmung ihres Neffen und schaute Graham entsetzt an. In seinen Augen erkannte sie aber sofort, dass dies kein makabrer Scherz war, sondern Graham die Wahrheit sprach. »Tot«, wiederholte sie resigniert. »Was ist passiert?«

Dieses Mal folgte sie Graham widerstandslos, als er sie am Arm nahm und langsam zum Haus führte. Er brachte sie ins Wohnzimmer und setzte sie in den Fernsehsessel.

»Ich koch schnell mal Tee«, sagte er dann und verschwand in der Küche. Als er wenige Minuten später wieder zu seiner Tante zurückkehrte, stellte er ihr einen dampfenden Becher hin, nahm eine Whiskyflasche vom Sideboard und schenkte ihr großzügig ein. »So, das trinkst du jetzt schön aus, dann geht es dir bestimmt wieder etwas besser.« Seine Tante nippte artig an dem Tee und, obwohl sie normalerweise nie Alkohol trank, schien sie von dem Whisky in dem heißen Getränk nichts zu spüren. Die Kälte, die ihr Herz ergriffen hatte, und der Knoten in ihrer Brust lösten sich tatsächlich etwas und sie schaute Graham fragend an. »Jetzt erzähl schon, was passiert ist. Ich werde es schon verkraften.«

Also erzählte ihr Graham alles, was er selbst wusste und auch, dass er Alan angerufen und um Unterstützung bei der Suche nach dem Mörder seines Onkels gebeten hatte.

»Das macht meinen armen Ben aber auch nicht mehr lebendig«, kommentierte Sally schluchzend.

»Ja, Tante, ich weiß.« Nach einer kleinen Pause fügte er hinzu: »Ich möchte trotzdem noch mal hinüber zur Scheune gehen. Vielleicht finde ich noch etwas, was die Polizei übersehen hat und uns hilft, die Täter zu schnappen. Das bin ich Onkel Ben schuldig.«

»Ja, mach du nur. Ich bleibe hier. Oh Gott, wie soll das ohne Ben jetzt alles nur werden?«

Gerade als Graham aufstand, um wieder über die Farm zur Scheune zu gehen, klingelte das Telefon. Da seine Tante keinerlei Anstalten machte, dran zu gehen, nahm Graham ab und meldete sich: »Bei Cairndow.«

»Graham, bist du es? Hier ist Iain Rattray«, meldete sich der Tierarzt, der Graham seit seiner Schulzeit kannte und dessen Stimme erkannt hatte.

»Oh, hallo, Iain, ja, ich bin es«, antwortete Graham

»Schrecklich, was mit Ben passiert ist«, fuhr dieser fort.

»Oh, du weißt es schon?«, fragte Graham überrascht.

»Ja, dieser Hicks hat mich gestern angerufen und informiert, als er nach dem Untersuchungsbefund zu dem vergifteten Schaf gefragt hat. Wie geht es denn Sally?«

»Na ja, sie hat es gerade eben erst von mir erfahren,« - und mit einem Seitenblick auf seine Tante - »aber sie trägt es mit Fassung.«

»Ruf lieber den Hausarzt an, damit er ihr ein Beruhigungsmittel gibt.«

»Gute Idee, das mache ich gleich. Was ist denn eigentlich bei der Untersuchung des Schafes herausgekommen?«

»Es ist an einer Alkoholvergiftung gestorben. Die Menge Alkohol, die das Tier im Blut hatte, hätte auch gereicht, einen Menschen flachzulegen.«

»Alkoholvergiftung?«, Graham war verblüfft. Doch dann kam ihm die Erkenntnis. »Die toten Schafe müssen Whisky aus dem Bach getrunken haben. Whisky aus dem defekten Laster, der gestern in der Scheune gefunden wurde.«

»Ja, das vermuten die Polizei und ich inzwischen auch.«

»Das ist ja ein Ding. Ach, warum hast du eigentlich angerufen«, fragte Graham.

»Ich wollte nur sagen, dass ich noch mal vorbeikomme und noch zwei weitere tote Schafe mitnehmen werde. Ich will die auch untersuchen, um ganz sicher zu gehen.«

»Okay, Iain, kein Problem. Ich will auch gerade auf die Weide gehen, um zu sehen, ob ich noch irgendwelche Spuren entdecke. Wenn du gleich kommst, bin ich bestimmt noch da.«

»Gut, dann mache ich mich auf den Weg.«

»Prima, bis gleich«, sagte Alan und legte auf.

Graham saß den restlichen Freitag und fast das ganze Wochenende an seinem Computer und durchsuchte das Internet nach eventuellen Meldungen zu gestohlenen Whiskytransporten. Zum Glück hatte er weder Termine noch Meetings, sodass er sich die Zeit nehmen konnte, um sich voll und ganz den Recherchen zu widmen, die er seit dem letzten Donnerstagabend plante. Er wollte ermitteln, ob es schon ähnliche Diebstähle von Whiskysendungen gegeben hatte, wie den, bei dem sein armer Onkel Ben zu Tode gekommen war. Da Ishbel selbst mit diversen Aktivitäten der Ben Rhinnes Distillery, unter anderem dem Besuch mehrerer japanischer Großhändler, beschäftigt war, konnte er sich seinen Recherchen relativ gefahrlos widmen.

Unter dem Suchbegriff "Whiskytransport Schottland" konnte er nur allgemeine Informationen über schottische Spediteure finden. Nach der Ergänzung von "Diebstahl" kamen zwar ein paar Meldungen, die sich aber aus seiner Sicht dann doch nur als Mist herausstellten und keinerlei konkrete Hinweise ergaben. Er verwendete immer wieder andere Suchbegriffe, aber ohne nennenswerten Erfolg.

Mittlerweile hatte er die zweite Kanne Kaffee ausgetrunken und stellte gereizt fest, dass dieser genauso schnell aus seinem Körper herauswollte, wie er ihn hineingeschüttet hatte. Selbst für seine Kaffee erprobte Blase war irgendwann das Maß voll. Als er die drei Suchbegriffe "Whisky - Lorry - Robber" gleichzeitig eingab, wurde er endlich fündig. Er öffnete den ersten Artikel und las eine Nachricht des Daily Record vom 20. Dezember 2001:

Schon wieder ein Whisky Truck gestohlen!

Fahrer spurlos verschwunden!!

Und gerade dann, als er endlich etwas Brauchbares aus der Informationsmüllhalde, wie er das Internet gerne zu nennen pflegte, ausgegraben hatte, drängte ihn sein Körper unweigerlich weg vom Computer. Nachdem er sich erleichtert hatte, rannte er zum Schreibtisch zurück - den Reißverschluss im Laufen schließend - und las den reißerischen Artikel.

Aus dem erfuhr er, dass ein Lastwagen mit einer ganzen Ladung Dewar's White Label von zwei Männern in Glasgow überfallen und entführt worden war. Die Zugmaschine war später in Milton of Campsie gefunden worden, doch von dem Auflieger fehlte jede Spur. Die Whiskyladung hatte einen Wert von GBP 135.000. Als er danach die weiteren verlinkten Meldungen öffnete, stellte er fest, dass diese Entführung nicht so einmalig war, wie sie zunächst klang. Bereits seit dem Jahr 2000 wurden jedes Jahr ein- bis zweimal ganze LKWs mit den verschiedensten Whiskyladungen, im Werte von GBP 100.000 bis GBP 300.000, gestohlen. Von den Flaschen fehlte immer noch jede Spur. Graham notierte sich die wichtigen Details und durchsuchte die nächsten Meldungen.

Eine davon berichtete, dass eine komplette Ladung 17-jähriger Glengoyne Single Malt Whisky, im Wert von 300.000 €, gestohlen worden war. Die Diebe hatten in einem Verteilerdepot, am Rande des Industriegebiets von Denny, einen LKW-Anhänger aufgebrochen, der die kostbare Ladung transportieren sollte. Die Lieferung war für den französischen Markt zum Weihnachtsgeschäft, bestimmt.

Eine kleinere Partie Whisky war von einem LKW im Sammelgutverkehr von England nach Deutschland befördert worden. Der Entladeort wurde zwar am frühen Nachmittag erreicht, die Warenannahme war aber bereits geschlossen und niemand mehr anwesend. Auch der umzäunte und bewachte Hof der Spedition war bereits verschlossen. Der Fahrer parkte deshalb auf der Straße vor dem Gelände und schlief im Fahrzeug. Morgens stellte der Fahrer fest, dass die Plane, die den Laderaum seines LKW umgab, unmittelbar hinter der Fahrerkabine großflächig aufgeschlitzt worden war, und zwar exakt an der Stelle, an der sich die Ware befand. Schaden: 22.000 €.

Eine weitere Meldung wiederum sprach von 15 Paletten Markenwhisky, die sich in einem Kasten-LKW eines Subunternehmers auf dem Weg nach Deutschland befanden. Auf dem Weg nach Dover wurde dem Fahrer übel. Er hielt sein Fahrzeug auf der Straße an, bevor er sein Bewusstsein verlor. Er wachte erst im Krankenhaus wieder auf. Sein LKW war verschwunden. Dieser wurde später in einer videoüberwachten Straße aufgefunden. Der Fahrer war nach seiner Entlassung aus dem Krankenhaus untergetaucht. Schaden: 160.000 €.

Graham hatte natürlich schon davon gehört, dass immer wieder mal ein Lastwagen voll mit Whiskyflaschen gestohlen worden war, aber er hatte das immer als sehr seltene Einzelfälle aufgefasst. Und zum Glück war bisher auch noch keine Lieferung einer der Brennereien der SWS davon betroffen gewesen. Deshalb erschrak er bei seinen Recherchen über die Vielzahl dieser Ereignisse und vor allem über die zunehmende

Tendenz in den letzten Jahren. Selbst Tanklastzüge voller Whisky, die zu den Abfüllstationen unterwegs waren, waren schon komplett verschwunden und nicht mehr aufgetaucht. *Wie kann sich so ein großer Tanklastwagen spurlos in Luft auflösen*, ging ihm durch den Kopf. Und als er an den Lastwagen dachte, den man in der Scheune neben der Farm seines Onkels gefunden hatte, dachte er noch *Stehen die anderen gestohlenen Lastwagen vielleicht in weiteren schottischen Scheunen herum und sind nur noch nicht gefunden worden?*

Dann stieß er auf eine weitere Nachricht, die ihn förmlich elektrisierte:

Bewaffnete Räuber kidnappen Whiskytransporter!

Fahrer betäubt aufgefunden!!

Diese Meldung war erst knapp vier Monate alt und erinnerte ihn stark an das Ereignis auf der Farm seines Onkels.

Der LKW war mit dem linken Vorderrad in einen Graben geraten, und dadurch war von dem schwer beladenen Auflieger das gesamte Vorderteil des Lastwagens förmlich dort hineingepresst worden. Ein selbstständiges Befreien war ohne technische Hilfe nicht mehr möglich gewesen. Auch die herbeigerufene Feuerwehr konnte den LKW letztendlich nur mithilfe eines schweren Hebekranes bergen, der extra dafür organisiert werden musste. In der Nachricht war auch ein Bild des LKW zu sehen, mit ein paar Männern des Highlands and Islands Fire and Rescue Teams, die um die leeren Gitterboxpaletten herumstanden.

Der Fahrer hatte später angegeben, dass er den LKW vor lauter Aufregung in den Graben gelenkt hatte. Die Männer hätten ihm danach auf freundliche Art aus einer Thermosflasche Kaffee angeboten, quasi auf den Schreck hin, und er hätte diesen auch ohne Argwohn getrunken. Dieser musste aber wohl ein Betäubungsmittel enthalten haben, denn kurze Zeit darauf hätte er plötzlich das Bewusstsein verloren. Er wäre erst Stunden später wieder zu sich gekommen, kurz bevor die Rettungskräfte am Unfallort eingetroffen seien. Zu diesem Zeitpunkt waren die Kisten mit den Whiskyflaschen schon längst umgeladen worden und zusammen mit den Räubern verschwunden gewesen. Von den Räubern fehlte noch immer jede Spur.

Das wäre bei meinem Onkel auch beinahe so passiert, dachte Graham, als er an den Zusammenstoß des Tanklastwagens mit der Brücke dachte.

Die Spediteure, zumindest einige von ihnen, hatten inzwischen auf diese Überfälle reagiert, indem sie ihre LKWs mit GPS Sendern ausstatteten. Den meisten allerdings schien diese Zusatzinvestition wohl zu teuer zu sein, denn die Meldungen über gestohlene Fahrzeuge nahm eher zu als ab. Die Polizei konnte zwar über die Überwachungskameras auf den Autobahnen und an den Kreuzungen der Städte den Weg weitestgehend nachverfolgen. Aber auf dem Land hatten sie dann keine Chance mehr. Und die Nachverfolgung mit den Kameras funktionierte auch erst im Nachhinein, wenn der LKW bereits als gestohlen gemeldet worden war, und diente deshalb nur dem schnelleren Auffinden des leeren Fahrzeugs. Aber auch das galt nur dann, wenn das Fahrzeug in der Nähe einer solchen Kamera abgestellt worden war, was leider recht selten vorkam.

Grahams Onkel war vermutlich tatsächlich der erste Tote bei diesen Überfällen geworden, denn ansonsten wurden keine weiteren Todesopfer erwähnt. Allerdings galten zwei Fahrer weiterhin als vermisst, die Polizei vermutete aber, dass beide mit den Räubern zusammengearbeitet hatten und inzwischen als Mitglieder der Diebesbande aktiv waren.

Innerhalb der nächsten Stunde fand Graham noch einige weitere Meldungen, und nachdem er alle seine Notizen in eine chronologische Reihenfolge gebracht hatte, war für ihn klar erkennbar, dass die Zahl der Diebstähle drastisch zunahm. Außerdem wurden in letzter Zeit mehr und mehr die kompletten LKWs samt Fahrer entführt und diese dann später betäubt in ihren ausgeraubten Fahrzeugen gefunden. Es war also doch nicht die erste Tat dieser Art, jubelte er innerlich. Hier schien ein Serientäter oder, besser gesagt, eine ganze Gruppe aktiv zu sein. Das musste er unbedingt Alan sagen, vielleicht übernahm er ja dann doch selbst die Klärung dieser Fälle. Und Ishbel konnte auch nicht mehr böse auf ihn sein. Sein detektivisches Gen hatte wieder den richtigen Spürsinn entwickelt. Ach, er war ja so stolz auf sich.

BBQ

Alan war, nach seiner Beförderung zum Leiter der Crime Management Business Area, in eine Dienstwohnung in Aberdeen gezogen. Susan und er hatten aber diese Gelegenheit dennoch nicht genutzt, um zusammenzuziehen. Auch wenn sie am Wochenende die Nächte stets gemeinsam in seiner oder ihrer Wohnung verbrachten, hatten sie sich noch nicht entschieden, dauerhaft zusammenzuwohnen. Selbst das Gespräch darüber war bisher von beiden stets vermieden worden, denn beide wollten ihr ganz persönliches Territorium noch nicht völlig aufgeben und waren auf ihre Privatsphäre bedacht. Darüber bestand eine stillschweigende Übereinkunft.

Susan hatte inzwischen ihren Dienst als Notärztin gekündigt und war ins Raigmore Hospital nach Elgin gewechselt. Sie wollte nicht immer nur die Toten oder Beinahe-Toten von der Straße kratzen, wie sie es gerne bezeichnete. Sie hatte zu oft den Tod gesehen, den Tod gerochen und verzweifelt versucht, dem Tod ein Leben abzuringen, aber oft vergebens. Da sie sich nicht zu sehr an den Tod gewöhnen wollte, hatte sie sich auf ein völlig entgegengesetztes Fachgebiet eingelassen, das ihr schon während ihres Studiums sehr zugesagt hatte: Sie war Oberärztin in der Mutter-Kind-Abteilung des Krankenhauses geworden. Sie wollte lieber helfen, neues Leben auf die

Welt zu bringen, als ständig mit dem Tod oder der Verstümmelung von Menschen konfrontiert zu werden. Seit dem Wechsel fühlte sie sich auch richtiggehend von einem inneren Druck befreit.

Als sie damals Alan, an einem ihrer gemeinsamen Wochenenden, von ihren Plänen und dem neuen Job-Angebot erzählt hatte, grinste dieser anzüglich und meinte: »Hoffentlich färbt das nicht auf uns ab oder ist gar ansteckend.«

»Na, ich jedenfalls bin noch nicht zu alt, um Kinder zu bekommen.«

Natürlich hatte Alan sie umgehend überzeugt, dass er ebenfalls noch nicht zu alt war, um seinen Part dafür zu leisten. Dennoch waren sich beide hinterher einig, dass sie in ihrer Beziehung keinen Kinderwunsch verspürten. *Aber "üben" könnte man ja dennoch immer wieder mal*, beendeten beide lachend dieses Thema.

Es war eine fast normale Entwicklung. Irgendwann wurden die Freunde des jeweiligen Partners zu Freunden des Paares. So war es auch mit Alan und Susan, die sich mit Brian und seiner Janet immer mehr angefreundet hatten. Brian hatte sie für den kommenden Dienstag eingeladen, um seinen 53sten Geburtstag bei einem gemeinsamen Barbecue zu feiern. Na ja, eigentlich hatte ihm Janet den Auftrag gegeben, die beiden mal wieder zu ihnen nach Hause einzuladen, da Brian alles andere als ein bekennender Feiertyp war. Ein gemütliches Bier im Pub, eventuell noch eine Lokalrunde, und sein Geburtstag wäre perfekt zelebriert, so hatte er seiner Jane erklärt. Brian nannte seine Frau meistens Jane. Nachdem sie sich kennen gelernt hatten und schon ein sehr vertrauensvolles Verhältnis zwischen beiden bestand, hatte Brian, in Anlehnung an den berühmten Satz aus jedem Tarzanfilm, gewitzelt und ihr »Ich Brian, du Jane« zugerufen. Ob seine Jane danach die Liane ergriff, hatten sie aber noch niemandem verraten. Außerdem war Brian praktisch veranlagt. Warum für etwas zwei Silben verbrauchen, wenn man es auch mit einer schafft?

Janet war eine fröhliche, unkomplizierte Frau mit blonden Haaren, die sie modisch kurz geschnitten trug. Sie verströmte eine spürbare positive Aura und natürliche Wärme, sodass man sich in ihrer Gegenwart einfach sofort wohl fühlte. Die schrulligen Eigenarten, die Brian des Öfteren an den Tag legte, nahm sie mit Humor. Sie war drei Jahre jünger als Brian und, obwohl sie fast 1,75 Meter groß war, wirkte sie neben Brian eher klein und zierlich. Dieser Unterschied zeigte sich aber auch nur in der Körpergröße. In ihrer Beziehung führte sie subtil, mit Charme und der gelassenen Standhaftigkeit eines Eisbergs, der sich der Titanic in den Weg stellt, das Regiment. Und so blieb Brian nichts anderes übrig, als seinen Geburtstag wunschgemäß mit seinen Freunden zu Hause zu feiern. Wenigstens die Wahl des Diners konnte er sich von Janet erkämpfen (so glaubte er) und er wählte, trotz der langsam kälter werdenden Abende, den Grill. Außerdem musste er sich selbst eingestehen, dass die privaten Treffen mit seinen Freunden in letzter Zeit seltener geworden waren. Insbesondere Alan und Susan hatten sie im letzten Jahr etwas vernachlässigt. Und dabei war Alan doch Brians ältester Freund.

Alan und Susan wiederum mochten die beiden sehr und sie fühlten sich jedes Mal rundum wohl, wenn sie sich besuchten. Und jedes Mal nahmen sie sich vor, diese gegenseitigen Besuche öfter stattfinden zu lassen. Alan mochte insbesondere den Ton, wie Brian und Janet miteinander umgingen. Selbst wenn sie nichts sagten und sich nur Blicke zuwarfen oder im Vorbeigehen einander kurz berührten, spürte man sofort, dass sich hier zwei Menschen gefunden hatten, die eine echte Einheit bildeten. Alan hatte noch nie erlebt, dass die beiden mal miteinander gestritten hätten.

Susan und er hatten die beiden in den letzten Jahren zwar immer wieder mal getroffen, meist in der Stadt oder bei Veranstaltungen, die sie gemeinsam besucht oder sich zufällig dort getroffen hatten, aber es war erst das zweite Mal, dass das eine Paar das andere zu sich nach Hause einlud. Alle hatten in letzter Zeit so viel zu tun, dass sich bisher einfach noch nicht öfter die Gelegenheit dazu ergeben hatte.

Als Susan und Alan am Abend des 15. am Hause der Strachans eintrafen, öffnete ihnen Janet die Tür und umarmte beide herzlich.

»Schön, dass ihr da seid.« Mit einem Küsschen auf die Wangen ließ sie Alan und Susan an sich vorbei in den Hausflur des alten, aber sehr gepflegten Reihenhauses. Brian hatte nach der Übersiedelung seiner Familie von Carbost auf Skye nach Inverness dieses Haus, gemeinsam mit seinem Vater, besichtigt und sich sofort darin verliebt. Es war gut achtzig Jahre alt und ein Teil einer ehemaligen Arbeiter- und Angestelltensiedlung im Süden von Inverness. Sein Vater hatte es geschafft, das Haus zu erwerben, und sich sofort an die komplette Sanierung gemacht. Nach dem Tod von Brians Eltern kehrte er - zunächst mit seiner ersten Frau - in das Haus zurück und ihm war klar: Hier würde man ihn nur noch waagrecht mit den Füßen zuerst wieder rauskriegen. Seine zweite Frau Janet musste er aber nicht lange überreden, hier einzuziehen. Auch sie erkannte den Charme des Hauses und, nachdem sie alle Spuren ihrer Vorgängerin mit Hilfe von Farbe, neuen Möbeln und ihrem eigenen persönlichen Stil beseitigt hatte, sich daraus ein dauerhaftes Nest geschaffen.

»Wir haben uns ja eine kleine Ewigkeit nicht mehr gesehen«, bemerkte sie an Alan gewandt, während sie die angebotenen Jacken an die Garderobe hängte. »Dein neuer Job muss dich ja noch mehr auf Trab halten als das gewöhnliche Verbrecherjagen. Wenn mir nicht Susan bei unseren kleinen Treffen im Café das eine oder andere erzählen würde, könnte man ja glatt glauben, ihr wärt ausgewandert.«

Mit hochgezogener Augenbraue und einem kleinen Lächeln auf den Lippen sah Alan Susan von der Seite an. »So, so, du plauderst also ohne mein Wissen unser ganzes Privatleben im Café aus. Kein Wunder, dass mich die Leute auf der Straße so komisch anschauen.«

Susan grinste nur zurück, während sie ihre blonde Haarpracht ein wenig durchwuschelte. »Wo ist denn aber nun unser Geburtstagskind?«

»Na, wo wohl?«, antwortete Janet. »Auf der Terrasse natürlich. Bei seiner heimlichen Geliebten, dem Grill. Geht durchs Wohnzimmer hinaus.«

Alan folge Susan ins Wohnzimmer. An allen Wänden konnte man Janets Leidenschaft sehen, das Sammeln von Kunstdrucken großer Meister. Brian hatte sich zu Recht beklagt, dass an keiner Wand mehr Platz wäre, um die Mannschaftsposter seines Lieblingsfußballclubs aufzuhängen. Janet hatte jede erdenkliche Fläche bedeckt. Lediglich die Bilder ihrer Tochter Deborah aus ihrer ersten Ehe und einige Urlaubsfotos lockerten den Bilderreigen auf.

Die rückwärtige Wand bestand zu einem Großteil aus einem großen Sprossenfenster und einer Tür, die die tiefliegende Sonne im Westen ins Haus herein ließ. Durch diese Tür kamen sie auf die, aus Bruchsteinplatten gelegte, Terrasse, an der sich noch ein kleinerer Garten anschloss. Die fast 30 Quadratmeter Fläche der Terrasse wurden dominiert von einem riesigen ultramodernen Kombigrill und einem geschmackvoll gedeckten Tisch für acht Personen. Zum Rasen hin stand eine lange Reihe mit Azaleen bepflanzter Terracotta-Kübel.

»Da seid ihr ja endlich. Ich war schon kurz davor, mir ein Vorspeisen-Steak zu machen«, wurden sie grinsend begrüßt.

Brian trug eine glutrote Schürze mit der Aufschrift "Natural Born Griller" und legte gerade vier Steaks auf den Grill, die, ihrer Größe nach zu urteilen, nur von Rindern stammen konnten, die sich aus der Zeit der Dinosaurier in die Neuzeit herübergerettet hatten.

»Oh Gott, Brian, wer soll denn das alles essen?«, fragte Susan amüsiert, nachdem sie ihn auf beide Wangen geküsst hatte.

»Wie meinst du das«, fragte er und spielte dabei den Überraschten. »Ich sagte doch gerade, das ist erst die Vorspeise.« Beide mussten lachen.

»Ich wusste gar nicht, dass es in Schottland noch Dinosaurier gibt«, meinte auch Alan und umarmte seinen Freund herzlich.

»Ich kenne da einen Metzger, der hat die besten Steaks auf der ganzen Insel, und der weiß auch, wie er die für mich zu schneiden hat.«

»Ja, wenn man so ein Rind längs durchschneidet, gibt das schon ordentliche Stücke.«

»Genau, nach dem Motto "You kill it - I grill it" verstehen der Metzger meines Vertrauens und ich uns prima.«

»Herzlichen Glückwunsch zum 40sten, mein Kleiner«, frotzelte ihn Alan und drückte ihm eine kleine Schachtel in die Hand. »Und danke für die Einladung.«

»Hey, das wäre doch nicht nötig gewesen«, antwortete Brian etwas verlegen. »Euer Besuch ist doch Geschenk genug. Leg es bitte da drüben zu den anderen Päckchen. Die sind heute alle mit der Post gekommen. Ich mache sie dann gleich alle auf einmal auf. Ich wusste gar nicht, dass ich so beliebt bin. Irgendwas muss ich falsch gemacht haben.«

»Stimmt«, ergänzte Susan, »du bist immer zu nett zu den Leuten. Das macht dich unwiderstehlich. Da merkt man gar nicht, dass du eigentlich, tief in dir drin, ein ganz übler Genosse bist.«

»Na ja, mit über fünfzig wird man wohl irgendwann automatisch zu einem netten, alten Opa, der im Park sitzend vor sich hinmurmelt«, antwortete Brian gespielt resigniert.

»Und wenn man dich dann eines Tages verhungert auf der Parkbank findet, möchte ich der erste am Tatort sein«, rief eine Stimme plötzlich aus dem Wohnzimmer.

Alle drehten sich lächelnd um. »Charly, unser Tatortvermessungsingenieur! Schön, dass du kommen konntest. Möchtest du gleich kontrollieren, ob ich den toten Körper hier auf dem Grill auch ordentlich zerlegt habe?«, begrüßte Brian Charles Pollock, den Scene Examiner der Polizei und ebenfalls langjährigen Freund und Wegbegleiter von Brian und Alan. »Und wer steht da so schüchtern hinter dir? Nicky! Hat dich dein Computer für heute Abend entbehren können? Toll! Kommt, setzt euch. Jetzt, wo wir komplett sind, wird erstmal was getrunken. Charly, wo ist deine Frau?« Mit freundschaftlichen Gesten schob er alle Anwesenden zum, mit Salaten, Brot und allerlei kleinen Leckereien gedeckten, Tisch.

»Paula hat sich gleich an der Tür auf eine Diskussion mit Janet über Malerei eingelassen. Das kann dauern«. Charly drehte amüsiert seine Augen nach oben.

Nicky umarmte Brian von hinten und gab ihm einen lautstarken Kuss aufs Ohr. »So, jetzt hab ich meine altersbedingte Schwerhörigkeit also auch«, kommentierte Brian dies mit einem Lachen.

»Das ist aber schön, dass Brian auch Nicky eingeladen hat«, flüsterte Susan Alan ins Ohr.

»Das tut unserem Floh ganz gut, ein bisschen wieder unter Leute zu kommen«, gab Alan ebenfalls leise zurück.

Nicolette McGovern , ihres Zeichen die IT-Expertin der Polizei, war mit den anderen Anwesenden über die beiden letzten Serienmörder-Fälle eng zusammengewachsen. Einziges Problem war ihr absolutes Pech bei Männern. Nach jedem vergeblichen Beziehungsversuch in den letzten Jahren, war sie danach jedes Mal in ein tiefes Loch gefallen und hatte sich noch mehr als sonst hinter ihren Flachbildschirmen versteckt. Was die Aussicht für eine neue Bindung auch nicht unbedingt vergrößert hatte. So waren dann all ihre Freunde und Bekannten jedes Mal ausgerückt, um sie mit vereinten Kräften ins Leben zurückzuholen. Der letzte "Fall" lag gerade mal vier Wochen zurück.

»Wo ist denn Debbie?«, wollte Nicky wissen.

Brian blickte sie mit verkniffenem Mund an. »Die junge Dame hatte "keinen Bock" auf eine Altersheimparty, oder so ähnlich. Sie war am Wochenende bei uns und hat ihrem alten Herrn schon mal vorab gratuliert, um dann wieder zügig in ihre Studentenbude und ihr Lotterleben nach Glasgow zu verschwinden. Pah!«

»Ach,« beschwichtigte Nicky. »Mädchen sind mit über 20 Jahren nicht mehr ganz so darauf erpicht, mit ihren Eltern gemütlich Scrabble zu spielen. Ich kenne das noch von mir.«

»Ach, ich gräme mich doch gar nicht«, winkte Brian ab. »Ich bin doch stolz wie Oskar auf das Mädchen. Kein Alkohol, keine Drogen und einen klasse Architektur-Studienplatz. Was will man denn mehr?«

In dem Moment, als Brian gerade großzügig Bierflaschen aus einem mit Eiswasser gefüllten Zuber verteilte, traten schließlich auch Janet und Paula auf die Terrasse.

»Entschuldigt«, wandte sich Janet an die anderen, »ich musste Paula unbedingt noch meine letzten Skizzen zeigen.«

Während auch Paula Brian gratulierte, hakte ein erstaunter Alan nach. »Was für Skizzen? Malst du jetzt etwa?«

»Wie? Hat Susan dir das etwa nicht erzählt ...?«

»Doch, habe ich! Mindestens drei Mal!«, erwiderte Susan etwas grimmig.

»Echt?«, fragte Alan erstaunt. »Verdammt, da habe ich wohl wieder meinen Tinitus gehabt. Also, was hat's damit auf sich?«

Bevor Janet jedoch antworten konnte, kam Brian ihr zuvor, als er an den Tisch trat, um die ersten servierplattengroßen Steaks auf Tellern zu verteilen. »Große Maler an die Wände hängen, reicht jetzt nicht mehr! Jetzt ist man selbst ein Künstler und muss mit hundsteurem Papier und vergoldeten Bleistiften durch unwegsames Gelände krauchen, um Leuchttürme – ja , ihr hört richtig, Leuchttürme – zu malen! Und wer ist der einzig Leidtragende dabei? Ich, natürlich!« Schnaubend trottete Brian, mit der Grillzange fuchtelnd, zurück an seinen Arbeitsplatz, während Janet ihn mit einem breiten Lächeln bedachte.

»Um es euch mal mit etwas gesetzteren Worten zu erklären«, fuhr Janet fort, »richtig ist, das reine Anschauen von Gemälden hat mir nicht gereicht und ja, richtig ist auch, ich habe einen Kurs im Malen belegt. Richtig ist ebenfalls«, dabei zählte sie die Argumente an ihren Fingern ab, »dass ich immer schon eine Leidenschaft für Leuchttürme hatte. Falsch ist allerdings, dass wir durch irgendwelches Gelände krauchen. Wir unternehmen an den Wochenenden lediglich schöne, ausgedehnte Spaziergänge zu eben diesen Leuchttürmen. Und falsch ist ebenso, dass mein lieber Gatte irgendein Leid zu tragen hätte. Im Gegenteil, seit wir regelmäßig wandern, hat sich sein stattliches Gewicht zwar nicht unbedingt deutlich verringert, aber zumindest haben sich die Hula-Hopp-Reifen wieder ein wenig zurückgezogen. Nicht wahr, mein Adonis?« Mit einem Augenzwinkern setzte sie sich nun auch als Letzte an den Tisch und griff nach einer Flasche kalten Biers. »Und jetzt, mein Gourmetkoch, zeige uns doch mal, was du zu bieten hast.«

»Ich weiß, dass ich nicht perfekt bin, aber ich bin erschreckend nahe dran«, war der trockene Kommentar von Brian.

Und das bewies ihnen Brian dann auch. Endlich konnte er an seinem, in diesem Sommer neu erworbenen, Luxusgrill seine ganz speziellen Kenntnisse der "FKK", Frei-Koch-Kultur, wie er es nannte, ausleben. Nachdem sich die Gruppe die vier "Startersteaks" redlich geteilt hatte, folgten Garnelen, gefüllte Paprikas und anderes Gemüse, diverse Fischsorten und sogar Früchte. Alles raffiniert gewürzt und von Janets vorbereiteten Saucen, Dips und Salaten begleitet. Selbst profane Würstchen – in diesem Fall allerdings Wildschwein-Würstchen – gerieten zu einer Delikatesse.

Die folgenden Stunden vergingen wie im Flug und waren begleitet von geselligen Gesprächen und immer wieder lautstarkem Gelächter. Die ganze Szenerie wurde von über zehn Petroleumfackeln rundherum beleuchtet. Selbst Nicky vergaß sehr schnell ihren Kummer und feierte ausgelassen mit.

Zu Alan gewandt meinte sie irgendwann im Laufe des Abends: »Ich finde es wirklich toll, dass Brian und du euch so lange schon kennt und ihr immer noch so gute Freunde seid.«

»Brian wird immer mein Freund bleiben, denn er weiß zu viel über mich«, antwortete Alan lachend.

Als Janet gegen halb elf eine weitere Flasche Wein aus der Küche holte und alle sich, die vollen Bäuche haltend, der wohl letzten warmen Abendluft für dieses Jahr hingaben, forderte sie ihren Mann auf: »So, mein Schatz, jetzt ist es soweit. Geschenke auspacken!«

Alan drückte seine Mentholzigarette im Ascher aus und wuchtete sich sichtlich mühevoll aus seinem Stuhl. »Genau! Jetzt gibt's kein Pardon mehr. Jetzt wollen wir alle wissen, was die Leute von dir halten.« Dabei ging er zu dem kleinen gusseisernen Beistelltisch und sortierte die zahlreichen Kartons und Schachteln der Größe nach. »Die großen immer zum Schluss!«

Brian wuchtete sich ebenso grazil wie Alan aus einem Gartensessel und ging gemächlich zu Alan herüber. »Ist ja schon gut. Meine Hoffnung, dass ihr alle verschwunden seid, bevor es einem auffällt, dass die Geschenke noch zu sind, war eh nur sehr klein. Also, was ist das denn hier?« Er griff nach dem kleinsten Päckchen und versuchte besonders umständlich und vorsichtig, die Schleife des roten Geschenkbandes zu öffnen.

»Brian! Bitte!«, stöhnte ein vielstimmiger Chor.

»Okay, okay, ist ja gut. Ich hab's wenigstens versucht.« Mit einem kurzen Ruck seiner großen Finger riss das Band und er entfernte rasch das glänzend-rote Papier. »Wow!« Brian hielt ein kleines Büchlein namens "Der Gourmetführer Schottland" in der Hand, in dem eine goldumrandete Karte steckte. Diese zog er vorsichtig heraus und las sie laut vor. »Gutschein für ein Abendmenü für zwei Personen. Ich koche für Sie, was Sie sich wünschen. Mit den besten Grüßen, Graham Harvey, Craggan Mill. Alles Liebe, Alan und Susan. – Mensch, danke, ihr zwei. Jane, da wolltest du doch immer mal hin. Klasse! Aber weiter jetzt.«

Brian öffnete das nächstgrößere Paket. Zum Vorschein kam ein handgefertigtes Flaschenschiff mit der Hafenanlage von Carbost, seinem Geburtsort. »Ich halt´s nicht aus. Das ist ja wie in echt. Mensch, Paula, Charly, danke! Schaut mal, da, dieses kleine Haus hier neben dem Segelschiff. Da hat mein

Onkel Charlie gewohnt.« Stolz reichte er die Flasche an die anderen weiter.

Im nächsten Paket fanden sich sehr bequem aussehende neue Wanderschuhe und ein gravierter Flachmann von seiner Tochter. »Sehr witzig! War ja klar.«

Das nächste enthielt ein Designer-Grillbesteck mit Olivenholzgriffen, in denen sein Name und "In Liebe, Janet" eingraviert waren. »Ab jetzt werde ich jeden Tag für dich grillen!«

Das folgende Päckchen enthielt den neuesten Koch-Bildband von Starkoch Ainsley Harriott: The New Barbecue Bible. Die besten BBQs aus aller Welt. »Nicky, sehe ich das richtig, dass du jetzt öfter zum Essen kommen willst?«

Nachdem alle Gäste ausgiebig die bisherigen Geschenke kommentiert hatten, griff Brian zu den Paketen, die mit der Post geliefert worden waren. »Aha, der ist von deiner Schwester, Jane.« Brian hielt einen weiteren Bildband in die Höhe: Die schönsten Leuchttürme Europas. »So will sie mich also ins Ausland kriegen. Hab ich verstanden.« Grinsend griff er zum nächsten Päckchen. »Eine North Face Jacke. Von Tante Ruth. Janet, hast du etwa mit ihr gesprochen? Die denkt doch sonst immer, ich bin ein stinkfauler Bulle, der nur in Kneipen rumlungert?!« Und es folgte das letzte Paket. »Ui. Damit habe ich ja nun gar nicht gerechnet.« Brian hielt eine Flasche Whisky der Ben Rhinnes Distillery in die Höhe und las das Etikett vor: »"Geburtstags-Malt. Ein kräftiger Tropfen für kräftige Männer. 53 Prozent. Für jedes Jahr eins. Alles Gute, Graham und Ishbel". Das ist ja mal toll von den beiden. Kommt, den machen wir jetzt auf und trinken auf unser aller Gesundheit. Jane, holst du bitte die Whiskygläser, die uns der gute Graham letztes Jahr geschenkt hat?«

Während Janet ins Wohnzimmer ging, um die Nosinggläser mit dem Ben Rhinnes-Emblem zu holen, die Graham und Ishbel den beiden geschenkt hatten, in der Hoffnung, Brian würde dadurch die "schrecklichen amerikanischen Trinkeimer" wegwerfen, trat Alan auf Brian zu. »Mensch, Bärchen, das hätte ich fast vergessen. Graham, unser passionierter Spezialermittler, hat mich um einen Gefallen gebeten. Sein Onkel ist letzte Woche ums Leben gekommen.«

»Was?«, mischte sich Charlie ein, »schon wieder ein paar Destillerie-Tote?«

»Nein, nein, nur keine Aufregung. Ich erklär es euch kurz.«

Nachdem Brian die Flasche entkorkt und sich alle wieder an den Gartentisch gesetzt hatten, kam Janet mit den Gläsern. »Jetzt wird es doch wohl nicht etwa beruflich, oder?«

»Keine Sorge, Janet«, beruhigte sie Alan, »nur eine kleine Bitte von Graham an Brian. Komm, schenk uns ein, bevor das gute Zeug verdunstet ist, dann erzähle ich euch die Geschichte.«

Und so fasste Alan, bei einem ausgesuchten Tropfen 27 Jahre alten Single Malts, die Ereignisse der letzten Woche aus seiner Sicht zusammen. »Also, letzen Donnerstag ist der Onkel von Graham in einer Scheune neben seiner Farm bei Boginduie tot aufgefunden worden. Den ersten Ermittlungen zufolge ist er wohl gestürzt und hat sich dabei das Genick gebrochen.«

»Ja, traurig, sicher«, warf Brian ein, »aber, was haben wir jetzt mit dem Unfall eines Farmers zu tun?«

»Nun, nicht so schnell. Der Witz, na ja, Witz ist wohl das falsche Wort, das Merkwürdige kommt ja noch.«

»Oh Gott. Ich hab's befürchtet. Wenn Graham Morrice an irgendetwas beteiligt ist, kann es ja nur außergewöhnlich sein«, kommentierte Brian und ließ sich in seinen Sessel sinken. »Lass mich raten, auf der Farm hat man ein Terrorcamp entdeckt.«

»Nicht ganz so dramatisch, mein Lieber, aber in der Tat außergewöhnlich«, antwortete Alan. Alle anderen blickten ihn nun gespannt an. »Erstens: Und jetzt bitte nicht lachen! Im Umkreis der Scheune hat man 18 tote Schafe gefunden, die an einer Whiskyvergiftung gestorben sind.«

»Klare Sache!«, warf Charlie ein. »Die Schafe haben den Farmer erschlagen, um an seinen Whiskyvorrat zu kommen, und haben sich dann tot gesoffen.« Alle mussten, trotz Alans Ermahnung, lachen.

»Eher unwahrscheinlich. Aber es geht noch weiter. Nur vorab: Grahams Onkel war zum Todeszeitpunkt stocknüchtern. Aber: In der Scheune hat man einen gestohlenen Tanklastzug entdeckt, der dort versteckt worden war. Natürlich leer. Und nein, Charlie, die Schafe haben ihn nicht entführt. Der Tank war beschädigt und es gilt wohl als sicher, dass die Schafe von dem ausgelaufenen Whisky getrunken haben. Der Fahrer wurde betäubt aufgefunden, kann sich aber an nichts erinnern. K.o.-Tropfen.«

»Und wo kommen wir nun ins Spiel?«, wollte Nicky wissen.

»Eigentlich gar nicht, Nicky. Die ermittelnden Beamten können keinen offensichtlichen Zusammenhang zwischen Grahams Onkel – weder als Opfer noch als Täter – und dem Fahrzeugdiebstahl sehen. Es bleibt bei einem Unfall ohne Fremdverschulden. Und jetzt kommt unser lieber Graham ins Spiel. Er hat mal wieder Sherlock gespielt. Da es sich um sein Lieblingsspielzeug Whisky handelt, das gestohlen wurde, hat er sich natürlich mal wieder in die Sache reingehängt und glaubt zudem, dass sein Onkel vorsätzlich getötet wurde, als er die Diebe überrascht hat.«

»Das kann ich aber gut verstehen«, sagte Janet. »Ich würde da wohl auch nicht so einfach locker lassen.«

»Da stimme ich dir zu, mein Schatz«, bestätigte Brian, »nur, wenn die Kollegen hier kein Indiz für einen Mord haben, genehmigt ihnen kein Chef der Welt die Mittel, um einfach mal weiter zu ermitteln. Du kennst unseren Chief Timmins doch. Und, Alan, was sollen wir deiner Meinung nach tun?«

»Da hast du völlig Recht, Brian. Jeder von uns in der Mordkommission nimmt an einem Wettrennen teil, einem Wettrennen gegen die Zeit, um den Täter zu finden. Aber, das Rennen beginnt erst, wenn einer die "Startpistole" abgefeuert hat und jemand tot zurückbleibt. Das ist hier nicht der Fall. Ich habe mich in den letzten Tagen trotzdem ein wenig umgehört.

Allerdings so, dass keiner was merkt. Timmins würde mich nämlich schlachten, wenn ich jedem Inspector auf die Finger schauen würde. Die Kollegen haben den Fall noch nicht zu den Akten gelegt, weil sie selber ein ungutes Gefühl haben. Der geklaute Laster ist was anderes. Da sind die Burschen aus Stirling dran. Aber klar, die arbeiten halt nicht miteinander. Und so kommt keiner richtig weiter.«

»Wer bearbeitet denn den Fall?«, fragte Brian nun neugierig.

»Den Unfall – oder Nicht-Unfall – bearbeiten DCI Hicks und DI Tulloch vom Crime Squad bei mir in Aberdeen. Den Lastwagen haben, wie gesagt, die Jungs von der Wirtschaftskriminalität SBCC in Stirling auf dem Radar. Hier ist der leitende Beamte ein Ronald MacArthur.«

»Oh Gott, ein ganz scharfer Hund«, entfuhr es Charlie. »Der hat vorletztes Jahr doch dem halben Parlament auf die Füße getreten, als es um Fischerei im Atlantik ging. Da sollen doch angeblich irgendwelche japanischen Fangflotten und ein Haufen Schmiergelder im Spiel gewesen sein. Hat doch einigen Politikern das Amt gekostet, wie ich gehört habe. Ist noch ein Polizist von der ganz alten Schule. Lässt sich aber auch ungern ins Handwerk pfuschen.«

»Genau«, pflichtete Alan bei. »Was ich mir aber vorstellen kann, ist, dass wir - beziehungsweise du, Brian - die Ergebnisse beider Fälle sammelst und mal vorsichtig überprüfst, ob es vielleicht doch Verbindungen gibt. Lass das Ganze so laufen, als ob wir noch mehrere Fälle hätten, die ins Muster passen. Dann sind die Kollegen auch nicht angesäuert.«

»Kein Problem, Alan. Das krieg ich schon hin. Zumal ich Jimmi Hicks ganz gut kenne. Nur, was für ein Muster soll ich ihm denn verkaufen?«

»Übertrage doch einfach deine Kreativität beim Grillen auf die Arbeit und denk dir was Spannendes aus«, empfahl ihm Charlie.

»Vielen Dank für die Blumen. Ich bin also mal wieder der dumme Laufbursche. Na ja, das ist wohl das Schicksal meines

Lebens.« Gespielt resigniert kippte er die letzten Tropfen seines Whiskies hinunter. »Aber jetzt mal im Ernst, Alan. Den ganzen Zauber machen wir doch nicht nur, um unserem Freund Graham mit seinen Verschwörungstheorien einen Gefallen zu tun?«

»Nein, Bärchen, da hast du Recht. Das ist es nicht alleine.«

»Also, warum dann der ganze Aufwand?«

»Ganz einfach: Wenn ich an die Whiskydiebstähle denke, spüre ich so ein Kribbeln im Nacken.«

»Na, dann wird's ernst«, kommentierte Brian beeindruckt. »Also los, Mädels, ich glaube wir kriegen einen interessanten Herbst.«

Teamwork

Als Brian drei Tage nach seinem Geburtstag die Innenstadt von Aberdeen erreichte, war er nicht nur ein wenig stolz auf seine Leistungen in den letzten Tagen, sondern empfand zum ersten Mal seit über einem Jahr wieder diese Begeisterung und Spannung für seinen Beruf, die er insbesondere während der letzten großen Fälle in Alans SoKo genossen hatte.

Seit Alans Beförderung und Weggang aus Inverness waren die Zeiten für ihn nicht unbedingt langweiliger geworden, es hatte sich aber die Routinearbeit wieder in den Vordergrund geschoben und der persönliche Austausch mit seinem Freund und Vorgesetzten war nicht mehr möglich. Sicherlich waren seine neuen Kollegen keine Unbekannten für ihn – mit vielen von ihnen hatte er schon über Jahre zu tun – aber es waren eben keine richtigen Freundschaften daraus entstanden. Die Aussicht, endlich wieder "im alten Team" arbeiten zu können, hatte ihn dann auch seit Mittwochmorgen auf Hochtouren laufen lassen.

Stolz war er insbesondere auf die Schnelligkeit, in der er in den letzten zwei Tagen vorangekommen war. Sein Anruf bei DCI Hicks hier in Aberdeen war viel glatter verlaufen, als er zunächst erwartet hatte. Da ihm kein einziges "Muster" zu vergleichbaren Fällen eingefallen war, um seinen Kollegen die

Einmischung in deren Fall zu erklären, hatte er sich die schwierigste aller möglichen Gesprächsvarianten ausgesucht: Er hatte Jimmi Hicks schlicht und ergreifend die Wahrheit gesagt – und hatte damit bei ihm offene Türen eingerannt. Erstens, weil Hicks und Brian sich schon seit vielen Jahren aus der Polizei-Fußballmannschaft ("lang, lang ist's her!") kannten und zweitens, weil Hicks genauso unzufrieden darüber war, einen für ihn zweifelhaften Todesfall als Unfall abschließen zu müssen. So hatte sein alter Kollege ihm ohne Umschweife Akteneinsicht und ein Gespräch angeboten, um ihm alle Informationen, und auch seine nicht dokumentierten Gedanken zu diesem Fall, mitzugeben.

Etwas weniger Erfolg hatte Brian bei den "Wirtschaftskriminellen", wie er sie abfällig nannte. Diese Abteilung der Polizei war ein nach außen völlig abgeschotteter Laden, der sich jede Einmischung anderer Abteilungen und Dritter widersetzte und selbst bei offiziellen Anfragen mit äußerster Zurückhaltung reagierte. Dies war aber wenig verwunderlich, da in die meisten Wirtschaftsstraffälle doch Personen mit einem "Ruf" oder öffentlichem Ansehen verwickelt waren. Und da diese Personen, vom Industriemagnaten bis zum Abgeordneten, gerne ihre "Verbindungen" nutzten, um den Dingen einen für sie etwas günstigeren Verlauf zu geben, musste das SBSC gehörig aufpassen, von wem und warum sie sich auf die Finger schauen ließen.

Ein direkter Anruf beim leitenden Beamten MacArthur hatte Brian lediglich eine frostige Abfuhr eingebracht. Ob man seine Abteilung jetzt neuerdings schon brauchen würde, um den Tod von jedem dahergelaufenen Schafhirten aufklären zu können. Ob die heutigen Uniformträger eigentlich noch mehr könnten, als nur mit bunten Streifenwagen durch die Gegend zu kutschieren, und wenigstens einen Funken kriminalistischen Verstand hätten. Und dass der Tod eines Mitbürgers zwar sehr bedauerlich wäre, aber hier ginge es um das große Ganze, und man könne nicht das ganze Netzwerk gefährden wegen so einer dummen Geschichte. Und außerdem würde es sich ja nach seinen Informationen um einen Unfall handeln. Also, solle Brian doch lieber richtige Verbrecher jagen gehen und nicht ihn und seine Leute von der Arbeit abhalten. Einen schönen Tag noch!

Da Brians Blutdruck an dieser Stelle des Monologs bei gut 250 angekommen war und dadurch seine Stimmbänder nicht mehr funktionierten, konnte er dieses Mal um ein Disziplinarverfahren wegen Vorgesetztenbeleidigung herumkommen. Als seine Körperfunktionen nach 15 Minuten und fünf zerbröselten Kugelschreibern – mehr waren leider nicht greifbar – wieder Alltagsniveau erreicht hatten, musste er allerdings auch unumwunden zugeben, dass er in diesem MacArthur seinen Herrn und Meister gefunden hatte, was Gesprächsführung anging. Er hatte nicht einen einzigen seiner bissigen Kommentare ablassen können. Respekt. Für MacArthur war der Tod eines Mannes nichts anderes als ein gern in Kriegshandlungen verwendeter Begriff: Kollateralschaden. Eine von 100 abgefeuerten Raketen, die dummerweise nicht die Waffenfabrik, sondern den weit entfernten Kindergarten trifft. Eine bedauerliche Randnotiz in einem großen Krieg. Im Vergleich zum geplanten Ziel aber kaum von Bedeutung. Fertig.

Hier kam Brian mit seinen üblichen Methoden nicht weiter und musste sich neue Wege ausdenken. Also fing er ganz unten an. Er telefonierte alle seine Kollegen ab, die sich mit Raub und Diebstahl befassten und befragte sie nach gestohlenen Whiskytransporten und eventuell damit zusammenhängenden Personenschäden.

Ohne dass der offizielle Ermittler Brian und der quasi selbsternannte halboffizielle Ermittler Graham es zu diesem Zeitpunkt ahnen konnten, überschnitten sich ihre jeweiligen Ermittlungen, mit dem Ergebnis, dass das Internet doch manchmal ein Quell verlässlicher Informationen sein kann, wenn man es denn versteht, die darin enthaltenen Millionen von Farbtupfern zu einem Gemälde zusammenzufügen. Brians klassische Methode hatte lediglich den Vorteil, dass sie wesentlich effizienter und zielgerichteter war, aber nicht unbedingt viel schneller. Schließlich fragte das Internet Graham nicht beim Aufruf einer jeder Seite, warum er dies jetzt wissen wolle und ob er überhaupt die Berechtigung dazu habe und das er persönlich vorbei kommen müsse und überhaupt, wo sind eigentlich die 20 Pfund, die er schon seit vier Monaten schuldig wäre. Nach über zwei Tagen hatte Brian es aber doch geschafft, mit Hilfe seines Charmes, alter "Kontakte", ein paar Drohungen (einfach), Schmeicheleien (schwierig) und der Rückgabe der geborgten 20 Pfund (sehr schwierig), samt vier Pints dunklem Bier als Zinsen, alle verfügbaren Informationen der verschiedenen Dienststellen zusammenzutragen.

Fakt eins: Whisky wird und wurde immer schon geklaut.

Fakt zwei: Der Diebstahl ganzer Tankladungen nimmt gegenüber dem "althergebrachten" Flaschendiebstahl signifikant zu.

Fakt drei: Bisher keinerlei Kombination mit Gewaltdelikten. Daher hatten sie auch bis jetzt kaum Kontakt zu diesen Fällen.

Fakt vier: Die Versicherungen hatten bisher alle Diebstähle ohne großes Aufheben bezahlt, daher wurde von Seiten der Destillerien weiter kein großes Aufhebens gemacht.

Fakt fünf: Zwei verschwundene Fahrer. Allerdings ledig, jung, teilweise vorbestraft. Es wurden keine Ermittlungen wegen Entführung eingeleitet, da es als sicher erschien, dass diese zu den Tätern übergelaufen waren. Hier notierte sich Brian, dass er über die Akten dieser Fahrer weiter ermitteln wollte. Garantiert hatten die Burschen schon vorher irgendwie Kontakt zu den Dieben gehabt.

Fakt sechs: ... Hier gingen Brian geistig die Finger seiner virtuellen linken Hand aus. Also packte er den letzten, aber interessantesten Punkt noch unter Fakt fünf: Die Diebesbande - und er war sich so gut wie sicher, dass es sich bei den Tätern um eine organisierte Bande handelte - fing an, sich ein Muster zuzulegen. Damit wurden die Diebstähle nicht nur deutlich routinierter und effektiver durchgezogen, sie wiederholten sich zudem in immer kürzeren Zeitabständen. Ähnlich wie bei dem Verhalten eines jeden Serientäters, hatte dies aber für die Polizei den unschätzbaren Vorteil, dass der Täter berechenbar wurde. Und wenn man richtig gut war – und dabei dachte Brian an Alan, sich und den Rest der Truppe – konnte man eine Handlung vorausberechnen, den entgegenkommenden Schwinger mit der Linken abfangen und den Gegner mit einem schönen rechten Tiefschlag auf die Matte schicken. Ja, sein Ermittlerherz schlug wieder im richtigen Takt.

Mit diesem Hochgefühl, und den gesammelten Informationen im Gepäck, parkte er seien funkelnagelneuen Dienstwagen, einen Vauxhall Insignia, auf dem Dienstparkplatz der Crime Management Business Area.

Das Wetter schien sich seiner Gemütslage angepasst zu haben und überraschte selbst hier im Regenloch Aberdeen mit blauem Himmel und einer angenehmen Nordseebrise. Daher verzichtete er auch auf seinen Mantel und lief nur in seinem dunkelgrauen Anzug und der neuen sonnengelben Krawatte – ein Geburtstagsgeschenk seiner 73jährigen Nachbarin, die er seit Kindheitstagen nur Tante Nella nannte – über den Parkplatz zum Haupteingang. Bei einem Blick nach oben konnte er im siebten Geschoss das Fenster von Alans neuem Büro ausmachen. Wenn er mit Jimmi Hicks fertig wäre, würde er mit Alan die Ergebnisse besprechen.

»Also, da sind wir alten Pfarrerstöchter uns einig«, fasste Jimmi Hicks, bei einer Tasse Kaffee, Brians und seine Ausführungen nach gut einer Stunde zusammen. »Das Ding hat einen Beigeschmack. Leider sind mir, wie gesagt, die Hände gebunden. Das kennst du ja auch zur Genüge. Ich muss die Leiche morgen freigeben und hab absolut nichts in der Hand, um noch genauere Untersuchungen machen zu lassen. Butcher, unser Pathologe, hat das Standardprogramm durchlaufen lassen, aber nichts gefunden. Du hast dir den Bericht ja gerade angesehen. Und für mehr Untersuchungen haben wir a) kein

Geld, b) keine Zeit und c) mindestens zehn eindeutig tote Gewaltopfer zu viel im Kühlhaus.«

»Bleibt also nur noch der Fundort«, resümierte Brian. »Irgendetwas Ungewöhnliches, irgendeine scheißkleine Verbindung muss es doch geben, verdammt. Welcher Beamte war als erster bei der Leiche?«

»Wenn du mich fragst: die größte Witzfigur, die ich je im Polizeidienst gesehen habe. Moment ...«, Hicks griff sich eine der Akten auf seinem Schreibtisch.

»Sag es nicht. Lass mich raten: Shortbread, stimmt´s?« Brian machte ein extra entsetztes Gesicht.

»Stimmt!«, antwortete Hicks überrascht. »Kennst du den etwa?«

»Kennen ist zu viel gesagt. Ich habe vor ein paar Jahren im Whisky-Mörder Fall seine reizende Bekanntschaft machen müssen. Und ich hatte die Hoffnung, ihn nie wieder zu sehen. Armes Schwein.«

»Wer? Shortbread?«

»Nein, ich natürlich! Wer denn sonst? Mir bleibt auch nix erspart, denn ich werde jetzt wohl oder übel nochmals mit ihm reden müssen.«

Eine knappe halbe Stunde später machte Brian es sich in einem der Besuchersessel in Alans Büro bequem und ließ sich von Claudia, Alans Sekretärin, einen schönen schwarzen Kaffee servieren. »Danke, mein Schatz. Wie immer weiß ich nicht, ob ich den Duft dieses perfekten Kaffees oder ihr Parfüm mehr loben soll.«

»Loben Sie doch einfach beides. Damit könnte ich gut leben, DCI Strachan«, antwortete Claudia lächelnd und brachte Alan die zweite Tasse an seinen Schreibtisch.

»Aber bitte, doch nicht so förmlich«, reagierte Brian indigniert. »Nennen Sie mich doch bitte Brian. Dann habe ich auch mehr das Gefühl, auf diesem dicken Teppich willkommen zu sein.« Damit spielte Brian auf die gehobene Ausstattung von Alans Büro an, die nicht nur seine Position als Detective Chief

Superintendant, sondern auch seine leitende Position im CMBA, widerspiegelte. Das Mobiliar in schlichtem Glas-Aluminium-Mix gehalten, eine Unmenge dimmbarer Downlights in der Decke integriert und dazu das neueste an Bürotechnik, was das Steuersäckel hergeben konnte.

»Gerne, Sir«, antwortete Claudia. »Wie ich DCS Derringer schon wiederholt gesagt habe, bei einem gemütlichen Pubbesuch werde ich gerne auf Ihr Angebot zurückkommen. Sofern Ihre Frau dies genauso wünscht.« Claudia Swanson war glücklich geschieden und wusste, dass das Auge des Mannes besser entwickelt ist als sein Verstand, und kleidete sich entsprechend. Ihrer Meinung nach war die Ehe ein hoffnungsloser Versuch, zu zweit mit den Problemen fertig zu werden, die man alleine niemals gehabt hätte. Trotzdem hatte sie den größten Respekt vor funktionierenden Beziehungen, und dies ließ sie alle verheirateten Männer auch deutlich spüren. Mit einem weiteren bezaubernden Lächeln verließ sie Alans Büro und ließ einen muffelig drein blickenden Brian und einen prustenden Alan zurück.

»Junge, Junge, da musst du noch eine Extraportion Charme drauflegen. Mit deinen Standardsprüchen bist du hier unter "*ferner liefen*" ...«, erklärte ihm Alan die Situation.

»Ja, ja, man wird ja wohl noch ein bisschen nett sein dürfen, oder?«

»Na, darin bist du doch ein Naturtalent«, frotzelte Alan. »Aber apropos nett, was hast du denn in den letzten Tagen den diversen "Freunden" und "guten Kontakten" alles entlocken können?« Alan nahm seinen Kaffee, öffnete eines seiner Fenster, die ihm, zumindest bei gutem Wetter, einen tollen Ausblick über Aberdeen und die Nordsee boten, und setzte sich auf die breite Fensterbank.

»Hey, Vorsicht!«, schrak Brian auf, »willst du dich umbringen?«

»Na ja, auf die eine oder andere Art wohl schon«, antwortete Alan mit etwas verkniffenem Mund. »Meine Methode dauert allerdings etwas länger als ein freier Fall aus 20 Metern.

Daraufhin zog er seine Schachtel Mentholzigaretten aus der Brusttasche und zündete sich eine an. »So kann ich wenigstens den dämlichen Rauchmelder überlisten. In der ersten Woche hier hatte ich ihn heimlich mit Folie abgeklebt, aber die Sicherheitstypen kontrollieren die Dinger jede Woche. So geht's aber auch. Also, zu deinen Kontakten ...«

»Zunächst mal, mein lieber Freund, sind das keine "Kontakte", wie du sie nennst, sondern ordentliche Beamte, die ihr Bestes geben, um uns bei einem kniffeligen Fall zu unterstützen«, antwortete Brian beleidigt.

»Die ihr Bestes geben, um den Bierkonsum ihres Pubs auf deine Kosten schlagartig zu verdoppeln, wolltest du sagen«, fiel ihm Alan grinsend ins Wort.

Die letzte Bemerkung schlicht ignorierend, berichtete ihm Brian von allen Informationen und Ergebnissen der letzten Tage. Dabei schaltete er von seiner kumpelhaften Ausdrucksweise auf den präzisen und analytisch-kurzen Berichtsstil eines souveränen Ermittlers, der schon hunderte Einsatzbesprechungen hinter sich hatte. Nach kaum 15 Minuten war Alan über alle Details im Bilde und in die Lage versetzt worden, Entscheidungen zu treffen.

»Okay, das genügt mir fürs Erste«, kommentierte Alan Brians Ausführungen, drückte eine weitere Zigarette auf der äußeren Fensterbank aus und setzte sich wieder an seinen Schreibtisch. »Das alles bestätigt mein Gefühl – und hör auf mich so fett anzugrinsen. Ich glaube, ich werde ab sofort mal die Vorzüge meiner Position hier ausnutzen.« Daraufhin griff Alan zum Telefon und drückte eine Taste. »Claudia, verbinden Sie mich mit dem rechtsmedizinischen Institut, Professor Butcher, und – es ist wichtig!« Die letzten drei Worte waren in Claudias Sprachgebrauch der unmissverständliche Befehl, sich auf gar keinen Fall abwimmeln zu lassen und, notfalls unter Einsatz ihres Lebens, das gewünschte Gespräch zu vermitteln. Nach kaum einer Minute angespannten Schweigens signalisierte ein dezenter Piepston, dass Claudia Erfolg gehabt hatte. Ein externes Gespräch wurde auf seinen Apparat umgeleitet.

Alan hob den Hörer ab. »Detective Chief Superintendant Alan Derringer --- Chris, danke, dass Sie eine Minute ihrer kostbaren Zeit entbehren können --- Nein, ich hätte Sie sonst nicht verhaften lassen. Wiese kommen Sie denn auf die Idee? --- Ach, meine Sekretärin hat ... na ja, sie übertreibt manchmal ein wenig, wissen Sie? --- Natürlich, Entschuldigung. Also, Sie haben einen Ben Cairndow bei sich. --- Ja, der tote Farmer, genau. Also, es gab ein paar entscheidende Wendungen in dem Fall. Ich brauche von Ihnen das volle Programm. Das Ganze ist eine gute Nummer größer als wir dachten. --- Es tut mir ja Leid, Chris. Dann machen Sie ihn halt noch mal auf. Es hat sich halt jetzt erst ergeben. --- Genau, die Leiche ist damit nicht freigegeben. Verdacht auf Fremdeinwirkung, genau. Schicken Sie die Bestatter wieder nach Hause. Die Papiere bringt Ihnen mein Kollege am Montag mit, okay? --- Das war leider kein Scherz, Chris. Der Fall hat für den Moment Priorität. Wir verfolgen eine Spur und die wird jeden Tag kälter. Also, bitte Chris, Montagnachmittag. --- Danke, und ja, eine Flasche Valpolicella --- Na gut, Valpolicella Superiore --- Himmel, ja! Einen Amarone! Aber nur, wenn ich mittrinken darf. So! --- Danke! Also, am Montag dann.« Daraufhin legte Alan auf und sah Brian mit einer Mischung aus Befriedigung und Zahnschmerzen an.

»Was ist? Bist du etwas zu weit gegangen?«

»Was meine Kompetenzen angeht nicht. Was meinen Geldbeutel angeht sehr wohl. Die Flasche kostet mich garantiert 30 Pfund. Dafür darfst du Montag den guten Doktor Butcher besuchen.«

Nun schaute Brian, als hätte er Zahnschmerzen. »Ich hasse die Leichenmetzger. Aber was sein muss, muss sein. Ich füge mich meinem Schicksal.« Schlagartig wechselte Brian dann zu einem äußerst zufriedenen Gesichtsausdruck. »Aber klasse! Ich glaube, dass wird ein richtig spannender Fall. Ich freu mich richtig.«

»Freu dich nicht zu früh«, feixte Alan zurück. »Du hattest eben schon Recht. Jemand sollte zunächst noch mal mit unserem treuen Staatsdiener William Shortbread reden.«

Brians Gesicht wechselte sofort wieder zu Zahnschmerzen. Diesmal mit akuter Kiefervereiterung. »Gehe ich Recht in der Annahme, dass meine Name Brian "Jemand" Strachan lautet?«

»Du gehst, mein Lieber. Du gehst.«

Nach knapp zwei Stunden hatte Brian zwei für ihn wichtige Punkte erledigt, die ihn mit einer gewissen Befriedigung erfüllten.

Erstens hatte er "Kraft seines Amtes" eine SoKo eingerichtet; zumindest inoffiziell. Da ihm nichts Originelleres eingefallen war, hatte er sie kurzerhand "Whisky-Truck" getauft. Für die endgültige Freigabe von oben würde er allerdings noch in den nächsten Tagen sorgen müssen. Bisher war alles streng geheim und niemand durfte davon erfahren, dass er mit einigen Kollegen gemeinsam an diesem "Fall" arbeitete. Er war sich seiner Sache völlig sicher, dass es sich bei den beiden verschwundenen Fahrern mittlerweile um Ex-Fahrer handeln musste, die mittlerweile irgendeiner Fleisch fressenden Lebensform als Nahrung dienten. Und der Tod von Ben Cairndow war ein weiterer Fall für seine Abteilung. Dies zu beweisen, sollte ihnen bald gelingen. Dies war ab jetzt sein Fall.

Das Team, das sich Alan schon bei ihrer ersten gemeinsamen Jagd auf den, als "Whisky-Mörder" bekannt gewordenen, Serienmörder vor ein paar Jahren zusammengestellt hatte, bezog seine Schlagkraft aus den Fähigkeiten jedes Einzelnen von ihnen. Jedes Mitglied der Sonderkommission verfügte über individuelle Vorzüge, die sich gegenseitig ergänzten und in der Summe zu einem extrem effektiven Ganzen aufbauten. Auch wenn Brian noch keinen offiziellen Auftrag hatte, eine Sonderkommission für die Jagd auf die Whiskyräuber zu gründen, war er dennoch, sozusagen im vorauseilenden Gehorsam, wie er sich sagte, mit einigen Mitgliedern der alten SoKo telefonisch in Kontakt getreten. Er musste keine große

Überzeugungsarbeit leisten. Unter anderem wollte Brian unbedingt Nicky McGovern dabei haben. Sie hatte ihnen in ihrem letzten gemeinsamen Fall, dank ihrer Computerkenntnisse und der damit möglichen Recherchen, extrem geholfen. Manchmal dachte er, dass es für ihn vermutlich besser war, wenn er nicht wusste, was sie alles mit ihrem Computer machen konnte, und wo, und vor allem wie, sie sich die Informationen beschaffte. Aber die Ergebnisse zählten und so hatte auch Alan sie bei ihrem letzten Fall tun lassen, was sie wollte. Aber gerade in diesem Fall waren sicherlich internationale Verwicklungen zu erwarten, und bei den daraus resultierenden Grenzüberschreitungen war die Zusammenarbeit mit den Polizeibehörden des jeweiligen Landes sicherlich nicht immer einfach. Nicky und ihr Computer kannten keine Grenzen, das würde ihnen bei den anstehenden Ermittlungen bestimmt noch mehr helfen als bei den beiden letzten großen Fällen. Charly Pollock brauchte, dank der Informationen, die an Brians Geburtstag bereits ausgetauscht wurden, genauso wenig überzeugt zu werden wie Nicky.

Der zweite Punkt, den Brian zu seiner Zufriedenheit erledigt hatte war, *nicht* bei William Shortbread anzurufen und seinen Besuch anzukündigen. Er wollte sich den Anblick eines völlig überraschten Billy-Boys nicht entgehen lassen. Auch auf die Gefahr hin, ihn eventuell nicht anzutreffen.

Kurz darauf erreichte er die Polizeidienststelle in Rothes und parkte seinen Wagen ein paar Meter weiter auf dem Parkplatz des Spar-Marktes, um sein Kommen nicht zu früh anzukündigen. Er betrat die Dienststelle und ging zügig zu den beiden kleinen Büroräumen im hinteren Teil des Gebäudes. Das für Brian Positive war, dass William Shortbread tatsächlich anwesend war. Das Negative war, dass er wider Erwarten irgendwie zu arbeiten schien. So konnte Brian leider nicht mit einem kleiner Donnerwetter beginnen. Zudem saß an Williams gegenüberliegendem Schreibtisch ein weiterer Mann. Seines Zeichens ein Police Constable, der höchstens vor einem Monat der Mutterbrust entwöhnt worden war. Brian ließ das sich ihm bietende Bild einen Moment auf sich wirken. Irgendwo hatte er diese Szene schon mal in einem amerikanischen Slapstick-Film gesehen: zwei Beamte in ihrem Streifenwagen, echte Prachtexemplare der Gattung Dorfpolizist. Der Ältere zog sich, nach dem Aussteigen aus dem Streifenwagen, die Hose über den Bauch, während der Jüngere, mit Ausschlag vom Rasieren im Gesicht, geduldig darauf wartete, dass der andere das Wort ergriff. Unweigerlich musste Brian prusten, worauf insbesondere Shortbread von seinem Schreibtisch hochschreckte. Den Jüngeren schienen die Schallwellen noch nicht erreicht zu haben.

»Oh, Sie! Äh, Sir! Ich meine Chief Inspector. Was verschafft uns denn äh ... die Ehre Ihres Besuchs?«, begrüßte Shortbread den unerwarteten Besucher.

»Ich hatte Sehnsucht nach Landidylle und schottischer Ursprünglichkeit. Sie wissen schon, mal raus aus der Großstadt und dem ganzen Mief. Mal wieder echte Ruhe und Gelassenheit spüren. Und da dachte ich doch sofort an Sie.«

So recht wusste Shortbread Brians Worte nicht einzuordnen und machte daher das Nächstliegende: seinen einzigen Untergebenen zusammenstauchen. »Tom! Steh gefälligst auf, wenn Vorgesetzte den Raum betreten, oder hast du die Polizeischule nur von außen gesehen?«

Besagter Tom blinzelte kurz, als habe er erst jetzt wahrgenommen, dass es noch mehr Lebewesen in seinem Universum gibt, und stand etwas umständlich auf, wobei sein Stuhl mit voller Wucht gegen die Rückwand knallte. Daraufhin geriet sein Salutieren nicht ganz so zackig, wie er es wohl vorgehabt hatte.

Brian konnte der ganzen Szene nur mit offenem Mund beiwohnen. Mit seinen raspelkurzen, hellblonden Haaren und dem leicht pickeligen Gesicht fehlte diesem Tom, nach Brians Meinung, nur noch eine alte Jeans-Latzhose und ein Banjo und er hätte in jedem amerikanischen Hinterwäldler-Film mitspielen können. »Schön, schön, mein Junge. Setzen Sie sich mal wieder hin. Sonst demolieren Sie uns noch die ganze schöne

Wache hier.« Und zu Shortbread gewandt »Der Grund meines Kommens ist der Tod von Ben Cairndow.«

»Ben?«, erwiderte Shortbread ungläubig. »Aber ich dachte, der Fall ist erledigt. Das war doch eindeutig ein Unfall.« Mit einer übertriebenen Geste bot er Brian einen freien Stuhl an und ließ sich in seinen Sessel fallen.

Brian bediente sich unaufgefordert an der Kaffeekanne und den Pappbechern, die auf einem Sideboard standen, und setzte sich auf den ihm angebotenen Stuhl. »Ah, guter Landkaffee. Nein, mein Lieber, so einfach wollen wir es uns doch nicht machen. Ein gestohlener Laster, ein Haufen toter Schafe und dann ganz zufällig ein Bauer, der unglücklich stürzt? Wo bleibt denn da Ihre Polizistenseele? Sind das nicht auch für Sie ein paar Zufälle zuviel?«

»Na ja, Sie haben vermutlich Recht. Nur der Obduktionsbefund scheint ja absolut eindeutig zu sein. Ein paar Gedanken hatte ich mir ja auch sofort gemacht ...«

»Nein wirklich! Na, die will ich jetzt aber auch kennen lernen!«, platzte Brian heraus. »Und vergessen wir die Obduktion doch mal für einen Moment.«

»Also gut«, begann Shortbread, während er sichtlich nervös mit seinen dicken Fingern an dem abgewetzten Revers seines braunen Jacketts herum nestelte. »Am Tatort und auch an Ben selbst war ja nun nichts Verdächtiges festzustellen gewesen. Daher habe ich mich halt auf den Diebstahl konzentriert und gefragt, wie denn die Lastwagendiebe ausgerechnet auf Winstons alte Scheune gekommen sind. Da steht ja nicht gerade ein Wegweiser an der Straße und kennen tut jemand von außerhalb das Ding wohl auch nicht. Ist ja auch nicht gerade ne Touristenattraktion.«

»Winston?«, hakte Brian nach.

»Ja, Winston Fowler. Das ist der Farmer, dem die Scheune und das Gelände neben Bens Farm gehört. Ist schon über achtzig und betreibt schon seit Jahren keine Landwirtschaft mehr. Will das Ganze aber auch nicht verkaufen oder verpachten. Hat wohl genug Erspartes, um seine letzten Jahre auch so im

Pub zu verbringen. Also hab ich Winston mal angesprochen ...«

»Im Pub?«, wollte Brian wissen.

»Äh, ja klar. Da trifft man ihn ja immer. Und da erzählt er mir, dass ihn vor ein paar Monaten wohl so ein junger Bursche auf die alte Scheune angesprochen hatte.«

»Auch im Pub?«

»Ja, sicher. Wo denn sonst? Entweder Winston ist im Pub oder er schläft. Also, da scheint Winstons Gedächtnis doch noch zu funktionieren. Im Gegensatz zu den Momenten, wo er beim Wirt seine Rechnung bezahlen soll. Denn da weiß er dann nie mehr, was er alles ...«

»Zur Sache, bitte! Weiter im Text!«, ermahnte ihn Brian.

»Entschuldigung, ja also weiter. Dieser junge Typ wollte wohl wissen, wofür die Scheune denn noch genutzt würde und ob denn da keiner mehr hingehen würde und so. Das kam mir dann ja sofort spanisch vor, aber leider konnte sich Winston nicht mehr an das genaue Aussehen dieses Typen erinnern. Nur, dass der wohl LKW-Fahrer oder so gewesen sein soll.«

»Woran will er das denn gesehen haben? Am Scania-T-Shirt?«

»Nein, nein, der Typ hat wohl nur Cola getrunken und irgendeinen Mist gegessen. Und das bei Winston, der alkoholfreie Flüssigkeiten nur zum Waschen seiner Socken kennt.« Shortbread musste über seinen Scherz keuchend lachen, bis er Brians momentan völlig humorloses Gesicht bemerkte. »Gut, also dann habe ich mir überlegt, dass die Diebe diesen Coup wohl von langer Hand geplant haben müssen. Und dass das wohl nicht der erste Diebstahl gewesen ist. Wenn man jetzt den Typen von damals ausfindig machen könnte, so wäre man ja schon ganz nahe dran an der Bande. Theoretisch könnte man die dann beobachten, bis zu einem weiteren Diebstahl, und – zack – schnappt die Falle zu.« Mit einem stolzen Lächeln schlug Shortbread die Faust auf die Tischplatte, wodurch PC Tom Winkle ein weiteres Mal aus seinem Wach-Koma hochschreckte.

»Nun, das dürfte eine in sich kohärente Theorie sein«, antwortete Brian nachdenklich.

»Sag ich doch«, trumpfte Shortbread auf und wandte sich grinsend an Tom, um dort das gehörige Maß an Bewunderung zu bekommen, was ihm über die vielen Jahre vorenthalten worden war. Doch dann stutzte er. »Kohä-was?« *Konnte der Blödmann sich nicht normal ausdrücken?*

»Kohärent. In sich stimmig. Passt!«, erklärte ihm Brian ruhig.

»Aha. Nun ja, das hat Graham auch gesagt.«

Für einen Moment hielt Brian seinen Atem an. »Graham sagen Sie? Etwa Graham Morrice?«

»Ja klar. Den kennen Sie doch. Unser Brennerei-Manager. Oder besser jetzt Brennerei-Oberguru, seit sein Vorstand letztes Jahr abgemurkst wurde wie die Fliegen. Der Neffe vom alten Ben«, antwortete Shortbread.

»Und woher kennt Graham jetzt ihre Theorie der Ereignisse?«, fragte Brian bewusst ruhig.

»Na, der war doch bei dem Gespräch mit Winston im Pub dabei. Okay, zugegebenermaßen hat er das Gespräch ja auch eigentlich angeregt«, gab Shortbread dann deutlich kleinlauter zu. »Aber die Schlussfolgerungen sind von mir, das müssen Sie mir glauben!«

»Und zufälligerweise haben Sie eben diese Schlussfolgerungen auch gleich im Pub verkündet.«

»Na ja, ich hab es mal so in den Raum gestellt ...«

»Ich muss telefonieren.« Ohne ein weiteres Wort verließ Brian die Polizeiwache und ließ zwei sichtlich irritierte Beamte zurück. Draußen auf dem Parkplatz kramte er sein Handy hervor und wählte Alans Nummer. »Hallo, Schätzchen, Entschuldigung, Claudia. Ich muss umgehend Alan sprechen. Danke.«

Nach ein paar Sekunden meldete sich Alan, und Brian berichtete ihm die Neuigkeiten sowie Shortbreads frisch erwachtem geistigen Tatendrang.

»Was war denn das jetzt?«, frage Alan nach. »Das klang ja fast nach echtem Respekt für unseren Shortbread!«

»Vielleicht ist er ja doch ein guter Bulle. Irgendwo ganz tief in ihm drin«, sagte Brian.

»Als Arschloch war er mir wesentlich lieber«, kommentierte Alan. »Aber gut, das Ganze klingt wirklich plausibel und ist es wert, weiter verfolgt zu werden. Aber ganz offiziell müssten wir unsere Wirtschaftskriminellen einschalten. Das ist deren Fall, das weißt du doch, oder?«

»Ich glaube, dass das gerade nicht unsere Hauptsorge sein sollte«, widersprach Brian.

»Und welches Detail hast du mir verschwiegen?«, fragte Alan nach.

»Das Ganze ist nicht allein auf Shortbreads Initiative hin geschehen.«

Für einen Moment herrschte gespenstisches Schweigen am anderen Ende der Leitung. »Im Moment fällt mir nur einer ein, der in diesem Fall noch Initiative ergreifen könnte – und zwar ungefragt. Sag nicht, unser Freund Graeme ist im Spiel.«

»Doch, genau der.«

»Ich weiß nicht, ob ich mich freuen oder ärgern soll. Entweder er findet auf seine Art die Täter schneller als wir und der Fall ist gelöst ...«

»Oder?«

»Oder er findet die Täter schneller als wir und wir haben einen toten Graham.«

»Soviel traust du ihm zu?«, fragte Brian verwundert.

»Trauen ist nicht das richtige Wort. Eher befürchten. Er kann innerhalb der Whiskyszene, aufgrund seines Wissens, einfach schneller die Verbindungen aufspüren. Ob er schon von der erneuten Obduktion seines Onkels weiß?«

»Ich glaube nicht«, antwortete Brian. »Meines Wissens nach sollte die Leiche erst am Montag abgeholt werden. Spätestens dann wird er es aber merken. Soll ich ihn anrufen und darauf vorbereiten?«

»Lass das mal lieber. So haben wir dann noch ein ganzes Wochenende Zeit, bevor wir uns mit kritischen Fragen und abstrusen Ideen auseinander setzen müssen«, bemerkte Alan wieder etwas beruhigt.

»Da hast du natürlich auch wieder Recht«, musste Brian zugeben. »Na, dann geh ich mal wieder zu unserem Provinzdetektiv und lass mir die ganzen Daten und Fakten schriftlich geben. Und Nicky werde ich schon mal das Wochenende versüßen. Sie kann mir alle verfügbaren Daten und Bilder von Fahrern der Whiskyspeditionen aus den letzten zwölf Monaten organisieren. Wünsche ein geruhsames Wochenende.«

Mit diesem Wunsch beendete Brian das Gespräch und ging vergnügt zurück in die Polizeiwache, um seinem neuen Modellpolizisten ein arbeitsreiches Wochenende aufzuhalsen.

Kaltes Fleisch

Das Universitätsklinikum in Aberdeen, in dem die wichtigsten medizinischen Institute der Region untergebracht sind, erstreckt sich auf dem so genannten Foresterhill Campus, von der Ashgrove Road West im Norden bis zur Westburn Road im Süden. Die Gebäudeansammlung setzt sich aus modernen und alten Gebäuden zusammen und bietet Platz für insgesamt circa 14.000 Studenten. Damit ist die heutige Universität Aberdeen, nach St Andrews und Glasgow, die drittälteste in Schottland und die fünftälteste in Großbritannien. Sie zählt zu den führenden Universitäten des gesamten Königreiches

Das Institut für Rechtsmedizin in Inverness ist für alle gerichtsmedizinischen Fragen und Untersuchungen in Schottland zuständig. Sämtliche Todesopfer, bei denen das Ableben nicht bereits erwartet worden war, weil sie einer längeren Krankheit erlagen und von einem Arzt betreut worden waren, wurden in die Leichenhalle des Instituts gebracht.

Auch in der Hauptstadt der Rcgion Grampian lag die Leichenhalle im Keller. Scheinbar war sich die gesamte Architektengilde des ganzen Landes darüber einig, die Lage dieses speziellen Raumes immer im Keller und am Ende eines langen Flurs zu planen und nie anders.

Kaum betrat Brian am Montag, dem 21. September, den Raum, wurde er auch schon überwältigt von dem chemischen Geruch, der sich bereits nach dem ersten Atemzug schwer auf seine Lungen legte und ihm fast den Magen umdrehte. Er konnte nicht verstehen, dass jemand freiwillig, und vor allem regelmäßig, dort arbeitete.

Rostfreier Stahl beherrschte, neben dem Weiß der gefliesten Wände und Böden, den Raum. Der Gestank war ebenso vertraut wie abstoßend. Brian hatte sich Menthol unter die Nase gerieben, aber dennoch drang der typische Geruch einer verwesenden Leiche bis zu ihm durch. Er hatte einmal gehört, dass dieser Geruch dem Gestank eines überreifen Käses gleiche, der schwitzend in der Sonne vor sich hingammelt. Seit der Zeit mochte er Käse nicht mehr so sehr wie vorher. Er wusste sofort wieder, warum er lieber einen großen Bogen um die Pathologie machte und es normalerweise Alan überließ, mit dem Rechtsmediziner zu sprechen. Aber dieses Mal war es sein Fall, und Alan war nicht beteiligt. Da musste er also alleine durch.

Professor Chris Butcher saß, immer noch mit seinem grünen Sezierkittel bekleidet, an seinem Schreibtisch und tippte auf seiner Computertastatur. Hin und wieder griff er gedankenversunken nach einem Sandwich und biss ein Stück davon ab. Er bemerkte Brians Eintreten nicht.

»Ich hatte gedacht, dass es verboten ist, hier drin zu essen«, sprach Brian den ihm bekannten Rechtsmediziner an.

»Ist es auch. Sie können mich also ruhig verhaften.« Professor Butcher blickte dabei nicht von seinen Unterlagen auf. »Wenn ich eingesperrt werde, ist das fast wie Urlaub für mich. Acht Neuzugänge alleine heute. Keine Ahnung, wann ich das alles schaffen soll.«

Er blickte jetzt doch auf und erkannte Brian, der seinen Besuch natürlich vorher telefonisch angekündigt hatte.

»Na, heute alleine und ganz persönlich hier. Wo ist denn Ihr Kollege, der frischgebackene Leiter der CMBA? Durfte der heute nicht mit?«

»Nein, doch, eigentlich schon, aber Alan arbeitet an diesem Fall nicht mit. Zumindest offiziell.«

»A-ha«, antwortete Chris Butcher und grinste. »Dann gönnen Sie sich das Vergnügen heute alleine, ohne teilen zu müssen. Willkommen in meinen ganz persönlichen Körperwelten.«

Brian hasste die Leichenhalle. Und Autopsien konnte er schon gar nicht ausstehen. Nicht nur der Geruch des Todes, sondern diese Mischung aus Blut, verwesendem Fleisch und Desinfektions- und Reinigungsmittel, der permanent und stets präsent in der Luft lag, machte ihm zu schaffen

Brian konnte nicht verstehen, wie jemand freiwillig einen Beruf ausübte, der darin bestand, dass man Leichen aufschnitt, ihnen die Organe entnahm und diese dann in Scheibchen schnitt, um sie unter dem Mikroskop zu untersuchen. Auch wenn er selbst gerne Sprüche machte, mochte er die schnodderige Umgangsform der Rechtsmediziner nicht, wenn diese über den Tod im Allgemeinen und ihre "Kunden" im Speziellen sprachen. Klar musste man sich in einem Beruf, in dem man nahezu täglich mit dem Tod anderer Menschen zu tun hatte, selbst schützen. Man musste dafür sorgen, dass einem nicht jedes Leid, das andere Menschen erlebten, an die eigene Substanz ging. Dennoch würde er lieber den Dienst quittieren, als jemals zu einem dieser teilnahmslosen, achselzuckenden Zyniker zu werden.

»Ich komme wegen des verstorbenen Ben Cairndow«, lenkte Brian daher das Gespräch aufs Fachliche.

»Ja, wie ich am Telefon schon sagte, den habe ich, aufgrund der Anforderung Ihres Kollegen, nochmals gründlich untersucht.«

»Und, was können Sie mir sagen?«

»Na ja, das Opfer ist ziemlich tot.« Nach einem kurzen Blick auf Brians Gesicht, das sich aufgrund dieser Bemerkung bereits ärgerlich verfärbt hatte, fügte er schnell hinzu: »Und ich habe auch etwas Interessantes gefunden.«

»So, was denn?«, beruhigte sich Brian wieder.

»Kommen Sie mit, ich zeige es Ihnen.«

Brian wäre es zwar viel lieber gewesen, wenn ihm der Pathologe einfach erzählt hätte, was es Neues gab, aber er wusste, dass er um eine gemeinsame Begutachtung der Leiche nicht herumkommen würde. Innerlich wappnete er sich bereits gegen den Anblick.

»Hier, mein Lieber«, sagte Chris Butcher, als sie gemeinsam an eine Wand mit zahlreichen Stahltüren traten und der Professor die Namensschilder inspizierte, um auch die richtige Leiche herauszuziehen. »Da ist ja unser Farmer.«

Die Stahltür wurde geöffnet und der abgedeckte Leichnam schwungvoll aus der Kühlkammer herausgerollt. Professor Butcher schlug das Tuch zurück und legte den kompletten Oberkörper von Grahams totem Onkel frei.

»Ein Prachtstück, wenn man sein Alter berücksichtigt. Der hätte gut und gerne noch etliche Jahre gelebt«, kommentierte der Professor den Leichnam.

»Woran ist er denn gestorben?«, fragte Brian.

»Die Todesursache war von Anfang an eindeutig und von eurem Coroner auch korrekt festgestellt worden: Tod durch Genickbruch. Der muss mit seinem Hinterkopf auf etwas sehr Stabiles gefallen sein und hat sich daran das Genick gebrochen. Das geht oft schneller, als die meisten Menschen glauben.«

»Sind Sie sicher, dass er gefallen ist und nicht erschlagen wurde?«

»Ja, absolut. Die Kopfverletzung am Hinterkopf hätte er überlebt, wenn sie ihm stehend zugefügt worden wäre. Da war schon sein eigenes Körpergewicht bei einem Sturz mit im Spiel. Deshalb hatten wir ihn beim ersten Mal auch nicht weiter untersucht, da die Todesursache klar erschien.«

»Und was haben Sie jetzt Besonderes entdeckt?«

Professor Butcher fasste den Toten an der Schulter und am Becken und drehte ihn auf die Seite, sodass Brian seinen Rücken sehen konnte.

»Sehen Sie hier«, nickte Chris Butcher mit seinem Kopf zu einer Stelle des Rückens hin.

»Wo denn, ich sehe nichts«, antwortete Brian.

»Na da«, erwiderte der Professor, nahm die Hand von der Hüfte des Toten und legte seinen Zeigefinger auf eine Stelle der Haut. »Sehen Sie die zwei kleinen, schwarzen Punkte hier?«

»Ja«, sagte Brian, nachdem er sich vorgebeugt hatte, um die gezeigte Stelle zu begutachten.

»Das sind Strommarken«, antwortete der Pathologe und ließ den Körper wieder in seine Ausgangslage zurückplumpsen. »Was ist nur aus dem guten, alten Erschießen oder Erstechen geworden? Seit wann bringt man die Leute mit Strom um? Da rechnet doch keiner mit.«

»Vielleicht ist das die grüne Art jemanden zu töten«, erwiderte Brian in einem Anflug von Sarkasmus. »Kein Blut, kein Dreck, einfach nur tot. Aber, was bedeuten diese Marken? Hat er einen Stromschlag bekommen und ist deswegen gestürzt?«

»Ja und nein«, antwortete der Professor kryptisch. »Hätte er sich an einer Steckdose oder einem Stromkabel einen Schlag geholt, müssten Sie immer noch von einem Unfall ausgehen. Aber diese Strommarken sind untypisch für einen normalen Stromschlag.«

»Nun machen Sie es nicht so spannend«, erwiderte Brian leicht genervt.

»Kommen Sie mit«, sagte der Pathologe und schob den Leichnam wieder ins Kühlregal. »Ich zeige Ihnen, was diese Marken verursacht hat.«

Sie traten gemeinsam an den Schreibtisch des Pathologen und dieser öffnete eine Schublade, entnahm ihr einen Gegenstand und legte ihn vor Brian hin.

»Ein Elektroschocker«, antwortete Brian verblüfft.

»Genau! Die Strommarken passen genau mit dem Abstand der Kontakte dieses Standardgerätes überein.«

»Und daran ist er gestorben?«

»Nein, nicht direkt. Kurze Elektroschocks von einer viertel Sekunde Dauer können einen Angreifer bereits abschrecken und zu leichten Muskelkontraktionen führen. Eine mittlere Einsatzdauer von eins bis vier Sekunden kann einen Angreifer zu Fall bringen und zu Orientierungsstörungen führen. Ein voller Einsatz von fünf Sekunden Dauer kann dazu führen, dass der Angreifer zu keinen kontrollierten Bewegungen mehr fähig ist. Orientierungs- und Gleichgewichtsstörungen können den Gegner zu Fall bringen und ihn noch einige Minuten danach beeinträchtigen. Jeder Elektroschock von über einer Sekunde Dauer kann einen Gegner zu Fall bringen und somit zu Sturzverletzungen führen. Ein Elektroschock geht übrigens auch durch dicke Materialien wie Leder«, dozierte Chris Butcher.

»Das heißt also, jemand hat ihm einen Elektroschock verpasst, er ist gestürzt und hat sich dabei das Genick gebrochen?«

»Das wäre eine logische Schlussfolgerung.«

»Er wurde in einer Scheune gefunden, in der ein gestohlener Whiskylaster stand.«

»A-ha, es ist also wieder ein Whiskymörder unterwegs?«, hob Professor Butcher erstaunt und auch interessiert die Augenbrauen

»Das wissen wir noch nicht«, wiegelte Brian ab. »Was schließen Sie daraus, dass er genau in dieser Scheune gefunden wurde? Haben ihn die Whiskyräuber getötet?«

»Nichts, ich schließe nichts daraus. Ich stelle nur Fakten fest. Die Schlüsse müssen sie ziehen, das ist nicht meine Aufgabe.«

Das war die typische Antwort eines Pathologen, dachte Brian. *Die Frage hätte ich mir sparen können.*

»Ja, ich weiß. Aber keine Sorge, dass werden wir schon noch herausfinden. Wenn es so war, finden wir die Kerle!«, antwortete Brian mit Nachdruck.

»Diese Einstellung gefällt mir. "Audaces fortuna juvat", wie wir Lateiner sagen. "Dem Tapferen gehört das Glück".

Und aus Ihrem "Aqua Vitae" ist inzwischen fast schon ein "Aqua Mortis" geworden«, beendete Professor Butcher das Gespräch und verabschiedete sich von Brian. *Alea iacta est*, dachte Brian beim Hinausgehen. Auch er verfügte über geringe Lateinkenntnisse, immerhin hatte er als Jugendlicher regelmäßig Asterix-Hefte gelesen. Die Würfel waren tatsächlich gefallen! Jetzt stand eindeutig fest, dass es einen Zusammenhang zwischen dem Raub des Whiskytransporters und dem Tod von Grahams Onkel gab. Die Räuber waren auch für den Tod des Farmers verantwortlich.

Nach seinem Gespräch mit dem "Metzger mit Skalpell", wie Brian die Leute von der Rechtsmedizin immer bezeichnete, fuhr er bei Alan vorbei. Offiziell war es einfach ein Freundschaftsbesuch auf der Dienststelle, weil er gerade in der Nähe war. Inoffiziell wollte er ihn natürlich über die Ergebnisse auf dem Laufenden halten.

Als Brian das geräumige Büro von Alan in der Zentrale der Crime Management Business Area betrat, telefonierte sein Freund gerade, zeigte aber mit der freien Hand auf einen Besucherstuhl. Als Alan das Telefonat beendet hatte, trat er hinter seinem Schreibtisch hervor und schüttelte seinem Freund herzlich die Hand.

»Hallo, mein Lieber. Schön dich zu sehen«, begrüßte er ihn dabei.

»Hi, Alan«, grinste Brian zurück und drückte seinem Freund fest die Hand. Alan war einer der wenigen Menschen, bei denen sich Brian nicht zurückhalten musste, wenn er ihm die Hand schüttelte. Alan hielt dem eisernen Griff immer stand. Zumindest fast immer.

»Na, wie war es beim Pathologen?«

»Dieser Butcher macht seinem Namen immer wieder Ehre, das ist ein echter Metzger.«

»Na komm, so schlimm ist der doch gar nicht. Ist doch eigentlich sogar ein netter Kerl, zumindest für einen Pathologen«, meinte Alan

»Ich mag die ganze Bande nicht und den Ort, wo die ihren abscheulichen Tätigkeiten nachgehen, noch viel weniger. Gegen die ist doch Frankenstein ein echter Musterknabe.«

»Du Ärmster«, lachte Alan, der genau wusste, was ein Besuch in der Rechtsmedizin für Brian bedeutete.

»Ja, ja, mach dich nur über mich lustig«, grinste Brian. »Es ist schließlich meine arme, empfindsame Seele, die dort immer Höllenqualen leidet. Von meinem Magen ganz zu schweigen.«

»Eine Runde Mitleid! Ich denke für deine Seele ist das nicht wirklich schlimm, aber wenn dein empfindsamer Magen leidet, ist das schon eine Katastrophe. Nicht das du mir jetzt verhungerst.«

»Na ja, jetzt wo du es sagst, ich könnte in der Tat mal wieder eine Kleinigkeit essen.«

Nach einem kurzen Blick auf seine Armbanduhr, erwiderte Alan: »Gut, wir können gleich in die Kantine gehen, heute gibt es Roastbeef. Da werden wir dich schon satt bekommen. Aber jetzt erzähl erst mal, was du bei Chris Butcher erfahren hast.«

»Der hat festgestellt, dass Grahams Onkel mit einem Elektroschocker angegriffen worden ist, bevor er sich das Genick gebrochen hat.«

»Das bedeutet also, dass er vermutlich die Whiskydiebe in der Scheune überrascht hat, und von denen, entweder absichtlich oder nicht, getötet wurde«, warf Alan sichtlich aufgeregt ein.

»Ja, so sehe ich das auch. Wir haben im Zusammenhang mit den gestohlenen Lastwagen also einen Toten und zwei verschwundene Fahrer, die eventuell ebenfalls tot sind. Damit ist die magische Zahl Drei doch irgendwie erreicht, oder?«

»Stimmt«, meinte Alan zufrieden. »Mit diesem Zusammenhang zum Tod von Grahams Onkel und den Ergebnissen von euren Internet- und Aktenrecherchen, bitte ich gleich morgen Chief Timmins um einen Termin. Und zwar so schnell wie möglich. Das sollte reichen, um eine offizielle Untersuchungskommission unter meiner Leitung zu gründen.«

»Na, gründen musst du die nicht mehr. Das habe ich schon in weiser Voraussicht am Freitag gemacht, und die richtigen Leute sind bereits an Bord. Du musst sie nur noch übernehmen«, grinste Brian. Er wusste genau, dass Alan lieber bei ihnen an der Front ermittelte, als nur am Schreibtisch zu sitzen. Und Brian hatte kein Problem damit, dem Freund die Leitung der SoKo zu übergeben.

»Umso besser«, grinste Alan zurück. »Dann können wir nach dem offiziellen Go ja gleich loslegen.«

»Und wenn wir kein offizielles Go erhalten, machen wir dann trotzdem gemeinsam weiter?«, fragte Brian hoffnungsvoll.

»Nein, das können wir nicht. Das gibt sonst richtig Ärger, wenn man uns auf die Schliche kommt.«

»Es muss ja keiner merken.«

»Du weißt schon, dass zum Northern Constabulary auch die Shetland Inseln gehören. Chief Timmins könnte uns ohne besondere Formalitäten direkt dorthin versetzen lassen. Willst du das riskieren?«

»Ist ja schon gut. Da will ich auf keinen Fall hin, um Dienst zu tun. Also, dann gib aber morgen alles, damit wir den offiziellen Auftrag bekommen.«

Nach diesen Worten machten sich beide auf den Weg in die Kantine der CMBA.

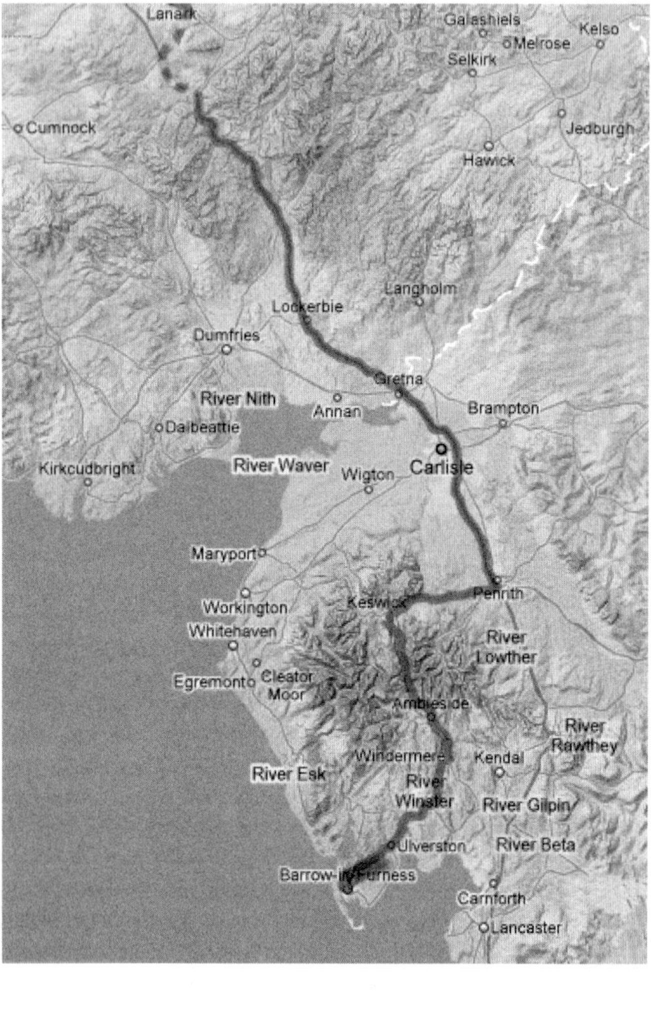
Lanark
Galashiels
Melrose
Kelso
Selkirk
Cumnock
Jedburgh
Hawick
Langholm
Lockerbie
Dumfries
Gretna
River Nith
Annan
Brampton
Dalbeattie
Carlisle
Kirkcudbright
River Waver
Wigton
Maryport
Workington
Keswick
Penrith
Whitehaven
River Lowther
Egremont
Cleator Moor
Ambleside
River Rawthey
Windermere
Kendal
River Esk
River Winster
River Gilpin
Ulverston
River Beta
Barrow-in-Furness
Carnforth
Lancaster

Lake District

Es war der 22. September. Doug Simpson nippte an seinem Kaffeebecher, den er sich kurz hinter Lockerbie vor der englischen Grenze am Little Chef Rastplatz besorgt hatte, und blickte in die Dunkelheit. Das sonore Brummen seiner DAF 85-430 Zugmaschine wirkte um diese Zeit immer etwas einschläfernd auf ihn. Er ruckelte auf seinem gasdruckgedämpften Fahrersitz hin und her, um das aufkommende Taubheitsgefühl in seinen Oberschenkeln zu beseitigen.

Die leere Autobahn M6 animierte ihn, noch etwas mehr Gas zu geben. Die 585 PS des Dieselaggregats nahmen diese Aufforderung gelassen hin und trieben die fast 30 Tonnen voran. Mindestens 100 Mal hatte er diese Route aus der Speyside nach Manchester und zurück schon hinter sich gebracht, dachte er, als er den Geschmack des kalten Kaffees wahrnahm. Aber bis heute hatte er es immer noch nicht geschafft, sich eine Thermoskanne mit seinem Lieblingsgebräu von zu Hause mitzubringen. Scheiß-Routine!

Also lenkte er den Sattelzug zum gut hundertsten Mal auf die Southwaite Service Area südlich von Carlisle. Hier hatte sich die Qualitätssteigerung der englischen Rastplätze nicht nur durch Eröffnung einer Burger King- und einer Marks&Spencer Simply Food Filiale, sondern auch durch die

Installation eines Costa Coffeeshops bemerkbar gemacht. Doug hatte dies mit Befriedigung registriert, denn dadurch kam er hier zu einer Tasse frisch gebrautem Americano. Außerdem konnte er hier den Wagen dann auch gleich voll tanken.

Als er nach 15 Minuten mit leerer Blase und einem vollen Large Americano To Go zu seinem abgestellten Lastzug zurückkehrte, musste er den Kaffeebecher und die Tüte mit den beiden Nussecken auf den Boden legen, um den Schüssel aus seiner Hosentasche zu ziehen. Da trotz der zahlreichen Halogenstrahler die Fahrerseite im Schatten lag, bemerkte er die beiden Gestalten nicht, die sich ihm schnell und nahezu geräuschlos näherten. Als er dann schließlich doch Schritte hinter sich wahrnahm und sich umdrehen wollte, war es schon zu spät.

Die kalte Mündung einer Glock 19 bohrte sich seitlich in seinen Hals, begleitet von den geflüsterten Worten: »Wenn deine Frau noch nicht deine Lebensversicherung kassieren soll, dann schließe jetzt hübsch ruhig die Türen auf. Falls du lieber Chuck Norris spielen möchtest ... auch gut, ich kann deinen Brummer auch selber fahren. Entscheide dich! Schnell!«

Da Doug weder eine Lebensversicherung hatte, noch wusste, wer Chuck Norris war, blieb er zunächst unschlüssig. Der Anblick der schwarzen Waffe im Augenwinkel gab ihm aber Hilfestellung und er drückte, wie gewünscht, hübsch ruhig die Funkfernbedienung auf seinem Wagenschlüssel. Durch ein kurzes Aufleuchten der Warnblinkanlage quittierte die Bordelektronik seinen Wunsch und öffnete beide Wagentüren. Durch den Druck der Pistole getrieben, stieg Doug in die Fahrerkabine, während durch die Beifahrertür ein vermummter Mann, ebenfalls mit einer Waffe im Anschlag, das Führerhaus betrat.

Noch völlig verstört von den Vorgängen, nahm er wahr, wie seine Tür von außen zugeschlagen wurde und sein neuer

Beifahrer die Kabinenbeleuchtung ausschaltete. »Was soll das denn alles? Ich ...«

»Halts Maul und lass die Karre an«, unterbrach ihn der schwarzgekleidete Mann zu seiner Linken. »Fahr einfach los und sei ganz entspannt.«

Doug tat, wie ihm befohlen, und lenkte den Tanklastzug zurück auf die Autobahn. Im Rückspiegel sah er, wie ihnen ein PKW folgte. Wahrscheinlich der andere Typ, vermutete er.

Nach gut elf Meilen, kurz vor der Abfahrt 40 Richtung Keswick, bequemte sich sein neuer Beifahrer wieder, den Mund aufzumachen: »Hier runter, Richtung Keswick«, war alles, was er zu sagen hatte.

Dougs gescheiterte Versuche, während der letzten Viertelstunde ein Gespräch anzufangen oder wenigstens die Frage nach dem Warum beantwortet zu bekommen, trieben ihm, trotz der Kälte, die Schweißperlen auf die Stirn. Mittlerweile fühlte er sich wie im Fieberwahn. Seine Angst schnürte ihm die Kehle zu und trieb seinen Blutdruck in die Höhe. Seine noch vor einer Stunde aufkommende Müdigkeit war wie weggeblasen. Er lenkte den Wagen wie im Traum über die A66 in die pittoreske Landschaft des Lake District.

Als bekennender Schotte hatte er sich sein ganzes Leben lang geweigert, freiwillig nach England zu fahren, obwohl er von Bekannten und Touristen immer wieder von der einzigartigen Schönheit dieser Gegend gehört hatte. Manche Touristen beschrieben sie als eine Mischung aus den sanften, grünen Hügeln der Speyside und den kargen Höhen der Northern Highlands. Irgendein Spaßvogel nannte "The Lakes", wie die Engländer diese Gegend nannten, auch mal das "englische Schottland". So ein Idiot! Diese Gedanken gingen ihm durch den Kopf, als er sich nun doch unfreiwillig den Bergen zwischen den vielen großen Seen näherte. Fells werden hier die Berge genannt, die man in Schottland als Munros oder Corbetts bezeichnet, fiel ihm noch ein, als sein Begleiter ihn kurz vor Keswick auf einen Wegweiser aufmerksam machte.

»Windermere. Da runter«, war alles, was Doug zu hören bekam.

Ohne zu widersprechen, lenkte er den Wagen auf die A591. Da die Straße nun schmaler wurde, musste er seine volle Konzentration auf die Dunkelheit vor ihm lenken, um nicht eine der in dieser Gegend so zahlreichen Trockenmauern zu rammen[4]. Dadurch, und durch die Dunkelheit, verpasste er die grandiosen Ausblicke über den Thilmere See und die umliegenden Berge.

Kurz nachdem sie den Pass of Dunmail Raise hinter sich gebracht hatten, und sich dem Tal von Grasmere näherten,

---

[4] Drystone Walls: Die hunderte von Kilometern Trockensteinmauer, die den Lake District durchqueren, sind eines der charakteristischsten Merkmale dieser Gegend. Die wahre Bedeutung dieser Bauten entstand erst mit der mittelalterlichen Expansion der Schafwirtschaft. Bereits im 13. Jahrhundert haben die Mönche der Furness Abtei ihre Ländereien mit steinernen Mauern abgegrenzt. Reste dieser Bauten sind bis heute noch in Eskdale zu sehen. Diese Mauern boten den Schafherden Schutz und hinderten sie gleichzeitig daran, die landwirtschaftlichen Flächen zu betreten. Zudem war Material genügend vorhanden, da die zu nutzenden Flächen von Steinen gesäubert werden mussten. Zunächst folgten die Mauern dem jeweiligen Gelände oder der aktuellen Notwendigkeit. Im 18ten und 19ten Jahrhundert wichen sie der systematischen und geradlinigen Teilung der Landflächen in Folge des Enclosure Acts von 1801. Hierdurch wurden sie unter anderem auch ein Symbol für die Unterdrückung und Ausbeutung der armen Landbevölkerung durch die Feudalherren. Die ehemals gemeinschaftlich genutzten Weiden, Wiesen und Felder wurden durch die Landbesitzer nun durch Mauern umschlossen (enclosed), um intensivere Landwirtschaft zu betreiben. Die explodierende Bevölkerung brachte steigende Gewinne im Wolle- und Lebensmittelbereich mit sich. Die Folge war eine weitere Verarmung der Landbevölkerung, welche eine Auswanderungswelle und die Abwanderung in die neu entstandenen Fabriken nach sich zog.
Der steigende Bedarf an Mauern überstieg die Kapazitäten der meisten Kleinbauern und so entstand ein regelrechtes Berufsbild. Eine Trockenmauer besteht eigentlich aus zwei Mauern, die sich aneinander neigen, wobei der Zwischenraum mit Kies ausgefüllt wird. Unten fast einen Meter dick reduziert sie sich bis auf gut 30 Zentimetern an der Spitze. Idealerweise wurden die Mauern von einem Zwei-Mann-Team, den "Drystone Waller", errichtet, um nicht permanent die Seiten wechseln zu müssen. Gute Teams schafften bis zu sieben Meter am Tag. Ein Quadratmeter Mauer wiegt bis zu einer Tonne. Sie hält allein durch das Eigengewicht und es wird kein Mörtel verwendet.

schien die Person neben ihm zum Leben zu erwachen. »Da vorne, die nächste rechts. Da rein. Hinter der Bushaltestelle.« Die Fahrt schien sich ihrem Ende zu nähern. »Vorsicht, der Weg ist schmal. Fahr langsam!«

In den Augenwinkeln konnte Doug gerade noch das Schild "Town Head Farm" erkennen. Vorsichtig lenkte er den Sattelzug über die Gegenfahrbahn in die schmale Straße und sah, wie der Wagen hinter ihnen weiter folgte. Nach hundert Metern durchquerte er eine Ansammlung von Farmgebäuden – dies musste wohl die Town Head Farm sein – und folgte der Single Track Road den Hügel hinauf in Richtung eines kleinen Wäldchens. Kurz hinter den ersten Bäumen konnte er weitere Gebäude ausmachen. Beim Näherkommen erkannte er eine Gruppe großer Scheunen aus den verschiedensten Epochen. Von älteren, hölzernen Gebäuden, über Natursteinbauten, bis zur modernen Wellblechscheune, war alles vertreten. Kaum fuhr er auf den Hof des Komplexes, rollte schon das Tor der Blechscheune auf, und helles Licht aus dem Inneren blendete ihn kurz.

»Fahr da rein«, lautete seine nächste Anweisung.

Gehorsam lenkte der den Wagen ins Innere der großen Halle und kam neben mehreren Fisch-Kühltransportern zum Stehen. Sofort wurde seine Fahrertür aufgerissen und ein weiterer Mann forderte ihn auf auszusteigen. Auch dieser hatte eine Art Skimaske auf dem Kopf und war mit einer dunklen Regenjacke bekleidet.

»Na, dann steig mal aus, du Held. Da du noch am Leben bist, nehme ich mal an, dass du dich gut benommen hast. Sehr klug von dir.« Der Unbekannte nahm Doug am Ellenbogen und führte ihn zu einem Campingtisch, während hinter ihm sein nächtlicher Begleiter das Schiebetor der Halle schloss. »Zur Belohnung gibt's auch einen Kaffee und ein Sandwich. Dann ist dein Teil des Jobs auch schon beendet.« Mit einer fast freundlichen Geste wies ihm der Mann einen Campingstuhl zu, vor dem auf dem Tisch ein Becher dampfender Kaffee und eine Klarsichtpackung mit zwei Schinken-Salat-Toasts standen.

»Was habt ihr mit mir vor?«, platzte es ängstlich aus Doug hervor. Was wollt ihr denn von mir?«

»Von dir?«, fragte sein gegenüber, und Doug vermutete ein Lächeln unter der Maske. »Von dir wollen wir gar nichts ... oder, sagen wir mal, fast gar nichts. Das Einzige, was wir wollen, ist, dass du, ab jetzt und für alle Tage, einen totalen Gedächtnisverlust über die letzte Stunde erleidest. Und falls du wider Erwarten doch Erinnerungen verspüren solltest, denke einfach an meine Worte: Du wohnst in der Ancaster Road in Crieff, deine Frau heißt Violet und arbeitet am Empfang im Knock Castle Hotel, und deine Tochter Synthia geht in die Ardvreck School. Es könnte passieren, dass wir mal zu Gast sein könnten in diesem schönen Hotel, und mein freundlicher Kollege würde doch ganz toll als Schülerlotse durchgehen, oder?« Zur Unterstreichung seiner Worte zog der Mann ein Foto aus der Jackentasche, auf dem Doug sofort seine Tochter auf dem Schulhof erkennen konnte. »Also, Amnesie ist für dich in diesem Moment zum Wort des Jahres gewählt worden und alle sind zufrieden, stimmt´s?«

Doug konnte den glasklaren Argumenten des freundlichen Herrn vor ihm nichts entgegensetzen und senkte resigniert den Kopf, nachdem er auf dem Campingstuhl Platz genommen hatte. »Lasst bitte meine Familie in Ruhe. Ich habe absolut nichts gesehen«, stammelte er vor sich hin. »Aber, warum denn ausgerechnet ich?« Flehentlich sah er dem Mann in die dunklen Augen, die aus der Maske hervorblitzten.

»Weil du so ein ordentlicher und berechenbarer Kerl bist. Du fährst deine Fuhre immer pünktlich zur selben Zeit, benutzt immer die gleiche Strecke und pinkelst immer gegen den gleichen Baum, deshalb!«

»Aber, was hab ich denn so Besonderes ...?«, hakte Doug nach.

»Du? Gar nichts. Aber dein Laster hat eine besondere Fracht, die ...«, begann der Mann, als er rüde von einem der mittlerweile eingetroffenen Männer aus dem PKW unterbrochen wurde.

»Quatsch keine Opern, verdammt! Unser Freund möchte deine Lebensgeschichte doch gar nicht hören, oder?« Dabei klopfte ihm der Mann, der sich einen dunklen Strumpf über den Kopf gezogen hatte, jovial auf die Schulter. »Ein schönes Tässchen Kaffee ist unserem begnadeten Fahrer doch jetzt viel lieber! Also, runter mit dem Zeug!«

Etwas irritiert über die Nachdrücklichkeit, jetzt Kaffee zu trinken, griff Doug zu dem Becher und schüttete sich zwei Tütchen Zucker hinein, die auf dem Tisch lagen. Mit einem Plastiklöffel rührte er um und begann zu trinken, während ihn seine Entführer aufmerksam beobachteten. Da er den leckeren Kaffee vom Costa Coffeeshop auf dem Rastplatz stehen gelassen hatte, war er eigentlich dankbar für diese heiße Stärkung. Nachdem er drei große Schlucke genommen hatte und sich nun dem Sandwich widmen wollte, kehrte schlagartig seine Müdigkeit zurück. Das kann doch eigentlich gar nicht sein, bei so einem starken Gebräu, dachte er noch, da der Kaffee sehr bitter schmeckte. Danach begannen die Deckenfluter der Halle, Pirouetten zu tanzen, und das Gewicht seines Körpers zog ihn unwiederbringlich Richtung Hallenboden. Kurz bevor er völlig das Bewusstsein verlor, konnte er die hastig gesprochenen Sätze der Männer um ihn noch hören.

»Bist du jetzt eigentlich von allen guten Geistern verlassen? Wieso hast du den Kerl denn mit hierher gebracht? Wir hatten doch ausgemacht, dass du ihn direkt nach der Autobahn betäubst und rausschmeißt! Und dann die Karre selber hierher schaffst. Was soll das?«

»Reg dich ab, Mann! Das ging nicht anders. Ich hab meine Brille wegen der Scheißmaske vergessen, und ich bin total nachtblind ohne das Ding, das weißt du doch! Ich hätte die Karre garantiert an die nächste Mauer gesetzt. So war's doch viel bequemer!«

»Bequemer! Natürlich! Dem Herrn geht's wieder um seine Bequemlichkeit! Du Vollidiot! Jetzt hat er doch die Halle gesehen und unsere Wagen. Der kann doch jetzt alles auffliegen lassen!«

»Gar nichts lässt der auffliegen! Ich hab ihm das Foto seiner Kleinen gezeigt. Der schneidet sich eher die Zunge ab, als zu quatschen ...«

Und mit dem grausigen Bild von blutigen Zungen, die in der Auslage einer Metzgerei liegen, versank Doug Simpson endgültig in der Dunkelheit.

Doch der Streit der Männer ging weiter.

»Da stehst du also für gerade, ja? Bis der Kerl aufwacht, sind wir noch nicht mal auf dem Wasser! Mann, Henry, ist dir das klar?«

»Ja und? Der weiß doch gar nicht, wo wir von hier aus hin sind! Ist doch scheißegal. Die anderen haben wir doch auch immer beim Wagen zurückgelassen.«

»Dein Gequatsche ist mir bald scheißegal!« Mittlerweile schrie der Mann die Worte seinem Gegenüber ins Gesicht. »Was glaubst du denn, wo wir hier sind? Hier sind wir in der Mitte vom Nichts! Hier gibt es keine drei Bundesstraßen in alle Richtungen, wie bei den anderen Scheunen! Denkst du etwa, die Bullen sind nur blöde? Die werden doch als Erstes die kleinen Häfen kontrollieren, weil – und das wird neu für dich sein – es hier in Grasmere keinen internationalen Flughafen mit großen Frachtfliegern gibt. Und außerdem, du Einstein, wollten wir die Scheune öfter benutzen als nur dieses eine Mal. Die ewige Suche nach neuen Verstecken wurde uns doch etwas lästig. Du erinnerst dich doch, oder hast du auch von dem Kaffee gesoffen?«

Mit der Hand schlug der Mann Dougs Kaffeebecher vom Tisch durch die halbe Scheune, während der andere immer mehr in sich zusammensank. »Und falls es dir entgangen sein sollte, wir stehen bei den Bullen nicht mehr auf der Liste der Gelegenheitsdiebe. Dank deinem feinen Körpergefühl haben wir alle – ja, wir alle – seit zwei Wochen einen Mord am Hals! Das heißt, wir stehen ganz oben auf deren Wunschliste!«

»Ich hab den Kerl doch nicht umgebracht. Ich hab doch gesagt, der ist einfach so umgefallen ...«

Mit einer weiteren Handbewegung deutete der Chef der Bande einen Schlag auf Henry an, bremste seine Bewegung aber im letzten Moment ab, als Henry schützend seine Arme hochriss. »Das ist den Bullen doch scheißegal! Und mir auch!« Seine Stimme erreichte mittlerweile ein Crescendo. »Wegen einem verschwundenen Whiskylaster geht kein Bulle länger als eine Woche von seinem Schreibtisch weg, aber für einen Mord sucht dich jeder, verdammt jeder Bulle, ein Leben lang. Kriegst du das jetzt endlich in deinen hohlen Affenschädel? Und jetzt haben wir auch noch einen Zeugen an der Backe!«

»Du hast ja Recht«, beschwichtigte Henry kleinlaut. »Hab da nicht so nachgedacht. Was sollen wir denn jetzt mit ihm machen?«

»Wir nehmen ihn zunächst mal mit«, antwortete der Anführer nun wieder etwas ruhiger. »Im Hafen sehen wir dann weiter. Schmeiß ihn in den Kofferraum von meinem Wagen. Aber vermassle das nicht auch noch.«

Mit diesem Hinweis und einer Geste an die anderen, ihm zu folgen, ging er zum ersten der Kühltransporter und zog einen großen Schlauch aus einem Staufach unter dem Wagen. Versiert schloss er die Guillemin-Kupplung an den Stutzen am Ende des Tankaufliegers an. Das andere Ende verband er mit dem Ansaugstutzen einer kleineren Elektropumpe, die unter dem Kühlaufbau des Kleinlasters montiert war. »Also gut, Jungs, dreht die Ventile auf und lasst uns reich werden.«

Und so wechselten 12.000 Liter eines, für den französischen Markt bestimmten, 15 Jahre alten Single Malt Whiskys, ideal verdünnt auf die optimale Trinkstärke von 46 Vol%, aus der Glenallan Distillery, ihren Ruheplatz in drei, als Fisch-Kühltransporter getarnte, Kleinlaster.

Nach einer Stunde Pumpzeit legten sich die vier Männer bis zum nächsten Morgen in ihre Schlafsäcke und verbrachten eine, aus ihrer Sicht, geruhsame Nacht. Die Weiterfahrt mit

Fischtransportern in den frühen Morgenstunden durch die Bilderbuchortschaften des Lake District hätte dann doch zu viel Aufmerksamkeit erregt.

Nach einem kurzen Frühstück und einer rudimentären Morgentoilette setzten sich die vier Männer jeweils hinter ein Steuer der drei LKW und des PKW und setzten auf unterschiedlichen Routen ihren Weg Richtung Küste fort.

Eine dieser Routen führte am Lake Windermere vorbei durch die gleichnamige heimliche Hauptstadt des Lake District. Der Chef der Bande, der diese Gegend als neuen Schlupfwinkel für ihre Aktivitäten ausgemacht hatte, kannte sich hier schon fast wie in seiner Westentasche aus. Gut fünf Mal war er schon mit seiner Frau - eigentlich seit zehn Jahren seine Dauer-Freundin - hier gewesen. Ihre Liebe zu der Kinderbuchautorin Beatrix Potter[5] und allem, was mit ihrem Le-

---

[5] Beatrix Potter, die bekannte englische Kinderbuchautorin und -illustratorin, wurde 1866 in London geboren. Beatrix war oft auf sich allein gestellt und sah ihre Eltern meist nur beim Schlafengehen und verbrachte deshalb viel Zeit mit ihren Haustieren. Unter anderem hatte sie zwei Kaninchen: Benjamin Bouncer und Peter. Beide waren denn auch die Namensgeber ihrer ersten Bücher, in denen Kaninchen die Hauptfiguren spielten: The Tale of Peter Rabbit (1902) und The Tale of Benjamin Bunny (1904). Sie beobachtete die Tiere stundenlang und zeichnete sie oft. Die Familie verbrachte ab 1871 jeden Sommer in einem Landhaus, das vom Vater gemietet wurde. Zuerst handelte es sich dabei um Dalguise House in Perthshire (Schottland), ab 1881 um ein Haus im englischen Lake District. Beatrix Potter hatte ihr Leben lang ein besonderes Verhältnis zu dieser Landschaft mit ihren schroffen Bergen und dunklen Seen. Die Basis für viele ihrer Geschichten waren die kleinen Tiere, die Beatrix Potter während der langen Sommerferien auf ihren Streifzügen durch die Natur fand, ins Haus brachte und zu zähmen versuchte. Ihre kleinformatigen Bücher (ca. 10 auf 14 cm) verkauften sich gut. 23 Bücher wurden veröffentlicht, alle im gleichen kleinen Format, damit auch Kinderhände sie halten konnten. Mit dem Geld, das sie mit ihren Büchern verdiente, konnte sie weitere Grundstücke im Lake District erwerben. Als Beatrix Potter 1943 an den Folgen einer Bronchitis starb, hinterließ sie dem National Trust mehr als 16 km^2 Land, fünfzehn Farmen und mehrere Cottages, wie das mittlerweile bekannte Tarn Hows. Die Rechte ihrer Bücher erhielt der Neffe ihres einstigen Verlobten, Frederick Warne Stephens. Die Hilltop Farm ist restauriert worden und für das Publikum geöffnet.

ben zusammenhing, zog sie immer wieder in diese Gegend. Für ihn war das alles zwar ein ausgemachter Touristen-Kitsch, aber da auch seine Mutter ihm in frühen Tagen die Märchen von Peter Hase und Frau Tiggy-Wiggel vorgelesen hatte, konnte er sich nicht völlig dem Reiz entziehen. So konnte er also abermals die zahlreichen Hinweise auf Beatrix Potters Wirken und ihren Einfluss auf die Erhaltung dieser Landschaft an sich vorbeiziehen sehen.

Den See rechts von sich, fuhr er die von Rhododendren gesäumte Straße Richtung Süden und ließ seinen Blick über das gegenüberliegende Ufer gleiten, mit dem Grizedale Forrest und den kleinen Orten Far Sawrey und Near Sawrey. Dort befindet sich die Hill Top Farm, auf der Beatrix Potter ihre letzten Jahre verbracht hatte. Jedes Mal, wenn er hier war, musste er sich die Frage stellen, ob ein geruhsames Farmerleben nicht doch die bessere Wahl gewesen wäre. Vielleicht mit einem kleinen Nebenverdienst. So, wie seine Vorfahren auch. Dem König scheu – der Ehre treu. Und, was bin ich jetzt?, dachte er resigniert. Vom letzten edlen Gentleman-Räuber mutiert zum Anführer einer Mörderbande. Klasse! Die ruchlose, aber für ihn ehrenvolle Geschichte seiner Vorfahren sollte hier wohl einen deutlichen Knick bekommen. Langsam wurde ihm klar, dass es für einen Ausstieg zu spät war und er den einmal eingeschlagenen Weg nun unweigerlich weiter gehen musste, wenn nicht alles, was er bisher erreicht hatte, den Bach runtergehen sollte. Grimmig drückte er das Gaspedal des Seafood Specialities-Lasters durch, um ein paar unvorsichtige Schafe am Straßenrand zu erschrecken.

Am Ende des Lake Windermere wechselte er bei Newby Bridge auf die A590, verließ kurz darauf den Lake District National Park und näherte sich unaufhaltsam seinem Ziel, dem Hafengelände bei Barrow-in-Furness. Hinter Greenodd wurde das Gelände merklich flacher und er konnte bereits die Irische See ausmachen. Über die Walney Road und die Hindpool Road erreichte er kurz darauf die Docks von Barrow-in-Furness. Über zahlreiche kleinere Nebenstraßen kam er schließlich an seinem Ziel an: einem alten Gebäude und Dockkomplex gegenüber einem Neubau, der Ausrüstung für den Tauchbedarf und Tauchdienstleistungen anbot. Ein Teil des Gebäudes, das sie für "einen Apfel und ein Ei" gepachtet hatten, war bereits zerfallen und diente einem Schrotthändler als Lagerplatz. Der intakte Teil aber bestand aus zwei großen Backsteinhallen und einem Pier, groß genug für mehrere Trawler. Früher einmal war hier ein Unternehmen für Fischerei und Krabbenfang untergebracht gewesen. Da das Tor im Maschendrahtzaun bereits offen war und die drei Lampen über den Toren der Halle brannten, wusste er, dass zumindest einer der Kollegen bereits mit seiner Fuhre eingetroffen war.

Das Innere der Halle unterschied sich kaum von derjenigen der McFish Company in Drummore. Lediglich das Alter der Gerätschaften fiel dem geübten Auge auf. Da die Vorbesitzer schon vor Jahren Pleite gegangen waren und sich seitdem niemand um die Umladebecken, die Reusen und Installationen des Gebäudes gekümmert hatte, war alles in einem eher erbärmlichen Zustand. Da halfen auch die frische Farbe und die neuen Lampen nicht viel. Um das permanent schlafende Auge der Polizei zu täuschen, das zufällig mal einen Blick durch die trüben Fenster werfen sollte, würde es aber allemal reichen, waren sich alle Mitglieder der Bande einig. Selbst der alte 20.000 Liter fassende Dieseltank war vorhanden gewesen und musste lediglich akribisch gereinigt werden.

Er parkte den Wagen hinter seinem bereits eingetroffenen PKW, den diesmal Wayne gefahren hatte. Einen Menschen in seinem Kofferraum zu wissen, war ihm dann doch etwas zu heiß. Falls es zu einer ungeplanten Kontrolle oder sogar zu einem Unfall kommen sollte, musste ja nicht ausgerechnet er am Steuer sitzen. Er schloss das Hallentor wieder und gesellte sich zu Wayne, der gerade den Zustand ihres unfreiwilligen Gastes überprüfte. »Und? Wie geht's unserem Freund?«

»Schläft immer noch wie ein kleines Kätzchen«, antwortete Wayne, während er dem bewusstlosen Doug mehrmals gegen die Schulter stieß. »Was soll aus ihm werden?«

»Ich weiß es noch nicht. Hier lassen können wir ihn nicht. Ich denke, wir nehmen ihn erstmals mit aufs Boot. Wir können ihn ja irgendwo aussetzen ...«, überlegte er, doch seine Worte klangen nicht sehr überzeugt. Warum musste alles immer so kompliziert werden, dachte er weiter. Wieder fiel ihm das Farmerleben ein. Alles hätte so einfach sein können, wenn er der Tradition seiner Familie hätte folgen können. Whiskyschmuggel war für seine Vorfahren immer ein ehrbares Geschäft gewesen. Der Willkür des Staates trotzen, sein Land schützen, eben ein klares Ziel vor Augen haben. Und er? Was hatte er vor Augen? Höchstens die vergitterten Fenster eines Gefängnisses. Aber selbst solche Aussichten hätten seine stolzen Vorväter nicht von ihrem Weg abgebracht ...

GROSSBRITANNIEN.
NORDSEE
DEUTSCHES
MEER
IRISCHE SEE
SHETLAND-INSELN
Cardigan Bay

Sein Vater Peter starb im Spätherbst 1804, im stolzen Alter von 76 Jahren, und hatte damit seine geliebte Mary um weitere neun Jahre überlebt. Charles übernahm erst einmal zusätzlich die Leitung der elterlichen Farm. Er war inzwischen selbst im zarten Alter von 53 Jahren und seit 28 Jahren mit Barbara verheiratet, die ihm drei Kinder geboren hatte: zwei Söhne und eine Tochter. Die Söhne waren, in beginnender Familientradition, auf die Namen Peter und Charles getauft worden, während seine Tochter Victoria hieß. Alle drei Kinder waren gut geraten und erfüllten ihre Eltern mit Stolz.

Zwei Jahre nach ihrer Heirat waren Charles und Barbara auf einen Hof im Glenlivet Tal, im Herzen der Speyside, gezogen, der zu dieser Zeit zum Verkauf anstand. Die, inzwischen als Highland Clearences bekannt gewordene, Entvölkerung ganzer Landstriche in den Highlands, führte permanent dazu, dass immer wieder Höfe verkauft wurden, weil die Besitzer nach Amerika auswandern wollten oder mussten. Aber, wie sein Vater, weigerte sich auch Charles hartnäckig, mehr als nur einen flüchtigen Gedanken daran zu verschwenden. Auch er würde sein geliebtes Schottland nie verlassen.

Charles und Barbara besuchten seine Eltern regelmäßig, speziell dann, als die Enkel geboren waren. Inzwischen waren die Kinder längst selbst erwachsen und Peter, der ältere der beiden Söhne, hatte schon seine eigene kleine Familie, die mit auf der Farm lebte. Auch die kleine Victoria, ihr Nesthäkchen, würde in wenigen Monaten ebenfalls heiraten. Zu schade, dass sein Vater an diesem Fest jetzt nicht mehr teilnehmen konnte. Victoria war immer schon seine kleine Prinzessin gewesen.

Nachdem alle notwendigen Formalitäten für die Beisetzung, und auch die Beerdigung selbst, überstanden waren, hatten Charles und sein Ältester Peter beschlossen, dass dieser möglichst bald auf die Farm der Großeltern umziehen sollte. Nicht nur, dass er dort mehr Platz für sich und seine Familie hatte, auch die Farm mit dem ganzen Nutztierbestand musste regelmäßig versorgt werden. Charles wollte die Farm weder verkaufen noch konnte er dauerhaft beide Farmen gleichzeitig bewirtschaften. Sein Vater hatte überdies in den letzten 20 Jahren seines Lebens die Liebe zur Zucht von Aberdeen Angus Rindern entdeckt. Bruce, der Zuchtstier der kleinen Herde, hatte inzwischen schon mehrere Preise gewonnen. Auch um diese Herde konnte Charles sich nicht dauerhaft kümmern. So zog sein Sohn Peter mit der ganzen Familie Mitte November 1804 in sein neues Domizil um.

Auch der "kleine" Peter hatte immer schon die Geschichten seines Großvaters geliebt. Schon als kleiner Junge hatte er auf den Knien des Großvaters gesessen und andächtig gelauscht, wenn dieser von seinen nächtlichen Touren nach Tomintoul erzählt hatte. Dass das Schmuggeln von Whisky illegal war, hatte ihn als Kind überhaupt nicht interessiert, sondern eher fasziniert, und auch später, als Erwachsener, fand er nichts Schlimmes dabei. Schließlich wurden damit ja nur die Engländer geschädigt, und das war doch wohl völlig in Ordnung und gehörte sich einfach so für einen guten Schotten. Als er die Farm des Großvaters übernommen hatte, war er selbst schon 31 Jahre alt und seine Frau Jacqueline, von allen nur "Jacky" genannt, und er hatten bereits drei Kinder. Jacky war zur Zeit des Umzuges bereits wieder schwanger und gebar im

Frühjahr 1805 ihr viertes Kind. Der älteste Sohn hieß natürlich Charles und war inzwischen acht Jahre alt.

Peter II träumte schon lange davon, ebenfalls Whisky zu brennen, aber die schlechte wirtschaftliche Situation in Schottland und die stets wachsende Zahl an Excise Man machten ein Schwarzbrennen zu einer immer gefährlicheren Angelegenheit. Major General George Wade hatte als Commander in Chief von Nordengland bereits vor mehr als 40 Jahren Militärstraßen durch die Highlands bauen lassen. Insgesamt waren dabei 240 Meilen Straße, mit 40 Brücken, errichtet worden. Dies führte zur ersten richtigen Erschließung dieser Region, die bis dahin nur zu Fuß durchquert werden konnte. Das machte es natürlich auch den vermaledeiten Zollbeamten möglich, schneller in die Highlands einzudringen, und zwang die Schwarzbrenner, sich in immer abgelegenere Regionen zurückzuziehen.

Aber die Excise Men konnten zum Glück nicht überall sein. 1777 existierten in Schottland nur acht lizenzierte Brennereien, unter ihnen die 1776 gegründete Glenturret Distillery, während es allein in Edinburgh rund 400 illegale Schwarzbrennereien gab.

Schon zu dieser Zeit war es Tradition, auf Farmen und in großen Herrenhäusern in Schottland, eine eigene Brennerei zu haben. Diese konnten damals auch ganz offiziell genutzt werden, um den persönlichen Bedarf zu decken. 1779 musste aber die Größe dieser privaten Brennblasen von zehn auf zwei Gallonen Brennkapazität reduziert werden. Zollbeamte waren berechtigt, größere Brennblasen zu konfiszieren und zu zerstören. 1781 wurde die private Whiskyherstellung generell verboten, was dazu führte, dass illegale Brennereien in Verstecken entstanden. Die Regierung sah sich genötigt, eine Belohnung von fünf Pfund für die Nennung einer Schwarzbrennerei auszusetzen. Die geschäftstüchtigen Schotten machten sich dies natürlich schnell und auf ihre ganz eigne Art zu Nutze. Wenn die Spirale der Brennblase, eine nicht unerhebliche Investition, ausgetauscht werden musste, bauten sie die brauchbaren

Teile der Anlage ab, um sie an anderer Stelle wieder in Betrieb zu nehmen. Dann meldeten sie das alte Versteck, strichen die Belohnung ein und kauften sich eine neue Spirale. Und schon ging es, dank der Finanzierung der Engländer, an einem anderen Ort munter weiter. Peter II nutzte ebenfalls dankbar diese finanzielle Unterstützung bei der Herstellung seines Schwarzgebrannten.

Der Wash Act von 1784 brachte niedrigere Steuern und unterschied genau zwischen Whisky aus den Highlands und aus den Lowlands. Für die Herstellung von Whisky nördlich der so genannten Highland Line wurde das Volumen der Brennblasen mit 20 Schilling pro Gallone besteuert. In den Lowland Brennereien wurde die Steuer nach dem Volumen der verwendeten Würze, der so genannten Wash, berechnet. 100 Gallonen Wash ergaben 20 Gallonen Alkohol, und pro Gallone Wash wurde eine Steuer von nur fünf Pence erhoben. Damit sollten die illegalen Hochlandbrenner dazu bewogen werden, die Größe ihrer Destillierkolben zu reduzieren oder gleich Lizenzen zu beantragen. Diese Lizenz limitierte sie aber auf die Verwendung einer einzigen Brennblase von maximal 20 Gallonen Kapazität (= ca. 90 Liter). Ein Pfund Steuer pro Jahr wurde je nach Gallonen Kapazität erhoben. Die Aktion war allerdings von wenig Erfolg gekrönt, die Highland-Brennereien reduzierten einfach die Durchlaufzeit des Destillats und erhöhten so wieder den Ausstoß. Dennoch führte dies in der Tat dazu, dass die Zahl der legalen Brennereien wuchs. 1785 wurde ein weiteres Gesetz eingeführt, das den Export des Hochland Whiskies untersagte. Das hatte zur Folge, dass die Zahl der Brennereien in den Lowlands dramatisch stieg, die jetzt das Recht hatten, ihren Whisky in die schottischen Städte Glasgow und Edinburgh sowie nach England zu liefern. 1786 wurde die Steuer erneut erhöht und darüber hinaus noch eine zusätzliche Steuer für die Ausfuhr nach England erhoben, was zu einem schwunghaften Anstieg des Schmuggels führte.

Auch Peter II verdiente das Geld für seine inzwischen sechsköpfige Familie nicht nur mit den Erzeugnissen, die ihm die Bewirtschaftung der Farm seine Großvaters einbrachte. Der Verkauf der, von ihm und seinem Vater gemeinsam gezüchteten, Aberdeen Ángus Rinder brachte zwar auf dem alljährlichen Viehmarkt ein nettes Zubrot, musste aber für den Lebensunterhalt seiner Eltern und seines Bruders sowie seiner frischverheirateten Schwester ebenfalls noch aufgeteilt werden. Aber dafür war ja schließlich die Familie da, damit jeder den anderen Familienmitgliedern half und dafür sorgte, dass es allen gut ging.

Ein wichtiger Teil seines Einkommens war fest eingeplant durch die Gewinne, die er beim Verkauf seines selbstgebrannten Whiskies erzielte. Wie für seinen Großvater, war der nächtliche Weg nach Tomintoul für ihn inzwischen zum regelmäßigen Brauch geworden. Peter II hatte einen alten Freund, der inzwischen als Excise Man fungierte, und der ihm immer wieder mal einen Tipp gab, wo und wann eine Aktion der Zollbehörden geplant war. Dafür bekam dieser natürlich von Peter II keinen Whisky, aber an guten Steaks war sein Freund durchaus interessiert.

Eines Tages wurde er von seinem Freund, dem Zollbeamten, ausdrücklich vor weiteren Schmuggelaktionen gewarnt.

»In Zukunft kann ich auf unsere Freundschaft keine Rücksicht mehr nehmen. Schließlich habe ich meine Vorschriften und meine Vorgesetzten achten streng darauf, dass diese auch eingehalten werden. Außerdem habe ich das Gefühl, dass die schon etwas von unseren Kontakten ahnen.«

»Gut«, erwiderte Peter II, »dann will ich dir, aus alter Freundschaft, eine Chance geben, uns zu schnappen. Am nächsten Freitag werden wir Whisky von Charlestown nach Dalwhinnie transportieren, und zwar auf der West Road zwischen 16 und 19 Uhr.«

Ein großes Aufgebot von Polizisten und Zollbeamten riegelte an dem bewussten Tag bereits um 15 Uhr die West Road kurz vor Dalwhinnie ab und achtete auch darauf, dass sich niemand vorher in die Büsche schlug, weil er die Kontrollposten entdeckt hatte. Den ganzen Nachmittag über herrschte ein lebhafter Verkehr auf der Straße, und die Beamten hatten viel zu tun, um jede einzelne Fuhre auf verbotenen Whisky zu kontrollieren. Es war aber nirgendwo etwas Verdächtiges zu finden. Kurz nach 18 Uhr kam ein Leichenzug des Weges. Dahinter tauchte ein Fuhrwerk mit Gerste auf, dessen Kutscher es auffallend eilig hatte, den Trauerzug zu überholen. Die Beamten folgten sofort dem Fuhrwerk, holten es schnell ein und durchsuchten es besonders gründlich. Außer Gerste konnten sie allerdings auch hier nichts finden.

Die Aktion wurde schließlich um 20 Uhr erfolglos abgebrochen. Beim nächsten Wiedersehen beschuldigte der Zollbeamte Peter II, sein Wort nicht gehalten zu haben.

»Wie kommst du darauf?«, fragte ihn Peter. »Wir haben unseren Whisky auf der Straße,, die ich dir genannt hatte, und in der ebenfalls genannten Zeit transportiert. Warum ihr uns allerdings nicht kontrolliert habt, kann ich dir nicht sagen, das müsst ihr selbst am besten wissen. Wir konnten aber auch nicht lange bei euch stehen bleiben, denn in Dalwhinnie haben sie schon auf uns gewartet. Wir brauchten ihn schließlich für die Leichenfeier ...«

Bereits Ende des 18. Jahrhunderts wanderten mehrere Millionen Einwohner, auf Grund der schlechten wirtschaftlichen Lage im Vereinigten Königreich Großbritannien, in die neue Welt aus. Zwar waren es mehr Iren als Schotten, doch auch Schottland erlebte eine Welle der Entvölkerung, die den Schafzüchtern nicht ungelegen kam bzw. auch von ihnen mit verursacht wurde. Jetzt, auf dem Höhepunkt der so genannten Highland Clearences, wurden immer mehr Kleinbauern gezwungen auszuwandern. Ganze Dörfer wurden abgebrannt, um Platz für eine großflächige Schafhaltung zu schaffen, damit die Clanchiefs ihren aufwendigen Lebensstil besser finanzieren konnten. Peter hatte gehört, dass es dabei immer öfter zu brutalen Vorfällen kam. Vielen Bauern wurde das Dach einfach über dem Kopf angezündet, meist sogar in der Nacht, während alle schliefen und die Täter unerkannt entkommen konnten. Oft hatten er und seine Familie in der Ferne Rauch aufsteigen sehen und dann gewusst, dass es bei einem der Nachbarn wieder einmal so weit war. Glücklicherweise wurden aber er und seine Familie davon nicht betroffen. Ihre Familie trug zwar auch einen bekannten Namen, gehörte aber nicht einem der großen Clans an, sodass auch kein Chief sie und ihre Farm irgendwelchen dubiosen Interessen opfern konnte. Und, wie schon sein Großvater und auch sein Vater, wollte sich Peter II niemals von seinem Grund und Boden vertreiben lassen.

Im Jahre 1816, Peter war inzwischen 43 Jahre alt, wurde durch den Small Still Act eine weitere neue Verbrauchssteuer eingeführt. Dieses Mal allerdings eine, die Vorteile für die legalen Brennereien brachte. Die Mindestkapazität für legale Brennblasen wurde auf 40 Gallonen reduziert. Dies hatte zur Folge, dass innerhalb von drei Jahren nach Einführung des neuen Gesetztes weitere 45 neue Brennereien eröffnet wurden und in Schottland im Jahre 1819 insgesamt 57 Brennereien existierten. Allerdings wurde immer noch Whisky geschmuggelt, teils auch aus den legalen Brennereien. Peter und sein inzwischen 22-jähriger Sohn Charles, der im gleichen Jahr geheiratet hatte, überlegten sich zum wiederholten Male, ob sie nicht ebenfalls eine Brennerei eröffnen sollten. Aber, eine Whisky Distillery komplett neu zu errichten, kostete sehr viel Zeit und vor allem Geld. Und was sie mit dem Schmuggeln von Whisky zusätzlich verdienten, reichte zwar, damit die gesamte Familie recht gut leben konnte, aber bei weitem nicht für den Bau einer legalen Whiskybrennerei. Deshalb wurde die Idee immer wieder verschoben.

1822, Charles Sohn Peter III war gerade geboren worden, geschah etwas, von dem die meisten Schotten noch Jahre danach sprachen. König George IV, der zwei Jahre zuvor den Thron bestiegen hatte, kam nach Schottland. Der Besuch war hauptsächlich dem Bemühen von Sir Walter Scott zu verdanken, auf dessen Einladung der König eine Gala in Edinburgh besuchte. Es war der erste Besuch eines Monarchen in Schottland seit 1641 und auch deshalb besonders bemerkenswert, weil der König im Schottenrock erschien! Und plötzlich war Schottland wieder hoffähig, der Bann von 1745 wieder aufgehoben, das schottische Kulturgut wieder akzeptiert und die Repressalien seitens der Engländer gelockert. Sogar die Highland Games durften wieder ausgetragen werden. Auch, wenn der König sich nicht weiter nördlich als in Edinburgh blicken ließ, wurde ihm dieser Besuch von allen Schotten hoch angerechnet.

Auch Charles I, der sich zwar auch über seinen Ur-Enkel Peter III riesig freute, schwärmte fast noch mehr über diesen "famosen Engländer".

Der König erklärte auch einen geschmuggelten Whisky namens Glenlivet zu seinem Favoriten und verfügte, dass dieser Malt Whisky bei allen schottischen offiziellen Anlässen zu Trinksprüchen gereicht werden solle. Das führte natürlich zu einer stark steigenden Nachfrage in den Highlands.

Elizabeth Grant, die diesen Whisky aus Rothiemurchus an King George geschickt hatte, erklärte, dass sein besonderer Geschmack "mild wie Milch" daher komme, dass er lange im Fass gereift sei. Die Lagerung im Fass war eigentlich eine reine Notlösung gewesen, denn beim langen und schwierigen Transport, über teilweise unwegsame Strecken den ganzen, weiten Weg hinunter bis nach London, musste der Whisky entsprechend geschützt werden. Schließlich sollte er unterwegs weder verdunsten noch gar verschüttet werden. Endlich in London angekommen, hatte man dann festgestellt, dass der Whisky nicht nur eine goldenere Farbe angenommen hatte, sondern auch weicher und angenehmer schmeckte. Dies war die erste offizielle Stellungnahme dazu, dass Whisky durch Fassreifung an Geschmack gewinne. Bislang wurde der größte Teil des produzierten Uisge Beatha direkt aus der Still kommend getrunken. Oder, wenn er schon mal aufgehoben wurde, dann in irgendwelchen Gefäßen, die gerade zur Hand waren. Das konnten sogar Eimer oder Bottiche sein. Einige verfeinerten den Geschmack ihres Destillats durch Zugabe von Kräutern, Honig und Gewürzen oder einfach dadurch, dass sie ihn als hot toddy oder in Fruchtpunsch tranken. Aber von nun an versuchten immer mehr Whiskyhersteller, ihren Whisky in Fässern zu lagern.

Auch Peter II und sein Sohn Charles II kauften sich mehrere kleine Eichenfässer und lagerten ihren immer noch illegal gebrannten Whisky darin, um zu sehen, ob und wie er sich bei dieser Lagerung veränderte. Wenn dieser neumodische Kram sogar dem König gefiel, konnte das schließlich nicht schlecht sein und ihnen womöglich noch mehr Geld einbringen als bisher. Vielleicht reichte es ja dann, um endlich eine eigene offizielle Brennerei zu gründen.

Ein Jahr später, im Jahre 1823, verstarb Charles I im Alter von 72 Jahren. Wenige Monate später erfolgte die Lizenzierung der Destillerien durch den "Excise Act" und damit die Einführung einer deutlich geringeren Getränkesteuer. Das hatte endgültig zur Folge, dass sich die illegale Produktion von Whisky nicht mehr lohnte. Damit wurde endgültig die Grundlage dafür geschaffen, dass sich die legale Whiskyherstellung deutlich entwickeln konnte. Durch das Gesetz des Duke of Gordon wurde die Alkoholsteuer auf Whisky deutlich gesenkt. Als Lizenzgebühr wurden jetzt "nur noch" zehn Pfund Sterling für Brennblasen mit einem Volumen von 40 Gallonen (= ca. 180 Liter) und mehr eine Steuer von zwei Schilling drei Pence pro Gallone destillierten Alkohol verlangt. Dies führte zu einer dramatischen Reduzierung der Schwarzbrennerei und zum Übergang zum legalen Betrieb. Illegale Whiskybrenner erwarben reihenweise Lizenzen und erlangten Achtbarkeit für ihre Produkte, die ja auch vorher schon ihre Liebhaber gefunden hatten. Jetzt allerdings konnten diese Whiskysorten einem breiteren Publikum zugänglich gemacht werden. Der große Whiskyboom begann, und die Zahl der lizenzierten Brennerei-

en verdoppelte sich innerhalb von zwei Jahren und die Produktion an verzolltem Whisky stieg in dieser Zeit von zwei Millionen Gallonen auf sechs Millionen pro Jahr.

Glenlivet erhielt 1824 die erste Lizenz zur Whiskyherstellung. Die Vorliebe der Royals an schottischem Whisky wuchs über die Generationen hinweg, und 1835 erhielt Royal Brackla, von William IV, die erste königliche Vollmacht zur Herstellung von Whisky für den Königshof. Kurz danach bekam auch Glenury Royal diese Gunst erwiesen. Später vergab Queen Victoria diese königliche Vollmacht an Royal Lochnagar und verfügte auch, dass in jeder königlichen Kutsche eine Flasche Whisky unter dem Kutschersitz sein musste, zum Gebrauch in Notfällen. Von erstaunlichen ca. 14.000 illegalen Brennereien, die man 1823 gezählt hatte, fiel die Zahl der illegalen Brennereien auf 692 im Jahre 1834.

Damit kam auch die Zeit von Peter II und seinem Sohn Charles II. Endlich konnten sie den Familientraum einer legalen Brennerei realisieren, als Charles 1835 eine Farm kaufte, auf der sich auch eine kleine, nicht mehr genutzte Brennanlage befand. Nach Restaurierungsmaßnahmen erhielt er für diese ein Jahr später die heiß ersehnte Brennerei-Lizenz. Und fortan produzierte die Dandaleith genannte Brennerei den ersten legalen Whisky seiner Familie. Eine jahrzehntelange Familientradition, das Schmuggeln von selbstgebranntem Whisky, ging zu Ende und wurde legalisiert.

Peter I konnte, bis zu seinem Tod im Jahre 1849, seinen Sohn noch dabei unterstützen, die Brennerei aufzubauen. Die Leitung überließ er aber von Anfang an seinem Sohn Charles II, der wiederum seinen Sohn Peter III als Lehrling in der Kunst des Whiskybrennens ausbildete. Zusammen mit seinem Vater, baute er die Brennerei über die nächsten Jahre mehr und mehr aus.

Geliebter Feind

Alan hatte, nach seinem Anruf bei seinem obersten Vorgesetzten, Chief Constable Willie Timmins, gleich für den Mittwoch einen Termin bekommen. Timmins wusste, wenn Alan etwas wollte, dann war es wirklich wichtig. Nun war er auf dem Rückweg von seinem Termin bei CC Timmins zum Büro von Brian im Polizeipräsidium in Inverness. Er fühlte sich etwas erschöpft von dem Meeting, aber auch glücklich. Nach zähen Verhandlungen mit seinem direkten Vorgesetzten, war es ihm schließlich gelungen, CC Timmins davon zu überzeugen, dass hinter den Whiskydiebstählen ein Serientäter steckte, der auch Tote zumindest billigend in Kauf nahm. Die Vermutung, dass aus dem Serientäter ein Serienmörder geworden war, leuchtete ihm letztendlich ein, und Alan erhielt den Auftrag und die Genehmigung, eine entsprechende SoKo unter seiner Leitung zu gründen. Speziell wegen der internationalen Verwicklungen, die zu befürchten waren, hatte Timmins zugestimmt.

Der Kommentar seines Chefs am Ende des Termins: »Bevor Sie jetzt loslegen und eine neue Sonderkommission zusammensuchen, fragen Sie doch mal Ihren Freund Brian, ob er Ihnen bei der Gründung eventuell helfen kann«, zeigte Alan erneut, dass sein Chef ganz genau wusste, was in seinem Verantwortungsbereich vor sich ging. Dem alten Fuchs blieb wirklich nichts verborgen. Er ließ lediglich manche Dinge sehenden Auges zu, solange sie einen positiven Verlauf nahmen.

Er betrat Brians Büro und war nicht wirklich überrascht, dort, neben Brian, auch alle anderen geheimen Mitglieder der ganz geheimen, inoffiziellen Sonderkommission vorzufinden. Brian hatte natürlich gewusst, dass Alan einen Termin bei CC Timmins hatte und hatte alle anderen darüber verständigt. Und natürlich wollten alle aus erster Hand das Ergebnis dieses Meetings erfahren. Alle hofften, dass sie jetzt das offizielle GO erhalten würden. Da Brians Büro zu klein war, um wirklich allen Anwesenden genügend Platz zu bieten, gingen sie kurzerhand nach nebenan ins Konferenzzimmer.

Alan stellte sich an den Besprechungstisch in dem Raum, der schon bei ihrem letzten gemeinsamen Fall der Sonderkommission zur Verfügung stand. Nachdem alle Platz genommen hatten, blickte Alan in die Runde und wollte gerade die Besprechung eröffnen, als es kurz an die Tür klopfte und eine Mitarbeiterin der Polizeikantine mit einem kleinen Servicewagen hereinkam, auf dem Kaffeekannen, Tassen und Kaltgetränke mit Gläsern standen. Als sie alles vor den Anwesenden auf den Tisch stellte, schaute sie grinsend in die verblüfften Gesichter und sagte: »Mit den besten Grüßen von Chief Timmins. Die Kosten dafür übernimmt er auf seine Kostenstelle.« Tee für Nicky war natürlich auch dabei.

Nachdem sie wieder gegangen war, schaute Alan in die Runde und grinste alle nacheinander an. Mit einem Blick auf Brian sagte er dann: »Wie geheim die noch gar nicht gegründete Sonderkommission tatsächlich ist, muss ich euch jetzt wohl nicht mehr sagen, oder?«

»Dabei habe ich mir doch soviel Mühe gegeben, dass keiner was merkt«, erwiderte Brian mit einem gezwungenen Grinsen.

»Tja, so ist das Leben und vor allem unser aller Chef. Aber damit kennt ihr auch schon die gute Nachricht. Wir dürfen wieder gemeinsam ermitteln und ich heiße euch alle herzlich willkommen in der SoKo "Whisky-Truck", die hiermit offiziell gegründet ist.«

Nachdem alle wild durcheinander geredet und ihre Freude zum Ausdruck gebracht hatten, hob Alan die Hand und sorgte damit wieder für Ruhe am Tisch. »So Leute, jetzt wird aber auch gleich was gearbeitet. Ich möchte, dass wir alle Details der Whisky-Diebstähle der letzten zwölf Monate nochmals genauer analysieren. Und ich will ein Täterprofil erstellen«, sagte Alan.

»Wie, du willst freiwillig einen Profiler hinzuziehen«, fragte Brian ungläubig.

»Nein, die Betonung liegt auf ICH. Bei der dürftigen Faktenlage wäre alles andere auch übertrieben. Ich glaube aber, dass wir das auch ganz gut selbst erstellen können.«

»Und wie willst du das machen?«, fragte Nicky interessiert.

»Lasst uns die Gemeinsamkeiten der Taten zusammenstellen, auffallende Gemeinsamkeiten und auch die Dinge, die nicht zusammenpassen. Wo fanden die Überfälle statt, wo wurden die Lastwagen und die Fahrer gefunden. Gibt es da irgendeine Spur, die uns den Weg der Ware und der Täter zeigt.«

»Da habe ich in den letzten Tagen schon einiges recherchiert und zusammengetragen«, meinte Brian. »Darauf können wir aufbauen.«

»Ich habe auch schon in verschiedenen Richtungen das Internet durchsucht, das könnte uns ebenfalls weiterhelfen. Es gibt da einige Spuren, die nach England führen und auch auf den Kontinent«, ergänzte Nicky.

»Prima!«, freute sich Alan, der froh war, sein altes Team wieder um sich zu haben. Doch dann zögerte er, als wäre ihm gerade eben etwas Unangenehmes eingefallen. »Apropos England, da gibt es noch etwas, was ich euch sagen muss.« Er machte eine kurze Pause, wie um sich zu sammeln.

Alle schauten ihn überrascht und gespannt an, denn Alan machte dabei ein Gesicht, als hätte er gerade in eine Zitrone gebissen.

»Chief Timmins hat uns zwar grünes Licht für unsere Sonderkommission gegeben, aber er hat damit auch eine Auflage verbunden.«

Alan machte erneut eine kurze Pause und alle merkten, dass es ihm dabei nicht darum ging, die Spannung für das Folgende zu erhöhen, sondern er eher deswegen stockte, weil er nicht wusste, wie er die nächste Information am besten in Worte fassen konnte.

»Jetzt mach es doch nicht so spannend, Mann«, entfuhr es Charly, der ungeduldig auf seinem Sitz herumrutschte.

»Chief Timmins hat wohl, im Vorfeld zu unserem Gespräch, selbst ein paar geheime Nachforschungen angestellt. Und von denen hat offensichtlich niemand etwas mitbekommen. Bei Scotland Yard gibt es einen Chief Superintendent, der sich ebenfalls um gestohlene Whiskylastwagen kümmert.«

»Scotland Yard«, meinte Brian verblüfft. »Wieso kümmern die sich um verschwundenen Whisky, die stellen doch selbst überhaupt keinen her?«

»Na ja, das stimmt inzwischen nicht mehr«, ergriff Nicky das Wort. »Seit November 2006 produziert die St. George´s Distillery in Norfolk ebenfalls Whisky. Es ist die erste englische Whiskybrennerei seit über 100 Jahren.«

»Selbst Unfähige können zu allem fähig sein!«, erwiderte Brian trocken. »Aber das Zeug kann doch bestimmt keiner trinken. Die verstehen da unten doch gar nichts von der Whiskyherstellung. Keiner ist doch so blöd und klaut Whisky, den keiner kennt.«

»Nur, weil du den nicht kennst, muss das doch nicht bedeuten, dass ihn auch kein anderer kennt« antwortete Nicky. »Außerdem haben die Iain Henderson, den Ex-Distillery Manager von Laphroaig, als Master Distiller gewinnen können. Und der versteht ganz schön viel von der Whiskyproduktion.«

»Verdammt«, entfuhr es Brian. »Woher weißt du das alles schon wieder?«

»Internet, mein Lieber, Internet. Wenn man damit umgehen kann, erfährt man dort so allerlei. Zum Beispiel auch, dass die derzeit dort 13 Fässer pro Woche produzieren.«

»Ich gebe es auf«, meinte Brian und schüttelte verzweifelt den Kopf. »Du bist unglaublich.«

»Unglaublich gut, wolltest du wohl sagen«, lachte Nicky.

Die anderen und auch Brian stimmten ein, und eine Welle von Gelächter brach sich an dem unerschütterlichen Fels aus Nickys Professionalität.

Doch dann erhob Alan erneut die Hand und bat um Ruhe. »Ich war leider noch nicht fertig, mit meiner Botschaft. Dieser Superintendent kümmert sich um gestohlenen schottischen Whisky, denn die verschwundenen Lastwagen sind zum Teil in England gefunden worden, natürlich ohne Whisky.«

»Na und, soll er doch in London weiter recherchieren. Was kümmert uns das«, unterbrach ihn Brian wieder.

»Tja, lieber Brian, genau darum geht es. CC Timmins hat nämlich angeordnet, dass wir mit diesem Detective Superintendent aus London zusammenarbeiten.«

»Mit einem Engländer?! Ich soll mit dem Feind paktieren? Das kann doch nicht sein Ernst sein«, erwiderte Brian aufgebracht.

Die Verachtung, die dabei in seinen Worten mitschwang, machte klar, dass er nicht angewiderter hätte sein können, wenn CC Timmins von ihm verlangt hätte, ein unschuldiges Baby zu erwürgen.

»Das ist genau so, wie wenn er von einem katholischen Bischof verlangt, einen Pakt mit dem Teufel zu schließen«, setzte Brian noch einen obendrauf und schüttelte sich.

Alan, der zwar auch nicht begeistert war, dass sie mit den Kollegen aus dem Süden zusammenarbeiten sollten, versuchte, die Situation dennoch herunterzuspielen. »Es soll auch nette Engländer geben. Das habe ich zumindest mal irgendwo gehört.«

»Pah, nette Engländer. Das geht doch rein genetisch schon gar nicht.«

»Der hat zumindest schon mal in Schottland Urlaub gemacht«, versuchte es Alan erneut.

»Na, das macht die Sache nicht wirklich besser«, meinte Brian.

»Und, um ehrlich zu sein, es wird sogar noch schlimmer. Der Londoner Kollege kommt zu uns hoch, um uns hier zu unterstützen.«

»Ich kündige«, war Brians spontaner Kommentar. »Nein doch nicht, aber ich lass mich zur Verkehrspolizei strafversetzen oder werde ganz schlimm krank oder gehe auf die Shetlands oder ... oder ... ach, Scheiße.«

»Du Ärmster, jetzt warte doch erst einmal ab, bis er da ist, vielleicht wird es gar nicht so schlimm. Denk doch mal an die Franzosen. Da wolltest du anfangs auch nicht hin und dann hat es dir dort doch sehr gut gefallen«, erinnerte ihn Alan an ihren letzten gemeinsamen Fall.

»Lieber zehn Franzosen als einen Engländer«, beruhigte sich Brian langsam wieder.

»Die gute Nachricht dabei ist, dass er erst am Montag in acht Tagen kommt. Bis dahin haben wir genügend Zeit für unsere eigenen Recherchen. Also strengt euch an, vielleicht haben wir den Fall ja schon gelöst, bis der Engländer eintrudelt. Auf geht´s, die Jagd beginnt«, fügte Alan noch hinzu, klatschte laut in die Hände und löste damit die Versammlung auf. Er musste schließlich wieder zurück nach Aberdeen fahren, um dort alles Nötige zu regeln, damit er die nächste Zeit verstärkt in Inverness tätig werden konnte. Gut, dass Susan ihre alte Wohnung noch nicht aufgegeben hatte, da konnte er in dieser Zeit bei ihr wohnen und musste nicht ständig zwischen den beiden Städten hin und her pendeln.

Als Alan am nächsten Morgen in den Räumen der Sonderkommission eintraf, herrschte dort schon rege Betriebsamkeit. Er ging zu den anderen in den Besprechungsraum, um den Tag mit der morgendlichen Lagebesprechung zu beginnen.

Als alle anderen ihre Plätze eingenommen hatten, stellte sich Brian neben die Ereignistafel, auf der inzwischen von allen Kollegen der aktuelle Stand der Ermittlungen dokumentiert worden war. Langsam nahmen die Informationen auf ihr Gestalt an. Sie enthielt eine Karte von Schottland, auf der mit bunten Nadeln die Brennereien gekennzeichnet waren, bei denen Whiskylastwagen verschwunden waren, sowie die Route farblich markiert waren, die von den LKW-Fahrern zum Abfüllort eingeschlagen worden waren. Auch die Orte, an denen die LKW vermutlich verschwunden waren, waren mit einer andersfarbigen Nadel markiert. Und natürlich waren auch die Fundorte der Lastwagen beziehungsweise Fahrer entsprechend gekennzeichnet.

»Ich hatte letzte Woche eine Anfrage an unsere Brüder in Uniform in den betroffenen Bezirken geschickt und siehe da, wir konnten verschiedene Taten miteinander verbinden. Allerdings leider nur, was die Tatsache anbetrifft, dass auch dort mehrere Whiskysendungen verschwunden sind. Ansonsten haben wir noch keinen einzigen Zusammenhang erkennen können«, eröffnete Brian die Besprechung.

Ohne ein Wort zu sagen, ging Alan zur Tafel, nahm eine der noch übrigen farbigen Nadeln und steckte sie an eine bestimmte Stelle der Schottland-Karte. Sofort machte sich eine unangenehme, angespannte Ruhe breit. Selbst Brian trat instinktiv einen Schritt zurück und setzte sich auf einen freien Stuhl.

»Ich möchte unsere Besprechung nicht schon am Anfang sprengen, aber leider gibt es aktuelle Neuigkeiten, die unseren Fall betreffen.«

»Etwa einen weiteren Toten?«, wollte Brian wissen.

»Kann sein, kann auch nicht sein«, antwortete Alan kryptisch. »Zunächst einmal: Ich habe heute Morgen fünf Anrufe bekommen. Der erste kam von den Uniformierten. Ein LKW samt Whiskyladung ist am Dienstagabend, auf dem Weg zwischen Speyside und Manchester, spurlos verschwunden. Der letzte Hinweis ist eine Tankraststätte bei Carlisle. Da hat der

Fahrer noch mit der Firmenkarte getankt. Der zweite Anruf kam vom Kollegen von der Wirtschaftskriminalität. Und zwar von ihrem Chef Ronald MacArthur persönlich. Er erwartet, dass alle Informationen, die wir hier sammeln, in Lichtgeschwindigkeit auf seinem Schreibtisch landen. Von dem erneuten Diebstahl hatte er natürlich auch schon erfahren und sichert uns im Gegenzug gewisse Einblicke in seine Akten zu.« Ein verächtliches Schnauben war aus der Gruppe zu vernehmen. »Lacht nicht, das ist das höchste Entgegenkommen, wozu ein MacArthur überhaupt fähig ist. Nun gut, Anruf Numero drei kam von der Vermisstenstelle. Ein gewisser Doug Simpson aus Crieff wird seit gestern Morgen vermisst. Dreimal dürft ihr raten, was Doug von Beruf ist.«

»Ha! LKW-Fahrer natürlich«, rief Ewen Gillies, der Forensiker des Teams, stolz in die Runde. Ist wohl auch zu der Diebestruppe übergelaufen, was? Da gibt's ja auch genug zu trinken.«

»In diesem Fall wohl eher nicht, Gilly«, widersprach Alan. »Seine Frau Violet und seine Tochter sprechen wohl dagegen, und das lässt wohl nur den schlimmsten Fall vermuten. Der vierte Anruf kam aus London. Da dieser gestohlene Truck samt Fahrer höchstwahrscheinlich auf englischem Boden "abhanden" gekommen ist, betrachtet man sich in London als, wie sagte mir der Kollege, primär berechtigt, die Leitung des Falles zu übernehmen. Ich konnte ihn mit wohlgesetzten Worten davon überzeugen, dass der britischen Krone doch viele Steuergelder erspart blieben, wenn er auf unsere bereits etablierte Struktur der SoKo, samt aller Spezialisten, zurückgreifen würde und, in diesem speziellen Fall, sozusagen als rühmliche Ausnahme und Zeichen des guten Willens, nur eine Beraterrolle einnehmen würde.«

Einige offene Münder schlossen sich nach dieser Ausführung wieder und wollten zum Protestgeheul über die unliebsamen Nachbarn anstimmen, als Alan die Hand erhob. »Bitte! Ich weiß genau, was ihr jetzt sagen wollt. Ich habe es euch gestern schon erklärt. Wir müssen! Ende! Aus! Entweder so oder gar nicht. Außerdem, liebe Kollegen, wir sind bisher mit Psychopathen, Serienmördern, Wirtschaftsbossen und Politikern fertig geworden. Da werden uns doch ein paar Engländer nicht aus der Ruhe bringen, oder?«

»Dazwischen hätten eigentlich noch Vampire, Zombies Werwölfe und Lord Voldemort gehört«, maulte Brian, der unbedingt das letzte Wort haben wollte.

»Aber du sagtest eingangs was von fünf Anrufen, Alan. Da fehlt doch noch einer, oder?«, fragte Charly Pollock neugierig.

»Stimmt! Gut aufgepasst«, lobte Alan. »Der letzte Anruf heute Morgen kam von unserem Freund Graham Morrice. Er wollte mich darüber informieren, dass am Dienstagabend ein Whiskylaster mit einer Ladung von 12.000 Litern der Glenallan Distillery, deren Chef er ebenfalls ist, auf dem Weg zur Abfüllanlage in Manchester gestohlen wurde. Der Fahrer, Doug Simpson, wäre ein langjähriger, vertrauenswürdiger Mitarbeiter der Spedition und seine Frau Violet wäre ganz bezaubernd und er wüsste gar nicht, mit welchen Worten er sie trösten könne. Er würde bei allem, was er bisher heraus gefunden hätte, ganz klar davon ausgehen, dass mit dem Schlimmsten zu rechnen sei, und wann den eigentlich die Polizei – in dem Fall meinte er mich – endlich anfangen würde, was zu unternehmen. Er hätte bereits einen Haufen Informationen, die eindeutig darauf schließen lassen, dass es sich hier um eine organisierte Bande handle, und er könne sich gut vorstellen, dass mit diesen Informationen unser Chef willens wäre, eine Sonderkommission einzurichten.«

Es dauerte ungefähr zehn Sekunden, bis das Gehörte die Gehirne der Anwesenden vollständig durchströmt hatte und sich, wie ein Befreiungsschlag, auf das Zwerchfell und die Lachmuskeln niederließ. Alle lachten, bis ihnen die Tränen hinunterliefen und Alan zur Ruhe mahnen musste.

»Genug jetzt, Leute. Sonst hält man unsere SoKo noch für einen Spaßverein und lädt uns zur nächsten Betriebsfeier ein. Zudem wollte Graham wissen, warum die Leiche von seinem Onkel Ben noch nicht freigegeben worden sei. Seine Tante wäre in heller Aufregung, weil sie schon die Trauerfeier anberaumt hätte. Da wäre doch wohl mächtig was im Busch. Zu guter Letzt habe ich ihm reinen Wein eingeschenkt. Sprich: Er wird hier die Tage aufschlagen und uns sein komplettes Insiderwissen vermitteln. Es hat uns bisher immer geholfen und ich glaube, dass es auch diesmal so sein wird.« Einhelliges Nicken signalisierte Alan uneingeschränkte Zustimmung. »Nun gut, kommen wir zum Tagesgeschehen. Nicky, du hast dich in den letzten Tagen mit den Fahrern der einschlägigen Transportunternehmen befasst. Bitte gleich eine kurze Zusammenfassung. Brian, du wolltest gestern noch mal mit dem alten Farmer in Charlestown reden. Hat das geklappt? Gut, dann kannst du im Anschluss was dazu sagen. Charlie, du wolltest dir die Routen der Whiskyspeditionen und die Tatorte näher ansehen, um eventuell ein Muster zu finden. Davon kannst du dann danach berichten. Wir müssen in den nächsten 48 Stunden was Handfestes auf die Beine gestellt haben, sonst wird Timmins diesen Stuhlkreis hier genauso schnell wieder auflösen, wie er ihn genehmigt hat. Also, auf geht's!«

Nicky hatte sich bereits das Verbindungskabel des Beamers herangezogen und mit ihrem Laptop verbunden, sodass, direkt nach Alans Aufforderung, die weiße Projektionsfläche neben der Tafel aufleuchtete und zunächst eine Excel-Liste mit Namen und Kürzeln erschien. »Also, zunächst einmal ein Dank an Brian, dass er mir das sonnige und geruhsame Wochenende doch noch so aufregend gestaltet hat. Dafür musste ich mich wenigstens nicht um den Haushalt kümmern. Nun aber mal Fakten. Speditionen, die sich mit dem Transport von Whisky befassen, gibt es leider wie Sand am Meer. Dazu bedarf es weder einer besonderen Genehmigung noch irgendeiner Ausbildung. Lediglich die Zulassung für Gefahrguttransporte, und die kann man anscheinend an jeder Eisbude kaufen, wenn man die entsprechenden Fahrzeuge vorweisen kann.«

»Na, dann ist das ja wohl eine Sackgasse«, bemerkte Charly resigniert.

»Nicht ganz«, widersprach Nicky. »Wie gesagt, Speditionen gibt es Hunderte. Für den Transport von Whisky in Flaschen. Wenn wir lediglich die Transporte für Bulk-Ware betrachten, sprich in Großgebinden, wie zum Beispiel Tanklastzügen, dann schränkt sich die Anzahl massiv ein. Da sich die Diebstähle in Verbindung mit verschwundenen Fahrern, beziehungsweise mit unserem toten Fahrer, genau auf solche Transporte beziehen, sollten wir diese Einschränkung zulassen, okay?«

»Ein perfekter Anfang«, lobte Brian. »Das ist unsere Nicky. Weiter so.«

»Danke für die Blumen. Also, an Speditionen, die Whisky in Tanklastzügen transportieren, gibt es zurzeit acht an der Zahl. Davon drei große, die sich gut 80 Prozent des Marktes teilen und zudem wohl auch langfristige Verträge mit den Destillerien haben. Außerdem waren es genau diese drei großen, bei denen die letzten Diebstähle stattgefunden haben. Also, zumindest die, mit den verschwundenen Fahrern. Deshalb habe ich mich auf die Fahrer dieser drei konzentriert. Da wären also McGearson aus Craigellachie, Mullholland aus Glasgow und TransSco aus Dundee. Ich habe hier alle Fahrer, die Flüssig-Gefahrgüter, also auch Whisky, transportieren, gefiltert.« Nicky blendete weitere Spalten aus und reduzierte die Anzahl der Zeilen durch immer mehr Filterkriterien. »So, jetzt wird es übersichtlicher. Die grün markierten sind diejenigen, die verheiratet sind. Die mit Kindern haben das X dahinter. Die rot markierten sind ledig oder sind kinderlos geschieden. Die orangefarbenen sind davon diejenigen, die über 50 Jahre alt sind. Ich habe diese Einschränkung gemacht, da wir unter anderem ja annehmen, dass die Fahrer als Bandenmitglieder abgeworben werden. Dies ist statistisch bei über 50-Jährigen eher unwahrscheinlich. Und jetzt schauen wir mal, wo die beiden Fahrer sind, die bisher als vermisst gelten, und siehe da – tataa! – da tauchen sie doch in Tiefrot auf.« Mit einem stolzen Lächeln blickte Nicky in die Runde.

»Na, das ist ja mal wieder beeindruckend«, kommentierte Alan. Wo ist denn nun unser bislang dritter verschwundener Fahrer, der ... ah da, Doug Simpson?«

»Tja, den finden wir leider nicht im roten Feld. Hier, bei der Firma Mullholland Transports steht er, in sattem Grün. Leider.«

Brian beugte sich vor und versuchte sich an einer ersten Schlussfolgerung. »Also, entweder wir suchen hier ein Muster, das es gar nicht gibt, oder die Typen haben ihre Strategie geändert, oder es ist ihnen ein peinlicher Fehler unterlaufen. Was meint ihr?«

»Tja«, meldete sich nun auch Andy MacPhee, der zweite Forensiker und Analytiker des Teams, zu Wort. »Wenn wir vielleicht ein paar Diebstähle von Flaschentransporten aus der Zeit davor noch mit ins Kalkül werfen, wird vielleicht ein Muster sichtbar. Ginge das?«

»Leider ist das nicht so einfach«, antwortete Nicky. »Da gibt's viel zu viele Wagen und Fahrer und vor allem eine Unzahl von Routen. Da sind extrem viele Kombinationen möglich. Aber lass mal sehen ... Charlie, du hast doch die großen Diebstähle auf dem Schirm. Gib mir mal die Einzelheiten zu Firma und Fahrer.«

»Alles klar. Also, ich hab die Meldungen ab 2001 in unseren Computern und Datenbanken gefiltert, nach Größe der Ladung und dem Modus Operandi. Den letzten großen Coup gab's im Mai diesen Jahres. McGearson, Fahrer Ronnie Dalton. Maskierte haben ihn gekidnappt und angeblich betäubt. Und davor waren's die beiden Tanklastzüge, die du schon hast. Davor waren es in 2007 zwei große Geschichten, einmal wieder McGearson und einmal TransSco Transports. Fahrer waren ein McDougall und ein Kowalski.« Und so leierte Charlie einen großen Whiskydiebstahl nach dem anderen herunter, bis zurück ins Jahr 2001. Am Ende hatten sie gut 82 Fälle aufgelistet. Zudem wurde bei allen Delikten noch der Fundort und – soweit bekannt – der Tatort vermerkt. Ergänzt wurden die Daten durch die von den LKW befahrenen Routen.

»Dann lasst uns das Ganze doch mal irgendwie sortieren«, murmelte Nicky vor sich hin und vertiefte sich in ihre Tastatur. »Andy und ich machen das jetzt mal. Geht ihr nur schön Kaffee trinken und stört uns nicht. Ich melde mich dann, wenn wir fertig sind.«

»Gerne, Frau Doktor«, schmeichelte Brian ihr. »Dann kann ich euch kurz erzählen, was bei dem Gespräch mit dem alten Winston Fowler herausgekommen ist. Also, dieser Kerl ist schon eine Granate. Allein mit seinem Alkoholkonsum hätte sich eine ganze Destille über Wasser halten können. Beachtlich! Die Nachteile davon könnt ihr euch denken. Bevor sein Gehirn auch nur in den Leerlauf schaltet, muss man erst mal ordentlich vorglühen. Bis dahin bist du schon einen kleinen Wochenlohn los. Bis er dann in sein Langzeitgedächtnis schaltet, kostet es mindestens noch mal das Gleiche.«

»Komm zur Sache, Bärchen. Du brauchst nicht jedes Mal eine Geschichte, um deine zwei Pints Lager im Pub zu rechtfertigen«, ermahnte Alan ihn.

»Was? Ich? Trinken im Dienst? Nur, wenn das Vaterland ruft! Also gut, Gevatter Fowler konnte mir dann auch eine ganz gute Personenbeschreibung liefern. Hat anscheinend noch ganz passable Augen.«

»Ja, ja, die Alten. Sie sind bei weitem nicht so senil, wie die meisten denken. Es kommt zwar manchmal vor, dass sie wirres Zeug reden, aber sie kennen ihre Rechte, und auch die Pflichten der anderen, ganz genau. Trotz ihres hohen Alters tragen viele keine Brille, und ihren listigen, kleinen Augen entgeht so gut wie nichts. Sie wissen immer genau, wer in der Kirche in der Nase bohrte, wer seinen Müll nicht ordentlich entsorgt und wer die Hundehaufen seines Vierbeiners auf dem Gehsteig liegen ließ. Sind meistens brillante Zeugen«, verkündete Charlie. »Einziger Nachteil, sie haben jede Menge Zeit, und die wollen sie gerne mit einem Schwätzchen mit dir füllen.«

»Genau!«, fuhr Brian fort. »Deshalb hat es auch ein wenig länger gedauert, bis ich alle Informationen hatte. Wir sollten ihm Fotos von unseren Kandidaten präsentieren. Er wird seinen Typen garantiert wieder erkennen. Und jetzt sollten wir Nickys Wunsch erfüllen und ein Tässchen "Wasauchimmer" zu uns nehmen.«

»Und vielleicht ein Zigarettchen rauchen«, murmelte Alan beim Hinausgehen. So waren die zwei Computerfreaks, Nicky und Andy, endlich allein und in ihrem Element.

Nach gut einer Stunde trafen sich alle Mitglieder der SoKo wieder im Besprechungsraum. Nicky und Andy waren zwischenzeitlich mit ein paar belegten Brötchen versorgt worden, obwohl sie steif und fest darauf beharrten, dass auch Bits und Bytes offiziell zu Nahrungsmitteln zählen würden.

»Und?«, begann Brian das Gespräch, »kann die Maschine besser denken als der Mensch?«

»Denken nicht wirklich, lieber Vertreter des Steinzeitalters«, antwortete Andy. »Aber kombinieren auf jeden Fall. Zumindest schneller und präziser. Und damit selbst du es glaubst, schau her. Wir denken, wir haben einen Ansatz gefunden.«

Gespannt lehnten sich alle Anwesenden vor und betrachteten die Projektionsleinwand, als Nicky begann, die Reihen und Spalten umzusortieren. »Passt mal genau auf. Am Anfang, also zumindest am Anfang unseres Beobachtungszeitraums, fanden die Diebstähle anscheinend wahllos statt. Es gibt überhaupt keine Zusammenhänge. Es wurde alles geklaut, vom billigen Blend Whisky für eine Warenhauskette aus Kleinlastern bis zu Export-Edelflaschen. Und das bei allen Speditionen. Und das vom Parkplatz weg, mit Waffen und ohne und überhaupt. Erst in den letzten fünf Jahren wird's dann interessant. Anscheinend haben die Burschen ihr Augenmerk zunächst auf McGearson gelenkt. Große Sattelschlepper, eine Riesenladung, und das auf einer schwach befahrenen Route und in den Abendstunden. Das wiederholt sich dann ein paar Mal. Dann gibt's einen ersten Fall bei TransSco und – siehe da – wiederholt sich auch wieder ein paar Mal. Der spätere

Wechsel von Flaschen- zu Bulk-Ware ist auch bei beiden signifikant. Wir haben den Modus noch berücksichtigt. Und da ist eine Übereinstimmung bei der Wahl der Mittel zu finden. Bei den hier ausgefilterten Fällen wurden ausnahmslos Betäubungsmittel eingesetzt, oder die Fahrer – bis neulich noch zwei – sind verschwunden. Ob wir hierbei ein paar Fälle zu viel ausgefiltert haben, können wir noch nicht sagen, aber zumindest haben wir mal ein paar Gemeinsamkeiten. Bei fast allen hier betrachteten Diebstählen wurde der Laster später in verlassenen Scheunen oder Fabrikhallen wieder gefunden. Die, die gar nicht mehr aufgetaucht sind, vermute ich mal, sind nicht weg, sondern lediglich noch nicht gefunden worden, und rosten irgendwo inmitten von Schafweiden vor sich hin. Hätte es bei unserem Fall vor zwei Wochen nicht den toten Farmer gegeben, wäre auch dieser Wagen wohl noch ein paar Monate unentdeckt geblieben. Wenn wir jetzt noch den aktuellen Fall hinzunehmen, so haben wir eine dritte Spedition, also Mullholland Transports, die ins Spiel kommt. Zumindest, was die wertvollen, großen Ladungen angeht. Ansonsten passt fast alles wieder ins Bild. Fahrer weg, nächtliche Route auf wenig frequentierten Straßen, hochwertige Ladung, LKW unauffindbar, also wahrscheinlich wieder in einer Scheune versteckt. Nur, dass der Fahrer diesmal verschwunden ist und Familie hatte, ist ungewöhnlich. Da passt irgendwas nicht. Wenn man noch etwas mehr in die Tiefe geht, könnte man mit viel Wohlwollen zudem herauslesen, dass es, ab einem bestimmten Diebstahl bei einer jeweiligen Spedition, irgendwie gezielter abgeht. Erst sind es Überfälle mit normaler Ladung, also Werte von 50 bis 150.000 Pfund. Dann plötzlich verschwinden bei der jeweiligen Spedition nur noch Ladungen mit Werten von weit jenseits der 300.000 Pfund. Um dies zu verifizieren, sind es in Summe natürlich dann doch viel zu wenige Überfälle. Aber aus drei Morden ein Muster für einen Serienmörder abzuleiten, ist noch viel schwieriger. Und selbst das haben wir ja nachweislich schon geschafft. Ich habe fertig!«

»Mann, Mann, ihr seid mir schon euer Gewicht in Gold wert«, schwärmte Alan. »Leider sieht unsere Gehaltsstruktur im öffentlichen Dienst diese Art von Entlohnung noch nicht vor, also erfreut euch an unserer Bewunderung und esst weiter trocken Brot. Eurer letzten Vermutung entnehme ich, dass es wohl, ab einem bestimmten Punkt, einen Insider in jeder Spedition gibt, der die Bande mit den entsprechenden Daten versorgt. Könnten dies die beiden bisher verschwundenen Fahrer sein?«

»Möglich, aber genau wissen tun wir das natürlich nicht. Kein einziger der Fahrer wurde zweimal überfallen. Die beiden verschwundenen Typen sind auch vorher bei keinem anderen Fall in Erscheinung getreten. Es könnte sein, dass sie schon vorher indirekt kontaktiert wurden und sich sozusagen dann haben selbst überfallen lassen. Klar ist nur, dass beide Verschwundenen aus unterschiedlichen Speditionen kommen und bereits in der hochpreisigen Whiskyklasse fuhren. Mehr ist nicht bekannt.«

»Sind das denn immer die gleichen Routen zu gleichen Zeiten, die von den Speditionen gefahren werden?«, wollte Charly wissen.

»Nach den bisherigen Telefonaten, die wir in den letzten Tagen mit den Speditionen geführt haben, ja. Da die Destillerien mittlerweile nahezu kontinuierlich produzieren, geht auch ein Gutteil der Fässer regelmäßig in die Vats und von dort dann über die Tanklaster zu den jeweiligen Abfüllern«, erklärte Andy.

»In die ... was?«, fragte Brian nach

»Nicht in die Was, sondern in die Vats«, verbesserte Andy. »Da hast du wohl bei unseren letzten Whiskyfällen nicht richtig aufgepasst, was?«

»Ach, Quatsch! Jedes Mal, wenn unser Freund Graham Morrice angefangen hat, über sein Zeugs zu dozieren, bin ich eingepennt. Ich will das Gesöff genießen und nicht herstellen.«

»Na, dann in Kurzform: Wenn die Whiskies in den Fässern ihre nötige Reifezeit hinter sich haben, also zum Beispiel für einen Standard Zahnjährigen halt mindestens zehn Jahre im Fass waren, werden sie in der Destillerie über einer Bodenrinne ausgeschüttet und in einen großen Stahltank gepumpt, dem Vat. Das macht man deshalb, da es sich dabei um teilweise mehrere zig Fässer handelt, die natürlich, alle für sich, ein klein wenig anders schmecken. Um in den nachher abgefüllten Flaschen keine Geschmacksunterschiede zu haben, erlaubt man es dem Whisky aus den unterschiedlichen Fässern, sich zu vermählen, wie es heißt.«

Brian sah Andy mit großen Augen an. »Ab jetzt werde ich dich Graeme nennen. Bist du heimlich bei unserem Whisky-Manager in die Abendschule gegangen?«

»Keineswegs«, antwortete Andy stolz. »Ich habe mir lediglich die wichtigen Details gemerkt.«

»Aha, du willst also sagen, ich wäre nur der Mann fürs Grobe. Na, herzlichen Dank!«

»Na, sagen mir mal, du überblickst eher das Große und Ganze und siehst eher die übergeordneten Zusammenhänge«, schlichtete Alan mit einem Lächeln auf den Lippen. »Aber bitte Andy, zurück zum Thema.«

»Gut! Also, da die Destillerien fast alle bis zu zwei Millionen Liter Alkohol im Jahr brennen, geht natürlich auch irgendwann ein kontinuierlicher Strom an gereiftem Whisky wieder aus den Destillerien raus. Das ist kein Geheimnis. Nur, dieser Whisky, aus dem so genannten Standard-Segment, ist nicht der, der schlussendlich gestohlen wird. Das wäre dann Ware für die Anfängerdiebe, also eher relativ niedrigpreisig. Was hier gezielt geklaut wird, ist seltenerer, älterer oder besonderer Whisky, zumindest, was die angegebenen Versicherungssummen angeht. Und der geht, weiß Gott, nicht regelmäßig auf die Straße. Um rauszukriegen, wann, was, in welcher Destillerie, in dieser Preisklasse auf Tour geht, muss man schon ganz tief bei den Destillerien drin sein, denn solche

Informationen werden ziemlich vertraulich behandelt. Das erfahren selbst die Speditionen wohl nicht immer so genau.«

»Wenn denn unser Muster stimmt ...«, wandte Nicky ein.

»Ein anderes haben wir aber nicht. Also, sollten wir zunächst mal auf dieser Route bleiben«, bestimmte Alan zum Abschluss der Besprechung. »So, dann werde ich mal ein paar Telefonate führen müssen. Die Wirtschaftskriminellen werden wohl hoffentlich unsere Theorie bestätigen. New Scotland Yard werde ich ans Herz legen, alle leer stehenden Scheunen zwischen Gretna Green und Manchester zu durchsuchen, und ich denke, ich kenne da noch jemanden, der genau die Informationen aus zumindest ein paar Destillerien hat, die uns weiterhelfen könnten. Glücklicherweise ist der letzte Überfall erst ein paar Tage her. Das verschafft uns, nach der bisherigen Statistik, zumindest einige Wochen Luft, bis wieder etwas passiert.«

Keiner der Anwesenden berücksichtigte allerdings, dass das Fatale an Statistiken ist, dass sie meistens genau dann versagen, wenn man sich auf sie verlässt ...

Torf

Graham kannte das Gesetz der Serie. Er kannte es sogar sehr genau. Zumindest, was sein eigenes Gesetz anging. Wenn zum Beispiel im Postamt vier Leute vor ihm in der Schlange zügig und problemlos bedient wurden, so war es ein ungeschriebenes Gesetz, dass präzise zum Zeitpunkt seines Erscheinens vor dem Schalter, dieser, wegen Mittagspause, Schichtwechsel oder notfalls auch Feueralarm, geschlossen wurde. Wenn er nach Monaten des Bangens endlich die beiden letzten Karten "Loge, Mitte" für das hochgelobte Bühnenstück eines berühmten Autors in der Royal Opera in Edinburgh bekam, konnte er, so sicher wie das Amen in der Kirche, davon ausgehen, dass auf den Plätzen neben ihm der Verein für Lungenkranke und Asthmatiker sein Jahrestreffen abhielt. Selbst wenn er mal vermeintlich Glück zu haben schien, erwischte ihn sein Gesetz. Wenn sich an den Supermarktkassen endlose Schlangen gebildet hatten und genau neben ihm eine weitere Kasse geöffnet wurde und er mit einem olympiareifen Sprint als Zweiter an dieser Kasse ankam, hätte er beim Wetten darauf Millionen gewinnen können, dass die einzige Kundin vor ihm garantiert einen Artikel kaufte, der nicht ausgezeichnet war. Bis die Verkäuferin den Preis für die 600 Gramm original German Katenrauchschinken ermittelt hatte, waren alle anderen

Schlangen längst abgefertigt worden und der Schinken bereits schlecht.

Und genau aus diesem Grund war sich Graham 100-prozentig sicher, dass er auch dieses Mal Recht behielt. Seinen intensiven Recherchen zufolge, musste es diesmal die Ben Rhinnes Distillery treffen. Nicht etwa, weil er es so wollte oder weil es keine anderen Möglichkeiten geben würde, sondern einzig und allein deshalb, weil es ihm persönlich am meisten schaden würde. Er hatte alle logischen Schlüsse kombiniert. Es musste diesmal ein Transport der Firma Mullholland Transports sein, da diese erst neu in die Gruppe der beklauten Speditionen aufgenommen worden war. Da die letzte gestohlene Fuhre seiner Glenallan Distillery sehr wertvoll war und niemandem, außer den vertrauenswürdigen Personen seiner Distributionsabteilung sowie sehr wenigen Mitarbeitern der Spedition, bekannt war, musste es hier ein Loch geben. Und bekanntermaßen tropft es durch ein Loch nie nur einmal, sondern stetig, bis der Eimer leer ist. Und so war er sich sicher, dass auch die Informationen über die weiteren vier Transporte seltener und edler Whiskies aus seinen Destillerien durchgesickert waren. Und genau an dieser Stelle griff sein Gesetz der Serie. Wenn schon bei ihm geklaut wurde, dann garantiert das wertvollste Stück, was ihn persönlich am meisten schmerzen würde.

Was ihn zudem ebenfalls schmerzte, war die Tatsache, dass ihn seine Bekannten bei der Polizei so schmählich im Stich ließen, selbst sein Freund Alan. Er hatte ihnen schließlich alle vertraulichen Daten über die geplanten Transporte gegeben und hatte ausdrücklich auf diese vier Transporte hingewiesen. Seiner Meinung nach hätten alle vier von verdeckten Ermittlern bewacht werden müssen. Das Telefonat mit Alan am letzten Donnerstagmorgen hatte fast eine Stunde gedauert. Zuerst war er etwas aufgebraust, weil ihn Alan fast vier Tage über den Tod seines Onkels im Unklaren gelassen hatte. Seine Tante hatte in diesen Tagen fast täglich bei ihm angerufen und vor lauter Weinen kaum ein Wort herausgebracht. Dass der tote Körper seines Onkels in irgendeinem Kühlschrank ... na ja, vor sich hinkühlte, um irgendwann auseinander geschnippelt zu werden, konnte er ihr natürlich nicht erzählen. Da er vom pathologischen Institut aber auch keine Auskünfte darüber bekam, was nun los sei und wie lange der Leichnam noch festgehalten würde, log er ihr halt das Blaue vom Himmel runter. Dass sie den Leichnam besonders adrett herrichten wollten für die offene Aufbahrung, und dass so etwas halt nun mal seine Zeit dauere. All das hatte er Alan, nachdem dieser ihm nun endlich reinen Wein eingeschenkt hatte, um die Ohren gehauen. Zu seiner Befriedigung zeigte sich Alan darauf hin auch geknickt und entschuldigte sich, worauf Graham sich wieder beruhigte. Als Alan dann erzählte, dass es die SoKo "Whisky-Truck" bereits gab und schon einiges aus der Welt des Whiskies zu Tage gefördert hatte, besserte sich Grahams Laune wieder. Hatte er also doch mal wieder den richtigen Riecher gehabt!

Als Alan ihn dann am Nachmittag nochmals anrief und ihn zu einer Besprechung am nächsten Morgen in Inverness eingeladen hatte, um die Daten, die die SoKo bisher ermittelt hatte, mit seinem profunden Insider-Wissen abzugleichen, war Graham endgültig wieder wohlgestimmt. Da er aber am Freitag bereits mit einem, seiner Meinung nach zwar nutzlosen aber durch den Vorstand seiner Firma aufoktroyierten, politischen Termin im Hauptsitz der Firma ausgebucht war, einigte man sich notgedrungen auf eine Telefonkonferenz. Dieses moderne Kommunikationsmittel war Graham einerseits immer noch ein Gräuel, da sein Hirn es einfach nicht wahrhaben wollte, mit mehr als einer Person gleichzeitig zu telefonieren, andererseits stellte es für ihn aber die einzige Gelegenheit dar, aktiv und live am bisherigen Stand der Ermittlungen teilzuhaben und sogar mitzuwirken.

Diese Konferenz erwies sich entweder als außerordentlich langweilig oder außerordentlich erfolgreich – je nachdem wie man es betrachten wollte. Langweilig, weil es kaum neue Erkenntnisse gab, da sowohl die SoKo als auch Graham zu den gleichen Ergebnissen gekommen waren. *Da haben wir also drei große Speditionen – Weiß ich ... Die Fahrer sind alle ledig und ... - Weiß ich schon ... Die klauen immer wertvollere Fuhren - Genau, das habe ich auch gemerkt ... Die müssen bei allen Speditionen einen Maulwurf haben – Genau! Sehe ich auch so*. Langweilig halt. Oder eben erfolgreich, da sich durch den Gedankenaustausch bestätigt hatte, dass die Muster, die scheinbar vorhanden waren, der Realität entsprechen mussten. Nun aber war Graham am Zug. Er war sich sicher, den nächsten Schachzug der Diebe zu kennen. Zumindest konnte er ihn weitestgehend eingrenzen. Die nächsten, höchst wertvollen Fuhren würden in seiner Firma stattfinden. Und zwar bereits in den nächsten Tagen. Statt aber hier mit virtuellem Schulterklopfen gelobt zu werden, fand man seine Theorie doch etwas zu vorschnell, was ihn fast wieder auf die Palme brachte. Einziger Kommentar von Brian: *Reg dich bitte nicht so auf. Die werden garantiert in den nächsten Tagen nicht wieder zuschlagen. Das ist zu schnell für die Typen. Die müssen das Zeugs erst mal außer Landes schaffen und sich dann neu organisieren*. Selbst sein offensichtliches Argument, dass zwischen den beiden letzten Fällen nur noch zwei Wochen gelegen hatten, wurde von ihnen ignoriert. *Dann haben wir ja noch über eine Woche Zeit. Hol erst mal tief Luft. Und außerdem, lieber Graham, deine Fuhren sind zu klein. Die geben sich nur mit den ordentlichen Mengen ab*. Pah! Die hatten doch keine Ahnung, aber auch gar keine! Dass der Wert nicht von der Menge abhängig war, würde doch selbst ein Schuljunge erkennen. Wein aus einem Fünf-Liter-Tetrapack wäre ja schließlich auch nicht wertvoller als eine teure normale Flasche. Bis auf Nicky stimmten ihm zwar alle zu, nichtsdestotrotz glaubte doch keiner an eine derart kurze Wiederholungsrate. Dann würde er es ihnen eben beweisen.

So lag Graham nun am Dienstag, den 29. September, gegen 19:30 Uhr, hinter der alten Natursteinmauer, die die LKW-Ladezone der Ben Rhinnes Distillery vom umliegenden Wald trennte, und beobachtete das Geschehen. In guter alter Krimimanier hatte er sich schwarze Kleidung angezogen. Die etwas unpassenden weißen Reflektorstreifen seiner schwarz-grünen Regenjacke hatte er, aus Mangel an Alternativen, mit Schuhcreme eingeschmiert. Er hoffte nur inständig, dass Ishbel die Jacke nicht fand, bevor er die Sauerei wieder entfernt hatte.

Die Pumpgeräusche vor ihm ließen plötzlich nach, und damit wusste Graham, dass sich zwar nur 8.000 Liter, dafür aber über 25 Jahre alter, reiner Sherry Cask Whisky in Fassstärke im Tanklastzug befanden. Dies war zurzeit das Edelste, was Ben Rhinnes in den Lagerhäusern zu bieten gehabt hatte. Aus den 20 Sherry Butts, die er persönlich einzeln ausgesucht hatte, konnten jeweils gut 400 Liter gewonnen werden. Dies war für so alte Fässer ein geradezu ausgezeichnetes Ergebnis und zeugte für die hervorragende Fassqualität, aber auch die optimale Lagerung in den letzten Jahren. 11.000 Flaschen a 0,7 Liter mit genau 52,4 Vol% Alkohol, aufgeteilt auf die wichtigsten Märkte der einzelnen Kontinente, würden im Endverkauf gut und gerne über drei Millionen Euro einbringen. Dies war entschieden die wertvollste Ladung in diesem Jahr. Die anderen drei Fuhren waren nicht minder wertvoll, was den monetären Vergleich anging, nur war diese hier ihm persönlich ans Herz gewachsen. In dieser Destillerie hatte er es bis zum Manager geschafft. Diese Fässer hatte er praktisch mit großgezogen. Er hatte schon vor Jahren gewusst, dass dieser Whisky mal ein ganz besonderer werden würde. Und so hatte er alle anderen davon abgehalten, Fässer aus diesem Kontingent anderweitig oder seiner Meinung nach zu früh, abzufüllen.

Auch die Fuhren der anderen drei Destillerien bestanden "nur" aus 7.000, 9.000 und nochmals 9.000 Litern. Alle waren aber etwas ganz Besonderes. Wenn jemand von den Dieben auch nur im Ansatz Ahnung von gutem Whisky haben würde - was man von der heutigen Polizei nicht sagen konnte - so wären diese Fuhren garantiert ihr nächstes Ziel. Er zumindest würde sich als Dieb auf diese Leckerbissen stürzen. Der Köder muss schließlich dem Fisch schmecken und nicht dem Angler.

Das hatten Brian & Co., trotz seiner zahlreichen Whiskyschulungen, anscheinend immer noch nicht kapiert. Vielleicht wäre ein Angelkurs doch besser gewesen.

Bisher schien alles friedlich und normal zu verlaufen. Jimmy, sein Brennereimitarbeiter, schaltete die Pumpe ab und löste den Pumpschlauch. Danach trug er die genaue Literzahl in die Frachtpapiere ein und ließ sich den Durchschlag von dem Fahrer gegenzeichnen. Anschließend ging er ins Gebäude, schloss die Tür ab und würde sich wohl auf seinen wohlverdienten Feierabend vorbereiten. Der Fahrer steckte die Frachtpapiere in einen Schutzumschlag und verstaute sie in einem Fach in der Fahrertür. Danach stieg er ein und schloss die Tür. Die Heckleuchten des Aufliegers erstrahlten und kurz darauf erklang das tiefe Brummen der Dieselmaschine und das pfeifende Entweichen der Druckluft aus dem Bremssystem. Jetzt ging es los! Und, wie zu erwarten, wurde der kalte, frühherbstliche Himmel von dunklen Regenwolken überzogen. Es begann zu nieseln und Graham zog den Kragen seiner Regenjacke enger zusammen. Sobald sich der LKW in Bewegung setzte, lief Graham mit großen Schritten an der Mauer entlang zur Hauptstraße, wo er seinen neuen Wagen abgestellt hatte. Zum Glück musste er neuerdings nicht mehr mit Startschwierigkeiten und klemmenden Türen rechnen, sodass er sich ohne Verzögerung hinters Lenkrad setzen und den Wagen starten konnte. Kein anderes Auto, geschweige denn eine andere Person, befand sich in der Nähe. Damit hatte Graham aber schon gerechnet. Die Diebe wären nicht so unvorsichtig, sich in der Nähe der Brennerei blicken zu lassen. Da die Route des Tanklastzugs von der Destillerie bis zur Abfüllanlage in Broxburn immer die gleiche war, konnte jeder Dieb ruhig an jedem Punkt der Stecke auf den Wagen warten. Als der Laster gut einen halben Kilometer Abstand zu ihm erreicht hatte, löste er die Handbremse und fuhr los.

Ishbel hatte er natürlich nichts von seinem Vorhaben erzählt. Er hatte ihr lediglich gesagt, dass er das Verladen dieser besonderen Fuhre selbst überwachen wolle, was für seine Verhältnisse nichts Ungewöhnliches war. Da Ishbel heute zu ihrer Mutter gefahren war, konnte er sich zudem bis spät in den Abend Zeit lassen. Die ersten 30 Meilen der Strecke verliefen ereignislos. Lediglich der Nieselregen nahm an Dichte zu, sodass er den Abstand zu dem LKW verringern musste, um ihn noch zu erkennen. Um diese Jahreszeit war die A95 bis runter nach Aviemore kaum befahren. Auch die weiterführende A9 Richtung Perth war geradezu ausgestorben. Hinter Kingussie wurde die Landschaft immer einsamer. Die ihn im Süden begleitenden Cairngorms wichen mit ihrem imposanten, aber auch bedrohlich wirkenden, Panorama zurück und machten der etwas sanfteren Landschaft der Drumochter Hills sowie dem Loch Ericht und Loch Rannoch im Westen Platz. Schemenhaft konnte er vereinzelte Höhenzüge durch das, immer wieder sporadisch durchscheinende, Mondlicht wahrnehmen. Der Regen drückte vereinzelt den Bodennebel aus dem Tal rechts von ihm über die Straße und tauchte die gesamte Szenerie vor ihm in ein gespenstisches Licht. Falls jetzt ein Unfall passieren sollte, so dachte er, würde das kein Mensch merken. Und wenn es dann noch Schneefall geben würde, der seinen zerschellten Wagen am Fuß der Böschung zudecken würde, dann würde man seine Leiche erst im nächsten Frühjahr finden. Graham schüttelte sich bei diesem Gedanken und überprüfte instinktiv, ob sein Handy, samt Bluetoothverbindung zum Auto-Commandsystem des Wagens, noch funktionierte. Schreckliche Worte für eine schreckliche Technik, dachte er noch. Aber extrem hilfreich in eben solchen Situationen.

Von diesen Gedanken kurzzeitig abgelenkt, bemerkte er das Bremsen des Lasters vor ihm erst recht spät. Um keine unnötig auffallende Vollbremsung zu machen, scherte er nach rechts aus und überholte den Transporter. Dabei sah er den zivilen Polizeiwagen, aus dem eine Kelle geschwungen wurde, die den Wagen zum Halten aufforderte, zum ersten Mal. Wo kam der denn her? Zuvor hatte sie kein einziges Fahrzeug überholt.

Der Wagen musste also schon an dieser Stelle gewartet haben. Sehr merkwürdig! Da er jetzt nicht einfach stehen bleiben konnte, ohne aufzufallen, nahm er kurzerhand die, sich direkt vor ihm befindende, Ausfahrt auf die B847 Richtung Struan und Pitagowan. Direkt hinter der Abfahrt befand sich der kleine Ort Calvine. Hier kam Graham, direkt am Ortseingang, an einer Schule zum Stehen. Was sollte er jetzt nur tun? In entgegengesetzter Richtung wieder auffahren? Glücklicherweise hatte er von hier immer noch einen freien Blick auf die, keine 50 Meter entfernte, Schnellstraße. Da zudem kein Verkehr herrschte, konnte er also sofort feststellen, ob der Tanklastzug weiterfahren würde. Also wartete er. Den Blick fest durch das Beifahrerfenster auf die Straße gerichtet, erschrak er sich fast zu Tode, als der Tanklaster direkt an ihm vorbei rauschte und nach weiteren 40 Metern nach rechts, Richtung Struan, abbog. Das zivile Polizeifahrzeug war nicht mehr zu sehen. Nachdem sich Grahams Puls nach ein paar Sekunden beruhigt hatte, setzte er den immer noch laufenden Wagen in Bewegung, um dem Laster weiter zu folgen. Anscheinend war dies wohl doch nur eine reguläre Kontrolle gewesen, beruhigte er sich. Da sich in Struan das bekannte "The Struan Inn" befand, nahm er an, dass sich der Fahrer, nach dieser unliebsamen Unterbrechung, bei einem Kaffee stärken wollte. Bei dem Gedanken an eine Tasse Kaffee, hellte sich seine Stimmung gleich ein wenig auf, hatte er, in seiner Schusseligkeit, seine Thermoskanne doch wieder zu Hause stehen gelassen. Doch unerwarteterweise fuhr der Wagen am Struan Inn vorbei und machte auch keine Anstalten, in Struan überhaupt zu halten. Sehr merkwürdig!

Graham verspürte plötzlich einen Kloß im Hals. Die B847 führte hinter Struan quasi durchs Nichts. Lediglich einsame Moore und Weiden säumten die Straße, bis sie, nach knapp zehn Meilen, am Dunalastair Water auf die B846 traf, die zum Loch Rannoch führte und dort endete. Keine zehn Farmen lagen am Rande dieser Route. Was wollte der Fahrer nur in dieser Gegend. Das machte doch alles keinen Sinn. So kam der nie nach Broxburn.

Zu allem Überfluss wurde die Landschaft vor ihm, samt Straße, in die unwirkliche, tiefe Schwärze einer sternenlosen, verregneten Nacht getaucht. Die einzigen Lichter waren die Scheinwerfer des LKW vor ihm und halt seine eigenen, was eine unauffällige Verfolgung in diesem Moment unmöglich machte. Bevor er sich wieder in ein waghalsiges Abenteuer stürzen würde, wofür alle anderen ihn später wieder für verantwortungslos und bescheuert erklären würden, brach er seine Detektivaktion lieber ab. Deshalb lenkte er den Wagen kurz vor Dalchalloch, am Abzweig zum Loch Errochty, an den Rand der Straße. Er stoppte den Motor, ließ das Seitenfenster hinunter und atmete tief durch. Die feuchte, nach Moor und Farnen riechende, Luft füllte seine Lungen und ließ ihn frösteln. Kein einziger Laut war zu hören. Selbst der sich schnell entfernende Laster drang mit keinem Geräusch durch die Nacht. Langsam griff er zu seinem Handy und wollte Alans Nummer wählen, um seinen wiederholten Alleingang zuzugeben, als er bemerkte, dass sich das Telefonieren mit Handys in dieser Gegend schwieriger gestaltete als gedacht. Mit anderen Worten: Er hatte keinen Empfang! Verärgert über die doch unzulängliche Technik, öffnete er die Tür und stieg aus. Da war es wieder, sein persönliches Gesetz der Serie. So gut wie nie war er auf ein Handy angewiesen gewesen. Jetzt, dieses eine Mal, wo er es dringend benötigte, hatte er natürlich keinen Empfang. Wie hätte es auch anders sein sollen. Missmutig hielt er das Mobiltelefon in alle Himmelsrichtungen, in dem verzweifelten Versuch, irgendwie, irgendwelche Empfangssignale einzufangen. Er beobachtete dabei das kleine Antennensymbol auf dem Display. Jedes Mal, wenn wenigstens ein einziger der kleinen Balken auftauchte, hielt er inne, um die Verbindungstaste zu drücken. Doch Fehlanzeige. Die notwendige Leistung zum Aufbau eines Gesprächs war einfach nicht da.

Und dann plötzlich spürte er die Berührung an seinen Kniekehlen. Mit einem reflexartigen Aufschrei sprang er nach vorne, wobei das Handy in hohem Bogen in das Gras neben der Straße flog. Sein Herz schlug wie wild, doch seine Lunge und sein Zwerchfell waren nicht in der Lage, weiter zu atmen. Schlagartig wurde ihm schlecht und er bekam Todesangst. Umdrehen und dem Grauen in die hässliche Fratze blicken oder einfach nur rennen, das war die Frage. Da er aber bei seinem zweiten Schritt in einem Schlagloch hängen blieb, erübrigte sich diese Frage allerdings schnell und er knallte auf Knie und Hände. Mit einem Schmerzensschrei rutschte er noch einen Meter weiter, als er plötzlich etwas Langes und Hartes in seiner rechten Hand spürte. Seine Finger schlossen sich um den Ast und innerhalb von einer Nanosekunde hatte er seinen Entschluss gefasst. Er würde seine letzten Sekunden nicht winselnd verbringen. Was auch immer ihn in diesem Moor angreifen würde, er würde kämpfen. In einer für ihn untypische Schnelligkeit, sprang er auf, den Schmerz ignorierend, und schnellte herum, den Ast zum Schlag erhoben.

Das einzelne Schaf, welches friedlich vor sich hin kauend neben der offenen Fahrertür seines Autos stand und schwach vom Standlicht und der Innenbeleuchtung des Wagens angestrahlt wurde, konnte mit Grahams martialischer Pose nur recht wenig anfangen und trollte sich weiter, die kleine Böschung hinunter, auf die moorige Wiese neben der Straße.

Graham indes verharrte, den Blick immer noch starr auf den Punkt gerichtet, an dem eben noch das Schaf gestanden hatte, noch fast eine weitere Minute wie versteinert in dieser heldenhaften Pose, bis sein, auf Panik und Reflex programmiertes, Gehirn herunterfahren und re-booten konnte. Langsam ließ er den Ast sinken, füllte seine Lungen nach einer Ewigkeit wieder mit Luft und schaltete seine Sinne, einen nach dem anderen, wieder ein. Zuerst weitete sich sein Tunnelblick und er nahm die ganze dunkle Landschaft wieder wahr. Dann schaltete sich sein Gehör wieder ein und er hörte wieder den Nieselregen auf den Teerbelag tropfen. Sein Geruchssinn folgte, mit den Wahrnehmungen von Moor, Wiese, Heide, nassem Asphalt und warmem Auto. Und dann kehrte der Schmerz zurück und er ließ den Stock fallen. Vorsichtig und wackelig ging er zum Wagen und betrachtete seine Hände. Beide Innenflächen waren aufgeschürft und bluteten aus zahlreichen Striemen. Der Blick auf seine Knie zeigte ihm, dass die schwarze Freizeithose von guter Qualität war, denn sie war nicht aufgerissen. Trotzdem taten ihm beide Knie höllisch weh. Dem nächsten Impuls folgend, wollte er einfach einsteigen und nach Hause fahren, bis ihm einfiel, dass sein Handy ja noch irgendwo da vorne in der Wiese lag. Da es obendrein ein Geschenk von Ishbel war, konnte er es nicht einfach hier lassen, und so nahm er sich die große Stabtaschenlampe von der Rückbank. Er knipste sie an und lief, dem Lichtkegel folgend, zu der Stelle, an der er sein Handy vermutete. Meter für Meter leuchtete er die feuchte Wiese ab, bis er hinter sich ein scharrendes Geräusch vernahm. Oh nein, diesmal nicht! Ich mach mich nicht schon wieder zum Affen wegen einem Schaf. Langsam drehte er sich um. »Jetzt hau aber endlich ab, du dämliches ...« Im Kegel seiner Taschenlampe sah er noch den chromblitzenden Totschläger auf sich niedersausen. »Hey, Moment, ich ...«

Dann war alles nur noch schwarz und still.

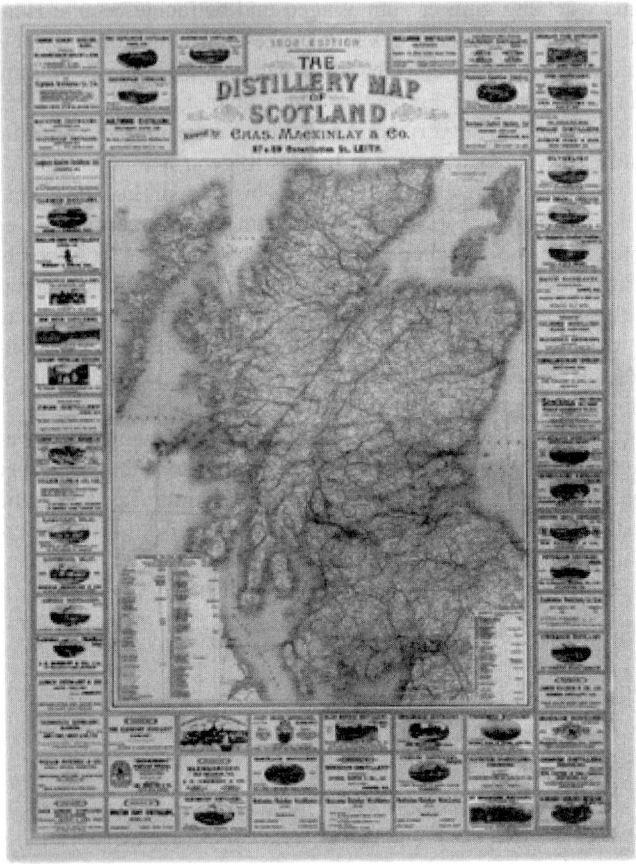
THE
DISTILLERY MAP
SCOTLAND
CHAS. MACKINLAY & Co.

Charles III, der 1848 geboren worden war, war längst schon in die Fußstapfen seines Vaters Peter III getreten und 1863 ebenfalls als Lehrling in der familieneigenen Dandaleith Distillery tätig geworden. Schon in seinem ersten Lehrjahr bekam er allerdings handfesten Ärger mit seinem Vater, als er aus Versehen eine Wash Still durch ein zu kräftiges Feuer zum Überkochen brachte. Die klebrige Flüssigkeit verstopfte den Kondensator und alle waren mehr als einen Tag damit beschäftigt, die dünnen Rohre des Kühlers mit langen Bürsten wieder zu reinigen. So einen Fehler machte man nur einmal im Leben, und auch Charles würde das Donnerwetter seines Vaters und die peinliche Situation nie mehr vergessen. Dafür sorgten schon die drei Kollegen, die ebenfalls in der Brennerei beschäftigt waren. Es ging aber alles gut und die Brennerei erwirtschaftete einen ansehnlichen Gewinn.

Durch den Excise Act gefördert, führte die Erfindung eines neuen Brennapparates zu einem Ereignis, das die gesamte spätere Entwicklung der Whiskyherstellung beeinflussen sollte. Im Jahre 1826 stellte Robert Stein ein Verfahren zur kontinuierlichen Destillation her, welches 1827 von dem Iren Aeneas Coffey verbessert wurde. Die Coffey Still, auch Patent

Still genannt, war der fast schon revolutionäre Start zur Gründung einer modernen Whiskyindustrie. Der irische Ingenieur Aeneas Coffey, ein hoher Steuerbeamter im britischen Reich, erfand und patentierte einen neuen Destillierapparat, der auch heute noch seinen Namen trägt. Mit dieser Apparatur konnte kontinuierlich gebrannt werden. Doch während die Iren an ihrer Tradition des Whiskeyherstellung festhielten, wurde das Verfahren in Schottland genutzt

Bei der Herstellung von Malt Whisky im Pot Still Verfahren müssen, auch heute noch, nach jedem Brennvorgang alle Gerätschaften gründlich gereinigt werden, bevor die nächste Charge angesetzt wird. Das bedeutet, dass nicht kontinuierlich gebrannt werden kann wie bei der Coffey Still. Damit konnte mit der Coffey Still ein deutlich höherer Ausstoß an Spirit in kürzerer Zeit erzielt werden, und das auch noch zu niedrigeren Kosten. Außerdem konnte mit diesem Continuous Working Distilling Apparatus ein Gemisch aus Gerste und anderen Getreidesorten sowie aus gemälzter und ungemälzter Gerste gebrannt werden. Das in diesem neuen Apparat gewonnene Destillat hatte allerdings nicht mehr das typische Torfaroma, für das der schottische Whisky seit jeher bekannt war. Es schmeckte schärfer und erinnerte eher an reinen Alkohol, weshalb es im Rohzustand nicht verkauft werden konnte.

Dieser so genannten Grain Whisky ließ sich aber wunderbar mit anderen Whiskies aus den Highlands verschneiden. Durch dieses Vermischen wurde das kräftige Torfaroma der Hochlandwhiskies abgemildert und das neue Getränk insgesamt gefälliger im Geschmack. Damit war es auf dem englischen und europäischen Markt bedeutend besser vermarktbar, der bisher eher dem milderen irischen Whiskey zugetan war. Da der schottische Whisky nur zweimal destilliert wird, während der irische traditionell dreifach destilliert wurde, konnte der Scotch Whisky noch dazu günstiger angeboten werden und das irische Whiskey-Monopol war dahin.

Durch die Vermischung von Grain Whisky und Malt Whisky entstand ein völlig neuer Whisky. Der Blended Whisky war geboren, wurde zu diesem Zeitpunkt aber noch nicht als solcher bezeichnet.

1837, als Queen Victoria den Thron bestieg, begann das so genannte Viktorianische Zeitalter. Die Industrialisierung wurde vorangetrieben und die Städte wuchsen, natürlich nur die im Süden Schottlands und nicht die im Hochland. Glasgow wurde weltweit führend im Schiffsbau.

Am 22.06.1852 wurde Balmoral Castle von Prinz Albert, dem Gemahl von Königin Viktoria, für 31.500 englische Pfund gekauft, nachdem der Vorbesitzer an einer Fischgräte erstickt war. Queen Victoria und er hatten das Schloss 1848 zum ersten Mal besucht und sich sofort in das wunderschön gelegene Gebäude verliebt. "A pretty little castle in the old Scottish style", urteilte die Königin. Sie ließen es bald danach zu einer deutschen Version des schottischen Baronialstils umbauen. Dieses Schloss, im schönen Tal des Dee, einem der lachsreichsten Flüsse der Welt, gelegen, wurde 1484 zum ersten Male urkundlich unter dem Namen Bouchmorale erwähnt. Queen Viktoria öffnete Schottland damit unbewusst dem Tourismus. Zunächst kamen die englischen Nachbarn zur Erholung und später auch Besucher aus vielen anderen Ländern.

1844 gab es in Schottland nur noch 170 illegale Brennereien, weitere zehn Jahre später waren es nur noch 70 und lediglich noch sechs in 1874. Die große Zeit der Schwarzbrennereien und des illegalen Whisky ging damit zu Ende.

Da der schottische Whisky zu dieser Zeit nicht beständig im Geschmack war, vereinten sich die konkurrierenden Wein und Schnapshändler aus Perth, John Dewar und Arthur Bell, um einen neuen Blended Whisky zu kreieren. Bisher war der Grain Whisky nur mit einem Malt Whisky vermischt worden. Sie hatten aber entdeckt, dass durch das Vermischen mehrerer Malt Whiskies aus verschiedenen Brennereien, ein weitaus konstanterer Geschmack hergestellt werden konnte. Damit wurden zum ersten Mal Whiskies aufgrund ihres Geschmacks miteinander vermischt. Die Kunst des Blendens, durch unter-

schiedliche Mischungsanteile der gleichen Whiskies im Endprodukt einen möglichst gleichmäßigen Geschmack zu erhalten, entwickelte sich.

1850 kam ihr erster Blended Whisky in Edinburgh zum Verkauf, der aus heutiger Sicht allerdings ein Vatted war. Fast zur gleichen Zeit hatte ein Händler namens Andrew Usher die Idee, Blended Whisky unter der Verwendung von Grain Whisky herzustellen. 1853 kam sein erster "echter" Blended Scotch Whisky unter dem Namen "Usher´s Old Vatted Glenlivet" auf den Markt. 1867 wurde Walker´s "Old Highland Whisky" urheberrechtlich geschützt und als Warenzeichen eingetragen.

Aber der endgültige Durchbruch des Blended Whiskies auf dem Weltmarkt erfolgte erst ab 1870. Ein tödlicher Feind war aus der neuen Welt in Europa eingetroffen und eine dramatische Entwicklung nahm ihren Lauf. 1863 importierten europäische Winzer amerikanische Reben, um ihre Weine aufzufrischen. Im Zuge dieser Lieferungen kam auch die Reblaus Phylloxera Vastatrix unbemerkt nach Frankreich. Dieses kleine Insekt wurde erstmals 1865 im Rhônetal entdeckt, wo es die Blätter und Wurzeln der Weinreben angriff und zerstörte. Die Bekämpfung des Schädlings begann, aber seine Ausbreitung erfolgte wesentlich schneller, als den Weinbauern lieb war. Einige richtige Reblausepidemie erfolgte und es dauerte nur wenige Jahre, bis man den Kampf gegen sie verloren hatte. Das Insekt hatte sich bis 1875 über alle Weinanbaugebiete in ganz Europa verbreitet. Mit einer mehr als dramatischen Folge: Die massenhafte Verbreitung dieser Reblaus führte letztendlich dazu, dass nahezu die gesamte Weinproduktion, und damit auch die Cognac- und Brandyproduktion, vor einer kleinen Laus kapitulieren musste. Dieses kleine Insekt hatte dem französischen Weinanbau den Garaus bereitet. Die englischen Edelleute hatten plötzlich keinen Wein und Brandy mehr und mussten sich etwas anderes suchen, um ihr Soda damit anzureichern. Zu der damaligen Zeit war es gefährlich, Wasser zu trinken, weil die meisten Flüsse und Bäche auch zum Abtransport von Fäkalien aus den Dörfern benutzt wur-

den und die meisten Menschen ihren gesamten Dreck darin entsorgten. Wer Wasser trank, gefährdete seine Gesundheit und oft auch sein Leben. In Schottland tranken die Adligen Claretwein aus Frankreich, während das normale Volk sich mit dem Whisky, den es selbst herstellte oder kaufte, begnügen musste. In England tranken die Aristokraten Brandy, während alle anderen ihren Durst mit billigem Gin stillten.

Gut, dass es die Schotten gab, die den Edelleuten aus ihrer Bredouille helfen konnten und ihnen ihren Blended Whisky verkauften. Der Adel war gerettet und der legendäre Scotch Whisky wurde hoffähig. Nach den Engländern wandte sich auch bald das übrige Europa dem Whisky zu.

Diese Idee setzte sich mehr und mehr durch und gegen Ende des 19. Jahrhunderts boomte die Industrie mit Blended Whiskies, allen voran W.P. Lowrie, Charles Mackinlay, John Haig, John Walker, James Whyte und Charles Mackay sowie James Buchanan. Sie begannen, ihren Whisky international zu vertreiben, und setzten dafür ausländische Importeure ein.

Am bekanntesten wurde die Weltreise von Tommy Dewar, der 1891-93 insgesamt 32 neue Handelsvertretungen für seinen Dewar's Whisky gründete. Durch diesen Boom expandierten die bestehenden Brennereien und neue kamen hinzu. Alleine in den 1890er Jahren entstanden 33 weitere Brennereien, 21 davon in der Speyside. Auch die Lagerbestände stiegen massiv von zwei Millionen Gallonen in 1892 auf 90 Millionen Gallonen in 1898. Ganze hundert Malt Whisky Destillerien entstanden in den grünen Tälern der Speyside Region, viele von ihnen, wie Glen Elgin, in den Boomjahren unmittelbar vor 1900.

Ein Kampf zwischen Brennereien und Blendern brach aus, welcher Whisky der bessere sei, und auch darüber, ob der Blended Whisky überhaupt Scotch Whisky genannt werden durfte, obwohl er sich doch so stark vom traditionellen schottischen Malt Whisky aus den Highlands unterschied. Die britische Regierung bildete daraufhin eine Expertenkommission, die 1909 Whisky als "ein Destillat aus verschiedenen gemälz-

ten Getreidesorten" definierten. Damit durften sich sowohl die nach alter Tradition aus reiner, gemälzter Gerste hergestellten Whiskies als auch die nach dem Coffeypatent gewonnenen Destillate und die Mischung aus beiden "Scotch Whisky" nennen. Die Kommission hielt es noch nicht einmal für erforderlich, dass die für die Mischung verwendeten Destillate und ihr Mischungsverhältnis auf dem Etikett anzugeben waren.

Whisky wurde aber auch weiterhin geschmuggelt und die Methoden hatten sich verfeinert. Einige der Brennereimitarbeiter schmuggelten Whisky aus ihrer Brennerei nach Hause, indem sie täglich zwei Liter Destillat in einem speziell dafür gefertigten Gürtel mitnahmen, um ihn dann entweder zu trinken oder zu verkaufen. Solange man für Whisky Steuern bezahlen musste, wurde er und wird er gestohlen und geschmuggelt werden.

Bekannt geworden war auch der so genannte "Whisky-Train" aus der Speyside, der in Blacksboat mit Whiskyfässern der Craigellachie Distillery beladen wurde und in offenen Wagen nach Aviemore fuhr, um dort auf der Hauptstrecke weiter nach Süden zu fahren. Eine Menge Fässer wurden dabei unterwegs angezapft, indem die Diebe den obersten Fassreifen lockerten und anhoben, ein Loch ins Fass bohrten und einiges aus dem Fass in Gummiflaschen abfüllten. Danach wurde ein Stück Holz ins Loch gestopft und der Fassreifen wieder darüber befestigt, sodass auf den ersten Blick nichts zu sehen war. Die Gummiflaschen wurden an einer bestimmten Stelle vom Zug geworfen und später wieder eingesammelt. Dadurch erreichten alle die Station in Aviemore, ohne dass bei den Männern Whisky gefunden werden konnte.

Dieser Whiskyboom sollte aber den Jahrhundertwechsel nicht überstehen. Obwohl immer neue Schornsteine in den Whisky-Himmel wuchsen, braute sich in der Whiskyindustrie eine Katastrophe zusammen. Glen Elgins Erbauer, der renommierte Architekt Charles Doig aus Elgin, machte die fast apokalyptische Vorhersage, dass die Erbauung der Glen Elgin Distillery wohl die letzte Speyside Destillerie für die nächsten

50 Jahre sein würde. Aber er irrte sich, denn es dauerte 60 Jahre, bis die nächste Destillerie entstand.

1898 ging die Firma von Robert und Walter Pattison in Leith Bankrott. Und damit platzte eine kunstvoll errichtete Seifenblase, mit katastrophalen Folgen für die Whiskyindustrie. Neben betrügerischen Geldgeschäften, hatten diese Blender auch ihren "Finest Glenlivet Blend" mit nichts anderem als billigem Grain Whisky plus ein wenig Farbstoffen oder billig importiertem irischen Whisky für teuer Geld verkauft. Sie hatten es geschafft, aus einem Lagerhaus, in dem auf der einen Seite Fässer mit irischem Whisky, mit einem Verkaufspreis von elf Pence die Gallone, lagerten und auf der andern Seite Prestigeprodukte wie Glenlivet oder ihr Royal Garden Brand, die einen Verkaufspreis von acht Schilling und sechs Pence die Gallone hatten, nur Fässer des teuren Brandes auszuliefern. Der irische Whisky hatte sich quasi in Luft aufgelöst. Damit hatten sie einen Gewinn von 28.000 Pfund erzielt (in heutigen Wert umgerechnet etwa 2,3 Millionen Pfund).

Als dies herauskam, führte das nicht nur zu einem dramatischen Verfall der Whiskypreise, sondern auch zum drastischen Rückgang der Werte des Lagerbestandes aller Brennereien. Die Brüder wurden zwar eingesperrt, dem Ansehen der Whiskyindustrie war aber ein dramatischer Schaden entstanden. Der Konkurs der Pattisons führte dazu, dass neun große Brennereien geschlossen oder verkauft werden mussten sowie unzählige kleinere Brennereien ebenfalls Bankrott gingen und die Produktion für immer einstellten. Kaum einer der seitherigen Großabnehmer hatte noch Vertrauen in die Qualität des Whiskies und die Verkäufe blieben aus. Viele der Gründer von kleineren Brennereien verarmten, da sie sich gezwungen sahen, ihre Destillerien für maximal ein Viertel ihrer Baukosten zu verkaufen, um überhaupt noch Geld zum Leben zu haben.

Auch durch den zweiten Burenkrieg, von 1899 bis 1902, wurden die Überseelieferungen deutlich eingeschränkt. Nach dem Tod von Queen Victoria 1901, wurde ihr ältester Sohn

Albert Eduard, im Alter von 59 Jahren, als King Edward VII zum neuen König des Vereinigten Königreichs von Großbritannien und Irland und Kaiser von Indien gekrönt. Er lehnte Whisky zugunsten von französischem Wein und Brandy, die es inzwischen wieder in ausreichender Menge gab, ab, und der Hofstaat folgte ihm natürlich bei dieser Wahl.

1879 war Charles III erster Sohn geboren worden, der damit natürlich sogleich als Peter IV in die Familiengeschichte einging und seit wenigen Jahren ebenfalls in der Brennerei arbeitete. Sein Großvater Peter III war im Februar des Jahres 1901, mit 79 Jahren verstorben. Der Dandaleith Whisky wurde mehr und mehr bei den Blend Mastern bekannt, die ihn als charakterprägenden Bestandteil in ihren Blended Whiskies einsetzten. Es begann die Zeit eines gewissen Wohlstandes der Familie.

Viele andere Brennereien hatten zu dieser Zeit einen Partner gesucht, um für den Ausbau ihrer Brennerei zusätzliches Kapital zu erhalten. Die Firma Pattison, Elder & Co aus Edinburgh bot diese finanzielle Unterstützung gegen eine partnerschaftliche Beteiligung an. Einige Brennereien waren daraufhin sogar eine 50-prozentige Partnerschaft mit den Pattisons eingegangen. Aber 1898 gingen die Pattisons Bankrott.

Auch, wenn sie sich nicht direkt in die Hände der Pattisons begeben hatten, spürte die Dandaleith Distillery die Auswirkungen des Whisky-Crashs. Die Verhaftung der beiden Pattison Brüder wurde auch für Charles III und Peter IV beinahe zum wirtschaftlichen Desaster. Auch sie hatten ihre Brennerei erweitert, allerdings ohne Fremdkapital. Dennoch mussten noch ausstehende Rechnungen bezahlt werden und es kam deutlich weniger Geld herein, als dazu benötigt wurde.

Hinter den Fenstern kratzte die Nacht an den regennassen Scheiben, als die beiden vor dem Torffeuer im Haus von Charles saßen und gemeinsam überlegten, wie sie die Zukunft für die Familie meistern konnten.

»Ein Verkauf unserer Dandaleith Distillery kommt nicht in Frage!«, ereiferte sich Peter schon zum wiederholten Male. »Bei dem Spottpreis, den sie uns für die Distillery zahlen würden, macht das keinen Sinn!«

»Ja, da hast du sicherlich Recht«, stimmte ihm sein Vater zu. »Aber, was sollen wir machen?«

»Wir haben noch etliche Fässer in unserem Warehouse gelagert. Sollen wir wieder anfangen, Whisky zu schmuggeln?«

Peters Vater lachte. »Das hat zwar eine lange Familientradition bei uns, macht aber auch keinen Sinn. Wenn niemand legal gebrannten Whisky kaufen will, wird auch niemand schwarz gebrannten haben wollen.«

»Ja, okay. Aber, was sollen wir mit den Fässern machen, wenn die jetzt doch keiner mehr kauft? Einen Investor zu finden, der bereit ist, uns Geld zu leihen, ist eine utopische Hoffnung. Die Suche können wir uns sparen. Die Einzigen, die jetzt unterwegs sind, wollen Brennereien komplett übernehmen, allerdings nur zu einem Schleuderpreis. Das kommt nicht in Frage«, ereiferte sich Peter erneut.

»Nur ruhig, mein Sohn, das sehe ich ja auch so. Aber, wir wissen inzwischen beide, dass Whisky durch längeres Lagern nicht unbedingt schlechter wird«, erwiderte Charles.

»Also, lassen wir ihn einfach weiter liegen und reifen?«

»Genau! Verkaufen können wir den später immer noch. Nach einer Krise kommt auch wieder ein neuer Boom«, meinte Charles philosophisch. »Wir müssen nur die Zeit bis dahin überstehen und solange den Gürtel enger schnallen. Dann bekommen wir später vielleicht sogar viel mehr für unseren Whisky als vor der Krise. Wir haben ja zum Glück noch unsere Farm, die das meiste, was wir zum Leben brauchen, abwirft, und unsere Aberdeen Angus bringen ja auch einen guten Ertrag. Konzentrieren wir uns einfach in nächster Zeit auf die beiden und warten bis die Zeit für Whisky wieder besser wird.«

»Denkst du denn, dass bald wieder bessere Zeiten kommen werden?«

»Ja, davon bin ich überzeugt. Gegessen und getrunken wurde schon immer und das wird sich auch nie ändern. Viele hundert Jahre lang wurde in Schottland Whisky destilliert und es gab immer Abnehmer dafür. Das wird sich nie ändern.«

»Okay, dann machen wir das so«, antwortete Peter beeindruckt von der Überzeugung seines Vaters.

»Ich werde mit unseren Handwerkern reden und um eine gewisse Stundung der Rechnungen oder Ratenzahlungen bitten«, beendete Peters Vater das Gespräch zu diesem Thema. Mit einem Glas ihres hauseigenen Malts stießen sie auf eine bessere Zukunft an.

Sie konnten beide nicht ahnen, dass die nahe Zukunft noch etliche Überraschungen für ihre Familie bereithielt. Allerdings keine besonders guten.

Lost and Found

Als er wieder zu sich kam, merkte Graham, dass er mit dem Gesicht nach unten auf dem weichen Boden lag. Er schmeckte den matschigen Torf, der in seinen Mund gedrungen war. Noch ganz benommen, musste er unwillkürlich an die zahllosen toten Tiere, Insekten und Pflanzen denken, aus denen der Torfboden bestand. Der Moder von Jahrhunderten, ja sogar Jahrtausenden, verdichtet zu einem feuchten, satten Schlamm. Dann schmeckte er das Blut, das ihm seitlich in den offenen Mund lief. Frisches, nach Eisen schmeckendes Blut. Ein irrer Kontrast zu dem toten Schlamm, dachte er. Tod von unten und Lebenssaft von oben. Wirklich originell.

Wo der Schlamm herkam, war ihm ohne Zweifel klar. Der bildete den Boden, auf dem er lag. Aber, wo das Blut herkam, wollte ihm einfach nicht in den Sinn. Boden, der war immer da. Auch schlammiger und torfiger Boden. Aber Blut, Blut floss nicht einfach so rum. Das musste aus offenen Wunden kommen. Und, wo sollte hier eine offene Wunde sein? Diese Frage ließ ihn langsam die Augen öffnen, was aber nichts brachte, da ihm das Blut auch in die Augen gelaufen war und diese verklebt hatte. Diese Erkenntnis öffnete weitere Teile seines Gehirns und diese machten ihm schlussendlich klar, dass es sein Blut aus seinen Wunden war, das ihm da übers Gesicht lief.

Er zog die schlaff neben ihm liegenden Arme an den Körper und übte Druck auf den Boden aus. Zuerst versanken seine Hände in der matschigen Wiese, doch dann verspürten sie Widerstand. Langsam stemmte er sich hoch. Je höher er kam, desto größer und schwerer schien sein Kopf zu werden, aber ohne dass seine Schädelknochen mitgewachsen wären. Der Druck in seinem Kopf ließ ihn fast wieder ohnmächtig werden, als er sich schließlich aufsetzen konnte.

Mit dem nassen Ärmel seiner Jacke wischte er sich unbeholfen das Blut aus den Augen, bis er wieder einigermaßen klar sehen konnte. Allerdings schaffte er es nicht, seine beiden Augen zu synchronisieren, sodass er zunächst alles doppelt sah. Wenigstens war es hell und warm und es regnete nicht mehr. *Komisch, dachte er dabei, bei all den Schmerzen, die ich gerade empfinde* – und ihm tat vom Kopf bis zu den Füßen wirklich alles weh – *mache ich mir ausgerechnet über das Wetter Gedanken.*

Mit einer sehr vorsichtigen Bewegung seiner rechten Hand tastete er seinen Kopf ab, in dem sich langsam wieder die Bilder des wohl vergangenen Abends zusammensetzten. Der Laster, die Dunkelheit, das Schaf, der Totschläger, das Handy ... welches genau vor ihm auf der Wiese lag. Als er mit der linken Hand danach griff, berührte seine andere Hand eine der klaffenden Wunden auf seinem Kopf und der Schmerz, der ihn jäh durchfuhr, ließ ihn wieder nach vorne auf den Boden und in den Matsch fallen. Bevor ihn wieder die Dunkelheit der Ohnmacht umhüllte, drückte er die Verbindungstaste.

»Möchten Sie einen Kaffee?«

»Kommt der Kaffee aus dem Automaten?«

»Ja, tut mir Leid. Der ist kaum von Tee, heißer Schokolade oder der Hühnersuppe zu unterscheiden, die ebenfalls aus diesem Automaten kommen.«

»Dann nehme ich lieber ein Wasser.«

»Gerne. Und Sie, Madam?«

»Für mich nichts, danke.«

Stoffrascheln. Stühlerücken. Türenklappern. Ein Schniefen. Ein Räuspern. *Im Himmel gibt es also auch Schnupfen*, dachte Graham. *Und schlechten Kaffee. Na, das himmlische Leben fängt ja gut an! Aber, warum ist alles so dunkel hier? Sollte hier nicht alles in strahlendes, goldenes Licht getaucht sein?* Wenigstens fühlte er eine herrliche Entspannung. Keine Schmerzen und alles war sonderbar leicht. Nur, dass er seinen Kopf so gar nicht bewegen konnte, irritierte ihn dann schon. *Vielleicht sollte er einfach mal einen der Kaffee holenden Engel darauf ansprechen?* Er versuchte, etwas zu sagen, aber merkwürdigerweise konnte er seinen Mund nicht öffnen, geschweige denn einen Laut von sich geben. *Dies ist gar nicht der Himmel, schoss es ihm plötzlich durch den Kopf. Ich bin doch in der Hölle, liege auf einer Folterbank und man hat mir den Mund mit Klebeband verschlossen.* In Graham machte sich ein Panikgefühl breit. Man sieht im Fernsehen ständig, wie jemandem mit einem kleinen Stück Klebeband der Mund fest verschlossen wird. Das ist absolut lächerlich. Nie im Leben würde das tatsächlich halten und die Person daran hindern, den Mund zu öffnen. Wenn die Leute Angst haben, fangen sie an zu schwitzen und das auch im Winter. Sie haben feuchte Lippen und ebenfalls feuchte, ölige Haut. Darauf klebt nichts. Man muss das Klebeband mehrfach um den ganzen Kopf wickeln, erst dann kann man sicher sein, dass das Opfer es nicht mehr mit Mund, Zunge oder anderen Bewegungen wieder abstreifen kann. Das hatte Graham noch neulich im Fernsehen gesehen. In einer dieser Sendungen, in denen alle Tricks verraten werden, die ihn in seiner Jugend immer so fasziniert haben. Danach war er tagelang enttäuscht herumgelaufen und wollte nie wieder einen Spielfilm sehen. Aber in diesem Moment war er dankbar für diese Erklärung. Also, versuchte er, mit der Zunge das Etwas, was seinen Mund verschloss, zu entfernen. Das war kein Klebeband, das war irgendein Stoff.

»Er bewegt sich! Seht doch nur! Mein Gott! Er versucht zu sprechen! Schwester! Schwe—ster!«

»Du hast Recht.« Türenklappern. Stühlerücken. Fußgetrappel.

»Bitte treten Sie einen Moment zur Seite.« Maschinenpiepsen. Schalterklicken.

»Mr. Morrice? Können Sie mich hören? Mr. Morrice! Wenn Sie mich hören können, bewegen Sie sich ein wenig, bitte.«

Er hatte mittlerweile nicht mehr die geringste Ahnung, wo er war oder was um ihn herum vor sich ging, aber dies war eine eindeutige Bitte an ihn, denn er war Mr. Morrice. Soviel war ihm klar. Also, erfüllte er den Wunsch dieser Stimme und bewegte seine Zunge erneut, denn im Moment war dies der einzige Muskel, der auf seine Befehle reagierte.

»Wunderbar! Willkommen zurück, Mr. Morrice. Ich werde Ihnen jetzt vorsichtig den Verband von den Augen und vom Mund nehmen. Bitte erschrecken Sie jetzt nicht. Es wird einen Moment dauern, bis Sie wieder klar sehen können. Schwester Claire, bitte schalten Sie die Deckenbeleuchtung aus. Danke! So, Mr. Morrice, jetzt geht's los und schon ist er weg. Und, können Sie mich sehen?«

Zunächst nahm Graham nur ein Kaleidoskop an Farben wahr. Dann, nach und nach, formten sich aus den Farben Umrisse von Körpern, Gestalten, Gesichter. Und mit einem Mal konnte sein Gehirn mit den Informationen, die ihm die Sehnerven lieferten, wieder etwas anfangen. Ein Arzt. Eindeutig. Weißer Kittel, Krawatte, Brille, Kugelschreiber in der Brusttasche, dümmliches Grinsen. Das konnte nur ein Arzt sein. Und dahinter? Freunde. Alan, Brian, Nicky. Und Ishbel, tränenüberströmt. Zerlaufenes Make-up. Zerwühlte Frisur. Und alle in grünen Besucherkitteln. Und dann kam die Erinnerung zurück. Und der Schmerz. Irgendwo fing eine Maschine neben ihm an zu piepsen.

»Um Gottes Willen! Was ist los?«. Das war Ishbels Stimme.

»Keine Sorge! Das ist nur der Kreislauf. Wer nach so vielen Stunden wieder wach wird, hat für gewöhnlich ein paar Anlaufschwierigkeiten. Das haben wir gleich wieder im Griff.«

Das Piepsen hörte auf. Und das Rauschen in seinem Kopf auch. Er öffnete wieder die Augen und versuchte zu sprechen. »I-bel. Wa-?« Irgendwie klappte es mit dem "sch" und dem "s" noch nicht so richtig.

Der Arzt führte ihm behutsam einen Schlauch in den Mund. »Versuchen Sie mal, einen Schluck zu trinken, Mr. Morrice. Das wird die Lebensgeister aufwecken.«

Graham sog an dem Schlauch und spürte, wie die kühle Flüssigkeit, die leicht nach Fencheltee schmeckte, seinen Mund, dann seine Kehle und schließlich seinen ganzen Körper wie eine trockene Pflanze aufblühen ließ. Er versuchte es erneut. »Ishbel. Es tut mir Leid. Ich wollte nicht ...«

»Halt doch einfach den Mund, du dummer, uneinsichtiger, egoistischer, völlig verblödeter ...« Schluchzend kam Ishbel zu ihm und legte ihr Gesicht auf seine Brust. Eigentlich wollte er seinen Arm um sie legen, konnte ihn aber immer noch nicht bewegen.

»Ishbel, ich ... meine Arme ... ich kann nicht ...«

»Warten Sie, ich binde Sie los. Die haben wir zu ihrer Sicherheit fixiert. Ihren Kopf auch. Aber die Stütze lassen wir noch dran. Also, versuchen Sie bitte nicht, ihren Kopf zu bewegen.« Der Arzt und die Schwester lösten irgendeine Verbindung außerhalb seines Gesichtsfelds, und mit einem Mal konnte er Ishbel in die Arme nehmen und ihr stummes Beben bis hinauf in den Hals spüren.

»Was hattest du da draußen nur zu suchen? Wieso bist du ganz alleine dorthin gefahren?«, wollte Ishbel wissen.

In dem Moment nahm er ein Räuspern von Alan wahr. »Ishbel, ich hab es dir doch schon gesagt. Das ist unsere Schuld, nicht seine. Wir haben das vermasselt.«

»Und zwar gründlich!«, ergänzte Brian.

Langsam kam Graham die ganze Geschichte wieder ins Bewusstsein. »Stimmt! Ihr wolltet mir kein Wort glauben.

Aber, ich hatte es euch gesagt! Die werden wieder zuschlagen!«

»Und genau das haben sie getan, mein Freund. Und zwar auf deinen Kopf. Mehrmals! Verdammt, Graham, ja, wir hätten deinem Instinkt vertrauen sollen.«

»Gott sei's gepfiffen und gepriesen! Dass dein Schädel in Wahrheit ein Schiffsbug ist ... ich werde die nächsten zehn Jahre in jeder Kirche, an der ich vorbeikomme, eine Kerze anzünden, das kannst du mir glauben!«, versprach Brian erleichtert. »Wenn dir mehr als das hier passiert wäre ... meine Fresse! Entschuldige, Ishbel. Aber ich wäre meines Lebens nicht mehr froh geworden!«

»So, die Herrschaften, das reicht erst mal für den Moment. Wir müssen noch ein paar Untersuchungen durchführen und unser Mr. Morrice braucht jetzt ein wenig Ruhe.« Mit diesen deutlichen Worte komplimentierte der Arzt alle der grunderleichterten Besucher, samt Ishbel hinaus. Immer mehr setzte sich für Graham das Bild seiner jüngsten Vergangenheit wieder zusammen. *Was war nur passiert?* Mit dieser Frage schlief er wieder ein.

Als er das nächste Mal erwachte, fühlte er sich deutlich weniger himmlisch, da ihm wieder alles von Kopf bis zu den Füßen wehtat. Der Arzt erklärte das damit, dass sie die Dosis der Schmerzmittel verringert hätten. Schließlich wolle man ja mitbekommen, wenn sich irgendetwas verändern würde.

Er bestürmte den Arzt daraufhin mit allen Fragen, die ihm auf der Zunge lagen. Dieser gab ihm auch bereitwillig Auskunft. Er sei zwei Tage bewusstlos gewesen, hätte aber ein sagenhaftes Glück gehabt. Sein Schädel wäre kaum angeknackst und die Tests hätten ergeben, dass sein Gehirn keinen Schaden abbekommen hätte. Wenn sich in der kommenden Woche keine Symptome zeigen würden, wäre er heil aus der Sache rausgekommen. Seine Augen hätten sich auch wieder erholt und die anderen Verletzungen wären kaum der Rede wert. Spätestens am Mittag würde man ihn von der Intensivstation in ein normales Bett verlegen.

Sein Spiegelbild bot einen geradezu lustigen Anblick. So im Bett liegend, mit dem Verband um seinen Schädel, sah er ein wenig aus wie Spitzwegs "Armer Poet". Die zahlreichen Apparaturen bildeten das gleiche chaotische Bild wie das Zimmer auf dem Gemälde, und die über dem Bett angebrachten, diversen Galgen kamen, mit viel Phantasie, dem gemalten Regenschirm des Künstlers nahe.

Wie man ihn denn gefunden hätte, wollte er noch wissen. Aber da verwies der Arzt ihn an die Polizei. Die könne ihm die Geschichte wesentlich besser erzählen.

Als am Mittag Alan, Brian und Ishbel in seinem neuen Zimmer wieder um sein Bett herum saßen, blickte er nur in zufriedene Gesichter. Ishbel drückte alle paar Minuten freudestrahlend sein Kissen und seine Decke zurecht und Brian stritt sich laufend mit den Schwestern, weil er Graham unbedingt ein lebenswichtiges Stärkungsmittel verabreichen wollte. Dies tat er so lange, bis diese irgendwann entnervt nachgaben. Er reichte Graham einen dampfenden Becher mit Kaffee aus seiner Thermoskanne. »Stark, schwarz und hat seit mindestens zwei Tagen vor sich hin gekocht. Genauso, wie du ihn magst, oder?«

Dankbar ließ Graham das Gebräu seine Kehle hinunter rinnen. »Ja! Jetzt weiß ich, dass ich nicht im Himmel bin. So etwas gibt's nur hier! Und jetzt erzählt mir, was passiert ist. Und zwar alles. Sonst platze ich vor Neugier.«

Jetzt fühlte Alan sich angesprochen und berichtete Graham über die Geschehnisse der letzten Tage. Als am Mittwochmorgen sein Handy in aller Herrgottsfrühe klingelte und er Grahams Nummer auf dem Display sah, wollte er, zugegebenermaßen, erst gar nicht drangehen. Als er es aber dann doch tat und sich meldete, konnte er am anderen Ende nur den Wind rauschen und im Hintergrund ein paar Schafe blöken hören. Er wusste nicht, was in ihm ein ungutes Gefühl auslöste, aber er legte nicht sofort wieder auf, sondern griff zu seinem Festnetztelefon und wählte Grahams und Ishbels Privatnummer. Ishbel nahm auch nach dem ersten Klingeln ab und erzählte ihm völlig aufgelöst, dass Graham gestern nicht nach Hause gekommen sei und sie schon alle Bekannten, Krankenhäuser und die Polizei angerufen hätte. Als nächstes wollte sie Alan anrufen und dachte jetzt, dass er sich bei ihr melden würde, weil er wüsste, wo Graham sei. Er wollte doch gestern Abend bei der Destillerie nur das Verladen einer ganz besonderen Charge Whisky beaufsichtigen. Alans Alarmglocken begannen zu schrillen und ab da fing die ganze, gut geölte Maschinerie der Polizei an zu rollen. Dank Alans Position wurde weder gezögert noch Fragen gestellt. Zunächst ließ er Grahams Handy orten. Seine größte Sorge war, dass der Akku nicht lange genug halten würde. Glücklicherweise war das Handy ja wohl neu und zudem voll aufgeladen gewesen. Die Ortung war für die Kollegen ein Leichtes, und nachdem sie einmal Grahams Handy in ihren Fittichen hatten, dauerte es keine Minute, und sie konnten die Zelle bestimmen, in der er zur Zeit eingebucht war. Der nächste Sendemast stand in Struan und deckte ein Gebiet von einigen zig Quadratmeilen ab.

Als nächstes ließ Alan die Hunde los, wie er sich ausdrückte. Er, seine Leute, ein Hubschrauber und knapp fünfzig Beamte mit Suchhunden aus Perth waren nach gut eineinhalb Stunden bereits vor Ort und ließen sich vom Ortungsteam immer näher zu seinem Standort führen. Den Rest erledigten tatsächlich die Hunde. Sie fanden ihn blutüberströmt im Moor, in der Nähe der Straße liegend, aber lebend. Der herbeigerufene Rettungshubschrauber brachte ihn dann ins Zentrum für Neurochirurgie am Universitätsklinikum Edinburgh. Und da wären sie nun.

Daraufhin fühlte sich Graham genötigt, auch seine Geschichte zu erzählen. Glücklicherweise hatte sein Kurzzeitgedächtnis nicht gelitten, und so konnte er jedes Detail, von der Abfahrt in Charlestown, über den merkwürdigen zivilen Polizeiwagen, bis zum Abbruch seiner Verfolgung, wiedergeben.

Lediglich die Geschichte mit dem Schaf ließ er, aus verständlichen Gründen, weg.

»Da wollte ich einmal vernünftig sein und die Verfolgungsjagd abbrechen, und dann so was! Ich habe wirklich nicht gemerkt, dass mir jemand nachgefahren ist. Als ich die zivile Polizeistreife gesehen habe, hätte ich euch gleich anrufen sollen. Ich war aber so sauer auf euch, dass ich ...«

»Lass es gut sein, Graham«, beschwichtigte Alan ihn. »Wir alle haben ein paar Fehler gemacht. Es ist zum Glück einigermaßen glimpflich abgegangen. Damit können wir wirklich zufrieden sein.«

»Dennoch war die ganze Aktion ja wohl für den Müll. Und der schöne Whisky ist auch weg. Trotzdem, danke für alles.«

»Schwamm drüber. Hauptsache, du bist wohlauf. Aber, zu deiner Beruhigung, deine Hasardeur-Aktion war nicht im Mindesten für den Müll. Die Geschichte geht noch weiter.«

Gebannt starrte Graham in Alans schmunzelndes Gesicht. »Nun sag schon! Was gibt es noch?«

Genüsslich schaute Alan zunächst auf seine Fingernägel, bevor er den zappelnden Graham aus seiner Neugier entließ. »Da die Straße, an der wir dich gefunden haben, ja nicht gerade eine Autobahn ist, und wir wussten, dass du wohl den Tanklaster verfolgt hast, haben wir die Gelegenheit genutzt, und den Trupp an Beamten, der vor Ort war, gleich zum Durchsuchen der Scheunen in der Gegend abkommandiert. Da die Straße ja nur bis zum Loch Rannoch und ansonsten nur wieder zurück über Tummel Bridge zurück zur A9 führte, mussten sie in der Gegend sein. Um es kurz zu machen, bei Balmore haben wir die besagte Scheune gefunden. Eine leer stehende Farm, abseits der Straße, war den Kollegen sofort aufgefallen. Wenn man denn danach sucht ...«

»Ja, und weiter?«, drängte Graham.

»Da wir dich und dann die Scheune kaum vierzehn Stunden später gefunden hatten, hatte ich ein wenig die Hoffnung, die Bande wäre noch da, und deshalb haben wir die Sache vorsichtig angehen lassen. Wir haben zunächst eine bewaffnete

Einheit angefordert, aber leider: Fehlanzeige! Der Laster war noch da, aber alles andere schon weg. Lediglich einen Haufen Reifenspuren haben wir sichergestellt.«

»Apropos Reifen. Ishbel, unser neuer Wagen. Ist der in Ordnung.«

»Erstens, mein Schatz, ist mir das im Moment völlig egal, und zweitens, weiß ich es nicht, denn er ist weg.«

»Wie? Weg?«

»Deinen Wagen haben wir natürlich auch gesucht«, antwortete Alan. »Laut dem Ergebnis der Reifenspuren auf der Farm, haben die deinen Wagen zuerst dahin mitgenommen und sind später auch mit ihm weitergefahren. Wir fahnden danach.«

»Schweinerei, jetzt wo ich mich schon so an ihn gewöhnt hatte«, bemerkte Graham erregt.

»Jetzt hör mir mal zu, mein lieber Graham«, brauste Brian plötzlich auf. »Du solltest umgebracht werden! Du hast es ausschließlich einem zu doofen Mörder oder deinem harten Schädel zu verdanken, dass du noch hier bist! Da ist ja wohl so ein dämliches Auto völlig uninteressant, oder?«

»Na ja, schon ...«, gab Graham kleinlaut zu. »Und, wie ging es dann weiter?«, lenkte er schnell ab.

»Da wir nicht wussten, mit was für Fahrzeugen die Typen weitergefahren waren, konnten wir zu dem Zeitpunkt auch keine klare Fahndung, außer nach deinem Wagen, rausgeben. Die Spuren zeigten uns nur, dass es wohl mehrere Kleinlaster gewesen sein müssen.«

»Aber, warum haben die denn meinen Wagen mitgenommen? Den hätten die doch genauso in der Scheune lassen können, so wie den LKW«, hakte Graham nach.

»Graham, du scheinst den Ernst deiner Situation wohl wirklich nicht zu begreifen«, erklärte Brian nun. »Die wollten dich umbringen, Mann! Und du solltest da im Moor schlicht und ergreifend vermodern. Die Gegend dort ist so einsam, da hätte dich ein Schäfer vielleicht erst in einem Jahr gefunden und dann auch nur durch Zufall. Der LKW war ganz offiziell geklaut. Ob man den irgendwann mal entdeckt, ist den Typen völlig egal. Aber du solltest nicht mehr gefunden werden, geschweige denn mit den Typen in Verbindung gebracht werden. Dass die natürlich so blöd waren, nicht an die Reifenspuren zu denken, ist unser Glück.«

»Aber, wie Kommissar Zufall es will, hatten wir noch ein wenig mehr Glück«, ergänzte Alan.

»Was denn? Habt ihr sie?« Graham wurde immer nervöser. »Macht es doch bitte nicht so spannend.«

»Nein, soviel Glück hatten wir dann doch nicht. Aber da wir den Zeitpunkt relativ präzise eingrenzen konnten, zu dem die Bande mit den Kleinlastern die Gegend verlassen haben muss, konnten wir die wenigen Anwohner alle gezielt befragen. Und siehe da, unser Kommissar Zufall war diesmal Farmer und in der Nähe von Tummel Bridge bereits morgens auf seinem Feld. Gegen sieben Uhr, also um die Zeit, zu der du mich angerufen hattest, sind drei Transporter an ihm vorbei gerauscht. Nichts Ungewöhnliches für die Region, nur, da die Lachs- und Forellensaison sich gerade dem Ende zuneigte, fand er es erstaunlich, dass gleich drei Kühltransporter unterwegs gewesen wären.«

»Wie? Kühltransporter?«, fragte Graham ungläubig.

»Genau. Schicke Tarnung. Und drei Wagen passten zu den gefundenen Spuren in der Scheune. Und außerdem wären noch zwei PKW vorbeigekommen, an die er sich aber nicht mehr genau erinnern konnte. Das muss wohl deiner und die ominöse Zivilstreife gewesen sein. Die Burschen hatten also einen Vorsprung von circa sechs bis sieben Stunden.«

»Ab da half uns dann der moderne Überwachungsstaat«, nahm Brian den Faden auf. »Da unsere ganzen Hauptverkehrsadern videoüberwacht sind und wir das Zeitfenster exakt eingrenzen konnten, stellten die Kollegen relativ schnell fest, dass einer der Laster bei Pitlochry wieder auf die A9 Richtung Süden gefahren ist. Ein anderer ist bei Crieff auf die A85 gefahren. Der dritte ist vermutlich über Loch Tay Richtung Loch Lomond gefahren. Den konnten wir nicht ausfindig machen. Aber, weißt du Graham, ein Gutes hatte deine Aktion ja auch noch. Durch den Mordversuch an dir hat der Fall so eine hohe Priorität bekommen, dass uns Timmins völlig freie Hand gelassen hat. Wir haben ab sofort Zugriff auf alle Behörden bis zum MI5. Das macht uns die Sache schon etwas leichter.«

»Na, so weit geht es nicht«, schränkte Alan ein. »Aber einige bürokratische Schranken stehen uns nun schon offen. Wie zum Beispiel die ganze Verkehrsüberwachung. Da haben sich dann gestern auch alle Kollegen der örtlichen Dienststellen drangesetzt. Da der letzte Überfall bei einer Tour Richtung Manchester passiert ist, hatten wir die Hoffnung, dass es die Typen ebenfalls wieder Richtung England verschlägt, und siehe da, auf der M74, kurz vor der Grenze, haben sie einen der Wagen auch ausfindig machen können. Der ist noch am Mittwoch gegen Mittag Richtung England gefahren. Die anderen beiden haben sie zwar noch nicht entdeckt, aber die Bänder werden zur Zeit noch ausgewertet. Tja ...«

»Was, "tja"?«, wollte Graham wissen.

»Tja, und da wird es jetzt etwas komplizierter«, antwortete Brian. »Denn ab jetzt müssen wir uns mit dem Feind verbünden. Denn hier endet unsere Zuständigkeit. Das bedeutet, dass wir ein paar steifen Typen aus London erst mal beibringen müssen, was gute Polizeiarbeit ist. Und da die Typen aus reiner Überheblichkeit wohl zuerst alles ablehnen werden, was wir vorschlagen, werden die Verbrecher bereits in Florida am Strand sitzen, bevor die Scotland Yard-Typen auch nur ein Formular ausgefüllt haben.«

»So schlimm wird es ja wohl auch nicht werden«, mischte sich nun Ishbel ein. »Ich habe sehr viele nette, englische Freunde und Bekannte. Alles andere sind doch boshafte Vorurteile.«

»Hmm, kann schon sein«, murmelte Brian. »Aber, man muss ja nicht immer alles essen, was auf der Speisekarte steht.«

»Aber, ab und zu eine neue Erfahrung, bereichert das Leben schon«, sagte Alan schmunzelnd. »Und die kannst du gleich heute Nachmittag machen. Ich habe hier in Edinburgh, in der Zentrale, ein Treffen organisiert. Detective Chief Superintendant Nick Monaghan vom New Scotland Yard wird uns die Ehre erweisen. Und du, mein lieber Freund Brian, wirst den Herrn in« - Alan schaute auf seine Armbanduhr - »genau 45 Minuten vom Flughafen abholen. Interkulturelle Fortbildung, sage ich nur.«

»Mir bleibt auch nichts erspart!« Resigniert warf Brian die Arme in die Luft und machte sich gemeinsam mit Alan zum Aufbruch fertig.

»Zwei Dinge brennen mir aber noch auf der Seele«, warf Graham hastig ein, bevor seine Informationsquellen den Raum verlassen konnten. »Zunächst, was ist mit dem Fahrer des Tanklastzugs? Ist er ... ich meine, hat man ihn ...?«

»Keine Sorge, den hat es wohl besser getroffen als seinen Vorgänger. Er hat sich aus einer Polizeistation in Pitlochry gemeldet.«

Alan schmunzelte, als er an den Protokollauszug der Kollegen aus Pitlochry dachte. Dort hatte sich um 08:17 Uhr ein Mann gemeldet und der dientshabende Beamte hatte wörtlich zu Protokoll genommen:

»Ich komme wegen einer Vermisstenanzeige.«

»Wer wird denn vermisst?«

»Ich! Und mein Lastwagen bestimmt auch.«

»Er erzählte, dass er tatsächlich von Zivilbeamten angehalten worden war. Angeblich wegen eines defekten Scheinwerfers. Als man ihm freundlich einen heißen Tee angeboten hatte, wurde es dann auch schon dunkel um ihn. Aufgewacht ist er, am nächsten Morgen, neben der Schnellstraße im Graben. Dann hat ihn ein Auto bis Pitlochry mitgenommen. Das muss kurz vor unserem Eintreffen dort passiert sein. Da es dunkel war, und die K.o.-Tropfen zudem einen gewissen Blackout erzeugen, konnte er sich an keinen der falschen Beamten erinnern. Schade. Und was ist das andere, was du wissen möchtest?«

»Na ja, es ist eigentlich was ganz Banales. Bloß für mich ist es halt wichtig. Ich meine ... Ich möchte wissen, was mit meiner Armbanduhr passiert ist. Sie ist ein Erbstück von meinem Großvater und sie hat mir immer viel bedeutet.«

Lächelnd erhob sich Ishbel und zog die Schublade des Nachtschränkchens auf. Mit spitzen Fingern zog sie eine völlig verdreckte, aber offensichtlich funktionierende Armbanduhr hervor und hielt sie Graham vor die Nase. »Solange du noch tickst, wird dieses gute Stück es wohl auch noch tun.«

Freundlich winkend verließen Alan und Brian das Zimmer. »Na dann, erhol dich gut. Wir halten dich auf dem Laufenden.«

Feindbild

Brians Laune sank, aus drei für ihn äußerst nachvollziehbaren Gründen, seit ungefähr 20 Minuten kontinuierlich in den Keller. Zunächst einmal hatte er Hunger. Der Keksvorrat der Station im Krankenhaus hatte nur gut 30 Minuten gehalten. Dann kurvte er seit einer halben Stunde um die Ankunftszone des Flughafen Edinburghs, ohne die geringste Aussicht auf einen Parkplatz. Da er weder die Flugnummer oder das Ankunftsgate, geschweige denn die Handynummer dieses Scotland Yard-Typen hatte, wollte er eigentlich in die Ankunftshalle gehen und auf dem Plan den wahrscheinlichsten Flug heraussuchen. Dann hätte er sich vor das passende Gate gestellt und nach einem typischen Engländer Ausschau gehalten, der wiederum versucht hätte, möglichst unauffällig dreinzuschauen. Der dritte Grund war, dass er nicht im Mindesten wusste, was er diesem Typen – falls er ihn je finden sollte – eigentlich sagen sollte. Wie redet man mit jemandem, der dienstgradtechnisch über einem stand und den man am liebsten zum Teufel gejagt hätte? Alan nannte so etwas "diplomatischen Smalltalk" und beherrschte dies, gerade bei einem Abendessen, bis zur Perfektion. Er selbst nannte das "dümmliches Gelaber" und konzentrierte sich lieber auf das Essen auf seinem Teller. Zudem hatte er auch ein fürchterlich schlechtes

Gewissen. Welchen Eindruck würde ein leitender Beamter der schottischen Polizei hinterlassen, dem es noch nicht einmal gelang, einen Kollegen vom Flieger abzuholen?

Als er die Eingangshalle des Flughafens zum siebten Mal passierte, sprang ihm aus heiterem Himmel ein Mann vor den Wagen, der mit einer Aktentasche wedelte und ihn fröhlich anlächelte. Mit quietschenden Reifen kam Brian, keine zehn Zentimeter vor den Knien des Kerls, zum Stehen. Bereit, dem Selbstmordkandidaten eigenhändig seinen Wunsch zu erfüllen, öffnete er wutschnaubend die Fahrertür, nur um verblüfft feststellen zu müssen, dass dieser besagte Mann bereits zur Beifahrertür geeilt war, diese öffnete und sich auf den Sitz fallen ließ.

»Danke, danke. Sie müssen Strachan sein. DCI Strachan, richtig? Fein. Das klappt ja wie am Schnürchen. Also, ihr Schotten seid ja schon auf Zack, das muss ich sagen. Und pünktlich wie die Eieruhr. DS Monaghan. Aber Sie können mich auch gerne Nick nennen, wenn Sie nicht einer von diesen steifen Titelträgern sind. Ha, Ha! War ein Witz! Hab schon viel über eure Sondertruppe gehört. Seid ein echt verschworener Haufen. Stark, mal bei euch reinschnuppern zu dürfen.« Mit einem breiten Grinsen reichte er Brian die Hand, der immer noch mit offenem Mund und einem Fuß auf der Straße verharrte. »Wollten Sie noch mal weg? Müssen wir noch was hier im Flughafen erledigen?«

Langsam erwachte Brian aus seiner Starre und ließ sich wieder in seinen Sitz sinken. »Nein, nein. Äh, ich hatte Sie nicht so plötzlich erwartet und dachte, äh ... ja, Strachan, Sir. Brian Strachan. Äh, ja, Nick also. Fein. Also, ... das ist ja mal ein toller Zufall.« Brian drückte, mit einem extra festen Händedruck, die ihm dargebotene Hand, ohne dass sein Gegenüber auch nur mit der Wimper zuckte. Im Gegenteil der englische Kollege drückte ebenfalls erstaunlich fest zurück. »Wie haben Sie mich denn erkannt?«

»Wieso erkannt?«, fragte Monaghan irritiert. »DS Derringer hat mir gesagt, ich soll nach einem dunkelblauen Rover

Ausschau halten, mit einem vor sich hin fluchenden John Wayne-Typen darin, der permanent im Kreis herumfährt. Das hat er doch wirklich exakt beschrieben. Ihr seid schon eine ulkige Truppe.«

»John Wayne? Alan, du alter Sauhund. Ich ... ach, wenn man seine Freunde nicht hätte, was? Na, dann herzlich willkommen in Schottland, Nick.«

»Danke, ich freue mich wirklich, hier zu sein.«

»Und was hat Alan sonst noch so über mich gesagt?«, fragte Brian.

»Sie wurden mir als starker, beeindruckender Mann beschrieben, der ordentlich zupacken kann.«

»So, so. Na, das gefällt mir schon besser als John Wayne«, erwiderte Brian geschmeichelt.

Erst ein paar Minuten später, auf der Ausfallstraße Richtung Autobahn, fiel es Brian auf, wie sympathisch ihm dieser Engländer war. *Der muss schottisches Blut in den Adern haben*, dachte er noch. *Der wirkt so typisch englisch, wie Schwarzwälder Kirschtorte mit einem Kännchen Kaffee.*

Ohne auf die sich langsam bildenden Falten an seiner Hose zu achten, räkelte sich DS Monaghan in den Sitz und betrachtete sichtlich erfreut die vorbeiziehende Landschaft, während sie sich über die A8 Richtung Zentrum bewegten. Und sogleich fing er auch an zu plaudern. Wie schön er Schottland finden würde, wie sehr er es bedauern würde, so selten hier zu sein, wie nett seine ganzen schottischen Bekannten wären und wie toll er es finden würde, endlich mal einen gemeinsamen Fall zu haben. Und damit waren sie auch schon mitten im Thema. »Durch die Aktion von eurem Freund, dem Whiskybrenner, sind wir ja wohl ein echtes Stück weitergekommen, was?«

»Whisky ...? Freund? Ach, Graham, ja klar. Aber woher wissen Sie, äh ...?«

»Wieso wissen? Alan und ich tauschen unsere Informationen doch seit Tagen täglich aus. Ansonsten wäre uns die Sache im Lake District doch gar nicht so schnell gelungen.«

Alan, Alan, dachte Brian. *Da mauschelst du die ganze Zeit hinter unserem Rücken mit den Londonern rum und sagst uns keinen Ton. Ein feiner Freund. Bin gespannt, was du noch so alles erzählt hast.* »Lake District? Verstehe. Ich gehe mal davon aus, dass Sie uns die Details nachher nochmals präsentieren wollen?«

»Na klar, deshalb bin ich ja hier. Und die ersten Ergebnisse unseres Psychofritzen habe ich auch dabei.«

»Psychofritzen?« Brian traute seinen Ohren nicht.

»Entschuldigung, Profiler, natürlich. Ich dachte, Sie mögen die Jungs genauso wenig wie ich. Ich wollte natürlich nicht unhöflich sein.

»Oh, nein, Nick. Da sind wir absolut einer Meinung. Da brauchen Sie kein Blatt vor den Mund zu nehmen. Psychofritze passt schon! Schon okay.« Brian hatte langsam das Gefühl, den lange verschollenen Bruder von Alan neben sich sitzen zu haben. Als dieser dann noch in die Innentasche seiner Lederjacke griff, dachte Brian vollends, einen Klon vor sich zu haben. Glücklicherweise kramte Nick aber nicht, wie Alan sonst, eine zerknitterte Packung Mentholzigaretten hervor, sondern nur ein Fisherman´s. *Na, wenigstens ein Unterschied.*

Eine halbe Stunde später erreichten sie die Polizei-Hauptverwaltung der Lothian and Borders Police in der Fettes Avenue. Monaghan zeigte sich völlig begeistert. »Ich liebe Edinburgh! Und vor allem dieses Zentrum. Und die Burg. Und überhaupt. Wenn wir heute zeitig fertig werden, möchte ich die High Street hochlaufen und Edinburgh von der Burg aus im Abendlicht sehen. Das wird bestimmt toll!«

Während sie auf dem Parkplatz aus dem Wagen stiegen, fragte Brian: »Übernachten Sie denn heute hier?«

»Na, aber klar doch! Ich werde doch nicht so bescheuert sein und das Nützliche nicht mit dem Angenehmen verbinden. Wenn ich schon mal auf Staatskosten hier bin, dann aber richtig! So, dann lassen Sie uns mal dem Assistant Chief Constable der Kollegen hier vor Ort danken, dass sie uns ihre Räumlichkeiten zur Verfügung stellen. Alan wird bestimmt schon bei ihm sein.«

Nur Minuten später standen sie alle im Büro von ACC Mike Livingstone und tauschten die üblichen Floskeln aus.

»Ich freue mich sehr, hier alle Profis des ganzen Königreichs begrüßen zu dürfen ...«

»... nur, wenn alle Kollegen an einem Strang ziehen ...«

»Auf dem Gebiet der Verbrechensbekämpfung haben alle Teile des Landes schon immer eng miteinander verbunden ...«

Dümmliches Gelaber, dachte Brian sofort wieder. *Ab einem Dienstgrad Detective Superintendant gehört dies wohl zur Grundausbildung.*

»Ich soll Ihnen allen die besten Grüße von CC Andrew McCormick ausrichten. Er konnte Sie heute leider nicht selber begrüßen. Wir haben Ihnen unser großes Konferenzzimmer freigehalten. Wenn ich Sie dorthin begleiten darf?« Livingstone führte sie einen Gang entlang bis in einen großen, vollverglasten Raum. »DC Strang steht Ihnen zur Verfügung, wenn Sie Fragen zur Technik haben oder etwas brauchen. So neugierig ich auch auf Ihren Informationsaustausch bin, muss ich Sie leider verlassen. Ich habe noch einen Termin mit der Stadtverwaltung. Ich würde mich aber sehr freuen, wenn Sie mir heute Abend ein paar kleine Ergebnisse zustecken würden.« Mit einem Augenzwinkern verließ er die Gruppe und ließ die unmissverständliche Anweisung unausgesprochen im Raum zurück: Heute Abend bin ich wieder da und dann will ich minutiös wissen, was hier in meinen heiligen Hallen besprochen wurde. Und zwar jedes einzelne Detail!

Alan, Brian und Nick Monaghan nutzten die erste Stunde ihres Gesprächs, um alle bisher auf schottischer Seite erzielten Ergebnisse durchzusprechen. Anschließend ergriff die englische Seite des Teams das Wort.

»Das nenn ich mal effektive Ergebnisse. Da werden einige Minister richtig stolz auf "sich" sein. Aber, wir waren in den letzten 24 Stunden auch nicht ganz untätig.« Mit einem Augenzwinkern Richtung Brian, der sofort völlig unbeteiligt tat, öffnete Nick seinen Aktenkoffer und nahm ein paar Schnellhefter heraus. »Also, da die englische Regierung ein paar Pfund mehr in die Straßenüberwachung gesteckt hat als die schottische ... Nein, Scherz beiseite, wir haben die Autobahnen im letzten Jahr mit hochauflösenden CCD-Systemen nachgerüstet. Der Vorteil ist, dass wir dadurch noch schärfere Bilder bekommen. Und so konnten wir die von euch gemeldeten Lastwagen nicht nur auf der M74 weiter verfolgen, sondern sogar die Schriftzüge der Kühllaster identifizieren.«

Als Nick nach zehn Sekunden immer noch nicht weiterredete, wurde Brian ungeduldig. »Und, wie sieht's nun aus?«

»Seafood Specialities.«

»Stimmt, Hunger hab ich auch, aber weder auf Fisch noch auf Designerkrabben. Ich wollte wissen, was ihr rausgefunden habt.«

»Sag ich doch. Seafood Specialities. So lautet die Aufschrift auf den Lastern. Und diese Firma ist in Glasgow registriert. Leider nur eine Briefkastenadresse mit einer netten Homepage.«

»Hey«, griff Brian ein, »woher wissen Sie, dass ... Ach, Blödsinn, ich vergesse immer, dass Schottland ja nur eine kleine, unterdrückte Provinz ist. London hat natürlich weitreichende Zugriffsrechte.«

Mit einem undefinierbaren Lächeln sah DCS Monaghan Brian an. »Ja, das hat es. Aber, diese Information habe ich kurz vor meinem Abflug von DCS Derringer erhalten.«

Mit einem erschreckten Blick Richtung Alan antwortete Brian sofort. »Oh, Entschuldigung. Ich wollte nicht ... Ich meine, ich wollte nicht unterstellen, dass ... Ach, Mist!«

»Schon gut, Bärchen. Gräme dich nicht. DCS Monaghan ist über deine interkulturellen Wissenslücken und Feindbilder im Bilde. Er hat sogar vorgeschlagen, dich mal für ein Jahr in einem Austauschprogramm nach London ...«

»Was? Niemals! Das könnt ihr nicht mit mir machen. Frankreich, na, gut! Deutschland, geht auch noch! Aber ich esse keine Minzsoße! Niemals!« Mit wild fuchtelnden Armen kreiste er um den Konferenztisch, bis er das Lachen der beiden anderen Anwesenden bemerkte. »Was? Ihr habt mich hoch genommen? Mann! So eine Gemeinheit, meine größten Schwächen so auszunutzen! Nick, sie stehen einem waschechten Schotten um nichts nach, was den Humor angeht.« Damit setzte er sich wieder hin und verschränkte demonstrativ beleidigt die Arme vor der Brust. »Ich sage jetzt gar nichts mehr!«

»Entschuldigen Sie, Brian. Aber das war es wert.« Nick griff wieder zu einem der Schnellhefter. »Aber, mal weiter im Text. Die Laster haben bei Keswick die Autobahn Richtung Lake District verlassen. Und zwar alle drei. Im Abstand von gut einer Stunde. Das war schon sehr unvorsichtig von den Burschen. Da auf dieser Strecke auch einer der letzten Tanklastzüge verschwunden war, haben die Kollegen sich die Daten vom 22. September vorgenommen. Und siehe da, der gesuchte Lastzug ist doch tatsächlich ebenfalls hier abgebogen. Im Führerhaus haben unsere Videoprofis, trotz der Dunkelheit, zwei Typen gefunden, von denen der Beifahrer einen waffenähnlichen Gegenstand in der Hand hatte. Glücklicherweise hängen die Kameras so hoch, dass man in die Fahrzeuge hineinsehen kann.« Nick zog ein DIN-A4-großes Foto aus den Akten und reichte es an Alan weiter. Die Aufnahme zeigte das Innere eines LKW-Führerhauses von schräg oben aufgenommen. Trotz der Körnigkeit des Bildes, konnte man zwei Personen ab Brusthöhe abwärts erkennen, wovon einer eindeutig eine Pistole hielt.

»Schade, dass man keine Gesichter erkennt«, kommentierte Alan.

»Stimmt. Aber man kann nicht alles haben. Wie dem auch sei, den LKW haben wir noch nicht gefunden, dazu gibt es natürlich viel zu viele Verstecke. Aber die Fisch-Transporter haben unsere Vermutung bestärkt, dass der Whisky mit Schiffen außer Landes gebracht wird. Alle Fisch verarbeitenden Betriebe befinden sich an der Küste und haben auch größtenteils eigene Piers. Also, haben wir alle verfügbaren Kollegen an der Küste der Lakes angewiesen, sich nach diesen "Seafood Specialities" umzusehen und zu hören. Soweit erst mal der Stand der Dinge an der Front.« Zufrieden klappte Nick den Aktendeckel zu und nahm dankbar die Tasse Kaffee von DC Strang entgegen, der gerade lautlos den Raum betreten hatte.

Nachdem alle den hervorragenden Geschmack des Getränks gelobt hatten – schließlich befand man sich in einem öffentlichen Gebäude und Kaffee sollte hier nach Tütensuppe oder zumindest Spülwasser schmecken – nahm Alan das Gespräch wieder auf. »Was ist mit dem Profil von dem Psychofritzen? Ihr wolltet doch unbedingt einen hinzuziehen.«

»Wollten?«, Nick schnaubte verächtlich vor sich hin. »Wir mussten! Wir müssen immer in solchen Fällen. Und was kommt dabei heraus?« Nick griff zu einem weiteren Schnellhefter und schlug ihn auf. »Na, was wohl? Genau das gleiche Problem wie immer. Wir haben einfach zu wenig Informationen, aus denen er ein Profil erstellen könnte. Alles, was er uns bis jetzt sagen konnte, ist so vage, dass es quasi nutzlos ist. Unser Täter ist wahrscheinlich männlich, vermutlich körperlich fit, eventuell sogar ein sportlicher Typ. Selbst, wenn man das vermutlich, wahrscheinlich und eventuell in seinem Profil streicht, könnte das immer noch auf mindestens die Hälfte der männlichen Bevölkerung unseres Landes zutreffen. Es ist deprimierend.«

»Ja, da hast du leider Recht. Der Einzige, den wir damit mit Bestimmtheit ausschließen könnten, ist DI Shortbread.«

»Sehr witzig!«

»Stimmt! Also, weiter. Was schreibt unser Doktor Freud hier noch? Dieses ganze anfängliche Blabla. Ist in jedem Bericht immer das Gleiche. Die meisten Serienmörder werden entweder aus Zufall gefasst oder, weil sie einen groben Fehler begangen haben. Es sind scheinbar normale Mitglieder der Gesellschaft, die sich hinter einer bürgerlichen Fassade verstecken und denen so gut wie keiner zutraut, dass sie solch grausame Taten überhaupt begehen könnten. Die Welt ist voller Menschen, die nicht daran glauben wollen, dass jemand, den sie kennen, ein Mörder sein könnte. Und doch ist es oft der liebe, nette Nachbar, der dann später von der Polizei verhaftet wird. Alles ganz gut und schön. Hilft uns bloß nicht weiter. Achtung, jetzt wird's spezieller. Aus dem Serienwhiskydieb ist ein Mörder geworden oder zumindest jemand, der den Tod eines Unschuldigen billigend in Kauf nimmt. Die erste Tat für einen Gewaltverbrecher ist der größte und entscheidende Schritt. Von der Planung oder Fantasie zur Tat. Das Gleiche gilt auch für Mörder, die eher unbeabsichtigt zum Mörder wurden. Ist der erste Mord erst einmal begangen worden, wird es mit dem nächsten deutlich leichter.«

»Interessant, aber nicht unbedingt weltbewegend neu für uns«, kommentierte Alan. »Wer einmal zuschlägt, dem fällt es beim zweiten Mal deutlich leichter. Ich glaube, das weiß mittlerweile schon jeder Constable. Auch Kriminelle machen Karriere, die Hemmschwelle wird von Tat zu Tat geringer, die Vorgehensweise immer extremer.«

»Sehe ich auch so. Also, weiter.« Nick blätterte ungeduldig um. »Aha! Wir unterscheiden zwischen dem Modus Operandi des Täters und seiner Handschrift, der Signatur seiner Tat.«

»Gibt es denn da einen Unterschied?«, fragte Brian gelangweilt.

»Oh ja, nach Meinung unseres Psychologen sogar einen sehr bedeutenden. Der Modus Operandi beschreibt die Art, wie der Täter bei seiner Tat vorgeht. Oft handelt es sich hierbei um die gleich bleibende Vorgehensweise des Täters, aufgrund deren Muster man einen Serientäter erkennen kann.«

»Also, bis jetzt kann ich da immer noch keinen Unterschied erkennen.«

»Früher reichte das normalerweise auch aus, um die Taten einem Täter zuzuordnen. Heute wissen wir aber, dass viele Serientäter ihren Modus Operandi mit der Zeit verändern. Sie lernen quasi aus ihren Taten dazu und perfektionieren ihr Vorgehen. Das geschieht umso schneller, wenn sich ihr ursprüngliches Vorgehen als nicht effektiv genug erweist.«

»Hat der Herr vielleicht auch mal ein Beispiel dazu, damit wir Normalsterblichen das auch verstehen?«

»Das hat er doch tatsächlich. Hier: Nehmen wir an, der Täter hat beim ersten Mal sein Opfer erwürgt und dabei für sich festgestellt, dass das zu lange dauert, zuviel Kraft erfordert oder mit zuviel Stress für ihn verbunden ist. Also, erschlägt er beim nächsten Mal sein Opfer. Er erkennt dabei die Gefahr, dass es beim ersten Schlag nicht richtig funktioniert. Es gibt zuviel Blut. Also, ersticht oder erschießt er sein nächstes Opfer. Und schon geht die Polizei, wegen des unterschiedlichen Modus Operandi, davon aus, dass es sich bei den drei Opfern auch um drei verschiedene Täter handelt.«

»Okay, das verstehe ich. Wir sind ja alle auch nur blöd. Und, weiter?« Brians Langeweile schlug mittlerweile in Ärger um.

»Was sich bei diesen drei Taten aber nicht geändert hat, ist die Signatur des Täters, seine ganz persönliche Handschrift. Das ist der Grund, warum er diese Verbrechen überhaupt beging. Das, woraus er seine Befriedigung erzielt, womit er sein eigentliches Ziel erreicht. Der Grund, warum er seine Opfer getötet hat. Quasi, sein Ritual.«

»Er meint also, wir müssen herausfinden, welche Taten das gleiche Ziel verfolgten, unabhängig davon, wie dieses Ziel erreicht wurde?«, fragte Alan nun ergänzend nach.

»Genau! So steht's hier. Die Mittel können immer wieder mal variieren, das Ziel bleibt aber immer gleich. Das ist die Konstante bei seinen Taten. Fazit: Er will damit sagen, dass nicht nur Übereinstimmungen, sondern auch Abweichungen in seiner Vorgehensweise, auf den Täter hinweisen können.«

»Und, was hilft uns das jetzt weiter? Wir wissen, dass die Typen Whisky mögen. Sie klauen ihn, sie verscherbeln ihn. Sie betäuben die Fahrer. Vielleicht bestechen sie auch die Fahrer. Und sie haben einen alten Opa getötet.«

»Genau das ist es.« Nick legte die Akten beiseite und lehnte sich zurück. »Betäuben, bestechen. Nahezu harmlos. Keinen bleibenden Schaden hinterlassen. Die Lastwagen zwar leer, aber unversehrt. Das zeigt die Handschrift der Diebe. Da steckt ein gewisser Respekt vor dem Leben und dem Gut anderer dahinter. Das sind keine gewaltbereiten Hooligans. Das sind bedächtig handelnde Verbrecher. Die wollen einzig und allein den Whisky und alles andere möglichst unberührt lassen. Deshalb glaube ich auch, dass die bisher verschwundenen Fahrer nicht umgebracht wurden.«

»Und plötzlich ist Gewalt mit im Spiel!«

»Genau das ist es! Die Handschrift ändert sich. Da ist irgendwas in dieser Truppe passiert. Und das könnte uns helfen, ihnen auf die Schliche zu kommen. Wir müssen nur aufpassen, dass wir nicht die alten Muster verfolgen.«

Alan fasste das Gehörte zusammen. »Also, sind wir alle auf dem richtigen Weg. Das Ganze ist nun nicht mehr nur eine Angelegenheit der Abteilung für Wirtschaftskriminalität. Aus den Dieben ist nun eine Truppe geworden, die ihren einmal eingeschlagenen Weg des Verbrechens nicht mehr verlassen kann oder will, und denen ab jetzt alle Mittel recht sind, um auf diesem Weg bleiben zu können. Also, war es der absolut richtige Zeitpunkt, dass unsere Abteilungen diesen Fall übernommen haben. Ab jetzt geht es den Tätern nicht mehr primär um gestohlenen Whisky, sondern um die Tatsache, unentdeckt zu bleiben und weitermachen zu können. Und das mit allen Mitteln.«

Nick stimmte dem zu. »Genauso sehe ich das auch. Ab jetzt verfolgen wir Gewaltverbrecher.«

Alan blickte auf seine Armbanduhr. Es war mittlerweile später Nachmittag geworden. »Nun gut. Und wie machen wir jetzt weiter?«

Die Antwort auf diese Frage erübrigte sich durch Nick Monaghans klingelndes Handy. Nachdem er gut eine Minute gebannt seinem Gesprächspartner zugehört hatte, klappte er das Handy zu und sah die beiden grimmig an. »Wo kriegen wir jetzt sofort einen Hubschrauber her?«

Dass die Situation sich so schnell zuspitzen würde, hätte niemand vermutet. Glücklicherweise betrat kurz nach dem Anruf ACC Mike Livingstone den Konferenzraum. Nachdem er in knappen Worten über den Stand der Dinge informiert worden war, konnte er nicht nur mit seinem Dienstgrad, sondern auch mit den damit verbundenen Kompetenzen glänzen.

Keine 30 Minuten später überquerte ein Polizeihubschrauber der Air Support Unit die englisch-schottische Grenze in Richtung Lake District. Bis zum Bersten gespannt und gleichzeitig wehmütig, blickte Brian durch die Scheibe der Tür hinunter auf die schnell vorbeiziehende Landschaft. »Und ich habe nicht mal meinen Reisepass dabei!«

»Darüber mach dir mal keine Sorgen«, antwortete Alan. »Wir haben ja Polizeischutz dabei. Nun, Nick, da haben die Leute vor Ort ja eine Meisterleistung vollbracht.«

»Na ja, ganz so schwer war es nun auch nicht. Der Lake District, beziehungsweise die Küste von Cumbria, hat nicht allzu viele Stellen, die zur Verladung von Gütern auf ein Schiff geeignet wären. Wenn man die Route über Keswick annimmt, haben sich eigentlich nur die Orte Maryport, Workington, Whitehaven und Barrow-in-Furness angeboten. Denn nur dort gibt es Hafenanlagen, die groß genug sind, um mit mehreren Kühl-Lastwagen nicht aufzufallen und mit irgendeinem Schiff unauffällig zu verschwinden. Da wir zudem angenommen haben, dass die Bande frühzeitig von der Autobahn runter will, um entweder eine falsche Spur zu legen oder aber aus dem Erfassungsbereich der Kameras herauszukommen, haben die Kollegen mit dem entferntesten Hafen angefangen. Und damit hatten wir Glück oder Erfolg oder wie auch immer. Die Wagen wurden im Hafen von einigen Leuten dort erkannt und wir konnten auch das entsprechende Gebäude identifizieren. Eine erste vorsichtige Sichtung des Geländes hat dann die Hinweise bestätigt. Die Kühl-Laster stehen in der Halle und zwei PKW im Hof.«

»Und, wie viele Leute auf dem Gelände sind, haben die Kollegen nicht rausfinden können?«

»So, wie der Kollege vor Ort mir sagte, brennt wohl in der Halle Licht und ab und zu kann man Geräusche hören. Sie gehen, auf meine Anweisung hin, nicht näher ran. Ich vermute mal, dass die Typen nicht unbedingt erfreut die Tür öffnen, wenn wir einfach klopfen. Und, wie wir an dem Foto gesehen haben, sind sie bewaffnet.«

»Wie wollen wir vorgehen?«, fragte Brian.

»Ich habe eine bewaffnete Einheit angefordert. Die halten sich vor Ort bereit. Ansonsten will ich mir erst mal selber ein Bild machen. Und dann hätte ich gerne eure Meinung dazu. Wenn wir nach unseren und den Erkenntnissen des Psychologen gehen, erwartet uns wohl eine zu allem entschlossene Truppe. Da möchte ich unter anderem auch keinen politischen Fehler begehen. Dieser Fall wird in London und Edinburgh besonders beobachtet. Das ist euch schon klar, oder?«

Die gut 140 Meilen, die der Hubschrauber zurücklegte, um Barrow zu erreichen, wurden von den Passagieren so gut wie gar nicht wahrgenommen. Lediglich die hereinbrechende Dunkelheit zeugte von der verstrichenen Zeit. Sie landeten in einiger Entfernung zum vermuteten Schlupfwinkel der Verbrecher, am Anfang der Ramsden Dock Road. Da dies der einzige Zugang zu den Piers in dieser Ecke des Hafens war, konnte der Personen- und Wagenverkehr optimal überwacht werden. Zudem befanden sich ab hier keine Wohngebiete mehr, sodass auch nicht mit neugierigen Anwohnern zu rechnen war. Das fußballfeldgroße Brachgelände, auf dem der Hubschrauber landete, befand sich über 100 Meter von einem Komplex von Lagerhallen und gut 800 Meter vom observierten alten Fischereigebäude entfernt.

Alan, Nick und Brian sprangen aus dem Hubschrauber und liefen geduckt zu den, neben einer Lagerhalle geparkten, Einsatzfahrzeugen der örtlichen Polizei. Hinter ihnen verstummte der Motor des Hubschraubers und eine geradezu ländliche Ruhe kam auf. Lediglich der Ruf einiger Möwen und ein entferntes Tuckern von Dieselmotoren erinnerte sie daran, dass sie sich inmitten eines Hafengebietes befanden. Nick ging auf einen bulligen Typ mit der Statur Brians zu, der, mit einer wetterfesten Jacke und einem Schal, im Windschatten eines Polizei-Transporters stand. Alan wurde dabei schmerzlich daran erinnert, dass es in dieser Gegend andere Wetterverhältnisse als in Edinburgh gab. Sein leichter, dunkelgrauer Anzug und die adretten schwarzen Slipper passten ungefähr so gut hierhin wie ein Hochseefischer in einen Dolce Gabana-Laden. Brian und Nick hatten da mehr Glück. Sie hatten wenigstens ihre wetterfesten, langen Lederjacken an.

»DCS Nick Monaghan, New Scotland Yard«, stellte er sich vor. »Wir haben telefoniert?«

»Ja, Sir. DCI Craig Skeer. CID Cumbria. Wir haben die Einheit angefordert, wie Sie gewünscht haben. Die werden wohl auch gleich eintreffen. Wen haben Sie denn da mitgebracht?«

»Das sind zwei Kollegen aus Schottland, die mich in diesem Fall unterstützen. DCS Derringer und DCI Strachan, Leiter der den Fall betreffenden Sonderkommission. Ich lege hier größten Wert auf gute Zusammenarbeit. Alles klar?« Mit einem vielsagenden Blick Richtung Alan ging Nick zu einem weiteren Mann, der in der typischen Marineuniform vor dem Transporter stand und rauchte. Alan und Brian begrüßten DCI Skeer freundlich und gesellten sich zu Nick und dem Offizier der Küstenwache, Iain Slater, wie sich herausstellte.

Nachdem sich alle kurz begrüßt und vorgestellt hatten, schilderte Skeer die bisherigen Aktivitäten. »Wir haben uns die Radaraufzeichnungen der letzten 24 Stunden angesehen. Ein Boot von der Größe eines Trawlers hat gestern Abend gegen 22:00 Uhr am Pier dieses alten Fischereigebäudes abgelegt. Es nahm Kurs Richtung Süden und verschwand von unserem Küstenradar in die irische See, Richtung St. George´s Channel. Leider hatten wir zu dieser Zeit kein Boot in dieser Gegend. Daher gibt es keine Aufzeichnungen über deren weiteren Verbleib. Wir stehen in Kontakt mit den anderen Stationen. Bislang aber ohne Ergebnis.«

Alan blickte in Richtung Süden, an der Halle vorbei, auf die alten, verschmutzten Backsteinmauern des Fabrikgebäudes, hinter denen sich vermutlich die Verbrecher befanden. Oder auch nicht. Vielleicht waren sie ja alle schon mit dem Kutter weg. Nach Irland, Holland, Frankreich. Wer wusste das schon? Alan begann zu frösteln. Der leichte, aber kalte Westwind brachte den Geruch von Salz und Tang und Altöl mit.

Die Dunkelheit hatte mittlerweile soweit zugenommen, dass die spärlichen Laternen der Straße und der wenigen Hafenanlagen die einzigen Lichtpunkte waren. Lediglich die Leuchtwesten der uniformierten Kollegen um ihn herum bildeten noch einen Kontrast zu der grau in grau versinkenden Landschaft.

Er schreckte aus seinen Gedanken hoch, als zwei weitere Transporter auf sie zurollten und hinter dem Lagerhaus hielten. Die Hecktüren öffneten sich und jeweils sieben Beamte in voller Montur sprangen ruhig, aber schnell, aus den Wagen und stellten sich geordnet daneben auf. Ihnen folgte jeweils ein achter, der einen Käfig im Inneren jedes Fahrzeugs aufschloss und jedem der Beamten eine Maschinenpistole vom Typ H&K MP5 reichte und anschließend Magazine verteilte. Die sechzehn Beamten luden ihre Waffen, überprüften das am vorderen Schaft angebrachte Leuchtpunktzielgerät und die Taschenlampe, verstauten die Ersatzmagazine in den Taschen der kugelsicheren Westen und warteten auf weitere Anweisungen.

Die Männer vom Dezernat Serious Crimes waren darauf trainiert Furcht einflößend zu wirken. Und das taten sie auch stets mit großem Erfolg. Wenn vier von ihnen nebeneinander standen und grimmig guckten, hätte auch das beste Rugby-Team ihnen freiwillig seinen "Ball" abgegeben.

Nick ging zum Kommandanten der Einheit und führte ein leises Gespräch. Anschließend wandte er sich Alan und Brian zu. »Okay. Zunächst werden vier Beamte das Gelände sondieren. Dazu werden sie über die alte Fabrikmauer auf den Schrottplatz neben unserem Ziel-Gebäude gelangen. Von dort aus arbeiten sie sich bis zu den Toren und Fenstern vor und geben über Funk einen Lagebericht. Dann sehen wir weiter. Also, los.«

Vier der Spezialbeamten liefen lautlos in Richtung des alten Gebäudes. Schon nach wenigen Metern konnte man sie nur noch ausmachen, wenn man überhaupt wusste, dass sie da waren. Und dann begann das Warten. Endlose Minuten des Schweigens. Keiner wusste etwas Sinnvolles zur Kommunikation beizutragen und allen fiel auf, wie die Temperatur des Windes nochmals um einige Grad fiel. Nach über zehn Minuten hob der Kommandant plötzlich seine Hand und fasste sich mit der anderen ans Ohr. Alle Anwesenden sahen ihn gebannt an. »Okay. Verstanden. Einheit eins, zwei und drei am Standort verbleiben. Ende.« Und zu den Männern um ihn herum gewandt: »Es befindet sich, nach erster Sichtung, eine einzelne Person im Gebäude. Weitere Aktivitäten sind nicht zu entdecken. Schlage vor, wir umkreisen und gehen rein.«

DCI Skeer fühlte sich zwar angesprochen, blickte aber zu dem ranghöheren Scotland Yard-Beamten. Nick Monaghan nickte nur. »Wird wohl das Beste sein. Ich hatte die Hoffnung, ein paar mehr von den Jungs zu kriegen. Aber, so wie sich die Lage darstellt, sind wohl alle mit dem Kutter raus. Entweder wir blasen jetzt ab und warten, bis das Schiff zurückkommt, oder wir holen uns wenigstens den einen. Was meinen Sie, Chief Superintendant?«

Alan schreckte bei der förmlichen Anrede geradezu zusammen. Monaghan musste dies aber tun, um den anderen englischen Beamten deutlich zu signalisieren, wessen Fall dies hier war. »Na ja, ich bin mir noch nicht schlüssig. Wenn die anderen der Bande inzwischen spitzgekriegt haben, dass wir ihnen auf den Fersen sind, dann bleiben die weg. Dann wäre einer besser als keiner. Wenn die allerdings noch keine Ahnung davon haben, wie dicht wir denen auf den Fersen sind, dann hätten wir später eine Chance, den ganzen Club zu kaufen. Wozu tendieren Sie?«

Nick konnte oder wollte sich im Kreise der anwesenden Polizisten nicht zu einer Meinung hinreißen lassen. »Ihr Fall. Ihre Entscheidung.«

Gerade als Alan die Aktion abblasen und auf die eventuelle Rückkehr der anderen Bandenmitglieder warten wollte, brach das Chaos aus. Zuerst hörte man laute Rufe aus der Richtung des alten Fischereigebäudes. Dann fielen eindeutig Schüsse, und in der Dunkelheit konnte man auch die Reflexionen der Mündungsfeuer erkennen. Die laute Stimme eines der Beamten vor Ort drang aus den Lautsprechern der Funkgeräte: »Verdächtiger flieht! Er ist bewaffnet!« Eine andere Stimme. »Stehen bleiben! Polizei! Waffe runter!« Dann wieder Schüsse. Dann wieder eine Stimme. »Beamter verletzt. Code grau. Code grau. Code grau!«

Wenn es eine sichere Methode gibt, den gesamten Polizeiapparat in Millisekunden geschlossen gegen sich zu mobilisieren, dann ist es die, einen Polizisten anzugreifen und zu verletzen. Das Ganze kann nur noch davon getoppt werden, wenn jemand einen Polizisten tötet, unabhängig davon, ob absichtlich oder aus Versehen. Dann ist es nur noch eine Frage von kurzer Zeit, bis der Täter gefunden und – wenn er Glück hat - verhaftet wird.

Die Zeitspanne vom ersten Schuss bis zum letzten "Code grau" betrug nicht mal fünf Sekunden. Alan kam es im Nachhinein aber wie eine halbe Ewigkeit vor. Danach schien die Welt um ihn herum zu explodieren.

Der Kommandant sprang auf den Beifahrersitz des einen Transporters und schrie »Zugriff! Zugriff!« Sogleich flammten an beiden Transportern die beiden Hauptscheinwerfer und noch sechs Zusatzscheinwerfer auf dem Dach auf und leuchteten die Gegend vor ihnen taghell aus. Die Motoren heulten auf und beide Wagen machten einen Satz nach vorne und die Räder sprühten Steine und Sand durch die Luft. Die verbliebenen Spezialbeamten rannten, ihre Maschinenpistolen im Anschlag, geduckt neben den beiden Wagen her, auf das alte Gebäude zu. Alle anderen Polizisten und DCI Skeer verteilten sich auf dem umliegenden Gelände, um den eventuell flüchtenden Verbrecher aufzuspüren. Alan, Brian und Nick blickten sich zuerst unentschlossen an, um dann in stummer Absprache den bewaffneten Einheiten zu folgen.

Der erste der beiden Mannschaftstransporter erreichte die Einfahrt zu dem Fischereigelände und passierte diese, ohne zu bremsen. Das alte schmiedeeiserne Doppeltor wurde von dem Edelstahl-Rammschutz, der die gesamte Frontpartie des Fahrzeugs überspannte, wie Knetgummi verformt und flog dann mit einem kreischenden Geräusch auseinander. Die beiden Wagen rasten auf den Hof und leuchteten die alten Wände und den angrenzenden Schrottplatz gespenstisch aus. Anscheinend verständigten sich alle Mitglieder der Spezialeinheit über Funk, denn sobald die beiden Wagen zum Stehen kamen, sprangen die Fahrer und der Kommandant der Einheit mit ihren Waffen im Anschlag aus dem Fahrzeug und liefen zu einem bestimmten Punkt des Innenhofs. Dort angekommen, schulterte einer der Gruppe den verletzten Kollegen, während die anderen beiden das Umfeld nach allen Seiten sicherten. Kurz darauf erreichten die anderen Beamten das Gelände und schwärmten fächerförmig aus. Der verletze Beamte wurde in einen der beiden Transporter gelegt und von einem anderen medizinisch erstversorgt.

Eine halbe Minute später erreichten auch Alan und Nick das Gelände. Brian folgte wenige Sekunden später.

»Ich will ihn lebend«, brüllte Monaghan beim Eintreffen über den Hof. »Hört ihr? Ich will ihn lebend.«

Wieder fielen Schüsse. Der Kommandant drehte sich zu den mittlerweile drei Zivilbeamten um. »Runter verdammt! In Deckung!« Er hatte nun eindeutig das Kommando.

Brian und Nick duckten sich hinter einem rostigen Kessel, der auf dem Hof lag. Da dieser nicht genügend Deckung für sie drei bot, lief Alan zurück auf die Straße und suchte hinter der Mauer Schutz. Vereinzelt huschten die Lichtstrahlen der Taschenlampen durch die Dunkelheit, die, durch den Kontrast zu den Fahrzeugscheinwerfern, noch schwärzer wirkte. Durch ein Geräusch aufgeschreckt, drehte sich Alan um und sah die Straße entlang. Zuerst konnte er nichts erkennen, doch dann realisierte er die Gestalt, die soeben über die Mauer gesprungen war. Obwohl die Gestalt gut zehn Meter von ihm entfernt war, konnte er die kleine, schwarze Mündung der Pistole erschreckend genau erkennen, als sie in seine Richtung schwenkte. Er meinte noch, das Mündungsfeuer bemerkt zu haben, als ihn auch schon ein schweres Gewicht zur Seite warf. Sein durch den Adrenalinschub übersteigerter Gehörsinn konnte noch das befremdende Geräusch des einschlagenden Geschosses wahrnehmen, bevor sein ganzer Körper nur noch von Schmerz erfüllt war.

ORKNEY Is.
Highland Park
KIRKWALL
Scapa
Pulteney
WICK
Clynelish
Brora
BRORA
MORAY FIRTH
Balblair
TAIN
Glenmorangie
Banff
Dalmore
Glenglassaugh
Teaninich
Dallas Dhu
Glen Deveron
Glen Ord
See Speyside Map
An Cnoc
PETERHEAD
Millburn
Glen Mhor
Glendronach
Glenugie
PORTREE
Talisker
SKYE
Brackla
Tomatin
Ardmore
Glen Garioch
AVIEMORE
ABERDEEN
Dalwhinnie
INNER HEBRIDES
Glen Lochy
Royal Lochnagar
Glenury Royal
Ben Nevis
Fettercairn
FORT WILLIAM
Blair Athol
North Port
Glen Esk
MONTROSE
Ledaig
Edradour
Glencadam
Aberfeldy
Lochside
DUNDEE
MULL
PERTH
Oban
Glenturret
Tullibardine
St. ANDREWS
See Western Isles Map
JURA
Glengoyne
Deanston
Inverleven
FIRTH of FORTH
Rosebank
Littlemill
St. Magdalene
Auchentoshan
EDINBURGH
Glenkinchie
GLASGOW
BERWICK
Lochranza
ISLAY
FIRTH of CLYDE
Glen Scotia
CAMPBELTOWN
AYR
Springbank
DUMFRIES
Bushmills
VIGTOWN
STRANRAER
Bladnoch
1.01

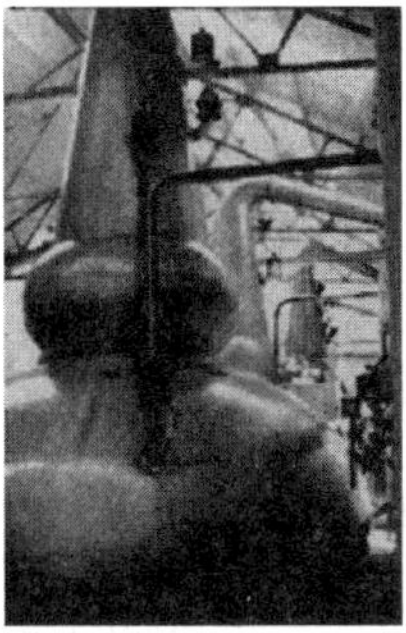

Im Frühjahr 1909 wurde Peters Sohn Charles geboren, der, gemäß den Aufzeichnungen in der Familienchronik seiner Familie, den Namenszusatz "der Vierte" erhielt. Die Wirtschaftslage der schottischen Whiskyindustrie hatte sich wieder etwas beruhigt, aber es waren immer noch keine rosigen Zeiten für Whisky angebrochen. Dennoch war es Peter IV und seinem Vater gelungen, nach einigen Jahren harter Arbeit, starkem Familienzusammenhalt und weitsichtiger Finanzierung, alle ausstehenden Rechnungen zu bezahlen und die Zukunft der Brennerei in ihren Händen zunächst zu sichern.

Aber die Zeiten wurden schnell wieder deutlich schlechter, denn es folgte der erste der großen Kriege der Neuzeit. Im ersten Weltkrieg wurden alle Brennereien auf Anweisung von David Lloyd George, dem 1. Earl of Dwyfor, der während des Ersten Weltkrieges zum Premierminister gewählt wurde, geschlossen. Die Gerste sollte ausschließlich für die Herstellung von Lebensmitteln genutzt werden, streng nach dem Motto: "Getreide zu essen ist wichtiger, als es in Form von Alkohol zu trinken." Außerdem sah man die Gefährdung der Kampfkraft der Truppen, wenn diese zu viel Whisky tranken. "Mut antrinken", war in der Anfangszeit zu oft in ein Gelage ausgeartet, sodass die Soldaten nicht mehr kämpfen konnten.

1915 wurde durch den Immature Spirit Act festgelegt, dass Whisky mindestens für drei Jahre im Fass reifen müsse, um überhaupt Whisky genannt werden zu dürfen und als solcher in den Handel zu kommen. Auch damit sollte der Nachschub an Whisky für die kämpfenden Einheiten reduziert werden. Das hatte natürlich erneut negative Auswirkungen auf das Bestehen der schottischen Destillerien. [6]

1919 begann die Zeit der Prohibition in den USA. Die Wurzeln für diese Anti-Alkoholbewegungen waren in Schottland und Irland schon immer stark gewesen und sie waren zu ihrer Zeit auch nicht unberechtigt. In den Arbeiterslums war die Not oft unbeschreiblich, und der einzige Ausweg - wenigstens für ein paar Stunden - war ein Vollrausch. Gleichzeitig aber vertranken die Familienväter oft genug das ganze Wocheneinkommen am Zahltag, sodass Frau und Kinder den Rest der Woche hungern mussten.

In den USA war die Lage ein wenig anders gelagert, aber die Lobby der so genannten Teetotaler um so stärker, und 1919 schließlich gelang es ihr, landesweit das Alkoholverbot durchzusetzen. Die Herstellung, der Vertrieb und vor allem auch der Konsum von alkoholischen Getränken aller Art waren plötzlich verboten, und eine ganze Nation wurde in ihrer Lebensgewohnheit beschnitten. Eine Zeit, in der offiziell in den USA kein Alkohol verkauft wurde, aber inoffiziell dafür umso mehr.

Die Auswirkungen auf die Produktion in Schottland waren weniger negativ als erwartet. Es gelang, das Importverbot zum einen über Kanada und Westindien weiträumig zu umgehen, und zum anderen Scotch Whisky, der als Medizin deklariert wurde, direkt in die USA zu importieren. Der Schmuggel von schottischem Whisky boomte, denn nicht alle Menschen wollten sich ihre lieb gewordenen Trinkgewohnheiten verbieten lassen. Und dadurch, dass es verboten war, wollten es die

---

[6] 1924 waren nur noch 84 Brennereien aktiv, im Vergleich zu 161 im Jahre 1899. Und im Jahre 1933 waren es sogar nur noch 2 Brennereien: Glen Grant und Glenlivet.

Menschen nur noch mehr. Sie suchten und fanden Wege, die Grenzkontrollen zu umgehen. Die Blütezeit der Schmuggler war wieder da!

Auch, wenn die Prohibition natürlich eine Erschwernis des Verkaufs von schottischem Whisky bedeutete und die schlechte Wirtschaftslage weltweit ein Übriges tat, gab es in den 1920er Jahren neue Produktionsrekorde.

Neil Gunn wurde 1891 in Dunbeath, Caithness, als Sohn eines Fischers geboren. Er arbeitete seit 1911 beim Customs and Excise in London und war als Excise Officer bis 1937 in den Highlands tätig. Danach beschäftigte er sich nur noch als Schriftsteller und später Journalist, unter anderem auch für das Scots Magazine. Er schrieb in seinen Chroniken: 1921 gab es noch 134 produzierende Destillerien in Schottland. 1933 waren es nur noch 15!

Während der U.S. Prohibitionszeit war es üblich, dass die Rum und Whisky Schmuggler ihren Flaschen Wasser zugaben, um ihren Profit zu erhöhen. Die Zeit des organisierten Verbrechens begann und viele füllten Flaschen mit billigem Fusel, manche etikettierten diese dann mit Etiketten von teureren Marken um, natürlich aus dem gleichen Grund: schneller und möglichst hoher Profit.

Einer dieser Schmuggler-Kapitäne, William S. McCoy, wurde allerdings dafür berühmt, dass er dies niemals machte und nur Top Qualität verkaufte. Dies führte letztendlich dazu, dass der Ausdruck "the Real McCoy" schon damals zum feststehenden Begriff für "Qualität", für "das einzig Echte", für "das Original" wurde. William McCoy konnte damals natürlich noch nicht ahnen, dass, fast 100 Jahre später, dieser Begriff in fast allen englischsprachigen Ländern immer noch als solches Idiom verwendet wurde. "He's the real McCoy", war dann immer noch ein absoluter Vertrauensbeweis für jemanden. In Schotland wurde zu seiner Zeit allerdings mehr von "the real MacKay" gesprochen. In Irland dagegen vom "McCoy", wobei beide Namen, und auch der irische Name Ma-

gees, auf den gleichen Clan zurückgehen, der im 17. Jahrhundert von Schottland nach Irland auswanderte.

Neun Tage nach seinem Amtsantritt hob Präsident Roosevelt 1933 das bundesweite Alkoholverbot wieder auf. Die Mafia musste sich eine andere Erwerbsquelle suchen. Da die amerikanischen Brennereien schwer angeschlagen waren, konnten sie dem schottischen Whisky nichts entgegensetzen. Der Siegeszug des Scotch in Amerika begann. Auch die Iren waren nicht in der Lage, den explodierenden Markt in USA schnell genug zu bedienen, und ganz Amerika stieg auf Scotch um. Erst in den 60er Jahren konnten die Iren, durch Fusionen und groß angelegte Werbekampagnen, Teile des internationalen Marktes zurückerobern.

Während des Zweiten Weltkriegs wurde die Whiskyproduktion 1939 untersagt. Auf dem britischen Binnenmarkt wurde ab 1940 die Whiskyabgabe rationiert, durch ausreichende Lagerbestände war aber für einige Zeit die Versorgung sichergestellt. 1944 durften die Brennereien in geringen Mengen für den Export produzieren. 1954 wurden alle Produktionsbeschränkungen wieder aufgehoben und Ende der 50er Jahre konnte die weltweite Nachfrage bereits wieder befriedigt werden.

Charles IV war inzwischen zum Oberhaupt der Familie und zum Chef der Dandaleith Distillery aufgestiegen. Er hatte im Jahr 1930 geheiratet und ein Jahr später erblickte Peter V das schottische Licht der Welt. Sein Großvater Charles III war 1935 gestorben.

Während des zweiten Weltkrieges diente Charles IV bei den Gordon Highlanders and First African Rifles, und sein Vater Peter IV führte die Brennerei alleine bis zum Ende des zweiten Weltkrieges, bis sein Sohn aus Südafrika zurückkehrte. Bei einem Fliegerangriff durch eine deutsche Junkers JU 88 am 11. September 1941 wurde die Brennerei schwer beschädigt. Eines der Lagerhäuser wurde dabei völlig zerstört und brennender Whisky floss auf die Straße und auf die benachbarten

Felder. Dort grasende Kühe tranken noch genug unverbrannten Whisky, sodass die Bauern sie am nächsten Tag nicht melken konnten, da diese noch nicht wieder stehen konnten. In den umliegenden Gräben und Teichen starben einige Gänse und Enten an einer Alkoholvergiftung.

Whisky und Feuer waren schon seit Jahrhunderten in einer wahren Hassliebe miteinander verbunden. Ohne Feuer gab es keinen Whisky! Die kräftige Hitze des Feuers ließ bereits seit dem Mittelalter die Alkoholdämpfe aus dem brodelnden Wash im Brennkessel aufsteigen, die dann mit dem kalten Wasser des Flusses zu Whisky kondensiert und aufgefangen wurden.

Alkoholdämpfe und offenes Feuer sind allerdings eine gefährliche Mischung. Speziell früher, als Whisky in Geheimverstecken, manchmal kleinen Höhlen oder winzigen Hütten, illegal und heimlich gebrannt wurde, kam es immer wieder mal zu tragischen Unfällen, durch Entzünden der Alkoholdämpfe und der daraus resultierenden Explosion. Mancher kleine Schwarzbrenner in den Highlands erwischte die volle Wucht der Explosion. Verbrannte Haut, taube Ohren und Augenschäden gehörten zum körperlichen Risiko des Schwarzbrenners. Immer wieder einmal war auch ein Toter zu beklagen.

In dem großen Spirit Room der Dandaleith Distillery wurde deshalb stets auf reichlich Luftaustausch und fest verschraubte Rohre geachtet, um diese Gefahr zu verhindern. Denn, trotz dieser Schutzmaßnahmen, war es bei anderen Brennereien schon gelegentlich zu Problemen gekommen.

Ihre Brennblasen wurden mit Kohle befeuert, und es war die Aufgabe des Stillman, das Feuer immer in der richtigen Stärke unter den Brennkesseln zu schüren. Das war nicht immer einfach, denn der Brennwert der Kohle schwankte teils gewaltig und, je nach Wetter und Außentemperatur, war auch der Zug im Kamin nie gleich. Entsprechend umsichtig musste man mit dem Feuer sein.

Peter V trat 1947, im Alter von 16 Jahren, als Lehrling in die Brennerei ein und folgte damit ebenfalls der Familientradition.

Peter heiratete 1952 seine Fiona, die ihn im Jahre zuvor bereits zum stolzen Vater eines Sohnes gemacht hatte. Der hieß natürlich Charles und war die Nummer fünf in der Familiengeschichte. Fünf Monate nach der Hochzeit passierte allerdings etwas, das die gesamte Geschichte der Familie dramatisch verändern sollte.

Durch einen Funkenflug des Kohlefeuers unter einer Wash Still entzündete sich ein achtlos stehen gelassener Eimer mit Waschbenzin. Das Feuer griff schnell auf den Dachstuhl über und das ganze Still House stand in Flammen. Da eine der Spirit Stills gerade geöffnet war, um gereinigt zu werden, kam es zu einer gewaltigen Explosion, die den Kupferkessel in Stücke riss und Teile durch den ganzen Raum fliegen ließ. Peter wurde von einem der heißen, gezackten Kupferstücke so unglücklich getroffen, dass er auf der Stelle starb. Damit wurde ihm zumindest die völlige Zerstörung der Dandaleith Distillery erspart. Im ganzen Tal konnte man das Krachen der Balken und das Reißen der Dachplatten im lodernden Feuer hören. Die Feuerwehr war zwar relativ schnell vor Ort, konnte aber nur das Übergreifen des Brandes auf die nahen Wohngebäude verhindern. Die Gebäude der Brennerei waren aber nicht mehr zu retten und wurden ein Opfer der Flammen.

Fiona, ihr einjähriger Sohn Charles und auch sein Großvater, Charles IV, blieben unverletzt, aber der Tod von Peter machte allen schwer zu schaffen. Nach 116 Jahren legaler Whiskyherstellung stand Charles IV vor den Scherben seines Lebenstraumes und sah damit auch den Traum seiner Familie endgültig zerstört. Er war mit seinen 43 Jahren zwar nicht zu alt, um an einen Wiederaufbau der Brennerei zu denken, aber wofür? Sein Enkelsohn war viel zu jung, um die Brennerei später direkt von ihm zu übernehmen. Er grämte sich fürchterlich.

Charles und Charles, Großvater und Enkel, hatten ein inniges Verhältnis und der kleine Charles hing sehr an ihm und konnte stundenlang den Geschichten zuhören, die ihm sein Großvater aus früheren Zeiten erzählte. Fiona verstand sich ebenfalls sehr gut mit ihrem Schwiegervater und führte ihm den Haushalt, da ihre Schwiegermutter schon vor acht Jahren verstorben war. Aber die Farm und die Stelle auf dem Gelände, wo die inzwischen abgerissenen Brennerei-Gebäude einst standen, erinnerten sie immer schmerzlich an den Tod ihres geliebten Mannes. Auch Charles IV konnte den frühen Tod seines einzigen Sohnes nicht richtig verkraften und wurde immer depressiver. Auch, wenn sein Enkel ihm viel Freude bereitete, wurde sein Gesundheitszustand von Jahr zu Jahr immer schlechter und kurz nach Ostern, im Jahre 1959, verstarb er im Alter von nur 50 Jahren. Die Zeiten waren nicht einfach für Farmer, und Charles IV hatte es, nach der Zerstörung der Destillerie, nicht mehr geschafft, wirtschaftlich auf die Beine zu kommen. Lediglich der Abverkauf der Lagerbestände an Whisky hielt die Familie über Wasser.

Fiona hielt es ganz alleine auf der Farm auch nicht mehr länger aus. Nachdem der letzte Whisky und die Warehouses selbst verkauft waren, wurde die Farm wenige Monate später letztendlich zwangsversteigert, und Fiona zog mit dem fast neunjährigen Charles nach Inverness zu Verwandten.

Nach fast 45 Jahren Niedergang, bedingt durch Kriege, permanente Steuererhöhungen seitens der Engländer, US Prohibitionszeit, Alkoholabstinenz, auch speziell in anderen Ländern, und feindlichen Gesetzgebungen, erwachte die schottische Whiskyindustrie in den 1960er Jahren wieder zum Leben.

Während zweier Kriegsjahre war die Whiskyproduktion in Schottland komplett verboten. Das Getreide sollte für Nahrungsmittel verwendet werden und teilweise wurden die Destillerien zur Erzeugung kriegswichtiger Waren benötigt. Im Zweiten Weltkrieg schrieb Winston Churchill, man möge "auf keinen Fall die Gerstenmenge für Whisky reduzieren. Dieser brauche Jahre zur Reifung und sei ein unschätzbares Produkt".

Aber, auch nach dem Ende des Krieges dauerte es lange, bis eine nennenswerte Anzahl von Destillerien wieder normal produzierte. Viele Brennereien wurden nach und nach wiedereröffnet, teilweise sogar modernisiert, oder ganz neu aufgebaut. 1958 öffneten Tormore und Glen Keith als erste neue Brennereien seit fast 60 Jahren. Glen Elgin wurde, als letzte davor, im Mai 1900 eröffnet.

In den sechziger Jahren wurde zum ersten Mal im großen Stil Malt Whisky weltweit vermarktet, und seitdem ist er aus der Spirituosenszene nicht mehr wegzudenken. Auch Blended Whisky nahm an Beliebtheit zu, und so dauerte es nicht lange, bis Scotch Whisky insgesamt weltweit zur Spirituose Nr. 1 wurde. [7]

---

[7] Im Dezember 1997 entstand Diageo durch den Zusammenschluss von IDV und UD. Die daraus entstandene Diageo Tochter firmierte bis 2002 als UDV, danach ist sie wieder ganz in Diageo aufgegangen. Diageo ist inzwischen der weltweit größte Spirituosen-Hersteller.
Neben den Brennereien selbst, bringen auch unabhängige Abfüller Whisky auf den Markt. Dazu kaufen sie bei den Herstellern Whisky fassweise ein und verkaufen sie abgefüllt, unter eigenem Etikett. Aber auch die Besitzer der Brennereien, große Spirituosenkonzerne, bringen neben ihren Standard-Abfüllungen eigene Serien ausgewählter Jahrgänge und Brennereien auf den Markt. Bekannt sind hier beispielsweise die Flora & Fauna-Serie oder die Rare Malt Series.
In Frankreich wird siebenmal mehr Whisky getrunken als Cognac! In Frankreich wird im Monat mehr Whisky verkauft als Cognac in einem Jahr!
In Griechenland wird mehr Whisky getrunken als Ouzo! Die Griechen trinken sogar mehr Whisky je Einwohner als jedes andere Land der Welt!
Jede Sekunde werden weltweit 30 Flaschen Whisky verkauft. 91 Millionen Fässer werden jährlich weltweit verkauft.
11.000 Menschen und zehn Prozent der schottischen Landwirtschaft arbeiten in der bzw. für die Whiskyindustrie. Zirka 400.000 Tonnen Gerste werden jährlich für die Whiskyherstellung benötigt. Außerdem 535.000 Tonnen andere Getreidesorten für die Herstellung des Grain.
Eine von 54 Arbeitsstellen in Schottland hängt vom Whisky ab.
Schottischer Whisky wird viermal so oft verkauft wie jeder andere Whisky.
Johnnie Walker wurde 1867 weltweit als erstes Warenzeichen registriert, viel früher als Coke (1945).

Malt Whisky ist immer noch ein Produkt des keltischen Kulturkreises. Die Schotten hatten ihn immer schon als Vermählung der vier Elemente, als Verbindung von Erde und Wasser, Feuer und Luft angesehen. Das klingt nicht nur hübsch, sondern ist auch eine gute Grundlage für die Beschreibung, woraus Malt Whisky besteht und wie er hergestellt wird. Der Erde entstammt die Gerste und nur die darf beim Malt Whisky verwendet werden. Erde steht auch für den Torf, der bei einigen Brennereien dem Feuer zugesetzt wird, mit dem die Gerste getrocknet wird. Wasser kommt in mehreren Produktionsschritten zum Einsatz. Die Luft spielt eine entscheidende Rolle während der langen Jahre des Reifungsprozesses im Fass. Das Feuer ist nicht nur für das Trocknen der Gerste, sondern natürlich auch für die beiden Destillierprozesse unverzichtbar. Lediglich ein weiteres, wichtiges Naturprodukt, das für die Herstellung unerlässlich ist, wird von den vier Elementen nicht erfasst: die Hefe.

Auch heute noch muss man sich fragen, ob die Engländer die Kuh, die ihnen so reichlich Milch gibt, schlachten wollen. Der Steueranteil an einer Flasche hochprozentigem Whisky beträgt 50 Prozent. [8] *Die Brennereien stehen zwar immer noch in Schottland, aber verwaltet werden die meisten längst von*

[8] In der Zeit um 1840 betrug der Steueranteil 2,5 Pence pro Flasche, im ersten Weltkrieg war er auf 9 Pence pro Flasche angestiegen. Eine Flasche schottischer Whisky kostete 1939 72 Pence, von denen bereits 48 Pence nur die Alkohol-Steuer war. In den 90ern kostete dieselbe Flasche Whisky bereits etwa £10,80, der Steucranteil daran war £5,55!
Die schottische Whiskyproduktion belief sich 2008 auf 331,4 Millionen Liter reiner Alkohol, von denen lediglich ca. 28 Millionen Liter in Großbritannien verkauft wurden. Insgesamt wurden 848 Millionen Flaschen Blended Whisky und 72 Millionen Flaschen Single Malt Whisky verkauft und damit ein Umsatz von 2,43 Milliarden GBP beim Blended und 497 Millionen GBP beim Single Malt erzielt. Venezuela und Brasilien liegen inzwischen auf Rang sechs und sieben im weltweiten "Verbrauch" an schottischem Whisky. Aber auch Russland, Indien und China (Platz 8) haben im Zeitraum 2000 bis 2008 um 200% zugelegt. Spitzenreiter ist aber immer noch Frankreich, mit 48 Millionen Liter reiner Alkohol in 2008. Deutschland liegt mit 7 Millionen Litern auf Platz 11.

London aus, und viele gehören mittlerweile zu internationalen oder gar ausländischen Konzernen.

Der kleine Charles wuchs in Inverness auf und besuchte auch dort die weiterführende Schule. Seine Mutter erzählte ihm immer wieder von seinem Vater und hielt auch die Erinnerungen an seinen Großvater und seine Geschichten wach. Unzählige Male sahen sie sich die Fotoalben ihrer Familie an, die Fiona mit nach Inverness gebracht hatte. Im Alter von 16 Jahren kehrte er zum ersten Mal auf die ehemalige Farm seines Großvaters zurück und betrachtete nachdenklich die Stelle, auf der einst die Dandaleith Distillery gestanden hatte.

Irgendwie juckte es ihn damals schon in den Fingern, das Brennen von eigenem Whisky wieder aufzunehmen. Das Whisky-Gen seiner Familie schien bei ihm ebenfalls sehr ausgeprägt vorhanden zu sein. In den nächsten vier Jahren dachte er immer öfter darüber nach, wie ihm die Rückkehr ins Whiskygeschäft gelingen könnte. Eine legale Brennerei zu eröffnen, war zwar immer noch möglich, aber aus finanziellen Gründen heutzutage noch schwieriger zu realisieren als früher.

Sollte er Whisky illegal herstellen und schmuggeln, ganz so wie seine Vorfahren vor vielen, vielen Jahren? Schließlich hatte das eine noch längere Tradition in seiner Familie als das legale Brennen. Aber, auch das schied aus Kostengründen aus. Er konnte bei diesen Gedanken nicht ahnen, dass er sich die gleichen Fragen stellte, wie seine Vorfahren Charles III und Peter IV vor über 70 Jahren vorm Kamin.

Wie also sollte er an Whisky kommen, den er gegen einen ordentlichen Gewinn weiterverkaufen konnte? Diese Frage beschäftigte ihn immer wieder, ohne dass er in den nächsten Jahren zu einem Entschluss kam.

Nach seiner Schulausbildung hatte er sich entschlossen, nicht zu studieren, sondern wollte lieber zur Army. Nachdem 1962 die Wehrpflicht abgeschafft worden war, verpflichtete er sich freiwillig bei der British Army und ging zum Special Air Service, einer Einheit, die in paramilitärischer Vorgehenswei-

se trainiert wurde, um Sabotageakte zu verüben und in kleinen Verbänden hinter den feindlichen Linien zu agieren. Dort wurde er nach und nach bis zum Lieutenant befördert.

Aber, an seinem fünfzigsten Geburtstag, als er sein bisheriges Leben Revue passieren ließ und sich überlegte, wie er die nächsten Jahrzehnte gestalten wollte, tauchte diese alte Frage wieder und immer stärker in ihm auf. Nach seinem Wehrdienst musste er, in der Zeit des wachsenden Pazifismus, feststellen, dass er mit seiner militärischen Ausbildung nichts mehr anfangen konnte. So bewarb er sich auf jeden nur erdenklichen Job, da es ihm völlig egal war, wie er seinen Lebensunterhalt verdiente. Schlussendlich wurde er Fernfahrer bei McGearson und blieb auch die letzten Jahre dabei. So musste er nie lange genug an einem Ort bleiben, um seine ganze Unzufriedenheit zu spüren. Und dieses Mal, endlich, fand er eine Antwort auf seine Lebensfrage und fasste einen weit reichenden Entschluss.

Außer Gefecht

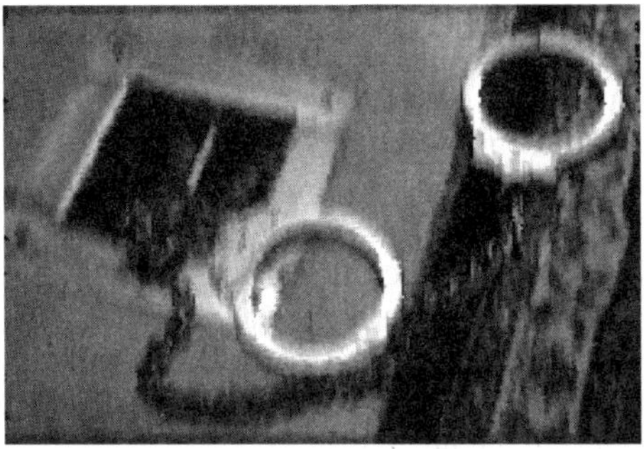

»Brian, sorg bitte dafür, dass die Kollegen von der Abteilung Wirtschaftskriminalität ihre Fragen vorbereiten. Ein gemeinsames Verhör wäre später sicherlich von Vorteil.«

Brian nickte. »Geht klar, Alan. Obwohl mir die Typen überhaupt nicht geheuer sind.«

»Obwohl es keine Engländer sind? Na, dann hast du ja nach deinem Bruderkuss mit einem englischen Polizeibeamten wenigstens ein neues Feindbild.« Grinsend ging Alan den Gang der Abteilung CID im Polizeihauptquartier in Edinburgh hinunter. Am Ende des Ganges befanden sich die Verhörräume. Raum Nummer drei war bereits für ihr geplantes Gespräch vorbereitet worden. Die Ausstattung dieser Räume war überall gleich. In der Mitte befand sich ein zwei mal ein Meter großer, am Boden verschraubter Tisch. Darum standen vier Stühle. Auf dem Tisch befanden sich ein digitales Aufzeichnungsgerät, ein Schreibblock, vier Becher mit heißem Kaffee und eine Flasche Mineralwasser. Ansonsten war der Raum in schlichtem Weiß gehalten. Alan betrat als Erster den Raum und setzte sich auf einen der Plastikstühle.

Der Mann, der kurz darauf in Begleitung eines uniformierten Beamten den Raum betrat, machte, trotz seines in einer Schlinge liegenden Arms, einen so grimmigen Eindruck, dass sich Alan sehr lebhaft vorstellen konnte, wie dessen Vorfahren erst den Römern und später den Engländern das Leben schwer gemacht hatten. Der Beamte dirigierte den Mann zu einem Stuhl gegenüber von Alan, löste die Handschelle von dem gesunden Arm und wollte diese wieder an einer Stahlöse am Tisch befestigen.

Alan winkte dem Beamten flüchtig zu. »Das werden wir nicht brauchen. Danke.« Der Beamte nickte Alan zu und verließ das Verhörzimmer.

Die beiden Männer sahen sich lange und schweigend in die Augen. Schließlich eröffnete Alan das Gespräch. »Danke.«

»Wollen Sie nicht den Rekorder einschalten?«, antwortete der Mann, ohne auf Alans Bemerkung einzugehen.

»Nein, das will ich noch nicht.«

In dem Moment trat Brian ins Zimmer. »Soll ich hier nicht übernehmen? Ich meine, deine Schulter ...?«

»Ich glaube, meine Schulter ist, im Vergleich zu seiner, eher unbedeutend. Wie geht es Ihnen?«, wandte sich Alan erneut an den Mann.

»Danke der Nachfrage. Die Schmerzen halten sich in Grenzen. Das wird schon wieder.« Etwas unbeholfen nahm der Mann mit der linken Hand den Kaffeebecher und trank einen Schluck. Amüsiert stellte Alan fest, dass er genau die gleichen Probleme hatte, da auch er im Moment nur mit dem linken Arm arbeiten konnte.

»Okay, dann fangen wir halt mal an.« Alan drückte auf die Aufnahmetaste des Rekorders, nannte Datum, Uhrzeit sowie seinen und Brians Namen. »Vorab: Ihren vollen Namen bitte.«

»Charles Maclellan, der V.«

»Aha. Nun Charles Maclellan«, begann Alan.

»Nennen Sie mich ruhig Charly. Außer meiner Mutter hat mich noch nie jemand Charles genannt.«

Alan drückte die Pausentaste. »Okay, Charlie, bevor wir offiziell werden, würde ich wirklich gerne wissen, warum Sie das getan haben.«

Als Charly nicht sofort antwortete, schauten beide gleichzeitig auf ihre Armbinde. *Wie lange war das Ganze schon wieder her?* Alan schaute auf seine Armbanduhr am linken Handgelenk. Sonntag, 04. Oktober. Kurz vor halb zwölf. Fast 36 Stunden. Ihm kam es vor wie eine Ewigkeit. Als Charles sich vorgestern Abend in dem Moment, in dem der andere Verbrecher abdrückte, auf ihn warf und ihm damit das Leben rettete, hatte Alan überhaupt nicht registriert, dass es sich dabei um einen anderen Menschen gehandelt hatte. Sein erster Gedanke war, dass so ein kleines Geschoss aus einer Pistole doch einen verdammten Bums hatte. Zumal dieser "Bums" genau zu den Schmerzen passte, die daraufhin kamen. Dass Charles bei seinem heldenhaften Einsatz nicht getötet worden war, musste seinem puren Glück zugeschrieben werden. Die Kugel hatte Charles rechte Schulter von hinten nach vorne durchbohrt und war dann in Alans rechter Schulter stecken geblieben. Keiner der beiden hatte mehr als nur eine Fleischwunde. Keine Knochen oder größeren Blutgefäße waren verletzt worden. Ihre Behandlung in Barrow hatte kaum drei Stunden gedauert. Den Samstag und die komplette folgende Nacht mussten sie noch im General Hospital in Edinburgh verbringen, nachdem sie einen kostenlosen Rückflug mit dem Hubschrauber bekommen hatten. Unter der Aufsicht der Ärzte, Nick Monaghans und der herbeigeeilten Susan gelang es Alan nicht, seinen Aufenthalt dort eigenmächtig zu verkürzen. Da er der offizielle Leiter der SoKo war und Monaghan nichts einzuwenden hatte, wurden alle Verhafteten nach Edinburgh überstellt. So dauerte es bis zum Sonntag, bis sie die offiziellen Verhöre anberaumen konnten

»Bitte, noch mal, warum?«, hakte Alan nach.

»Ist doch nicht wichtig, oder?«, antwortete Charly ausweichend. »Was ist mit Wayne? Keiner will mir hier was sagen.«

»Wayne? Sie meinen den Schützen, der uns perforiert hat?« Alan blickte Brian an, der immer noch neben dem Tisch stand.

»Der ist tot«, war Brians lapidare Antwort.

»Gut.« Pause. »Hat er noch was gesagt?« Zum ersten Mal blickte Charly auch Brian an.

»Wohl kaum. Man schießt nicht auf gut 20 bis an die Zähne bewaffnete Polizisten. Vor allem hätte er vorher nicht einen der Beamten treffen sollen. So etwas macht aggressiv. Das war aber auch euer Glück. Bevor er ein zweites Mal auf euch schießen konnte, war er bereits ein Sieb.«

»Wie geht es dem Polizisten?« Charlys Gesichtsausdruck war gezeichnet von echter Sorge.

»Dem geht's wieder halbwegs gut. Die Kevlarweste hat das Schlimmste verhindert.«

»Das freut mich. Warum habe ich das alles nicht verhindern können?« Charles Oberkörper sank nach unten.

»Jetzt noch mal.« Alan beugte sich vor und startete den Rekorder erneut. »Alles, was wir bisher wissen, ist, dass Sie der Kopf der Bande waren, dass Sie, nach einem Streit vor fast zwei Wochen, die anderen verlassen haben und dass Sie mit all den Gewalttaten angeblich nichts am Hut haben.« Alan schaute auf den Block vor ihm. »Sie wollten die Bande selber stellen. Ein ziemlich gewagtes Unterfangen, nicht wahr?«

Charles hob den Kopf. »Kann schon sein. Aber ich habe diese Gruppe ins Leben gerufen. Ich habe die ganze Sache eskalieren lassen. Es ist meine Aufgabe, das Ganze auch wieder zu beenden. Sie sind mir dabei lediglich zuvor gekommen«

»Das hätten Sie aber auch schon früher machen können. Was hat Sie letztendlich "motiviert", es genau jetzt zu tun?«

»Nachdem der alte Farmer zu Tode kam, wollte ich Schluss machen. Es war wirklich ein Unfall. Henry hat das nicht absichtlich getan. Ich wollte nur noch diesen Deal hinter mich bringen und dann Schluss! Dann haben unsere Auftraggeber aber Druck gemacht. Eine letzte Fuhre musste noch geliefert werden. Und zwar sofort. Dann würden sie uns "entlassen", wie sie sagten. Was die damit gemeint haben, können Sie sich ja vorstellen. Ich wollte nicht ein Leben lang Angst haben, um die nächste Straßenecke zu gehen. Also, haben wir zugesagt.

Wir hatten alle einen Mords-Schiss! Keiner hat es zugegeben, aber ich habe es gemerkt. Die Jungs auf dem Kontinent sind ein anderes Kaliber. Die lassen dich einfach wegpusten, während sie ihren Caipirinha schlürfen. Deswegen sind auch alle nervös geworden und haben Fehler gemacht. Insbesondere Henry und Wayne. Henry hat beim nächsten Mal den Fahrer einfach mitgebracht, anstatt ihn zu betäuben wie bisher. Dann wusste keiner, was wir mit dem Kerl machen sollen. Da das für mich ja der letzte Coup sein sollte, wollte ich ihn einfach mit nach Holland nehmen und ihn dort am Hafen freilassen. Wir hätten uns dann irgendwo in Europa abgesetzt.«

Charles nahm die Wasserflasche und goss seinen leeren Kaffeebecher voll. Anschließend leerte er das Glas in einem Zug. Die Leuchtstoffröhren an der Decke ließen die Falten in seinem Gesicht noch tiefer erscheinen. Charles wirkte in diesem Augenblick wie ein gebrochener, alter Mann.

Brian setzte sich und tat es ihm nach. »Wollen Sie was anderes haben? Oder was zu essen?«

»Nein, danke. Auf dem Kutter ist dann alles schief gelaufen. Wayne hat Henry aufgestachelt und die beiden haben dann die anderen verrückt gemacht. Ich hab das alles gar nicht richtig mitbekommen, da ich am Steuer war. Irgendwann kam der kleine Tom hoch und teilte mir mit, dass sie sich umentschieden hätten. Sie hätten für den Fahrer eine Abkürzung gefunden. Zu Deutsch: Sie haben ihn einfach über Bord geworfen. Ich bin schier ausgerastet. Ich wollte Tom in dem Moment einfach nur totschlagen, aber der zog plötzlich eine Pistole. Wir hatten bis dahin nie Waffen. Nur einen Elektroschocker, sonst nichts.« Entrüstet schaute er von Brian zu Alan.

»Und dann?«, fragte Alan ruhig.

»Tja.«

»Tja, was?«

»Tja, dann war ich zu feige. Wäre er unbewaffnet gewesen oder hätte nur einen Elektroschocker gehabt, wäre ich problemlos mit ihm fertiggeworden. So eine Waffe aber hatte bisher noch nie jemand auf mich gerichtet. Nicht mal in der Armee. Wissen Sie, ich bin bei der SAS ausgebildet worden. Habe an den verschiedensten Einsätzen teilgenommen. Ich habe sogar schon auf Menschen gezielt geschossen. Aber es hat noch nie jemand aus nächster Nähe eine Waffe auf mich gerichtet. Tom ist ein kleines, hinterhältiges Schwein und in dem Moment hatte er Oberwasser. Der hätte liebend gerne abgedrückt, das war für mich klar erkennbar. Ich war einfach feige.«

Brian sah in seinen Becher. »Sie waren nicht lebensmüde, würde ich eher sagen. Was war dann?«

»Ich hab mitgespielt. Ab jetzt würden sich die Regeln ändern, sagten die. Die Zeit der Spielerei wäre jetzt vorbei. Und noch mehr solcher Stuss. Ich hab zu allem Ja und Amen gesagt, bis wir in Holland waren. Dann hab ich mich direkt am Hafen aus dem Staub gemacht. Habe dann fast eine Woche gebraucht, um unauffällig wieder nach Schottland zu kommen. Und dann hab ich es am Donnerstag in der Zeitung gelesen.«

»Was?«

»Dass der Distillery-Manager Graham Morrice fast umgebracht worden war. Von Leuten, die einen Whiskylaster gestohlen hatten.«

»Stimmt, der Presse kann man wirklich nichts verheimlichen. Als wir die Gegend durchkämmt hatten, waren keine Stunde später die Pressefuzzis schon vor Ort. Fast hätte es Tote gegeben.« Brian erinnerte sich nur zu gut, wie er mit einigen der Reporter fast eine körperliche Auseinandersetzung bekommen hätte.

»Was hat Sie an der Meldung denn so beeindruckt?«, fragte Alan.

»Graham Morrice natürlich! Wissen Sie überhaupt, wer das ist?«, brauste Charly auf.

»Ich denke schon«, antwortete Alan hintergründig.

»Na also! Das ist einer der bekanntesten Männer der Whiskybranche schlechthin. Ein echter Enthusiast, was Whisky angeht, sag ich Ihnen. Einer vom ganz alten Schlag. Nicht so ein Business-School-Idiot. Das war echt zu viel! Und dann auch noch ausgerechnet die Ladung aus der Ben Rhinnes Distillery. Da bin ich dann kurzentschlossen nach Barrow gefahren, um dem Ganzen ein Ende zu setzen. Leider waren nur Wayne und Tom da. Die anderen waren schon mit dem Kutter weggefahren. Die wollten auch ohne mich einfach weitermachen. Als Mörder! Ich wusste nicht, ob ich auf die anderen warten sollte, aber da kam dann eure Kavallerie. Ihr hättet wissen sollen, dass wir auf dem Hof und dem Gelände Kameras installiert hatten. Das war Pech für euch. Als dann Wayne über die Mauer sprang und auf Sie schießen wollte, musste ich doch was tun. Da ich näher bei Ihnen war als bei Wayne ...«

»Dafür werde ich Ihnen auch immer dankbar sein«, sagte Alan. »Woher kannten denn Ihre ehemaligen Komplizen diese Ladung der Ben Rhinnes Distillery? Ich dachte, als Kopf der hiesigen Organisation hält man sich mit solchen Informationen zurück?«

»Woher? Von mir. Weil ich ein Idiot bin. Von dieser Fuhre habe ich durch Zufall erfahren und habe mich – verstehen Sie mich jetzt nicht falsch – schon viele Wochen darauf gefreut. Das ist eine ganz besondere Ladung. Das Edelste, was dort zur Zeit in den Warehouses lag. Ein echtes Schätzchen! Kein Wunder dass Graham Morrice diese Fuhre persönlich begleitet hatte.«

»Na ja, "begleitet" ist vielleicht nicht ganz das richtige Wort.« Trotz des Ernstes der Lage konnte sich Brian ein leises Lächeln nicht verkneifen. »Wie haben Sie eigentlich von der Ladung erfahren?«

»Ich hatte zu meiner McGearson-Zeit ein paar Kontakte geknüpft. Die ganze Disposition wird nur von ein paar wenigen Leuten gemacht. Das ist in den anderen Speditionen genauso. Wenn man da den richtigen Draht findet, kriegt man eine ganze Menge mit, was die Fuhren der nächsten Wochen und Monate betrifft. Zudem gibt es bei den Destillerien immer wieder den einen oder anderen Mitarbeiter ... oder eine Mitarbeiterin ...« Ein feines Lächeln flog über Charlys Gesicht. »Na ja, wenn man als Fahrer in den Büros der Destillerien rumhängt, hört man schon das eine oder andere. Manche prahlen auch einfach nur mit den Dingen. Das ist alles viel leichter, als man allgemein denkt.«

»Also gut, das haben Sie Ihren "Mitarbeitern" dann erzählt?«

»Ja, leider. So ein echtes Highlight, wie das aus der Ben Rhinnes Distillery, konnte ich nicht für mich behalten. Einfach zu blöd.« Resigniert schlug Charly mit dem gesunden Arm auf seinen Oberschenkel. »Hätte damals auch nie vermutet, dass ich mal überflüssig werden könnte.«

»Ich gehe mal davon aus, dass Sie bereit sind, uns diese Kontakte zu nennen und die Kanäle offen zu legen, über die solche Informationen von den Firmen fließen?«

Für einen Moment konnte man meinen, dass Charles dicht machen würde. Dann atmete er einmal hörbar aus. »Das hat zwar alles nichts mit den Toten zu tun und den ganzen Schweinereien, die gelaufen sind, aber, ja, wenn Schluss ist, ist Schluss. Sie können alles haben.«

»Das könnte sich recht positiv für Sie auswirken.« Alan sah Charles einen Moment lang schweigend an. »Das sage ich jetzt nicht nur, weil Sie mir den Hintern gerettet haben. Ich habe das Gefühl, dass ich Sie ernst nehmen kann. Also, wenn Sie uns alle Informationen über ihre Komplizen und die von Ihnen begangenen Taten geben und auch alles, was Sie über die Absatzwege und die Hintermänner wissen, preisgeben, könnte ich mir vorstellen, dass für Sie die Kronzeugenregelung in Frage kommen könnte.«

»Hältst du das für eine gute Idee?«, fragte Brian kritisch. »Es geht hier um Mord und ...«

Alan unterbrach Brians Einwände mit einer Handbewegung, ohne dabei seinen Blick von Charles zu nehmen. »Das hängt nicht von mir ab. Ich schenke Ihnen zunächst mal Glauben, dass Sie die Gewalttaten nicht billigend in Kauf genommen haben, geschweige denn, sie selbst begangen haben. Natürlich müssten Sie das vor Gericht zweifelsfrei beweisen und zudem die wirklichen Täter belasten. Dafür spricht, dass es wohl keine anderen Zeugen gibt. Für die Diebstähle müssen Sie sich so oder so verantworten. Sie sind schließlich die treibende Kraft gewesen. Wie gesagt, durch das Aufdecken aller Wege und beteiligten Personen könnten Sie ihr Strafmaß vermutlich recht positiv beeinflussen. Aber das ist Sache der Abteilung für Wirtschaftskriminalität. Was halten Sie davon?«

»Klingt gut. Wäre ja schön blöd, wenn ich nicht mitmachen würde.«

Alan blätterte in seinen Unterlagen. »Das ist ja schon mal ein guter Anfang. Also, konzentrieren wir uns mal auf Ihre ehemalige Bande. Ihrer ersten Information nach gibt es also sechs Männer, nach denen wir suchen müssen. Berichtige: noch vier. Zwei haben wir ja schon. Davon 50% lebend. Dieser Henry ... Potts. Das ist der, der den Farmer angegriffen hat?«

»Genau. Der "kleine" Tom Fahy ist der ehemalige Fahrer von McGearson. Sozusagen ein Ex-Kollege. Wird auch Tom Riddle genannt. Sieht dem Typ aus Harry Potter nämlich sehr ähnlich. Haben Sie ja wohl schon gesehen.«

Alan flog mit seinem Zeigefinger weiter über die Liste in seinen Unterlagen. »Ich hatte noch nicht das Vergnügen. Aber bald. Wir suchen also noch einen Terry Patani, Ex-Fahrer von TransSco, einen Dave Scobbie und einen Jan Gorissen, der Steuermann des Trawlers. Wer, Ihrer Meinung nach, hat den Fahrer ... Doug Simpson über Bord geworfen?«

»Bis auf Jan und Terry traue ich das allen zu.«

»Und der Mordversuch an Graham Morrice?«

»Genauso. Wobei Wayne ein dummer Schläger ist ... war. Der hat alles gemacht, was man ihm befohlen hat. Der kleine Tom ist, wie gesagt, eine Ratte. Wenn der noch fünf Kollegen hinter sich weiß, traut der sich auch fast alles. Dave Scobbie ist ein ganz stiller. Ich vermute, der hat auch eine entsprechende Ausbildung genossen, genau wie ich. Das ist ein Einzelkämpfer. Der tötet lautlos. Wie gesagt, nur eine Vermutung von mir.«

»Sie können definitiv nicht sagen, wo das Schiff mit den verbleibenden vier Männern hin ist?«

»Würde ich wirklich gerne, glauben Sie mir. Das exakte Ziel wurde uns immer erst nach der Abfahrt per Funk durchgegeben. Mal war es Rotterdam, mal Velsen. Einmal auch Oostende in Belgien. Diesmal könnte es auch Frankreich gewesen sein. Wirklich keine Ahnung.«

»Und Sie glauben nicht, dass die wieder hier auftauchen werden?«

»Nie und nimmer. Fragen Sie Tom. Die haben sofort das Boot über Funk verständigt, als Ihre Leute da aufmarschiert waren. Die sind untergetaucht. Und dass die vorerst nicht gefunden werden, dafür werden die Mittelsmänner auf dem Festland schon sorgen.«

»Okay. Wir werden sehen. Was mich aber jetzt wirklich noch interessiert, ist, wie Sie ausgerechnet auf Whisky gekommen sind und was Sie mit Whisky und Graham Morrice und allem zu tun haben?«

»Wollen Sie das wirklich wissen? Das ist eine etwas längere Geschichte.«

»Ich liebe Geschichten«, antwortete Brian und kramte zwei belegte Brote aus seiner Manteltasche hervor. » Ich habe da schon mal was vorbereitet. Wir haben Zeit. Kann losgehen.«

»Also gut. Wo fang ich nur an?«

»Am besten ganz am Anfang,« empfahl ihm Alan.

»Wie Sie wollen. Das ist aber lange her. *Very long ago ...*«

Nach gut einer Stunde beendete Charly seine Lebensgeschichte. »... und als ich dann immer bei McGearson die Whiskies durch die Lande gefahren habe, die ich so gerne selber produziert oder wenigstens ... na ja, geschmuggelt hätte, da fielen mir die Berichte von gestohlenen Getränkelastwagen in die Hände. Bis dato wurden immer nur bereits abgefüllte Flaschen gestohlen. Wenn ich es schaffen würde, den Stoff frisch von der Destillerie zu ergattern, könnte ich ihn fast so verkaufen, als hätte ich ihn selber produziert. Die Abnehmer dafür waren recht leicht zu bekommen. Aus meiner Zeit bei der SAS hatte ich noch ein paar Kontakte, die mir da behilflich waren.«

In dem Moment betraten zwei Männer in anthrazitfarbenen Anzügen den Raum. Ohne auch nur eine Sekunde zu zweifeln, wusste Alan, dass der ältere der beiden Ronald MacArthur war, leitender Beamter der SBCC in Stirling. Der jüngere schien sein Roadie zu sein, denn er trug ihm die Aktentasche. »DCS Derringer? Auf ein Wort?« Ohne auf eine Antwort zu warten, drehte er sich wieder um und verließ den Raum, während der Kofferträger ungefragt Platz nahm.

Alan erhob sich und folgte MacArthur auf den Gang, wobei er die Tür hinter sich schloss. »Ronald MacArthur, nehme ich an. So lernen wir uns mal persönlich kennen und haben nicht nur das Vergnügen am Telefon«, sprach Alan den Mann an.

»Vergnügen? Von wegen! Sobald ihr schießwütigen Cowboys ein Ziel vor Augen habt, sind euch alle Mittel recht, was? Ich weiß verdammt genau, warum ich mit euch nicht zusammen arbeiten will«, fuhr ihn MacArthur, ohne seine Zeit an irgendwelche freundlichen Eingangsfloskeln zu verschwenden, gleich an.

»Ach ja? Warum denn nicht?« Alan blieb völlig ruhig.

»Weil ihr es immer vergeigt, deshalb!« Langsam erhob sich MacArthurs Stimme. »Anstatt die Hintermänner aufzudecken und die ganze Organisation zur Strecke zu bringen, knallt ihr wahllos irgendwelche Handlanger ab. Und selbst dazu seid ihr nur bedingt fähig.« Mit einem spöttischen Blick auf Alans bandagierte Schulter wedelte er mit einem Schnellhefter vor Alans Nase herum. »Spitzenergebnis! Toll! Zwei Beamte durch Schusswechsel verletzt, ein potentieller Verdächtiger tot, ein zweiter verwundet. Alle anderen Verdächtigen auf und davon. Grandios!«

Ohne mit der Wimper zu zucken, hielt Alan MacArthurs Blick stand. »Einen unverletzten Verdächtigen haben wir auch noch. Die Vernehmung findet gleich statt.«

»Eine Meisterleistung! Doch wohl nur, weil Ihren Beamten die Patronen ausgegangen waren, oder?«

»Das sehe ich anders. Wir haben auch den Kopf der Bande.«

»Na toll! Und wo sind all die verschwundenen Whiskylaster? Haben Sie die gleich mitgebracht?«

»Wir sind noch auf der Suche«, antwortete Alan gefährlich leise.

»Na fein. Würden Sie mich dann bitte umgehend über Ihre Ermittlungsergebnisse informieren? Und zwar über alle Details!« Mac Arthur drehte sich wieder um, ohne auf eine Antwort zu warten. Zielstrebig steuerte er das nächste freie Vernehmungszimmer an.

»Nein«, rief Alan ihm nach und grinste.

»Wie bitte?« MacArthur blieb abrupt stehen und drehte sich wie in Zeitlupe um. Gleichzeitig hob er seine Augenbrauen und legte die Stirn in Falten. »Ich dachte, Sie wären ein Teamspieler, Derringer. Sie wissen doch, was das ist, oder? Team, ein Wort mit vier Buchstaben: T-E-A-M. Sie wissen schon, eine Gruppe von Menschen, die zusammenarbeiten, um gemeinsam ein bestimmtes Ziel zu erreichen. Dazu gehört normalerweise auch, dass man miteinander redet und Informationen austauscht.«

»Sie sagen es.«

»Was?«

»*Normalerweise*.« Alan betrachtete intensiv seine Fingerspitzen, dann schaute er MacArthur wieder an. »Der Ausdruck "normalerweise" bedeutet auch, dass es Ausnahmen gibt. Dies ist so eine Ausnahme.«

»Was soll das heißen? Ich verlange eine Auskunft über den aktuellen Stand der Ermittlungen!«, schrie MacArthur nun über den ganzen Flur.

»Solange wir noch mitten in den Ermittlungen zu mehreren Mordfällen stecken, erhalten Sie gar nichts von mir. Sie wissen doch selbst, wie das ist. In einem laufenden Verfahren, gibt es keine Informationen zu Ermittlungsergebnissen. Das machen Sie doch umgekehrt genauso.«

Die letzte Bemerkung ignorierend, antwortete der Mann, mit spürbar unterdrückter Wut: »Ich werde mich bei Ihrem Chef beschweren!«

»Bitte, tun Sie sich keinen Zwang an«, antwortete Alan lakonisch und völlig unbeeindruckt, während Brian, vom lauten Wortgefecht angelockt, aus dem Vernehmungszimmer kam.

»Wenn Sie die Ermittlung vorsätzlich herauszögern wollen, bitte! Dann werde ich die Vernehmungen eben nochmals durchführen. Auch ohne Sie!« Wütend rauschte MacArthur in das Vernehmungszimmer zu Charly und dem anderen Beamten der SBCC und schlug die Tür hinter sich zu.

Brian grinste. »Gut gebrüllt, Löwe. Dem Wirtschaftskriminellen hast du es aber gegeben. Die konnte ich noch nie leiden.«

»Ich weiß! Das ist aber auch ein bornierter Wichtigtuer.«

»Aber, war das jetzt wirklich notwendig«, fragte Brian unsicher. »Das wird der doch jetzt an unserem Whisky-Charlie, deinem Lebensretter, auslassen.«

»Das wird für unseren MacArthur bestimmt kein Zuckerschlecken.« Vergnügt lief Alan zum Aufzug, um sich endlich unten auf der Straße eine Zigarette anzünden zu können, während Brian ihm dorthin folgte. »Charlie wurde in seiner Ausbildung beim SAS auf ganz andere Verhörmethoden trainiert. Da wird das hier für ihn nicht mehr als eine nette Plauderei.«

Brians Bedenken verflüchtigten sich zum Teil wieder. »Aber, vielleicht brauchen wir die Burschen demnächst noch, und dann werden wir mit Sicherheit keine Amtshilfe mehr bekommen. Könnte doch auch sein.«

»Darüber mache ich mir Sorgen, wenn es soweit ist«, erwiderte Alan. »Außerdem bin ich mir sicher, dass wir die Kerle nicht zur Klärung unseres Falles brauchen. Die sind nur wild auf die Brotkrumen, die bei uns abfallen, um sich selbst damit zu brüsten. Dazu ist später immer noch genügend Zeit.« Bereits mit der Zigarette in der linken Hand, drücke Alan den Abwärts-Knopf am Aufzug.

Eine Viertelstunde später standen beide im Foyer des Gebäudes. »So, Bärchen, ich kann es leider nicht verhindern. Ich werde mich unter Susans Aufsicht zu dem Termin bei unserem Amtsarzt begeben müssen. Nur meinetwegen ist er extra am Sonntag in seiner Praxis erschienen. Schwänzen kann ich nicht, sonst macht mir die Behörde Ärger wegen der Anerkennung eines "Berufsunfalls".« Vorsichtig wedelte Alan mit seinem bandagierten Arm. »Du übernimmst das Verhör von diesem Tom. Nick Monaghan wird dabei sein. Ich habe zudem Charly zu deiner Unterstützung angefordert. Ich kann dich ja nicht ganz alleine auf fremdem Territorium lassen.« Grinsend verließ Alan das Gebäude, um zu Susan in den gerade vorgefahrenen Wagen zu steigen.

Der Verhörraum unterschied sich nicht von dem heute Vormittag. Lediglich der Verdächtige war ein anderer. »Was soll ich hier«, fragte er sogleich barsch und schaute alle Anwesenden kampfbereit an. »Ich will einen Anwalt. Ich bin misshandelt worden. Ich will eine Zigarette.«

Brian schob seinen Oberkörper vor. Seine Muskelmasse und der grimmige Gesichtsausdruck ließen diese Bewegung viel bedrohlicher wirken, als sie waren. Nick Monaghan verstand den Wink sofort und lehnte sich zurück. Darauf hatte Brian nur gewartet und funkelte den Verdächtigen an: »Ich kann Sie nicht leiden, kleiner Tom Fahy.« Dabei kam er ihm noch etwas näher.

»Hey, so dürfen mich nur meine Freunde nennen!«

»Dann sorgen Sie besser ganz schnell dafür, dass ich einer Ihrer besten Freunde werde. Denn alles andere würde Ihnen überhaupt nicht gefallen.«

»Sie drohen mir! Mit Ihren Bullenmethoden erreichen Sie gar nichts. Wir sind hier nicht in Russland!« Demonstrativ schlug Tom die Arme vor der Brust zusammen.

»Ach, Sie waren schon in Russland zum Verhör? Interessant. Weswegen denn?«

»Ich war noch nie in Russland und ich bin noch nie verhört worden. Sie können mir gar nichts anhängen.«

»In Russland mag man vielleicht so seine Methoden haben. Aber ich glaube, Sie haben zu viel *Gorki Park* gesehen. Wir haben allerdings auch ein paar nette Methoden.«

»Sie drohen schon wieder. Sie sind ein absolut gewalttätiger Mensch. Ich werde mit Ihnen nicht mehr reden. Basta!«

»Keine Sorge«, beruhigte ihn Nick. »Er besucht gerade einen Antiaggressionskurs, aber irgendwie klappt das mit seiner Aggressionsbewältigung noch nicht so richtig«, sagte er und grinste innerlich über seinen eigenen Scherz.

Brian wandte sich wieder Tom zu. »Ihre Aggression hat uns schon mindestens eine Leiche und einen Schwerverletzten beschert. Das wäre also einmal Mord und einmal Mordversuch. Schätze, das reicht für lebenslänglich. Stimmt´s, Nick?«

»Absolut. Und, wenn wir den Farmer noch dazurechnen, könnte es sogar zwei mal lebenslänglich werden.«

»Hey! Jetzt reicht´s! Mit den Sachen habe ich nichts zu tun. Da könnt ihr mir nichts nachweisen. Und das mit dem Farmer war sowieso ein Unfall«

»So, so. Dabei waren Sie also schon, was? Haben eigentlich nur so zugeschaut, wie jemand ganz anderes diese bösen Sachen gemacht hat, was?«

»Das habe ich nicht gesagt! Sie drehen mir die Worte im Mund herum.«

»Woher wissen Sie denn dann, dass die Sache mit dem Farmer nur ein Unfall war, heh?

»Keine Ahnung. Hat mir wohl jemand erzählt.«

Jetzt übernahm Nick wieder die Gesprächsführung. »Mag schon sein. Nur Pech für Sie, dass wir noch einen anderen Kollegen von Ihnen hier sitzen haben. Und der erzählt uns komischerweise eine völlig andere Geschichte.«

Mit triumphierendem Blick sah Tom die Polizisten an. »Von wegen! Ihr könnt mich nicht lackmeiern. Ich habe die Leiche von Wayne gesehen. Der konnte nicht mal mehr furzen! Da müsst ihr schon früher aufstehen.«

Grinsend beugte sich Brian vor. »Das sind wir, mein Freund. Das sind wir. Und stellen Sie sich vor, wir haben noch jemanden in unseren Kämmerchen.«

»Kann gar nicht sein. Die anderen sind alle mit dem Boot weg.« Ein leichtes Flackern in Toms Blick verriet seine bröckelnde Fassade.

»Tatsächlich alle? Die ganze Firma? Vom Pförtner bis zu euerm Boss?« Mit einem freundlichen Lächeln nahm Nick die Steilvorlage an.

»Na klar, alle ... wieso Boss?« In Toms Augen spiegelte sich die erste Panik und dann ein Funken der Erkenntnis. »Ah, ich verstehe. Er ist wieder hier. Jetzt kapiere ich. Kein Wort mehr, ihr Schweine!«

»Hoppla! Warum denn plötzlich so aggressiv? Sind das nicht eher Bullenmethoden?«

»Ich will einen Anwalt. Und zwar sofort. Ende!«

»Und Sie glauben, ein Anwalt könnte Ihnen noch irgendwie helfen?«

Schweigen. Ein letzter hasserfüllter Blick zu Brian. »Einen Anwalt!«

»Nun gut. Wir befinden uns in einem Rechtsstaat, wo selbst der dreckigste Verbrecher noch mit Zuckerguss versehen wird. "Die Würde des Menschen" – auch die von Mördern und Totschlägern – "ist unantastbar".« Brian erhob sich und nickte Charly Pollock zu. »Holst du uns bitte einen Kollegen, der unseren Freund hier beschützt und hinaus begleitet? Schließlich wollen wir doch nicht, dass diesem Mann von Ehre etwas Schlimmes im Polizeigewahrsam angetan wird. Er könnte ja sonst ganz dumm eine lange, steile Treppe hinunterfallen.«

Charly Pollock verließ den Raum, um einen der uniformierten Beamten zu holen, während Brian und Nick kopfschüttelnd ihre Unterlagen sortierten.

Alan traf am späten Nachmittag wieder im Polizeipräsidium in Edinburgh ein, um sich dort mit Brian zu treffen. Sie wollten gemeinsam mit Nick und den anderen die Ergebnisse der Verhöre besprechen. Aber schon, als er die Etage des CID aus dem Aufzug betrat, spürte Alan, dass irgendetwas Besonderes passiert war. Ein halbes Dutzend Kriminalbeamte wuselten umher und verströmten dabei eine Aura, als wäre eine Bombe explodiert oder sonst etwas Ungewöhnliches geschehen. Für die Uhrzeit wirkten sie viel zu wach und vor allem viel zu nervös. Selbst die Wände schienen dieses Gefühl auszuatmen, dass etwas passiert war. Keiner allerdings sprach Alan an, im Gegenteil, alle taten ihr Bestes, um ihn regelrecht zu ignorieren. Alan hatte sogar den Eindruck, dass sich einige abwandten, als sie ihn bemerkten. Er hatte aber keine Lust nachzufragen, was denn passiert sein könnte. Er wollte so schnell wie möglich zu Brian und den anderen. Seine Schulter tat ihm weh, weil die Betäubungsmittel nachließen, und das Gespräch mit dem Amtsarzt hatte, für seinen Geschmack, auch viel zu lange gedauert. Zudem musste Susan wieder nach Inverness zurückfahren, da sie morgen wieder früh bei der Arbeit sein musste. All das kratzte an seinen Nerven. Vielleicht gelang es ihnen ja heute wenigstens, eine entscheidende Wende in den Fall zu bringen oder ihn sogar am Ende zu lösen. Obwohl er Letzteres ernsthaft bezweifelte.

Alan betrat den Besprechungsraum, den CC Andrew McCormick der Sonderkommission großzügig zur Verfügung gestellt hatte. Als ihn jetzt sogar seine engsten Kollegen anschauten, als wäre etwas völlig Außergewöhnliches passiert, blieb er dann doch abrupt stehen.

An Charles Pollock gewandt fragte er: »Charly, was ist denn hier los? Sind die Marsmenschen gelandet oder hat der Chief eine heimliche Affäre zugegeben?«

Charles Pollock schüttelte nur stumm den Kopf und zeigte dann in die Richtung der Verhörräume. Neugierig drehte sich Alan um und ging die paar Schritte bis zu dem Raum, dessen Tür weit aufstand. Alan konnte dahinter den Rücken von Brian erkennen.

Brian saß am Tisch im Verhörraum, hatte den Kopf schwer auf beide Arme gestützt und machte einen völlig niedergeschlagenen Eindruck. Er sah nur kurz auf, als Alan den Raum betrat, und ließ dann gleich wieder seinen Kopf hängen.

»Was ist denn jetzt passiert?«, fragte ihn Alan.

»Ich habe alles vermasselt«, antwortete Brian sichtlich betrübt.

»Wieso das denn? Was ist denn eigentlich los hier? Kann mir das bitte auch endlich mal jemand sagen!« Alan wurde langsam ärgerlich.

»Der Verdächtige hat mich geschubst«, sagte Brian, noch immer irritiert.

»Er hat *dich* geschubst«, wiederholte Alan kopfschüttelnd. »So dumm kann doch wohl keiner sein, dich zu schubsen! Dieser kleine Zwerg von Tom Fahy hat das getan?« Alan setzte sich Brian gegenüber an den Tisch und sah seinen Freund gespannt an.

»Es passierte völlig überraschend.« Brian schien tief beeindruckt zu sein. Nicht viele hatten den Mut oder waren verrückt genug, ihn herauszufordern. »Er stand vor mir und sollte wieder abgeführt werden, weil er ohne einen Anwalt keinen Ton mehr sagen wollte. Und ohne erkennbaren Grund hat er mich plötzlich geschubst«, erklärte Brian weiter.

»Und dann?«, fragte Alan.

»Na ja, dann habe ich ihm, ohne es zu wollen, eine Ohrfeige gegeben«, antwortete Brian zerknirscht.

Alan saß auf seinem Stuhl und spürte förmlich, wie er älter wurde.

Später erfuhr Alan dann, dass der Tatverdächtige tatsächlich, ohne vorher in irgendeiner Form provoziert worden zu sein, und ohne dass es sonst einen Anlass dazu gegeben hatte, Brian mit der Faust auf die ungedeckte Brust geschlagen hatte. Das hatte diesen zwar wenig beeindruckt und vermutlich hatte dem Mann seine Faust mehr wehgetan als Brian seine Brust. Aber Millisekunden später hatte Brian ihm, in einem Reflex, eine schallende Ohrfeige gegeben. Der Mann war umgefallen, als hätte ihn der Blitz erschlagen. Das Ergebnis wurde bereits im Krankenhaus behandelt, wo die Ärzte versuchten, den

Trümmerbruch am Kinn des Verdächtigen wieder in den Griff zu bekommen. Wann dieser wieder in der Lage sein würde, eine mündliche Aussage zu formulieren, war derzeit allerdings noch völlig offen.

Was die ganze Sache noch weiter verkomplizierte, war, dass MacArthur und seine Kollegen von der Wirtschaftskriminalität die ganze Sache mitbekommen hatten, da sie, im Anschluss an Brians Verhör, Tom Fahy selber in die Zange nehmen wollten. Nach Brians *emotionsfreudigem* oder *enthusiastischem* Vorgehen, wie Nick Monaghan versuchte, die Sache herunterzuspielen, war für MacArthur die Sachlage nun völlig klar. Die SoKo versuchte mit allen Mittel, insbesondere durch Einsatz der dilettantischsten Beamten, die Schottland zu bieten hatte, den Fall zu sabotieren, um ein "schottisches Watergate" zu provozieren.

Einen der zwei momentan einzigen brauchbaren Zeugen auszuschalten, kam für ihn dem berühmten Druck auf den roten Knopf gleich. Bereits zehn Minuten später musste er in einem der Büros verschwunden sein, um alle Leute, vom obersten Polizeipräsidenten bis zu den ihm gewogenen Abgeordneten, zu informieren. Alan hielt es nicht für völlig ausgeschlossen, dass auch der eine oder andere Redakteur einer Zeitung darunter war. Ab jetzt würden andere entscheiden, wie es weiterging.

Die Atmosphäre im Konferenzzimmer war eine seltsame Mischung aus Aufregung und Erschöpfung, die schon fast körperlich zu spüren war. Die Kollegen, die sich hier in den frühen Morgenstunden eingefunden hatten, waren kurz vorher erst aus dem Schlaf geweckt und herbestellt worden. Alle mussten versuchen, ihre Müdigkeit abzuschütteln, um sich mit vereinter Kraft der aktuellen Situation zu widmen. Dennoch ließen sich einige völlig ermattet in die Sessel rund um den Besprechungstisch fallen. An den Telefonen in den anderen Büros konnte man durch die geöffnete Tür ein Durcheinander an Stimmen hören, von den Beamten, die mit Kollegen in ganz Europa Kontakt aufnahmen.

Die regelmäßigen Lagebesprechungen der Sonderkommission waren zwar bei den Teammitgliedern nicht besonders beliebt, aber sie mussten einfach sein. Es war nicht nur wichtig, dass alle auf dem gleichen Stand der Ermittlungen waren, sondern dass auch alle wussten, was die anderen gerade dachten. Alan hatte schon oft erlebt, dass ihn die Gedanken der anderen und auch die Zweifel seiner Kollegen inspiriert hatten, das eine oder andere Detail nochmals neu und aus einem anderen Blickwinkel zu überdenken. Manchmal hatte der zweifelnde oder ungläubige Blick eines Kollegen ausgereicht, ihm aus einer Sackgasse zu helfen, in die er sonst zu viel Energie gesteckt hätte. Speziell Brian war immer schon sehr gut darin gewesen, zweifelnd zu blicken. Diesmal war es für Alan aber anders als sonst oder, besser gesagt, viel schlimmer. Nicht nur, dass er kein Weiterkommen im aktuellen Fall verkünden konnte, diesmal war es für ihn der Offenbarungseid.

»Der Innenminister persönlich hat mich angerufen und hat mich ersucht«, begann Alan das Gespräch in der gestelzten Sprache des Innenministers, »dass wir alles in unserer Macht Stehende unternehmen sollen, um den Fall wieder in ein positives Licht zu rücken. Der Ministerpräsident sitze ihm bereits im Nacken und er wisse nicht, wie lange er dieses Gewicht tragen könne.«

Diese Anspielung auf das Übergewicht ihres allerhöchsten Dienstherren entlockte den meisten Anwesenden einen kleinen Lacher.

Alan hatte sich, mit dem Arm in einer Schlinge, an den Konferenztisch gelehnt, als es an der Tür klopfte. Ein junger Polizeibeamter betrat, nach dem kurzen Anklopfen, unaufgefordert den Konferenzraum und ging auf Alan zu. Alan hatte ihm am Tag vorher die Unterlagen aus den Speditionen gegeben und ihn beauftragt, eine Liste mit den Namen der Speditionsmitarbeiter zu erstellen, denen in den letzten drei Jahren gekündigt worden war oder die einfach nicht mehr zur Arbeit erschienen waren. Der Polizist reichte ihm mehrere Ausdrucke, die Alan sogleich interessiert betrachtete. Dann schaute er den jungen Mann erstaunt an.

»Was soll das denn sein?«, fragte Alan.

»Sie sagten, Sie wollten eine Liste mit Namen.«

»Ja, und was dachten Sie, was ich damit machen würde? Mir den schönsten davon aussuchen und meinen Sohn danach benennen? Ein paar Adressen zu den Namen wären echt hilfreich!«

»Oh!«, mehr brachte der junge Polizist nicht hervor, während er sichtbar errötete.

»Ja, "oh"!«, antwortete Alan kopfschüttelnd. »Es wäre nett, wenn Sie die jeweilige Spedition, das Jahr des Austritts und vor allem die Adresse ergänzen könnten. Bis heute Mittag reicht!«

»Ja, das mache ich sofort. Entschuldigung.« Mit inzwischen hochrotem Kopf eilte der junge Polizist hinaus und schloss die Tür hinter sich.

»Jung, dynamisch, erfolglos. Was ist nur aus unserem Polizeinachwuchs geworden?«, fragte Alan und schüttelte erneut den Kopf.

»Ach, komm. Sei nicht so streng mit ihm. Der lernt das schon noch«, erwiderte Charly.

»Also, Alan, spann uns nicht auf die Folter. Was ist seit gestern alles passiert und wie geht es weiter ... wenn es denn weitergeht?«, das kam von Nicky.

»Es wird weitergehen, soviel ist bis jetzt klar.« Müde versuchte er, sich etwas Leben in die schmerzenden Augen zu reiben. Den ganzen Sonntagabend hatte er in Gesprächen mit zahlreichen einflussreichen Leuten verbracht. Dabei hatte er die ganze Palette, vom Disziplinarverfahren bis zur vollen Rückendeckung, durchmachen müssen. Schlussendlich, gegen Mitternacht, hatte der Innenminister seine vorläufige Entscheidung mitteilen lassen. Durch den vordergründigen und vor allem schnellen Erfolg der SoKo bei der Aufdeckung der britischen Aktivitäten der Bande und durch die Verhaftung, insbesondere des Chefs der Bande, würde sich das Presseecho weitestgehend positiv ausmachen. Alan war sich sicher, dass einige Telefonate des Ministers mit ausgesuchten Chefredakteuren dazu nötig waren. Dass einer der Verbrecher bei der Aktion zu Tode gekommen war, würde sogar die Revolverblätter gnädig stimmen, die der britischen Justiz seit Jahren schon zu viel Nachgiebigkeit und Laschheit vorwarfen. Ein detailreiches Bild der Leiche von Wayne Shewan hatte garantiert den Weg in eine der großen Bildredaktionen gefunden.

Der unerfreuliche Teil der Situation war, dass, nach vorläufiger Klärung der Gewalttaten, das Dezernat für Wirtschaftskriminalität den Fall ab jetzt leiten würde. Die SoKo "Whisky-Truck" wäre damit zum Informationslieferanten und Prügelknaben von Ronald MacArthur verdammt. Entweder so oder gar nicht. Das hatten ihm auch CC Timmins und einige andere ihm wohlgesonnene Leute nahe gelegt. Also, hatte er zugestimmt und kam sich einen Moment lang vor wie Charles Maclellan auf dem Boot, als der kleine Tom die Waffe auf ihn richtete. Format zeigen und untergehen oder klein beigeben? Letzteres war für ihn die einzig mögliche Alternative, um Brian und die anderen aus den diversen Schusslinien raushalten zu können. Wenigstens hatte er, ohne vorher mit MacArthur geredet zu haben, die Kronzeugenregelung für Charles vorschlagen können. Der Staatssekretär des Innenministeriums konnte sich für diese Idee erwärmen. Dadurch wurde "ihr Fang" weiter aufgewertet und könnte in der Öffentlichkeit und der Politik so dargestellt werden, als hätte man einen von ganz oben aus der Verbrecherorganisation geschnappt. Dass dieser "ganz oben" zudem einem Beamten uneigennützig das Leben gerettet hatte, könnte für einige weitere weibliche Wählerstimmen gut sein. Daraufhin blieb MacArthur nichts anderes übrig, als dem zuzustimmen und es als eigentlich seine Idee zu verkaufen.

Die restliche Nacht hatte Alan zunächst mit Susan am Telefon verbracht und dann mit Brian an der Hotelbar, beziehungsweise später an der Minibar seines Zimmers. Um noch nach Hause zu fahren, war die Nacht zu kurz gewesen, und so hatten sie dankenswerterweise von der Zentrale in Edinburgh Hotelzimmer zur Verfügung gestellt bekommen. Gegen Morgen war Brian schnarchend in einem Sessel eingeschlafen. Alan hatte es ihm dann für die verbleibenden drei Stunden gleichgetan.

Dementsprechend fühlte er sich jetzt nicht gerade in Hochform. Nachdem er mit leiser Stimme die Ereignisse der letzten Stunden geschildert hatte, sah er sich im Konferenzraum um und sah überall, auch bei Nicky, zustimmendes Nicken.

»Also gut, dann jetzt ehrlich. Wie geht es weiter?«, fragte Charly.

Alan blickte in die Gesichter aller Mitglieder seines Teams, die heute früh angereist waren. »Es tut mir Leid. Charly, Ewen, Andy, ihr kehrt an euren regulären Arbeitsplatz zurück. Für Tatortermittlung und Forensik besteht im Moment kein Bedarf mehr. Nicky, du bleibst zur Unterstützung der SBCC dabei. Ich spiele ab jetzt den Handlanger von MacArthur.«

»Und Brian?« Charly blickte sich demonstrativ im Raum um. »Wo ist der überhaupt?«

»Brian ist im Moment, bis zur Klärung des Vorfalls von gestern, beurlaubt. Ob Notwehr oder nicht. Das war das Beste, was ich beim Dezernat für interne Ermittlungen rausschinden konnte. Zurzeit sitzt er bei unserem Pressehelden Graham Morrice und bereitet ihn auf den Besuch unseres Kronzeugen Charles Maclellan vor.«

»Oh, Mann! Das tut mir Leid für unseren Bär. Aber den Artikel habe ich auch gelesen.« Ewen Gillies kramte den "Observer" vom letzten Samstag hervor. »Da wird sein Alleingang etwas anders dargestellt, nicht wahr? "Heldenhaftes Eingreifen" und "Zivilcourage" steht da, anstatt "selbstmörderische Dummheit". Na ja, die Presse ...«

»Wie kommt Brian damit zurecht?«, fragte Andy MacPhee.

»Ach Andy, du kennst ihn doch. Nach außen macht er auf unangreifbar. Bis heute Morgen hatte ich ihn wieder halbwegs auf dem Damm. Ruft ihn einfach an und redet ein paar Takte mit ihm. Sobald Charles Maclellan und Nick Monaghan ihre Aussagen gemacht haben, wird sich die Sache in ein paar Tagen erledigt haben. Dagegen kann auch der Anwalt von Tom Fahy nichts ausrichten. Zumal die ganze Situation auf Band aufgezeichnet wurde.«

Insbesondere Nicky schien erleichtert zu sein. »Ich trau den Anwälten nicht. Gewalt im Polizeigewahrsam ist doch das Thema für die. Hoffen wir also das Beste. Aber, wieso ist dieser Maclellan denn bei Graham Morrice? Das kapiere ich jetzt gar nicht.«

In dem Moment kam der junge Polizist wieder ins Konferenzzimmer und reichte Alan erneut mehrere Ausdrucke. Alan betrachtete diese und die Anwesenden konnten erkennen, dass der Inhalt der Papiere dieses Mal sein Interesse weckte.

»Prima, das haben Sie diesmal gut gemacht«, lobte er den jungen Mann. »Und auch noch so schnell. Wirklich toll.«

Der Polizist errötete daraufhin erneut, diesmal allerdings vor Freude. Nachdem sich Alan von ihm verabschiedet hatte, wandte er sich wieder seinen Kollegen zu.

»Das hat er wirklich gut gemacht. Nicky, da wächst eine ernsthafte Konkurrenz heran«, neckte er seine Computerspezialistin. Die grinste allerdings nur, denn sie kannte ihre Fähigkeiten bestens und hatte deshalb keine Angst vor Konkurrenten.

»Besonders interessant«, fuhr Alan fort, »finde ich die Spalte mit den Namen der Mitarbeiter, die einfach eines Tages nicht mehr zum Dienst erschienen sind, ohne vorher gekündigt zu haben und ohne dass ihnen gekündigt worden war.«

Er schaute Nicky an. »Überprüf doch mal bitte, ob wir die bisherigen Aussagen von Charly Maclellan hier bestätigt sehen. Insbesondere auch die Namen der Disponenten« Er reichte Nicky das Blatt, auf dem die Namen standen. Nicky fuhr sofort ihr Notebook hoch, das sie natürlich dabeihatte, und kümmerte sich um den Abgleich der Daten.

»Diese Sorte von Arbeit wird für uns in der nächsten Zeit alles bleiben, was wir erledigen dürfen. Keine Außeneinsätze, keine selbstständigen Ermittlungen.« Alan blickte von einem zum anderen. »Zumindest nicht offiziell. Und, was wir mit den Ergebnissen unserer Recherche anfangen ... mal sehen. Also, Charles Maclellan. Warum will der zu unserem Graham? Ganz einfach. Er ist genauso Whisky-bekloppt wie Graham. Er wollte sich unbedingt bei Graham persönlich entschuldigen, bevor er ins Untersuchungsgefängnis überstellt wird. Als ich ihm dann allerdings gestern erzählt habe, dass er sich bei Graham dann gleich zweimal entschuldigen kann, weil der tote Farmer Grahams Onkel war, ist er schier ausgerastet. Warum, habe ich ihn allerdings nicht mehr gefragt. Das war mir zu viel. Aufgrund der Kronzeugengeschichte hat man dann einem kurzen Besuch zugestimmt. Das würde ein gutes Licht auf alles werfen. Der reumütige Verbrecher ... und so weiter. Ich bin nur gespannt, wie Graham diesen Besuch aufnehmen wird. Also, los jetzt. Butter bei die Fische«, forderte Alan alle Anwesenden auf. »Zeigen wir den anderen, dass wir selbst auf dem Abstellgleis noch was taugen. Ich möchte heute Nachmittag noch die ersten Verdächtigen im Verhörzimmer sitzen haben!«

Graham nahm den Besuch zunächst recht verhalten auf. Brian hatte zwar eine halbe Stunde lang mit Graham geredet und ihm die Rolle von Charles Maclellan sowie alles von der Kronzeugenregelung bis zur politischen Gesamtlage des Falls berichtet, konnte aber seine eigene deprimierte Laune nicht überspielen. Am Ende war es Graham, der Brian versuchte, wieder aufzupäppeln.

Da Grahams Gesundheitszustand sich stündlich besserte und der leitende Arzt zugestimmt hatte, dass er sich bei strenger Bettruhe nach Hause begeben dürfe, war diese ungeplante Verzögerung seiner Abreise umso ärgerlicher für ihn. Als Brian ihm dann auch noch mitteilte, dass man sein Auto zwar auf dem Hafengelände in Barrow wiedergefunden hätte, es leider aber durch einen etwas heftigeren Schusswechsel dort jetzt wohl nur noch als Salatsieb zu verwenden wäre, sank seine Laune endgültig in den Keller. So gestaltete sich der erste Kontakt zu Charles Maclellan als äußerst frostig.

Auf Brians Wink hin verließen die beiden uniformierten Beamten das Krankenzimmer und postierten sich vor der Tür. Vorsichtig nahm Charles auf dem dargebotenen Stuhl Platz, an dem Brian ihn mit den Handschellen festmachte. »Tut mir ja fast schon Leid, Charly. Aber Pflicht ist Pflicht. Das muss so sein.«

»Schon in Ordnung. Wie geht es Ihnen, Mr. Morrice?«

»Wie soll es mir schon gehen, nachdem man versucht hat, mich totzuschlagen?«, antwortete Graham kurz angebunden und sah dabei aus dem Fenster.

»Bitte, glauben Sie mir, dass das, was geschehen ist, für mich genauso abscheulich ist wie für Sie. Das hätte alles niemals geschehen dürfen. Als damals Ihr Onkel durch Zufall in der Scheune auftauchte, begann alles schief zu laufen. Ich bin mir sicher, dass es ein Unfall war. Aber ich weiß, das macht es nicht besser.«

Graham sah Charles zum ersten Mal an. »Nein, da haben Sie Recht. Das macht gar nichts besser. Ich weiß durch Inspektor Brian hier, dass Sie nichts mit den Gewalttaten zu tun hatten, und weiß ebenfalls, dass Sie sich von Ihrer Truppe abgesetzt haben. Das alles rechtfertig aber noch lange nicht, dass Sie seit Jahren und fortgesetzt Whisky gestohlen und arme Menschen in Angst und Schrecken versetzt haben.«

»Ich weiß. Dafür werde ich auch geradestehen. Glauben Sie mir. Ich werde tun, was ich kann.«

Graham blickte wieder demonstrativ aus dem Fenster, während Brian dumpf vor sich hin stierte. »Und, was wollen Sie jetzt von mir? Wollen Sie irgendeine Absolution oder so was? Dann tut es mir Leid. Das kann und werde ich nicht tun. Und außerdem: Abgesehen von all dem Tod und dem Leid, wofür Sie verantwortlich sind, oder von mir aus auch Ihre Truppe, haben Sie meiner Destillerie, und insbesondere mir obendrein, besonders geschadet. Irgendeinen Standard-Whisky klauen, von mir aus! Den kann man nachproduzieren. Aber wissen Sie eigentlich, was Sie mir da geklaut haben?«

Grahams Stimme wurde mit jedem Wort lauter, sodass sich Brian schon Sorgen um Grahams Kopfverletzung machte. »Graham! Bleib ruhig. Du bist nicht der Fitteste.«

»Ach, ist doch wahr.« Resigniert ließ Graham sich wieder in sein Kopfkissen sinken.

»Doch, Mr. Morrice, ich weiß genau was Ihnen gestohlen wurde. Und ich muss zu meiner Schande gestehen, dass ich sehr darüber enttäuscht bin, dass es nicht mir, sondern irgendwelchen Banausen, nun vergönnt ist, diesen Whisky abzufüllen. 25-jähriger Ben Rhinnes aus den besten Sherryfässern seiner Zeit. Der "Stern von Afrika[9]" unter den diesjährigen Abfüllungen.«

Nach dieser Bemerkung konnte Graham gar nichts anderes, als Interesse zeigen. »Woher in aller Welt haben Sie, als Berufsdieb, soviel Sachverstand über Whisky?«

Diesmal antwortete Brian. »Erzählen Sie ihm am besten die ganze Geschichte, die Sie uns auch erzählt haben. Ich zumindest fand sie ganz kurzweilig.« Daraufhin stand Brian auf und ging zur Tür. Dort winkte er einen der Beamten heran und trug ihm auf, ein paar ordentliche Sandwiches und Kaffee aus der Kantine zu holen. Anschließend könnten sie sich auch für ein Stündchen eine Mittagspause gönnen. Anschließend setzte er sich wieder in seinen Besuchersessel und gab Charles mit einer Handbewegung zu verstehen, dass er nun anfangen könne.

»Also gut, dann fang ich halt nochmal am Anfang an. Es ist immer noch lange her, als alles begann. *Still long ago ...*«

Gut eine halbe Stunde erzählte Charles nun schon zum zweiten Mal innerhalb von kurzer Zeit die Geschichte seiner Ahnen, nur einmal unterbrochen durch den Beamten, der die belegten Brote und den Kaffee brachte. Mit jeder Generation, von der Charles erzählte, steigerte sich Grahams Aufmerksamkeit und Interesse, bis Charles schließlich zu der Stelle kam, als Peter II. und Charles II. die Dandaleith Distillery erbauten.

»Dandaleith?« Graham sah Charles fest in die Augen. »Wo soll die gebaut worden sein? Und erzählen Sie mir keinen Mist! Ich kenn mich aus.«

---

[9] Der "Cullinan"-Diamant wurde 1905 in Südafrika gefunden. Der Stein hatte ein Gewicht von 3.106,7 Karat (ein Karat entspricht 0,2 Gramm) und wurde später in mehrere Teile gespalten. Der unter anderem daraus gewonnene Diamant "Stern von Afrika" mit 530 Karat gehört heute zu den britischen Kronjuwelen und zählt zu den spektakulärsten und größten Diamanten der Welt.

»Das weiß ich sehr wohl, Mr. Morrice. Und dies ist auch einer der Gründe, warum ich unbedingt mit Ihnen reden wollte. Als ich gestern erfahren haben, dass der verstorbene Farmer ihr Onkel war ...«

»Ben Cairndow. Das war mein Onkel, ja!«

»Genau. Also, dass Ben Cairndow ihr Onkel war, das war für mich ein echter Schock. Weil auf der Farm Ihres Onkels in der Nähe von Milltown of Edinvillie, südlich der heutigen Glenallachie Distillery, meine Vorfahren die Dandaleith Distillery erbaut hatten. Ihr Onkel wohnt ... entschuldigen Sie ... wohnte auf den Grundmauern der Destillerie meiner Familie.«

»Das gibt's doch nicht. Aber, das stimmt! 1952 ist Dandaleith abgebrannt, nicht wahr? 1959 hat mein Onkel die Farm aus einer Konkursmasse gekauft. Auf den Mauern der alten Brennerei wurden damals die neuen Hofgebäude errichtet.«

»Daher wussten Sie auch von der leer stehenden Scheune in der Nähe!«, unterbrach Brian das Gespräch.

»Mehr oder weniger. Zur Sicherheit hatte ich einen Bekannten noch auf den alten Winston Fowler angesetzt. Der alte Winston war in meiner Kindheit mein liebster Onkel. Damals bewirtschaftete er noch seine Farm direkt neben unserer. Habe oft bei ihm in der Küche gesessen.«

»Das heißt, sie sind im Wohnhaus meines Onkels und meiner Tante zur Welt gekommen? Haben Sie die alte Brennerei noch gekannt?« Graham war nun völlig aus dem Häuschen.

»Leider nein. Ich war ein Jahr alt, als sie abgebrannt ist.«

»Schade. Es gibt leider auch gar keine Fotos oder Bilder von Dandaleith. Ich recherchiere seit Jahren über verlorene Destillerien. Vielleicht werde ich mal ein Buch schreiben. *Lost Distilleries of Scotland* oder so. Mal sehen. Ich wusste immer, dass es auf der Farm meines Onkels mal eine Destillerie namens Dandaleith gegeben hat. Aber es war gar nichts herauszubekommen über deren Geschichte. Manchmal dachte ich sogar schon, dass es alles nur ein Märchen gewesen wäre. Aber jetzt, eine alte Brennerei auf dem Grund und Boden unserer Familie. Unglaublich. Was ist aus den Lagerbeständen geworden?«

»Die sind nach dem Brand nach und nach an andere Destillerien und Blender verkauft worden. Alles weg.«

»Mann, wenn es doch wenigstens ein paar alte Bilder geben würde oder so etwas ...« Graham blickte verträumt ins Leere.

»Die gibt es.« Charles schaute Graham hoffnungsvoll an.

»Wirklich? Wo?«

»Bei mir. Meine Mutter hatte alle persönlichen Sachen nach der Zwangsversteigerung behalten können. Es gibt einige Fotoalben bei mir auf dem Dachboden. Ich habe schon lange nicht mehr ... Sie können sie haben, wenn Sie wollen.«

Ein Schatten huschte über Grahams Gesicht. »Das nehme ich natürlich gerne an, aber denken Sie nicht, dass sie sich damit von ihrer Mitschuld an all dem Leid freikaufen können. Wenn Sie das erwartet haben, dann ...«

»Nein, nein. Um Gottes Willen. Das hatte ich so nicht gemeint. Ich dachte nur, da ich in den nächsten Jahren wohl für die Sachen keine Verwendung mehr haben werde, könnten Sie vielleicht ... ich meine, damit die Geschichte meiner Familie nicht völlig vergessen wird.«

Graham beruhigte sich wieder. »Das werde ich gerne tun. Wenn nicht unbedingt für Sie, dann aber wenigstens aus historischen Gründen.«

»Danke. Das ist mehr als ich erwartet habe.« Charles blickte Brian an. »Vielleicht sollten wir jetzt aufbrechen?«

»Geht in Ordnung.« Brian schluckte den letzten Bissen seines Sandwiches herunter und stand auf, um Charles Handschellen zu lösen.

»Ach, Mr. Morrice. Da ist vielleicht noch etwas, was sie interessieren könnte.« Charles drehte sich beim Verlassen des Zimmers noch einmal zu Graham um.

»Und, das wäre?«

»Wie Sie vielleicht wissen, haben meine Eltern und Großeltern den gesamten Whisky an Blender verkauft. Eine eigene

Single Malt-Abfüllung auf den Markt zu bringen, daran hat damals ja noch keiner gedacht.«

»Ja, das weiß ich. Und, weiter?«

»Nun, mein Vater hatte aber wohl mal die Idee, genau das zu machen. Anfang der fünfziger Jahre wollte er es mal probieren und hat einen Dandaleith Single Malt abgefüllt und verkaufen wollen. Dazu ist es ja dann leider nie gekommen, aber es existiert noch etwas davon.«

Graham konnte das leichte Zittern in seiner Stimme nicht völlig unterdrücken. »Wo?«, brachte er nur etwas krächzend heraus.

»Ebenfalls bei mir auf dem Dachboden. In der alten Truhe meiner Mutter. Zwei Flaschen, um genau zu sein. Mit Originallabel.«

Graham und Charles blickten sich lange und stumm an. Schließlich brach Graham das Schweigen. »Sie wissen, dass diese Flaschen ein Vermögen wert sind?«

»Das ist mir egal. Sie können sie gerne haben. Ich denke, dass diese freundlichen Polizisten Ihnen einen Zugang zu meinem Haus verschaffen können, oder?«

Brian sah von Graham zu Charles und wieder zurück. »Das ließe sich schon einrichten, denk ich.«

»Keiner schmeißt einfach so ein Stück seiner Vergangenheit weg und erst recht nicht Sie, Charles Maclellan.« Graham runzelte seine Stirn. »Was genau geht gerade in Ihrem Kopf vor?«

»Nun, vielleicht gibt es ja irgendwie eine Möglichkeit, dass der Name der Dandaleith Distillery nicht völlig aus der Geschichte verschwindet.« Mit einem unergründlichen Gesicht drehte sich Charles Maclellan um und verließ, gemeinsam mit Brian, das Krankenzimmer. »Wir sehen uns vielleicht in ein paar Jahren wieder, Mr. Morrice. Danke für alles.«

Nachdenklich saß Graham in seinem gestreiften Schlafanzug auf dem Bett und blickte auf die geschlossene Zimmertür. *Wofür hatte sich dieser Charles jetzt eigentlich bedankt? Ich habe doch noch gar nichts für ihn getan. Aber ich befürchte, ich werde ...*

OTHER
PLACES

Teil 2
Der Rest der Welt

Sunday, bloody Sunday

Bequem auf dem Sofa liegend, mit freiem Blick zum Fernseher, wird der Zuschauer Zeuge von Affären, Intrigen und Verbrechen, die nahe scheinen, sich aber dennoch in sicherer Entfernung abspielen. Er wird mit Fragen konfrontiert, die ihm zu denken geben, ohne dass er verpflichtet wäre, etwas zu ihrer Beantwortung beizutragen. In der Realität würde ihn ein Mord zutiefst erschrecken. In der Krimiserie hat er die tröstliche Gewissheit, dass die in Unordnung geratene Welt innerhalb der nächsten 90 Minuten ihr Gleichgewicht wieder findet, dass der Mörder entlarvt wird, das Gute am Ende siegt und er selbst beruhigt ins Bett sinken kann – außer vielleicht bei einigen französischen Krimis.

Das wahre Leben sieht aber oft ganz anders aus, als es in Filmen gezeigt wird. Oft ist es wesentlich brutaler und beunruhigender, manchmal aber auch viel banaler.

In dem Dreiländereck, an der Grenze zwischen Irak, Türkei und Iran, beleuchtete die Abendsonne die Gipfel des Zagros Gebirges mit dunkelrotem Licht. Südwestlich des Urmiasees auf iranischer Seite, in dessen Nähe der altpersische Prophet Zarathustra geboren wurde, befindet sich der Kel-i-Schin-Pass. Zwischen Rawanduz auf irakischer Seite, einer Stadt mit über 100.000 Einwohnern, die 914 m hoch liegt, und Mahabad im

Iran, einer Stadt mit etwa 174.000 Einwohnern, die in einem engen Tal auf 1.300 m Höhe liegt, ist er der einzige Pass durch den nördlichen Teil des Zagros Gebirges[10]. Auf 2.981 m Höhe bildet er die Staatsgrenze zwischen Iran und Irak. Natürlich war die Straße über den Pass entsprechend gut bewacht und die Grenzpolizei achtete genauestens darauf, dass kein Schmuggler hier sein Unwesen trieb.

Deshalb hatten sich die Männer an einem Sonntagabend, etwa 40 Kilometer weiter nördlich der Straße über den Pass, versammelt, um ihre wertvolle Fracht heimlich, und vor allem unkontrolliert, über die Grenze in den Iran zu schmuggeln. Die verschneiten Gipfel des Berges reflektierten gerade noch die letzten Strahlen der Sonne. In der Senke unterhalb des Gipfels, in der sich die Männer mit ihren Eseln versammelt hatten, war es schon dunkel. Auf der von Abendsonne noch beleuchteten Seite des Berges lag der Irak, auf der anderen Seite, wo es schon finster war, der Iran. Sie wollten heute Nacht noch über die Berge bis nach Oschnaviyeh, einer Stadt mit über 56.000 Einwohnern, von denen die meisten Kurden waren.

Die 20 Esel waren angebunden worden und wurden gerade von genauso vielen Männern beladen. Kartons mit schottischem Whisky wurden von einem Pickup geladen, in Plastiksäcke genäht und auf die Lastsättel der Maultiere verteilt. Keiner der Männer redete, sie wussten alle, was zu tun war, und verrichteten ihre gewohnte Arbeit schweigend. Es war inzwischen dunkel geworden und die Temperatur auf minus zehn Grad gefallen. Es war eine gut organisierte Gruppe von Männern, die Alkohol in den Iran schmuggelten. Nacht für Nacht brachten sie Whisky, Bier und Sekt auf gefährlichen

---

[10] Der Zāgros zieht sich über etwa 1.500 km von der Provinz Kordestān an der irakischen Grenze bis zur Straße von Hormuz, wo sich Vorderasien und die Arabische Halbinsel auf 50 km nähern. Das Gebirge läuft etwa parallel zum Schwemmland des Tigris bzw. zum Persischen Golf in 50–100 km Entfernung, und ist in mehreren Gebirgszügen 200 bis 300 km breit. Die höchsten Gipfel erreichen nahe der Großstadt Isfahan über 4.500 m Höhe, während sie etwas südlicher bei Schiraz um ca. 1000 m niedriger sind.

Wegen, quer durch die Berge, über die Grenze. Der Besitz, der Handel und vor allem der Konsum von Alkohohl waren in dem Mullah-Staat streng verboten und wurden hart bestraft. Aber offensichtlich wollten immer mehr Iraner trotz des Verbotes ein Glas Bier oder Whisky genießen.

Den Maultieren hatten sie einen Futtersack umgebunden, damit sie sich vor der langen und beschwerlichen Reise stärken konnten. Die Männer waren Kurden und stammten von beiden Seiten der Grenze. Sie kannten die Berge wie sonst niemand, denn sie waren hier aufgewachsen und auch mit ihren Vätern schon durch die Berge gezogen. Zu Zeiten von Saddam Hussein führten sie hier einen erbitterten Krieg, danach schmuggelten sie Alkohol. Nur wenige der Schmuggler tranken selbst Bier oder gar Whisky.

Mit Allrad angetriebenen Pickups wurden die Bierdosen und Whiskyflaschen, auf schmalen und oft verschneiten Pisten, so weit wie möglich den Berg hinaufgeschafft und dann auf die Maultiere umgeladen. Die Wege hatte Saddam Hussein während des Krieges gegen den Iran anlegen lassen. Das gesamte Gelände rechts und links war auch heute noch vermint. Niemand wohnte hier, in der Todeszone, 20 Kilometer von der iranischen Grenze entfernt.

Ismail Simko war der Chef der Schmugglerbande. Er hatte sich am Umschlagplatz auf der irakischen Seite eine Schutzhütte gebaut, von der aus er den Schmuggel organisierte. Per Handy stand er mit seinen Abnehmern im Iran in Verbindung und auch mit seinen Lieferanten. Alles war gut organisiert. Die Männer beluden ihre Esel in der beginnenden Dunkelheit. Die Tragelast eines Tieres betrug 75 Kilogramm. Das waren fünf Kartons mit je 24 Dosen Bier oder 12 Kartons mit je 6 Flaschen Whisky. Es ginge zwar mehr auf den Sattel, aber der Weg erforderte sehr viel Kraft von den Eseln. Simko wollte kein zusätzliches Risiko eingehen, denn wenn es unterwegs Probleme gab und die Männer mit den Tieren fliehen mussten, war eine zu schwere Ladung hinderlich. Whisky und Bier gingen dann meist verloren.

Die Kartons waren zusätzlich noch einmal in Kunststoffsäcke eingenäht, zum Schutz vor Schnee und Regen oder auch für den Fall, dass das Maultier stürzen sollte. Ismail Simko nannte sein Maultier voller Stolz "Rolls-Royce". Es konnte bis zu 200 Kilogramm tragen und war sehr trittsicher in den Bergen unterwegs. Auch heute hatte er seinen "Rolls" mit 90 Flaschen Single Malt Whisky beladen. Das war die wertvollste Fracht überhaupt, aber der Verdienst war damit auch am höchsten. Er kaufte die Flaschen im Irak für 35 Dollar und verkaufte sie im Iran für 100. Auf dem Schwarzmarkt in Teheran wurde sie dann sogar für 300 Dollar gehandelt.

Die Verdienstspanne war zwar hoch, das Risiko aber auch. Die iranischen Grenztruppen machten Jagd auf die Alkoholschmuggler. Wenn sie nachts die beladenen Maultiere sahen, wurde ohne Vorwarnung sofort geschossen. Jeder der Männer war deshalb bewaffnet.

Im vergangenen Jahr starben über 500 Alkoholschmuggler an der iranischen Grenze. Einige waren in den unwegsamen Bergen abgestürzt oder auf eine Mine getreten. Die meisten kamen jedoch bei den Gefechten mit den iranischen Alkoholjägern ums Leben. Jeden Tag wurde daher von ihnen eine andere Route gewählt, damit die Iraner ihnen nicht auflauern konnten. Manchmal dauerte die Tour durch die Berge nur einen Tag, manchmal waren die Schmuggler aber auch bis zu sieben Tage unterwegs.

Am Verladeplatz war es inzwischen stockdunkel geworden. Die Nacht wurde nur durch die Lichtkegel einiger Taschenlampen etwas erhellt. Während Ismail Simko die Ladungen jedes einzelnen Tieres überprüfte, standen seine Männer um ein kleines Feuer aus brennenden Kartons herum. Es war die letzte Möglichkeit, sich für die nächsten drei Tage zu wärmen. In der Nacht wurde marschiert und tagsüber mussten sie sich in den Berghängen verstecken.

Das Thermometer war inzwischen auf minus 15 Grad gefallen und der Wind hatte auf Sturmstärke zugelegt. Die Männer zogen deshalb ihre Kapuzen über ihre Köpfe und Handschuhe an. Die erste Gruppe von zehn Maultieren machte sich mit ihren bewaffneten Führern auf den Weg über den Berg. Ismail Simko verließ mit der zweiten Gruppe den Verladeplatz als Letzter. Der iranische Geschäftspartner erfuhr immer erst kurz vor dem Ziel, wo er die Ware abholen konnte. Auch wenn Ismail ihm vertraute, befürchtete er dennoch, dass er, falls er aufflog, unter der Folter alles erzählen würde.

Die Nachfrage nach dem schottischen Nationalgetränk stieg von Monat zu Monat. Immer wieder wurden auch einige Flaschen besonders teuren Edelwhiskys bestellt. Der sollte angeblich für die Mullahs in Teheran persönlich sein, so erzählte man ihm. Persönlich war es Ismail völlig egal, wer seine Ware schlussendlich erhielt oder austrank. Für ihn zählte nur der Gewinn. Er ging auf einem kaum zu erkennenden Trampelpfad bis zum höchsten Pass des Berges. Die Leine aus Nylon, mit der er seinen Esel führte, war zwar lang, aber er hatte sein Tier am kurzen Zügel genommen. Nur im Falle eines Sturzes oder Abrutschen des Tieres würde er Leine nachlassen, um zu retten, was noch möglich war.

In rund einem Kilometer Entfernung sah er die Männer der ersten Gruppe mit ihren Lasttieren silhouettenhaft über einen Bergkamm ziehen, der bereits auf iranischer Seite lag. Der Weg bis zu den durstigen Kehlen in Teheran war aber immer noch weit und riskant. Er dachte noch, dass sie heute gute Chancen hatten, keinen Kontakt mit den iranischen Soldaten zu haben. Bei so kaltem Wetter und dem Sturm blieben die lieber in ihren Quartieren und tranken Tee, als draußen nach dem Rechten zu sehen. Zumindest war es bisher immer so gewesen.

Aber er irrte sich gewaltig. Kaum war seine Truppe ebenfalls auf dem Kamm angekommen, fielen plötzlich vor ihnen Schüsse aus Schnellfeuergewehren. Seine Männer aus der ersten Gruppe schossen sofort zurück, wie er an den anderen Knallgeräuschen ihrer eigenen Gewehre erkennen konnte. Er hatte sich erst vor kurzem auf dem Schwarzmarkt bei einem amerikanischen War Lord mit Kalaschnikow-Gewehren eingedeckt, sodass sie an Feuerkraft den iranischen Grenzsoldaten in nichts nachstanden. Der Waffenhändler hatte ihm damals stolz verkündet, dass er jede Armee der Welt beliefere - außer der Heilsarmee. Er lieferte sogar Panzer und Hubschrauber, aber die interessierten Ismail Simko nicht. Die AK 47-Gewehre waren robust und nahezu die einzigen Schnellfeuerwaffen in dieser Preisklasse, die anstandslos mit der Kälte, der Hitze und den Staubstürmen seiner Heimat zurechtkamen. Zudem war fast jeder gute Dorfschmied in der Lage, die manchmal benötigten Ersatzteile selbst herzustellen.

Plötzlich erhellte das Licht von drei Leuchtkugeln das Terrain unter ihm und auch er musste mit den Männern seiner zweiten Truppe in Deckung gehen, um nicht entdeckt zu werden. Er konnte aus der Deckung heraus erkennen, dass einige seiner Männer mit ihren Maultieren versuchten, zu ihnen zurückzukehren, um sich gemeinsam besser verteidigen zu können. Nur wenigen gelang es, da der Feind, der sie aus dem Hinterhalt beschoss, die Stelle offensichtlich gut gewählt hatte. Die iranischen Soldaten konnten die ganze Senke vor ihnen gut einsehen, ohne selbst entdeckt zu werden. Nur die Mündungsfeuer zeigten an, wo sie in Deckung lagen. Einer nach dem anderen seiner Männer sank getroffen zu Boden, und auch die Maultiere wurden immer wieder Ziel des Beschusses.

Es war inzwischen fast schon Tradition bei den iranischen Soldaten, dass sie regelmäßig jedes Maultier der Schmuggler töteten. Der Verlust eines guten Maultiers, das mehr als 1.000 Dollar kosten konnte, bedeutete für fast alle Schmuggler den finanziellen Ruin, da die meisten lediglich einen Profit zwischen 40 - 60 Dollar pro Tour mit jedem einzelnen Maultier erwirtschafteten.

Ihnen allen war klar, dass sie in einem Feuergefecht bis zur letzten Patrone kämpfen würden. Sie wussten alle, was ihnen blühen würde, wenn sie gefangen genommen wurden. Entweder die Todesstrafe oder einen langsamen, qualvollen Tod unter der Folter. Sie würden deshalb alle lieber im Kampf sterben, als der iranischen Armee in die Hände zu fallen.

Nur dreien seiner Männer gelang es, zu ihnen zurückzukehren. Die anderen sieben waren tot oder zumindest so schwer verwundet, dass sie sich nicht mehr bewegen konnten. Alle zehn Maultiere der ersten Gruppe lagen tot am Boden, und zahlreiche der Whiskykisten waren ebenfalls im Kugelhagel zerstört worden. Sie hätten zwar jetzt gemeinsam die Iraner unter Beschuss nehmen können, aber die wertvolle Fracht zu retten, war jetzt wichtiger. Noch konnten sie mit der Hälfte der Schmuggelware entkommen und ihr Glück auf einem anderen Weg versuchen.

Kaum hatte Ismail Simko seinen Männern entsprechende Anweisungen für den Rückzug gegeben und die Männer hatten sich aus ihren Deckungen erhoben, wurden erneut drei Leuchtkugeln hochgeschossen. Dieses Mal in ihrem Rücken! Sie saßen endgültig in der Falle, aber aufgeben kam für keinen von ihnen in Frage. Während sie von den iranischen Soldaten in der Senke unter Feuer genommen wurden, eröffneten weitere iranische Grenzpolizisten hinter ihnen ebenfalls das Feuer.

Nach 15 Minuten heftigem Schusswechsel, war Ismail Simko als Einziger noch am Leben. Alle Maultiere waren tot, auch sein geliebter "Rolls-Royce". Drei Kugeln hatten ihn selbst getroffen, aber nicht lebensgefährlich verletzt. Als die iranischen Soldaten auf ihn zukamen, um ihn gefangen zu nehmen, nahm er seine letzten Kraftreserven zusammen, sprang auf und begann, wild um sich zu schießen. Die Soldaten taten ihm den Gefallen und schossen zurück, sodass er im Kugelhagel starb.

Am gleichen Sonntag, etliche tausend Kilometer von der irakisch-iranischen Grenze entfernt, untersuchten Grenzbeamte in Luxemburg einen französischen LKW.

Obwohl die Frachtpapiere besagten, dass es sich um knapp 13.000 Flaschen Rotwein billiger Qualität handele, welche für eine Importfirma im Süden des Landes bestimmt waren, hatten die Beamten begründete Zweifel am Inhalt des Containers und führten daher eine gründliche Überprüfung des Kisteninhalts der gesamten LKW-Ladung durch.

Nachdem der Container zur Hälfte geleert war, wobei die Kartons, die als erstes ausgeladen wurden, alle den verzollten Rotwein enthalten hatten, staunten die Beamten nicht schlecht, als aus den Kartons, die am schlechtesten erreichbar waren, aber genau gleich beschriftet waren, auf einmal hochprozentiger Whisky mit einem Alkoholgehalt zwischen 46 und 62 % zum Vorschein kam. Insgesamt enthielt die gesamte Ladung 6.000 Flaschen Whisky.

Als die Zollbeamten die beiden Fahrer festnehmen wollten, versuchten diese zu fliehen. Nachdem die Beamten einen Warnschuss in die Luft abfeuerten, zog einer der beiden Fliehenden ebenfalls eine Pistole und feuerte zurück. Einer der Beamten wurde am Bein getroffen, während der andere einen gezielten Schuss abgab und den Fahrer tötete. Der zweite Mann konnte in dem Chaos entkommen und wurde auch bei einer kurz darauf eingeleiteten Suchaktion nicht mehr gefunden. Es stellte sich später heraus, dass beide Fahrer falsche Papiere bei sich hatten.

Am gleichen Tag kontrollierten die Beamten der Zollbrigade Calais einen in England zugelassenen LKW beim Verlassen einer Lagerhalle.

Bei der Kontrolle der Ladung, welche laut Frachtpapieren aus Holzkisten mit Plastikformteilen bestehen sollte, die für den deutschen Markt bestimmt waren, wurden die Beamten fündig. In speziell eingerichteten Hohlräumen in diesen Holzkisten war schottischer Whisky im Wert von 175.000 Euro versteckt.

Die beiden Fahrer, die von den Beamten widerstandslos festgenommen wurden, hatten angeblich keine Ahnung vom eigentlichen Inhalt der Kisten. Da sie nicht bereit waren, die Zollstrafe zu bezahlen, wurden sie in Untersuchungshaft genommen, bis die Angelegenheit mit der Spedition in England geklärt war.

Erdkunde

Von der Luce Bay führte der Weg des Trawlers, an der englischen Küste entlang, in Richtung Frankreich. Seit ihrer Abfahrt in Barrow, am späten Abend, hatten sie bis zu dem Anruf eine ereignislose, aber dafür ruhige Fahrt hinter sich. Die See war glatt und der andere Schiffsverkehr hielt sich in Grenzen.

Tom Fahy hatte die Männer auf dem Trawler noch rechtzeitig über sein Handy vom Zugriff der Polizisten warnen können. Über das Telefon waren dabei, im Hintergrund, die ersten Schüsse zu hören gewesen. Danach hatte er, wie es unter den Mitgliedern der Schmugglerbande abgesprochen war, dieses Handy ins Meer geworfen, um damit alle verräterischen Nummern zu vernichten.

Jan Gorissen, der das Telefonat angenommen hatte, zeigte danach keine weitere Gefühlsregung. Es war ihm eigentlich völlig egal, was mit Wayne und Tom passieren würde. Er konnte beide nicht leiden und bestenfalls würde die Polizei dafür sorgen, dass sein Anteil an dem Erlös ihrer Ladung sich etwas umfangreicher gestalten würde. Ein neuer Pass, ein eigenes Boot und vielleicht eine kleine Tauchschule auf Korsika sollten dabei herausspringen. Auf Schottland konnte er dann gut und gerne verzichten.

Die anderen drei teilten seinen Fatalismus allerdings nicht. Insbesondere Terry kam mit der Aussicht, nie wieder schottischen Boden betreten zu dürfen, nur schwer zurecht. Er fing sofort an zu spekulieren, ob und wie viel Knast sie denn erwarten würde, wenn sie sich stellen würden. Dies brachte ihm lediglich eine Kopfnuss von Henry ein. Danach verbrachte er die verbleibende Fahrt dumpf grübelnd in der Kajüte.

Eine knappe Stunde nach dem Anruf von Tom, hatten die Auftraggeber auf dem Trawler angerufen und den heutigen Bestimmungsort für die Fracht durchgegeben. Henry, der das hierfür bestimmte Telefon bei sich trug, hatte sie daraufhin umgehend über ihre Probleme in Schottland informiert und ihre Auftraggeber hatten ihm versichert, dass sie ihnen einen Fluchtwagen bereitstellen und sich auch um das Verschwinden des Trawlers kümmern würden.

Eine weitere Stunde später erreichte der Trawler den kleinen Hafen von Argenton, nordwestlich von Brest. Dort stand bereits ein Tanklastwagen in einer kleineren Lagerhalle direkt an einem abseits gelegenen Pier bereit, um den Whisky sofort aufzunehmen.

Als die Transporttanks in dem Trawler leergepumpt waren, wurde das Boot von zwei Männern wieder startklar gemacht. Die Tanks wurden mit dem brackigen Meerwasser des Hafenbeckens geflutet, um den intensiven Geruch nach Whisky zu überdecken. Wenige Minuten später fuhren sie an der Küste entlang zu einem abgelegenen Bootshaus nördlich der Hafenanlagen, in dem der Trawler solange versteckt werden sollte, bis "Gras über die Sache gewachsen" war. Notfalls würde man den Trawler später auf hoher See versenken, um alle Spuren zu verwischen.

Nachdem der "Warenaustausch" abgeschlossen war, machte sich der Lastwagen umgehend auf den Weg, um den illegal importierten Whisky, durch Frankreich hindurch, nach Belgien zu transportieren. Dort sollte er planmäßig in Flaschen abgefüllt, etikettiert und anschließend weitertransportiert werden. Die Organisation, die hinter dem groß angelegten Whiskyschmuggel steckte, hatte eigens hierfür eine kleine abseits gelegene Obstbrennerei kaufen lassen und für die Abfüllung des Whiskys die kleine, angrenzende Abfüllanlage diskret erweitert und modernisiert. Die modernisierten Teile des Betriebs waren natürlich entsprechend getarnt worden, sodass Außenstehende weiterhin nichts als einen kleinen Handwerksbetrieb erkennen würden, wie es sie hier zu hunderten gab.

Die Idee von Charles Maclellan, Whisky als komplette Bulk-Ware zu schmuggeln, war von den Auftraggebern sehr positiv aufgenommen worden, da der Transport von unabgefülltem Whisky deutlich weniger Platz in Anspruch nahm und Stauraum, gerade bei Schmugglern, eine bedeutende Rolle spielte.

Die Organisation hatte weltweit eine Vielzahl von Lieferanten, die nicht nur mit illegal erworbenem Whisky, sondern auch anderen Alkoholika versorgt wurden. Der Whisky, der von Charles geliefert wurde, war allerdings das Herzstück des Geschäftes. Diese stets sehr hochwertige Ware brachte der Organisation den höchsten Profit, sobald sie verkauft worden war.

So wurde auch Grahams "Sahnestück" zügig in Flaschen abgefüllt und mit Etiketten versehen, auf denen die wichtigsten Daten des Whiskys, wie Region, Alter, Alkoholstärke und Fasstyp vermerkt waren. Natürlich wurde der Name der Brennerei, von der der Whisky stammte, bewusst verschwiegen.

Schon zwei Tage, nachdem die Ladung das Festland erreicht hatte, wurden die Kartons mit jeweils sechs Flaschen Inhalt von einem LKW abgeholt und nach Holland transportiert. Von dort aus würden sie dann, gegen gutes Geld, weiterverteilt werden.

Die vier Schotten indes überließen das Umladen ihrer wertvollen Fracht dem "Bodenpersonal" der Hehlerorganisation und machten sich in dem bereitgestellten Citroen C5 auf den Weg zu einem angeblich sicheren Versteck, dessen Adresse bereits in das Navigationssystem ihres Autos einprogrammiert worden war. Dort sollten sie sich erst einmal ein paar Tage lang versteckt halten, bis die Situation in Schottland besser eingeschätzt werden konnte.

Als sie das ihnen zur Verfügung gestellte Versteck, ein einsam gelegenes Bauernhaus bei Botmeur in der Nähe des Réservoir de Saint-Michel, erreicht hatten, fuhren sie als erstes den Citroen in einen Schuppen, der als Garage diente. Sie schlossen das Tor und gingen zum Haupthaus, dessen Tür nicht zugesperrt war, und betraten das kleine Gebäude.

Wie bei den meisten alten Landhäusern kamen sie zuerst in eine Küche mit integrierter Essecke. Neben einem kleinen Bad und einem etwas größeren Wohnraum, gab es noch zwei weitere, spartanisch eingerichtete Zimmer, in denen jeweils zwei getrennte Betten standen. Der Kühlschrank war bereits mit Wurst und Käse bestückt worden und auf der Anrichte lagen mehrere Baguettes. Nachdem die Männer ihr Gepäck auf die vier Betten verteilt hatten und damit auch festgelegt hatten, wer bei wem in welchem Zimmer schlafen würde, trafen sie sich alle in der Küche und machten sich über die von ihren Auftraggebern besorgten Lebensmittel her. Durch die unerwartete Wende im geplanten Ablauf, waren sie seit ihrer Abfahrt in England nicht mehr zum Essen gekommen.

Sie hatten auf dem Trawler und auch im Auto ständig gerätselt, was in Schottland eigentlich schiefgelaufen war und wie die Polizei ihnen auf die Spur kommen konnte. Aber sie hatten im Endeffekt keine plausible Erklärung gefunden. Deshalb war dies auch nicht mehr ihr Hauptgesprächsthema, als sie sich gemeinsam an den Tisch setzten.

»Will jemand ein Wasser?«, fragte Jan.

»Wasser? Ich wollte was trinken und mich nicht waschen«, empörte sich Henry, während die anderen beiden am Tisch lachten.

»Gibt es nichts Stärkeres hier in dieser Hütte? Wir sind doch hier in Frankreich. Die leben doch vom Wein«, fragte jetzt auch Dave.

»Nein, außer Wasser haben die nichts besorgt. Weder Bier noch Wein und schon gar kein Whisky.«

»Scheiße Mann, was ist das denn für ein lausiger Service«, regte sich Henry auf.

»Ach, sei doch froh, dass die uns überhaupt so schnell geholfen haben«, sagte Terry, der Vierte im Bunde. Seine gedrückte Stimmung hatte sich bis jetzt nicht geändert.

»Wenn ich nur wüsste, wer DIE sind, würde ich mich ja persönlich bei ihnen bedanken«, antwortete Henry ironisch. »Aber vermutlich ist es besser, wenn keiner von uns weiß, wer die Hintermänner sind. Noch nicht einmal Charly, dieser Verräter, wusste das.« Henry schaute in die Runde. »Ich kann das Brot nicht so trocken runterwürgen. Wir sind doch vorhin an einer Tankstelle vorbeigekommen. Ich fahre da mal hin. Dort wird es doch noch was Anständiges zu trinken geben. Kommt jemand mit?«

Alle schüttelten den Kopf. »Na gut, dann fahre ich halt alleine. Aber beschwert euch nachher nicht, wenn ich nur Sachen mitbringe, die mir schmecken.« Damit stand er grinsend auf, schnappte sich den Schlüssel des Citroen und ging hinaus zur Garage. Bevor er das Garagentor öffnete, verspürte er einen Druck auf der Blase. Da er weder wieder zurück ins Haus wollte, noch abwarten wollte, bis er nach seinem "Einkaufsbummel" wieder zurückkehrte, beschloss er kurzerhand, hinter den Schuppen zu gehen, um sich dort zu erleichtern.

Als er seinen Reißverschluss wieder hochgezogen hatte und gerade wieder nach vorne gehen wollte, hörte er ein merkwürdiges Geräusch. Wie versteinert blieb er stehen und hielt sogar den Atmen an. Das Geräusch wiederholte sich. Da auch Henry beim Militär gewesen war, erkannte er, dass es sich entweder um ein größeres Tier oder gar einen Menschen handeln musste, der sich fast geräuschlos dem Haus näherte.

Henry wartete weiter ab. Sollte es sich um einen Menschen handeln, hatte das wohl nichts Gutes zu bedeuten. Denn warum sollte sich jemand ans Haus anschleichen? Keiner außerhalb der Organisation wusste schließlich, dass sie da waren.

Und warum sollte sich jemand von der Organisation anschleichen? Wollten die etwa ...

Kaum war ihm dieser furchtbare Gedanke in den Sinn gekommen, sah er, wie eine eindeutig menschliche Gestalt schnell in Richtung Eingangstür glitt, diese öffnete und hineinstürmte. Einen Sekundenbruchteil später fielen mehrere gedämpfte Salven aus einer automatischen Waffe. Und genau so schnell, wie die Schießerei begonnen hatte, trat auch wieder eine gespenstische Ruhe ein. Nur der Klang der Schüsse hallte noch in Henrys Ohren nach.

Sein erster Gedanke war fliehen. Aber wie sollte er das machen. Wegrennen machte keinen Sinn, damit würde er nicht weit kommen. Das Auto aus der Garage holen, war auch zu gefährlich, denn bis er das Tor geöffnet und das Auto angelassen hatte, war der Mann längst auf ihn aufmerksam geworden und würde ihn unter Beschuss nehmen.

Er nahm daher allen Mut zusammen und schlich jetzt selbst auf das Haus zu. Allerdings war nicht die Tür sein Ziel, sondern eines der Fenster, das einen Blick auf die Küche zuließ. Als er es erreicht hatte, spähte er vorsichtig hinein und zuckte zurück. Übelkeit stieg in ihm auf und er musste sich zwingen, dass er sich nicht auf der Stelle übergab. Der Anblick war selbst für ihn zu schrecklich. Auf Bildern oder selbst im Fernsehen war so etwas meist erträglich dargestellt. Aber im wahren Leben blieb ein Blutbad einfach ein Blutbad. Und was sich in der Küche abgespielt hatte, konnte man sogar eher mit Abschlachten umschreiben.

Seine Kollegen waren zweifelsfrei alle drei tot. Alle lagen vornübergebeugt auf dem Küchentisch und das Wenige, was von ihren Köpfen übrig geblieben war, würde nicht mehr ausreichen, um sie zu identifizieren. Der größte Teil ihrer Köpfe war im ganzen Zimmer, an den Wänden und an der Decke, verteilt worden.

Bei einem zweiten, vorsichtigen Blick ins Zimmer, sah er von hinten eine dunkelgekleidete Gestalt, die suchend durch den kleinen Flur ging und mit vorgehaltenen Waffen sämtliche

Zimmer und mögliche Verstecke kontrollierte. Und da überkam Henry schlagartig die Erkenntnis. Der Kerl suchte ihn! Der wusste offensichtlich, dass er in dem Haus auf vier Personen treffen würde, er hatte aber nur drei gefunden. Er suchte also den vierten Mann. Ihn!

Diese Schweine von der Organisation hatten sie verraten. Die wollten sie kaltblütig umbringen und die nutzlos gewordenen Zeugen beseitigen. Was für eine Schweinerei. Zorn stieg in ihm auf und überdeckte seine Panik. Hastig wischte er die Schweißperlen auf seiner Stirn mit dem Ärmel ab.

Er hatte seine Pistole noch immer einstecken. Warum er sie vorhin nicht zu seinen anderen Sachen aufs Bett gelegt hatte, wusste er nicht mehr. Jetzt war er aber froh darüber, dass er hier draußen nicht unbewaffnet war. Das war für ihn der Wink des Schicksals, die Initiative zu ergreifen. Er zog die Pistole aus seinem Schulterhalfter, ließ das Magazin in die linke Hand gleiten und überzeugte sich, dass sie noch geladen war. Vorsichtig schob er das Magazin wieder hinein und zog den Schlitten leise nach hinten, um die erste Patrone in den Lauf zu befördern.

Danach schlich er zu der noch immer offen stehenden Haustür. Mit vorgehaltener Pistole betrat er völlig lautlos die Küche und blieb neben der Tür stehen. Er atmete einmal tief durch, brachte das Zittern seiner Arme ein wenig unter Kontrolle und zielte mit ausgestreckten Armen in Richtung des Flurs. Da sich, von seinem Standpunkt aus, die drei Türen, aus denen der Killer kommen könnte, nur in einem Winkel von wenigen Grad befanden, hielt er die Waffe auf die Mitte des Flurs gerichtet.

Als der Mann wieder aus einem der Schlafzimmer zurück in den kleinen Flur trat, zuckte Henrys Arm ein winziges Stück nach links und er eröffnete sofort das Feuer. Im Gegensatz zu den in den meisten Fernseh- und Kinofilmen dargestellten Schussszenen, fällt ein Gegner weder nach dem ersten Treffer um, geschweige denn wird er im hohen Bogen an die Wand geschleudert. In diesen adrenalingeschwängerten Situationen kann es passieren, dass ein Gegner selbst mehrere Treffer ohne Reaktion übersteht. Daher werden in den meisten Ausbildungen die Träger von Handfeuerwaffen darauf getrimmt, in Extremsituationen solange zu feuern, bis der Gegner am Boden liegt oder das eigene Magazin leer ist.

Er wusste, dass er keine andere Chance hatte. Sein Gegenüber hätte, ohne zu zögern, auf ihn geschossen. Der hatte schon bewiesen, dass er keine Gnade kannte. Dazu war er extra hier aufgetaucht. Bereits von zwei Schüssen getroffen, versuchte der auch tatsächlich noch, auf ihn zu zu stürmen und seine beiden Waffen in Anschlag zu bringen. Aber Henry feuerte immer weiter. Das hatte er gelernt. Der Einschlag der dritten Kugel brachte den Mann endlich aus dem Gleichgewicht und erst die vierte und fünfte Kugel von Henry trafen Kopf und Hals und töteten seinen Gegner. Der Mann stürzte zu Boden und seine Waffen rutschten über die blutgetränkten und mit Patronenhülsen übersäten Fliesen der Küche.

Mit noch immer auf den Mann gerichteter Waffe, ging Henry mit zitternden Knien auf ihn zu. Schnell erkannte er aber, dass speziell die beiden letzten Kugeln ganze Arbeit geleistet hatten und von dem Kerl keine Gefahr mehr drohte.

»Du Scheißkerl«, fluchte Henry und trat dem Toten in die Seite. »Damit hast du nicht gerechnet, dass es dich selbst erwischt, was?« Er spuckte auf ihn und bückte sich dann, um dem Toten die Skimaske vom Kopf zu ziehen.

Überrascht fuhr er einen Schritt zurück, als unter der Maske lange, schwarze Haare hervorquollen. Eine Frau. Der Killer war eine Frau! Da seine Kugel nicht das Gesicht getroffen hatte, sah er eine fast noch jugendliche und zierliche Person vor sich liegen, die einen arabischen Eindruck auf ihn machte. Er war entsetzt.

Henry beugte sich kopfschüttelnd zu einer der beiden Waffen der Frau und besah sie sich aus der Nähe. Bei den Dingern musste man auf Zielgenauigkeit nicht achten. Er zog die blutbefleckte Maschinenpistole mit einem Finger zu sich heran. Eine Ingram MAC 10 mit aufgesetztem Schalldämpfer. Klein und handlich und kaum ein Rückstoß. Irgendwie passte diese Waffe zu der Frau. Auf einer Blutbadskala von eins bis zehn lag die Wirkung dieser extrem schnell feuernden Waffe bei mindestens 9,9.

Henry nahm die beiden MPs und die am Gürtel der Killerin hängenden Ersatzmagazine an sich. Nachdem er seine Sachen aus dem Schlafzimmer geholt hatte, ging er hinaus zum Schuppen und packte alles ins Auto.

Danach drehte er eine Runde um das Bauernhaus, um zu sehen, wie die Killerin hierher gekommen war. Er fand aber zunächst nichts. Erst als er seine Runde erweiterte und noch einige hundert Meter weiter in die Richtung gegangen war, aus der er zum ersten Mal die Geräusche gehört hatte, stolperte er plötzlich im Dämmerlicht des angebrochenen Abends über etwas Hartes, das auf dem Boden lag. Beinahe wäre er gestürzt, konnte sich aber im letzten Moment noch fangen. Als er den Gegenstand im Licht des Mondes in Augenschein nahm, erkannte er, dass es sich um ein Mountainbike handelte.

Eine Killerin, die mit dem Mountainbike zum Tatort kam, irgendwie verrückt, dachte er. Aber zum Glück konnte er jetzt davon ausgehen, dass das Weib alleine gekommen war. Also, nichts wie fort von hier, um möglichst viel Abstand zwischen sich und eventuelle weitere Auftragsmörder zu bringen. Er nahm das Mountainbike mit zurück zum Bauernhaus und stellte es in den Schuppen. Anschließend nahm er den vollen Reservekanister, den er im Schuppen gefunden hatte, ging zurück ins Haus und übergoss alles hastig mit Benzin. Die letzten beiden Liter sparte er sich für den Schuppen auf. Dann, zurück in der Küche, löste er vorsichtig die Gasleitung vom Herd. Ein feines Zischen erfüllte den Raum. Schnell zündete er mit seinem Feuerzeug das ausströmende Gas an. Er wusste, dass, durch den Druck, ein Zurückschlagen der Flamme bis in den Tank hinter dem Haus nahezu unmöglich war. Die Flamme strich über den Boden und erfasste die erste Benzinpfütze. Selbst wenn das Benzin nicht ausreichen würde, das Gas würde dafür sorgen, dass es für die Feuerwehr nichts mehr zu tun geben würde. Langsam ging Henry rückwärts bis zur Haustür und beobachtete, wie die Flammen ihren Weg zum Flur, über den Teppich, bis in die Schlafzimmer nahmen und sich dort über das Bettzeug und die hölzernen Betten selbst hermachten. Zufrieden und ohne einen weiteren Blick auf die vier Leichen zu werfen, schloss er die Haustür hinter sich und ging zum Schuppen. Dort zog er seine blutbeschmierten Schuhe aus und tauschte sie gegen ein sauberes Paar aus seinem Koffer. Das schmutzige Paar stellte er in eine Benzinlache und zündete auch diese an.

Als er wenige Minuten später mit dem Citroen auf einer Anhöhe hielt, sah er mit einer gewissen Genugtuung, dass die Flammen bereits aus mehreren Fensteröffnungen des Bauernhauses und dem Tor des Schuppens schlugen. Die Polizei würde die verkohlten Leichen von vier Personen finden. Er hoffte, dass diese Information auch bei seinen ehemaligen Auftraggebern landen würde und sie zunächst einmal in dem Glauben gelassen würden, dass alle Schmuggler tot seien. Warum ihre Killer-Lady sich nicht mehr gemeldet hätte, sollte an der Stelle zweitrangig sein.

Nun überlegte er aber verzweifelt, wo er untertauchen sollte. Frankreich war ihm zu heiß geworden und er musste sich auch ein anderes Auto besorgen. Er musste eine sichere Distanz zwischen sich und die Organisation bringen, denn spätestens nach der Obduktion der Leichen würde herauskommen, dass es sich bei einem der Toten um eine Frau handelte. Dann würden sie mit Sicherheit anfangen, überall zu suchen. Und es war wahrscheinlich egal, dass diese Leute nicht wissen würden, ob sie nach ihm, Jan, Terry oder Dave suchen mussten. Sollte er besser ganz aus Europa verschwinden und sich im Ausland in Sicherheit bringen? Aber wo? Er war in Erdkunde noch nie besonders gut gewesen und hatte momentan auch nicht den Kopf frei, sich entsprechende Länder auszudenken. Entschlossen trat er das Gaspedal durch und entfernte sich immer mehr von dem brennenden Haus, dessen Lichtschein die abendlichen Wolken erhellte.

Messeauftritt

Die Anreise war mal wieder eine Katastrophe. Wie wäre es auch anders zu erwarten gewesen? Als Ishbel ihn am Flughafen Edinburgh abgeliefert hatte, regnete es in Strömen. Da Graham nicht erwartet hatte, sich außerhalb irgendwelcher Gebäude zu bewegen, befand sich seine Regenjacke natürlich im Koffer, und einen Schirm hatte er schlicht und ergreifend vergessen. Da Ishbel ihn, aufgrund der großen Besucherströme, nicht näher als 100 Meter von der Abflughalle entfernt absetzen konnte, war er völlig durchnässt, als er am Schalter sein Ticket vorzeigte.

»Grausames Wetter, nicht wahr, Mr. Morrice?«, lächelte ihn die Mitarbeiterin der Lufthansa an.

»Keineswegs! Das ist doch maximal ein wenig erhöhte Luftfeuchtigkeit«, konterte er mit dem Herz eines echten Schotten, der die meteorologische Qualität seines Heimatlandes in Verruf geraten sah. Anschließend begleitet von zwei kräftigen Niesern.

»Oh, sicher«, lenkte seine Gesprächspartnerin ein. »Da kennen Sie sich natürlich viel besser aus als ich. In meiner Heimat, im Ruhrgebiet in Deutschland, sind wir alle nicht so Naturburschen. Da nennen wir so etwas einfach ein Sauwetter.« Mit einem strahlenden Lächeln überreichte sie Graham den Boarding Pass, während sein Koffer hinter irgendwelchen dubiosen Löchern in der Rückwand verschwand. Da er nicht sicher war, ob die Dame nur ehrlich war oder ihn etwa auf die Schippe nahm, murmelte er nur ein *Danke* und begab sich zum Abfluggate. Sein Blick war aber immer noch auf das Gepäckloch gerichtet. Nicht, dass Graham, was das Verschwinden von Gepäck angeht, irgendwelche negativen Erfahrungen gehabt hätte. Seine notorische Erwartung, dass ihm auf Reisen immer das Schlimmstmögliche passieren würde, ließ ihn einfach auch hier nicht in Ruhe. Eines Tages würden sich irgendwelche bolivianischen Bergbauern über eine Ladung von acht hochwertigen und nahezu einzigartigen Flaschen Malt Whisky aus der Ben Rhinnes Distillery und anderer zum SWS-Konzern gehörender Brennereien freuen und, in Begleitung ihrer Lamas, am Lagerfeuer austrinken. Was diese dann noch mit seinen Socken und Unterhosen anstellen würden, wollte er sich gar nicht erst ausmalen.

Um allen Eventualitäten der kommenden Reise vorzubeugen, kaufte er sich in einer Apotheke noch ein paar Erkältungstabletten mit "Mega-Vitamin-C-Komplex" und im Duty Free-Shop einen Schirm und zwei Minis des 18-jährigen aus seiner Destillerie. Schließlich war für ihn ein guter Whisky immer schon die beste Medizin gewesen. So gewappnet, stieg er eine knappe Stunde später in die Linienmaschine nach Frankfurt/Main, die, entgegen aller seiner Erwartungen, mehr oder weniger pünktlich startete.

Eineinhalb Stunden, zwei Whisky-Minis, ein Fertig-Brötchen mit Käse und ein Schokoriegel später, landete die Maschine tatsächlich genauso pünktlich in Frankfurt/Main und Grahams Laune hob sich minütlich. Da die erwartete Erkältung ausgeblieben war (dank der vorhandenen Tabletten) und das Wetter sich von seiner besten Seite zeigte (dank dem vorhandenen Schirm), konnte jetzt nur noch die Sache mit dem Gepäck schief gehen. Als er aber auch hier vom Schicksal enttäuscht wurde und seine Koffer unversehrt nahezu als Erste auf das Laufband rutschten, fiel ihm nichts Negatives mehr ein, und er begann, den Tag zu genießen.

Es war Freitag, der 27. November, und er hatte nach seiner Ankunft in Limburg keinen einzigen Termin für diesen Tag. Etwas völlig Außergewöhnliches. Die jährlich stattfindende deutsche Whiskymesse "Whisky Fair Limburg" war weltweit eine seiner Lieblingsmessen, da er in den nächsten zwei Tagen nicht, wie sonst, nur den Verkaufs- und Repräsentationsdackel seines Konzerns in einem Designer-Hochglanzstand mimen musste. Hier in Limburg kam nicht die große Händler- und Marketingelite Europas zusammen. Hier musste er nicht im Glanze von ganzen fünf Flaschen Whisky, verteilt auf acht Metern High-Tech-Stand, Verträge mit den großen Supermarktketten dieser Welt aushandeln. Auch die endlosen Selbstbeweihräucherungen der verschiedenen Handelsvertreter würden diesmal ausbleiben. Dafür erwarteten ihn tausende Flaschen Whisky auf engstem Raum aneinander gereiht. Jeder der anwesenden Händler würde alles, was sein Geschäft und seine Regale zu bieten hatten, auf wenigen Metern Holzregal und ein paar Tischen präsentieren. Nicht, um den Deal über 100 Cases von der oder der Abfüllung zu sichern, sondern, um den vielen tausend Besuchern die Gelegenheit zu geben, alle dargebotenen Flaschen zu probieren. Für ihn war Limburg *DIE* große Genießermesse. Er selbst hatte seinem deutschen Importeur schon eine stattliche Liste an Abfüllungen gemailt, die er ab morgen auf dem Stand sehen wollte. Darüber hinaus hatte er acht Flaschen der demnächst herauskommenden Abfüllungen seiner Brennereien im Gepäck (natürlich unverzollt. Schwein gehabt!). Diese würde er morgen und übermorgen, in einem Masterclass Tasting, dem geneigten Publikum zum Verkosten geben und freute sich jetzt schon auf die anschließende Diskussion. Einziges Ärgernis für Graham war, dass er den 25-jährigen First-Fill-Sherrycask nicht präsentieren konnte, der ihm vor gut zwei Monaten gestohlen worden war. Sofort setzten leichte Kopfschmerzen ein, als er an den damaligen Vorfall dachte. Unwillkürlich strich er sich über die bereits verheilten Narben auf seinem Kopf. Glücklicherweise waren an diesen Stellen die abrasierten Haare wieder nachgewachsen. Er hatte schließlich keine Lust, auf der Messe wie der schottische Frankenstein herumzulaufen.

Vergnügt lief er über die verglaste Fußgängerbrücke, die ihn vom Terminal zum Fernbahnhof brachte. Dort würde ihn in 20 Minuten der ICE nach Limburg bringen. Für den Rest des Weges bis zu seinem Hotel würde er sich ein Taxi gönnen. Zuerst hatten die Veranstalter der Messe angeboten, ihn persönlich abzuholen. Dies hätte für ihn aber bedeutet, dass er bis zum Abend keine ruhige Minute mehr gehabt hätte. Da die Veranstalter selbst eigene Abfüllungen zur Messe herausbrachten, war es für sie verständlicherweise ein Bedürfnis, diese auch von jedem echten oder selbsternannten Fachmann verkosten zu lassen. Das Ergebnis der letzten Jahre war für Graham jedes Mal eine gewisse Bettschwere, verbunden mit einer leichten Sauerstoffallergie, gewesen. Und das bereits am Freitagnachmittag, bevor die Messe überhaupt begonnen hatte. Diesmal würde er sich erst am Abend mit ein paar schottischen und deutschen Bekannten und Freunden zum Abendessen in seiner Limburger Lieblingspizzeria treffen.

Da Graham das Paradebeispiel für ein Gewohnheitstier war und er deswegen nur sehr schwer von einmal lieb gewonnenen Dingen lassen konnte, bezog er mittlerweile zum achten Mal das gleiche Hotel am Anfang der Fußgängerzone, direkt in der Limburger Altstadt. Er hatte sogar das Glück, nahezu jedes Mal auch das gleiche Zimmer zu bekommen. Vielleicht war es nicht unbedingt das beste Hotel in Limburg oder das günstigste, aber dafür konnte er die Stadthalle, in der die Messe stattfand, in wenigen Minuten zu Fuß erreichen. Seine Pizzeria sogar in einer Minute. Zudem brauchte er bloß aus der Tür zu treten, um seinen gewohnten Spaziergang durch die Altstadt bis hinauf zum Dom zu machen.

Limburg war für ihn eine der typischen Zuckerbäckerstädtchen, aus denen Deutschland, zumindest laut der Reiseprospekte, zu bestehen schien. Dass dieses Touristikkonzept, insbesondere in Fernost, zu funktionieren schien, bewiesen auch jetzt im Herbst die zahlreichen asiatischen Besucher. Insbesondere der Gegensatz zum ultramodernen Frankfurter Flughafen mit seinem riesigen, futuristisch anmutenden Stelzenneubau "The Squaire", direkt über der Autobahn und dem Bahnhof, machten für ihn diese Reise hierher immer wieder zum Erlebnis.

Nach zwei Stunden des Schlenderns und Staunens, erreichte Graham wieder sein Hotel und musste immer noch über die Auslagen der verschiedenen Souvenirgeschäfte schmunzeln. Eine seiner liebsten Eigenarten bei Reisen war es, aus der jeweiligen Gegend das absolut kitschigste Souvenir zu ergattern, was es zu kaufen gab. So hatte er beispielsweise aus der Schweiz ein kleines Heidi-Wetterhäuschen aus Plastik mitgebrachte, in der eine chinesische Quarzuhr "tickte" und am Pendel die Schweizer Flagge befestigt war. Aus Venedig stammte natürlich die Plastikgondel mit der abenteuerlich verkabelten Beleuchtung. Ishbel hatte nach ihrem Einzug in sein Haus versucht, nach und nach diese "Ausgeburten der Scheußlichkeit" verschwinden zu lassen. Merkwürdigerweise konnte sie nach ein paar Tagen die entsorgten Gegenstände immer wieder auf dem Regal über seinem Schreibtisch entdecken. Lächelnd stellte er die Schneekugel mit der "originalgetreuen Reproduktion" des Limburger Doms (Made in Korea) auf seinen Nachttisch. Ishbel würde rasend werden.

Da der Abend erfreulich alkoholarm, dafür aber umso geselliger verlaufen war, konnte Graham den Weg zur Messe, unter einem strahlend blauen Herbsthimmel, umso mehr genießen. Er hatte es tatsächlich geschafft, gegen Mitternacht im Bett zu liegen. Die stets gleiche Runde beim Italiener, bestehend aus einigen Destillerie-Repräsentanten von Islay und der Speyside, wurde gegen 22:00 Uhr ergänzt durch die Veranstalter der Messe und ein paar von deren Freunden. Natürlich wanderten irgendwann die Probenfläschchen herum und jeder musste sein Lob über die eine oder andere Neuentdeckung kundtun. Graham konnte sich beim Probieren aber diesmal dezent zurückhalten und war darüber, insbesondere am nächsten Morgen, sehr froh. Gegen 9:00 Uhr am Vormittag waren die Straßen noch angenehm leer und niemand beachtete seinen, für deutsche Augen eher ungewohnten, Kilt. Er hatte lange überlegt, ob er die Farben der Ben Rhinnes Distillery – rot, braun, grün – oder seinen Keeper-Kilt in den Farben blau, braun, gelb tragen sollte. Nach langem Ringen hatte er sich für den ersten Tag der Messe den offiziellen Firmenkilt angezogen. Keeper of the Quaich konnte er dann am morgigen Sonntag spielen.

Die Luft ließ auf einen langen, warmen Spätherbst schließen. Es roch noch angenehm nach gefallenem Laub und die Schlange der Besucher war dem Wetter entsprechend. Über hundert Whisky-Enthusiasten hatten sich bereits geduldig auf dem Vorplatz der Stadthalle neben dem Brunnen versammelt. Einige winkten Graham zu, als er an ihnen vorbeischritt. Nachdem er am Eingang sein Armbändchen angelegt hatte, welches ihn als Aussteller auswies, lief er bestens gelaunt die breite Treppe hoch in den ersten Stock. Hier befand sich die große Ausstellungshalle, in der die meisten Firmen ihren Stand hatten. Ein stetiger Strom von Ausstellern, schwer bepackt mit Kartons und Kisten voller Flaschen, wuselte durch die Gänge. An allen Ständen konnte man noch das Glasklimpern, Tackern und Hämmern hören. Bereits jetzt bogen sich einige Tische unter der Last von hunderten Flaschen, die zum Probieren bereitstanden, und die Luft in der Halle nahm schon einen Hauch Destilleriegeruch an. Der Stand der SWS befand sich im rückwärtigen Teil auf einer Art Bühne. Ihm war dieser Standort zu exponiert, aber die Eventmanager seines Konzerns hatten für eine derartige Zurschaustellung einfach ein Faible. Nach zahlreichen Begrüßungen und vielen geschüttelten Händen, erklomm Graham auch noch die drei Stufen zum SWS-Stand und begrüßte die bereits anwesenden Mitarbeiter. Zunächst war da Ron, der, für den Messeaufbau und die spätere Kundenbetreuung, bereits vor zwei Tagen aus Schottland angereist war. Zwei Mitarbeiterinnen seines deutschen Importeurs polierten die Exponate und die von ihm georderten Flaschen aus seinen Destillerien und ordneten Flyer, Visitenkarten und Werbeprospekte auf dem Tresen. Burt Hayman, Distillery Manager der Glenallan Distillery und, neben Graham, der zweite Experte am Stand, versuchte gerade, die deutsche Beschriftung des Kaffeeautomaten im hinteren Teil des Standes zu entziffern.

»Himmelherrgott! Kann mir vielleicht mal einer sagen, was ... dieses Kauderwelsch bedeuten soll? Das kann ich ja nicht mal vorlesen! Hallo, Graham. Schön, dass du da bist. Beherrschst du vielleicht Kaffeemaschinen-Deutsch?« Mit einem kräftigen Händedruck zog er Graham hinter den Stand.

Graham konnte gerade noch seinen Koffer mit den acht Flaschen Whisky abstellen, bevor er bereits von Burts starken Händen vor eine dieser italienischen Wunderautomaten geschoben wurde. Einen wissenden Blick vortäuschend, schaute Graham einige Sekunden lang auf die Beschriftung des Getränke-Allround-Talents und schüttelte dann den Kopf. »Sorry, Burt, aber da enden meine Sprachkenntnisse auch.« In Wahrheit hasste Graham diese Vollautomaten, da für ihn der einzig wahre Kaffee noch Handarbeit und Ruhe benötigte. Daher konnte er mit der Vielzahl an Knöpfen überhaupt nichts anfangen, obwohl er an einer Tasse Kaffee jetzt schon Gefallen finden würde. »Aber warte mal, da draußen habe ich doch einen alten Freund gesehen.« Er lief zurück in die große Halle und versuchte, sich einen Überblick zu verschaffen. Alle großen deutschen Händler und Abfüller waren vertreten. Dazu ein paar internationale Händler aus England und Italien. Und da, bei den vereinzelt vertretenen schottischen Destillerien und Konzernen, fand er denjenigen, den er gesucht hatte. »Hi, Mark! Hab ich es doch gewusst! Von hinten in deinem Kilt, unverkennbar. Darfst du dieses Jahr auch mal den großen Firmenrepräsentanten spielen?«

»Graham! Schön dich zu sehen. Genau. Dieses Jahr kommt mir die ... Ehre zuteil. Ist ja auch das erste Jahr, wo wir auch hier in Limburg vertreten sind.«

»Na, dann Glückwunsch, dass du wenigstens nicht in deinem Moorhuhnkostüm auftreten musst.«

»Wieso? Ich finde, ich bin der einzige Mitarbeiter, der dieses Kostüm würdevoll tragen kann.«

»Na, da hast du definitiv Recht! Seit wann bist du schon hier und wo wohnst du? Komm doch mit zu meinem Stand. Da hätte ich auch eine kleine Aufgabe für dich. Burt hat nämlich ein kleines Problem.«

Da Mark an seinem Stand noch nicht unter Beschlag genommen wurde, nutzte er die Gelegenheit und beide gingen zurück zu Grahams "Kaffeeproblem". Mark war nicht nur Stillman und Mashman der Glenturret Distillery, sondern auch noch Deutscher, und damit wahrscheinlich der von den Besuchern meistbeneidete Anwesende auf der Messe. Dass zu diesem Job natürlich auch knallharte Arbeit und jahrelanges Durchhaltevermögen sowie Talent gehörten, wollte allerdings kaum einer wissen. Dass zudem die Karriere in früheren Zeiten auf den Darrböden mit dem Wenden des Gerstenmalzes und heute meist als Tourguide begann, ist den meisten nicht geläufig. Und dann kann es sehr viele Jahre dauern, bis der entsprechende Posten frei wird und man dann das unverschämte Glück oder das überragende Talent hat, unter den vielen Bewerbern genommen zu werden. Mark hatte alles davon. Da seine Destillerie das schottische Moorhuhn als Wahrzeichen trägt, lag es nahe, einen der Mitarbeiter dann auch in ein entsprechend großes Plüschkostüm zu stecken. Als Mark mit Graham den SWS-Stand erreichte und wahrnahm, wie warm es jetzt schon am Vormittag in der Halle war, dankte er Gott und allen anderen, dass seine Marketingleute von dieser Idee wieder Abstand genommen hatten.

»Hi, Mark! Du hier? Das ist ja mal eine Überraschung!« Burt Hayman drücke mal wieder zu fest zu, was ihm als echter

Nebenerwerbsfarmer in den Northern Highlands natürlich nicht auffiel.

Mark dagegen umso mehr. »Die Freude an deinem Anblick, Burt, lässt gerade rapide nach. Also, welches nette, deutsche Mädchen soll ich denn für dich ansprechen?«

»Mädchen? Pah! Dazu brauche ich keine Hilfe. Hier: eine Maschine. Die braucht deine Zuneigung, um ihrer Aufgabe gerecht zu werden!«

Etwas verständnislos blickte Mark auf die Kaffeemaschine und drückte nacheinander die Tasten "Milchkaffee", "groß" und "mittlerer Mahlgrad" und prompt füllte sich Burts Becher mit einer hellbraunen Flüssigkeit und die Luft mit einem angenehmen Aroma von frisch gemahlenem Kaffee. »Und jetzt?«

Graham nutzte die Gelegenheit. »Und jetzt, das Ganze noch mal in Schwarz, bitte.« Anschließend achtete Graham penibel auf die Reihenfolge der Tasten, die Mark drückte. Dann konnte er wenigstens später damit glänzen.

»Hast du denn noch was anderes mitgebracht als Kaffee?«, wollte Mark dann wissen.

»Natürlich!« Graham zog seinen Koffer zu sich und alle nahmen um den kleinen Bistrotisch auf den Hockern Platz, die für die Mitarbeiter des Stands aufgebaut worden waren. Dann stellte er eine Flasche nach der anderen auf den Tisch. »So, Burt, hier ist deiner. Der Glenallan Manager´s Choice 2010. Eine echt gute Wahl. Hier zwei Glen Turffield. Die ersten beiden Single Cask Abfüllungen unserer neuen Managerin, Jacqueline Santé. Wirklich gut gelungen. Und hier zwei Ben Rhinnes ...«

»Echt schade, dass du dein angepriesenes Highlight nun nicht mehr hast«, unterbrach Burt Grahams Aufzählung.

»Was für ein Highlight?«, wollte Mark nun wissen.

Damit blieb Graham nichts anderes übrig, als die ganze Geschichte der gestohlenen Tanklaster und seiner schmerzlich beendeten Verfolgungsfahrt zu erzählen. »Tja, und damit war mein lange gehegter Schatz weg. Taucht jetzt wahrscheinlich in Indien als Nepal-Blend wieder auf, oder so.« Traurig blickte Graham auf seine beiden Flaschen Ben Rhinnes.

»Das ist ja mal echt spektakulär. Da hast du aber echt Schwein gehabt. Und dir, Burt, macht der Verlust nicht so viel aus?«, fragte Mark.

»Ach, nein, uns wurde kurz zuvor "nur" eine Ladung von unserem Standard-15-jährigen geklaut. Das ist zwar meiner Meinung nach unser Bester, mit dem ganz feinen Hauch von Salzaroma und Meeresluft, aber davon haben wir noch genügend Fässer. Der wird ja auch weiter produziert.«

»Was war denn das ganz Besondere an deiner Abfüllung, Graham?«

»Das waren ganz besondere Sherryfässer. Keine Ahnung, welcher Sherry da vorher drin war. Das konnte ich nicht mehr rausfinden. Aber die hatten ein ganz besonderes Aroma. Schöner, nicht zu süßer Sherry und dazu gewürzte Feigen.«

»Feigen?«, fragte Burt ungläubig.

»Ja, exotisch gewürzte Feigen. Nicht zu vordergründig. Ganz dezent. So etwas habe ich bisher noch nirgendwo gefunden. Das wäre der Whisky als Aperitif oder zum Dessert geworden. Hätte mindestens ein oder zwei Gold Awards bekommen. Definitiv!«

»Na ja, nimm´s nicht so schwer«, versuchte Mark Graham zu trösten. »Dir wird bestimmt noch die eine oder andere Super-Abfüllung gelingen. So, jetzt haben wir gleich halb elf. Dann geht's los. Hast du die Besucherschlange vor dem Eingang gesehen? Balsamier noch mal deine Füße. Das wird ein langer Tag. Wenn ich es schaffe, komme ich später vorbei und wir probieren hier deine Fläschchen.«

Graham auf die Schulter klopfend, verließ Mark den Stand. Burt und Graham standen ebenfalls von den Hockern auf und sahen sich an. »Also gut. Showtime!«

Kaum hatte Graham angefangen, den drei Belgiern die Vorzüge der neuen Glen Turffield Abfüllung zu erklären, wurde er auch schon wieder unterbrochen

»Graham, Graham!« Mark stand plötzlich hinter ihm und zupfte an seinem Ärmel. »Graham, komm doch mal!«

»Mark. Hallo. Ich habe gerade Kunden. Lass mir noch zehn Minuten Zeit ...«

»Geht nicht! Hi Luc, hi Geert. Schön, euch zu sehen. Trinkt einen Schluck. Ich brauche Graham ganz dringend.« Damit ließ er die Belgier stehen und zerrte Graham an die Seite des Stands.

»Was ist denn?«, fragte Graham ungehalten.

»Was war das Einzigartige an deiner geklauten Abfüllung?«, kam als einzige Antwort.

»Was? Wieso? Feigen. Ich meine, gewürzte Feigen. Wieso ist das denn jetzt so wichtig?«

»Na, dann probier mal! Da gibt's doch tatsächlich noch einen von.« Dann drückte Mark Graham ein Glas unter die Nase.

Irritiert nahm Graham das Glas entgegen und schnüffelte ein paar Mal. Dann nochmal. Seine Irritation nahm mit jedem Atemzug zu.

»Siehst du. Habe ich auch gleich gedacht, als ich gerochen habe. Feigen«. Stolz blickte Mark Graham an. Na, das wäre ja ein Gag gewesen, wenn hier zwei Firmen mit einem ähnlichen Whisky angetanzt wären. Und das Beste ist, der schmeckt sogar etwas wie ein Ben Rhinnes, oder?«

Graham nippte einmal. Dann ein zweites Mal. Dann sah er sich die Farbe des Whiskys an. Seine Wangen wurden langsam rot. Dann roch er wieder. Und probierte einen weiteren Schluck. Das Rot seiner Wangen dehnte sich mittlerweile auf seinen Hals aus. Dann schüttete er einen Schluck auf seine Handfläche, stellte das Glas ab und verrieb den Whisky mit beiden Händen. Anschließend roch er intensiv an seinen Händen. Seine Halsschlagader begann zu pulsieren.

»Hey! Das Zeug steigt dir aber in den Kopf, was?«, scherzte Mark.

»Keineswegs. Wird dieser Whisky hier verkauft?«

»Oh ja, unten im Erdgeschoss, direkt hinter der Treppe. Da ist ein neuer Abfüller. Thistle-Malts. Die scheinen echt gute Fässer zu haben. Alle ganz lecker.«

»Ach ja. Tu mir doch bitte einen Gefallen, ja? Ich kann hier leider nicht weg. Geh runter und kaufe mir bitte zwei Flaschen von diesem hier. Und schau doch mal, was die sonst noch so an echten Schätzchen haben, ja?«

»Ja gerne, nur wieso ...?«

»Schon gut. Du weißt doch. Man muss immer auf dem Laufenden sein, wenn einem solch außergewöhnliche Sachen über den Weg laufen. Gewürzte Feigen! Was für ein Zufall!« Damit drückte er Mark drei 100-Euro-Scheine in die Hand und schob ihn in Richtung Treppenhaus. »Dank dir! Und schau doch mal, was du über die Herkunft der Fässer und dieser neuen Firma rausfinden kannst.«

Zufall? Es gibt keine Zufälle! Es gibt lediglich die unerwarteten Momente, in denen sich zwei Wege kreuzen, die sich eigentlich nicht kreuzen sollten. Das Schicksal war ein ganz mieser Taschenspieler ... aber mit einem rabenschwarzen Humor!

Die nächste halbe Stunde verbrachte Graham in angespannter Ungeduld. Auf die Gespräche mit den Kunden konnte er sich nur bedingt konzentrieren und so schaute er auch alle drei Minuten auf die Uhr. *Schon halb fünf am Nachmittag. Wo bleibt dieser Mark denn nur? Der soll die Flaschen kaufen und nicht vor Ort gleich austrinken!*

Vor lauter Nervosität verließ Graham mit einem knappen Nicken zu seinen Kollegen den Stand und lief in Richtung des oberen Ausgangs. Hier konnte er auf einem kleinen Vorplatz ein wenig frische Luft schnappen – sofern zwischen den zahlreichen Rauchern noch etwas davon übrig war. Die Hallentemperatur hatte sich um mindestens gefühlte zehn Grad erhöht und Grahams Hemdkragen war bereits schweißnass.

Als er die kalte Nachmittagsluft spürte, zog er sich dann doch lieber in das angrenzende Zelt mit den weiteren Ausstellern zurück. Hier kaufte er bei einem Chocolatier eine große Tüte handgeschöpfter Schokolade der unterschiedlichsten Sorten. Ishbel war ein großer Fan dieser deutschen Handarbeit und er schaffte es regelmäßig, ihr mit diesem Mitbringsel ein Lächeln aufs Gesicht zu zaubern.

Er verzehrte selbst eine halbe Tafel und trank dazu einen doppelten Espresso an einer Kaffeebar. Dies alles vermochte jedoch nicht seine Anspannung zu überspielen. *Konnte es denn wirklich zwei gleiche Abfüllungen geben? Oder war das hier tatsächlich seine ...? Er konnte sich doch nicht so irren. Und wenn es so war, was sollte er dann tun? Zu Thistle-Malts rennen und ein Höllentheater veranstalten? Die Typen am Stand zur Seite ziehen und ihnen drohen? Ihnen einen Zettel schreiben: "Ich weiß, was du letzten Sommer getan hast?" Und morgen früh dann erneut mit eingeschlagenem Schädel in der Gosse liegen!* Realistisch betrachtet konnte es für ihn nur eine Lösung geben. Alan oder Brian in Schottland anrufen und ihnen alles erzählen. Aber da war es dann wieder, sein Misstrauen. Was würden die beiden denn sagen? Dass er jetzt völlig übergeschnappt wäre und seine Nase mit den traumatischen Erlebnissen der letzten Monate nicht zurechtkommen würde. Dass sie jetzt überall nur noch Feigen riechen würde. Er konnte Brian schon geradezu hören. Eine Woche frische Seeluft und täglich ein Bad im Atlantik wären genau das richtige für ihn. Und wenn sie doch auf sein Urteil vertrauen würden? Was könnten sie tun? Die deutsche Polizei anrufen oder sogar Interpol einschalten? "Hey, unser Freund hat Diebesgut mit seiner Nase gefunden. Schnappt sie euch!" Auslachen würde man ihn. Insbesondere, wenn sich seine Nase zwar nicht unbedingt irren würde, die Fässer aber völlig legal aus einer anderen Brennerei stammten. Aber das konnte doch nicht sein! Noch nie hatte ihn seine Nase und sein Gaumen getäuscht ...

Völlig aufgewühlt stürmte Graham zurück in die Halle und an seinen Stand.

»Ach, da bist du ja!«, begrüßte ihn Burt. »Mark ist hinten und wartet auf dich.«

»Endlich!«, war alles, was Graham hervorbringen konnte, während er an Burt vorbei in ihren "Backstage-Bereich" eilte. »Mark. Und? Hast du alles? Was hast du herausgefunden?«

»Nun mal mit der Ruhe, Graeme. Was ist denn los mit dir? Mach doch nicht so einen Aufstand, nur weil ein anderer Abfüller auch eine ...« Mark sah Graham, trotz der doch bei Thistle-Malts zahlreich probierten Abfüllungen, messerscharf an. »Das ist doch jetzt nicht dein Ernst? Willst du jetzt behaupten, die hätten deinen ...? Nee, oder?«

Graham blickte ebenso scharf zurück. »Ich *glaube* nicht, Mark. Ich rieche, ich schmecke, ich sehe. Ich kenne diesen Whisky seit vielen Jahren und habe ihn immer und immer wieder probiert. Solange, bis er, meiner Meinung nach, seine Spitze erreicht hatte. Ich kenne jede Nuance, in der er sich verändert hat. Ich kann mich einfach nicht irren!«

»Na ja. Jedenfalls, hier sind die Flaschen. Schau noch mal genau.« Mark reichte Graham eine Plastiktüte mit vier Flaschen und einem Flyer.

Die vier Flaschen befanden sich in schlichten, weißen Kartons, welche nur von einer in Grautönen gehaltenen Distel und dem Schriftzug "Thistle Malts" geziert wurden. Die Flasche selbst zeigte ein hellviolettes Label, ebenfalls mit dem Logo, dem Schriftzug und der Aufschrift "Single Speyside Scotch Whisky. Dark Sherry. Bottled in Cask Strength. 25 Years Old. 52,4 Vol% Alc." *So eine Unverschämtheit!* Sogar der Alkoholgehalt stimmte aufs Komma genau. Auf der Rückseite befand sich lediglich ein kleines Label mit den üblichen Pflichtzeichen, wie dem grünen Punkt und ähnlichem, sowie die Angaben "No Colouring, No Chill Filtration, Product of Scotland". Und darunter "www.thistlemalts.com", als einzige Angabe zum Abfüller. »Und? Was sind das für Leute?«, fragte Graham Mark.

»Die beiden unten am Stand sind zwei echt nette Typen. Deutsche. Habe sie natürlich alles Mögliche gefragt. Seit wann es sie gibt. Wo sie denn herkommen. Wo sie ihre Fässer herkriegen. Aus welchen Destillerien die Whiskies stammen.«

»Ja? Und? Was sagen sie?« Graham wurde immer ungeduldiger.

»Nicht viel eigentlich. Welche Destillerien hinter den Abfüllungen stehen, dürfen sie mir angeblich nicht sagen. Ich habe aber das Gefühl, das wissen die bei den meisten Abfüllungen selbst nicht. Thistle Malt gibt es seit einem halben Jahr. Sie wären so was wie die deutschen Generalimporteure. Sie sind in der Nähe von Darmstadt, in Südhessen, ansässig. Die Firma, von denen die ihren Whisky zugeteilt bekommen, sitzt angeblich in Kelso, in den Borders. Der Whisky selbst wird aber aus Holland geliefert. Sie kriegen eine Liste mit den verfügbaren Abfüllungen und ordern halt ihr Kontingent. Wer wirklich hinter der Firma steht, haben sie aber nicht gesagt.« Mark zuckte entschuldigend mit den Schultern.

»Wirklich reizend.« Graham hatte inzwischen eine Flasche "seiner" Abfüllung geöffnet und sah seinen Verdacht erneut bestätigt. Anschließend öffnete er die anderen drei Kartons und ihre Flaschen. Die letzte kam ihm ebenfalls enorm bekannt vor. Da es sich bei dieser Abfüllung aber um einen auf Trinkstärke verdünnten 46%igen Whisky handelte, waren die herausragenden Noten nicht so deutlich zu identifizieren. Er füllte drei Nosing-Gläser aus dieser Flasche und rief »Burt? Kannst du mal kommen? Dein Gaumen ist gefragt!«

Burt schien im Moment keine Kunden zu haben, denn er erschien prompt am Tisch. »Was denn? Oh, noch ein Whisky? Ich sollte langsam mal kürzer treten. Wir haben doch gleich um sechs noch das Masterclass-Tasting.«

»Ach, herrje! Das hatte ich glatt vergessen.« Graham sah auf seine Armbanduhr. »Ein bisschen Zeit ist ja noch. Komm, probier doch mal den hier. Was sagst du dazu?« Graham drückte Burt eines der gefüllten Gläser in die Hand.

Burt schnüffelte kurz und nahm einen kleinen Schluck. »Was soll denn das? Ich dachte, ihr hättet was Neues am Start. Warum muss ich jetzt meinen eigenen Whisky trinken?« Etwas indigniert stellte er sein Glas wieder auf den Tisch.

»Was denkst du denn, was das ist?« Graham ließ nicht locker.

»Das ist mein 15-jähriger. Der Glenallan "Seabreeze". Warum fragst du so blöd? Hältst du mich schon für so besoffen, dass ich den nicht mehr erkennen kann?«

»Nein, natürlich nicht. Danke, Burt! Du bist und bleibst unser Experte. War nur ein Test.« Freundschaftlich klopfte Graham ihm auf die Schulter. »Dann becirce mal schön weiter unsere Mädels.«

Mit einem »Genau das mache ich jetzt auch!«, ging Burt wieder nach vorne an den Tresen.

»Jetzt sag nicht, das ist auch der geklaute Whisky!« Mark schüttelte den Kopf.

»Kann sein, kann nicht sein«, antwortete Graham undurchsichtig. »Kann aber auch sein, dass unsere Verkäufer eine Ladung vom Glenallan an einen unabhängigen Abfüller verkauft haben. Das passiert ja schließlich auch immer wieder. Aber das kriege ich schon noch raus. Jedenfalls danke ich dir für deine Hilfe. So, und nun werde ich mich mal auf das Tasting vorbereiten.«

Nachdem Mark, Burt und Graham sich zum Abendessen verabredet hatten, ging Mark zurück zu seinem Stand. Die beiden anderen nahmen ihre Taschen voller Flaschen und gingen zum Treppenhaus. Im zweiten Stock, vor den Veranstaltungsräumen, erwartete sie bereits eine Gruppe von über 60 freudig strahlenden Connaisseuren mit sauber polierten und vor allem leeren Gläsern in der Hand.

Als Graham am späten Abend auf dem Bett seines Hotelzimmers lag und den Geräuschen der vorbeiziehenden Touristen auf der Straße lauschte, war er noch genauso unsicher wie am Nachmittag, als er diese ungeheuerliche Entdeckung gemacht hatte. Beim Abendessen – wieder bei seinem Lieblingsitaliener – hatten sie das Thema nicht mehr angesprochen, da zu viele Außenstehende mit am Tisch saßen. Von dieser Seite hatte er also keine Hilfestellung bekommen. Zudem wollte er auch nicht zu vielen Leuten Einblick in seine Vermutung gewähren. Was sollte er nur tun? Er war sich so sicher. Beim letzten Mal hatten sie ihn auch nicht ernst genommen und das hatte ihn im wahrsten Sinne, fast den Kopf gekostet. Sollte er Ishbel anrufen? Wohl eher nicht. Ihre Meinung war ihm jetzt schon sonnenklar. Obwohl sie natürlich Recht hatte. *Überlass das Grasen den Kühen, die haben mehr Mägen als du.* Gedankenverloren spielte er mit seinem Handy. Hatte Brian ihm nicht hoch und heilig versprochen, in Zukunft auf Grahams Instinkt zu vertrauen? Und schoben nicht all seine Freunde bei der Polizei einen ziemlichen Frust vor sich her, weil sie trotz ihres Erfolgs aufs Abstellgleis geschoben worden waren? Vielleicht würden ja ein paar völlig absurde Theorien die Leute wieder aus der Reserve locken. Graham blickte auf den Radiowecker. In Schottland war es jetzt kurz nach elf. Kurzentschlossen wählte er Alans Handynummer.

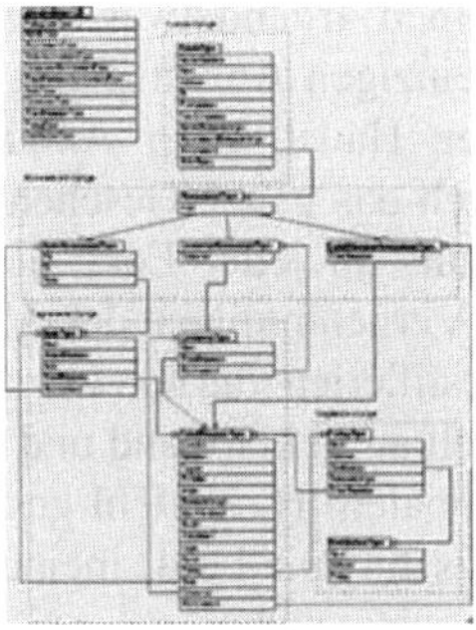

Seit mehreren Wochen trafen sie sich nur noch sporadisch zu einem Meeting der ehemaligen SoKo "Whisky-Truck". Nach deren Auflösung, Anfang Oktober, wurden sie, wie erwartet, nur noch äußerst selten zu Handlangerdiensten der Abteilung für Wirtschaftskriminalität herangezogen. Ronald MacArthur ließ sie einfach ausbluten.

»Gib´s schon zu Alan, du bist unzufrieden mit uns, stimmt´s?«, hatte Nicky vor gut einer Woche gefragt.

Alan verneinte: »Nicht mit euch und schon gar nicht mit unserer Arbeit. Ich bin einfach nur ratlos. Wie sollen wir jetzt weitermachen? Wir müssen neuen Schwung in unsere Ermittlungen bringen, aber wie? Hat denn keiner von euch eine Idee?«

Niemand meldete sich, alle zuckten nur resigniert mit den Schultern.

Bei ihrem letzten Treffen musste Alan sie dann endgültig mit der bitteren Maßnahme konfrontieren. Alle hatten zwar erwartet, dass es soweit kommen würde, dennoch hatten sie aber auch alle gehofft, dass der Fall nie eintreten würde.

Das wenige, was ihnen geblieben war, hatte sie nicht weitergebracht. So hatte dann Alan die Arbeiten an dem Fall ganz einstellen lassen, um gegenüber CC Timmins zumindest die Ressourcen zu schonen.

»Wir arbeiten und arbeiten, aber wir sind noch keinen Schritt weitergekommen. Irgendetwas machen wir falsch. Wir haben noch keinen einzigen Anhaltspunkt oder gar eine Spur. Wir haben nicht den Hauch einer Ahnung, nach wem wir suchen sollen. Da sich das ganze Geschehen ins Ausland verlagert hat, werden uns an jeder Ecke die Hände gebunden. Nicht mal an den Vernehmungen der Verdächtigen in den Speditionen und Destillerien dürfen wir teilnehmen. Da alle Gewaltdelikte offiziell aufgeklärt sind und die Tatverdächtigen hierfür mit internationalem Haftbefehl gesucht werden, ist für uns der Ofen aus! Es tut mir Leid, meine Freunde. Ich habe den Fall endgültig zurückgegeben.«

Selbst nach ihren offensichtlichen Rückschlägen der letzten Wochen, waren die Teammitglieder über den völligen Rückzug von diesem Fall trotzdem enttäuscht.

Als Alan sie dann am heutigen Sonntagmorgen alle aus dem Bett klingelte und sie zu einem "freiwilligen Gedankenaustausch" in den Leakey's Secondhand Bookshop in die Church Street nach Inverness einlud, ohne weitere Andeutungen zu machen, war die Neugier daher umso größer. Keine Stunde später saßen alle, zumindest halbwegs gewaschen und gekämmt, an zwei zusammengeschobenen Bistrotischen.

Dies war für Alan einer der wenigen Plätze in Inverness, an dem er völlig abschalten konnte. Sobald er die alte gälische Kirche betrat, konnte er die hektische Stadt da draußen völlig ausblenden. Die Inhaber hatten es geschafft, sowohl den Charakter der Kirche wie auch die verstaubte Atmosphäre eines Secondhand-Buchlandens mit den modernen Bedürfnissen an Komfort und Technik zu kombinieren. Eine alte, schmiedeeiserne Wendeltreppe führte mitten im Raum zu einer zweiten Ebene, auf der ein modernes Bistro integriert worden war. Hier konnte man in bequemen Sesseln einen guten Kaffee, eine Suppe oder ein Stück Kuchen genießen und dabei auf die

Regale voller Bücher im unteren Kirchenschiff blicken. Oder, man nahm sich eines der alten, teils historischen Bücher und stieg für eine Zeit lang aus dem Alltag aus.

»Ihr hättet durchaus zu Hause noch zu Ende frühstücken können«, kommentierte Alan schmunzelnd ihr Erscheinungsbild und die voll beladenen Teller.

»Nix da!« Brian versuchte, trotz des halben Brotes im Mund, gesittet zu sprechen. »Vor lauter Aufregung habe ich heute Morgen schon ein Glas von Janets selbstgemachter Marmelade runtergeworfen. Jetzt leg schon los.«

»Wir sind wieder im Rennen!«, eröffnete Alan die Besprechung und fiel dabei gleich mit der Tür ins Haus.

»Was?« - »Wieso?« - »Was ist passiert?« Alle redeten plötzlich durcheinander.

Alan strahlte über beide Backen. »Na, das Übliche. Ich habe einen Anruf erhalten. Wie üblich mitten in der Nacht. Und ein uns bekannter Mann der Whiskyszene hat mir, ebenfalls wie üblich, eine völlig irrwitzige Geschichte erzählt.«

»Sag bloß, Graham?« Brian schlug mit der flachen Hand auf den Tisch und verpasste dabei nur um Haaresbreite seinen Teller mit belegten Broten. »Jetzt mach es nicht so spannend. Sonst habe ich gleich keinen Appetit mehr!«

»Stimmt! Graham hat mich aus Deutschland angerufen und ein paar höchst interessante Dinge erzählt. Aber diesmal machen wir es völlig anders.«

»Was denn? Nun sag schon. Wir sind doch nicht bei einem Quiz! Was machen wir anders?«

»Diesmal glauben wir Graham.«

»Aha!« Brian war noch genauso schlau wie vorher. »Und warum?«

»Na, erstens, weil du es ihm versprochen hast, mein lieber Brian. Und zweitens, weil seine Geschichte so verdammt "Graham-mäßig" ist, dass sie einfach wahr sein muss. Also, passt auf.«

Alan erzählte seinem alten Team alles, was Graham ihm in der Nacht berichtet hatte. Er ging auf jeden Punkt seiner Notizen ein und berichtete, welche Vermutungen Graham dazu hatte und welche Strategie er sich bereits zurecht gelegt hatte.

Nachdem er seinen Vortrag beendet hatte, entstand eine kurze Pause, doch dann war es, als hätte jemand den Korken aus einer Flasche gezogen und den Flaschengeist darin befreit. Alle redeten durcheinander, keiner hörte dem anderen zu, sondern wollte selbst als Erster sprechen. Grahams Theorie war so ungeheuerlich, dass sie Platz für die wildesten Spekulationen schaffte.

»Die können doch nicht so blöd sein, den geklauten Whisky vor seiner Nase zu verkaufen!«

»Ich sehe schon die Schlagzeilen: Nase löst internationalen Schmuggel-Fall!«

»Wie kommt der denn so schnell wieder in den Handel?«

»Wer steckt dahinter?«

»Was ist mit der Firma in Kelso?«

Alan ließ sie alle eine Zeit lang vor sich hin spekulieren und bat dann um Ruhe.

»Also gut. Diesmal aber ernsthaft: Diese Gruppe hier gibt es nicht. Es darf auch wirklich niemand erfahren, was hier abgeht. Nicht nur Timmins würde mir den Hals umdrehen. Wie ihr wisst, gibt es einige, die nur darauf warten, uns ein Disziplinarverfahren an den Hals zu hängen. Brian, du hast gemerkt, wie bei deinem "Ausrutscher" vorigen Monat MacArthur versucht hat, dich endgültig kalt zu stellen. Timmins hat dich kurz und bündig da rausgepaukt. Das kann er aber nur einmal. Also, alle bitte wirklich aufpassen.«

»Geht klar. Angekommen! Also, was tun wir?«

»Ganz einfach: Nicky, du versuchst alles über Thistle Malts rauszufinden. Charly, du hilfst ihr dabei. Nicky, du bist die Einzige, die noch einen halbwegs funktionierenden Draht zu MacArthur und der SBCC hat. Nutze den bitte. Aber mit äußerster Vorsicht. Ewen und Andy, ihr erhaltet morgen ein Päckchen von Graham mit den Proben der Whiskies. Graham landet morgen gegen Mittag in Edinburgh. Er wird euch, soweit möglich, Vergleichsproben der gestohlenen Whiskies besorgen. Dann vergleicht die Dinger. Das ganze Programm. Spektralanalyse, Physik, Chemie, was auch immer. Alles, was euer Baukasten hergibt. Ich will so schnell wie möglich eine wasserdichte Analyse haben. Sonst haben wir keinerlei Handhabe, diesen Weg weiter zu verfolgen. Nur aufgrund von Grahams Nase können wir zwar ermitteln, Interpol wird deswegen aber kaum einen Finger rühren.« Zum ersten Mal an diesem Morgen lehnte sich Alan entspannt zurück und nahm einen Schluck von seinem Cappuccino.

»Und, was machen wir beide solange?«, fragte Brian.

»Wir beide? Sobald Nicky und Charly eine Adresse haben, werden wir unser multikulturelles Talent in die Waagschale werfen und ein paar Tage verreisen.«

Eine Woche später, am Montag, den siebten Dezember. Der Mittelpunkt im Konferenzzimmer des Polizeipräsidiums in Inverness bildete das vergrößerte Foto eines Mannes, das Alan an die Wandtafel geheftet hatte: Henry Potts. Seine kalten Augen starrten jeden im Zimmer an, ganz so, als wollte er jeden Einzelnen herausfordernd fixieren. Darunter, aber deutlich kleiner, hingen die Fotografien von drei weiteren Männern. Im Unterschied zum großen Foto waren sie alle mit rotem Filzstift durchgestrichen worden.

»Bevor wir wieder ins Detail gehen, lasst uns bitte noch mal alles zusammenfassen, ja?« Alan blickte von einem zum anderen. Zum Schluss sah er Chief Constable Willie Timmins an, der zufrieden dreinblickend, mit verschränkten Armen, im Sessel neben ihm saß.

»Nur weiter, Alan. Danke.« Timmins machte mit seiner rechten Hand eine aufmunternde Geste.

»Gut. Also, nachdem der Distillery Manager Graham Morrice uns letzten Montag darüber informierte, dass der in seiner Brennerei gestohlene Whisky in Deutschland auf einer Messe aufgetaucht war, und er dies, unter Vorlage nahezu eindeutiger chemischer und sonstiger Analysen, beweisen konnte«, - ein scharfer Blick wurde zwischen Alan und Ewen sowie Andy ausgetauscht - »sahen wir uns gezwungen, unter dem Druck der Beweise, die Ermittlungen wieder aufzunehmen.«

Alle Mitglieder des Teams blickten mit nahezu versteinerten Mienen in Richtung Alan, um sich, bei diesen faustdicken Lügen, bloß nicht irgendeine Gefühlsregung zu leisten.

»Nachdem ich Chief Timmins hierüber informiert hatte, konnte er die SBCC davon überzeugen, uns wieder in die Ermittlungen einzubeziehen. Hierzu nochmals vielen Dank, Sir.«

»Keine Ursache. Schließlich bin ich genauso daran interessiert, dass an meinen Abteilungen nicht der Makel der Unfähigkeit kleben bleibt. Es war mir zudem ein persönliches Bedürfnis, den Schmutz, den mein lieber Kollege MacArthur geworfen hat, zurückzugeben. Aber das nur am Rande. Bitte fortfahren.«

»Gerne. Also, die SBCC konnte nicht umhin, unsere neuen Informationen anzuerkennen, und hatte uns dann Einblick in ihre Akte gewährt ... gewähren müssen. Hier konnten wir schnell sehen, dass sie genauso in einer Sackgasse steckten wie wir. Zu den Fakten.« Alan gab mit einem aufmunternden Blick Nicky zu verstehen, dass nun ihr Part gekommen war.

Nicky schaltete ihren Laptop auf den Beamer um und es wurde eine Art Strukturdiagramm auf der weißen Wand sichtbar. »Okay. Hier sehen wir die deutsche "Thistle Malts". Eine selbstständige GmbH nach deutschem Recht. Für sich unabhängig. Lediglich mit einer Art Franchising-Vertrag an eine Firma Thistle Malts Ltd. gebunden, die ihren Sitz in Kelso, südlich von Edinburgh, hat.«

Nicky zog mit ihrem Laserpointer die Linie nach, die die beiden Firmen in dem Diagramm verband. »Diese Informationen über die Thistle Malts Verbindungen habe ich an die SBCC gegeben, woraufhin die diese Firma unter die Lupe genommen haben. Wie zu erwarten war, existiert dort nur eine Briefkastenadresse. Aber sie haben herausgefunden, dass es noch mindestens acht weitere Franchisepartner über den ganzen Globus verstreut gibt. Teilweise unter dem gleichen Namen, teilweise aber auch mit anderen Titeln. Da, laut Aussage der deutschen Händler, die Flaschen aus Holland geliefert werden, haben wir, beziehungsweise die Kollegen der SBCC, sich dann erst einmal auf Holland konzentriert. Dort gibt es keine Thistle Malts Partner. Aber, die im Handelsregister eingetragene Inhaberfirma der Thistle Malts Ltd., eine Firma namens IFT, International Food Trading, mit Sitz in Saudi Arabien, ist dort stark vertreten. Die besitzt in Rotterdam und Umgebung riesige Warenverteillager und Kühlhäuser. Die besitzen sogar einen eigenen Umschlaghafen.«

Wieder verdeutlichte Nicky die Verbindungen mit ihrem Pointer. »Soweit erst mal zu den Ermittlungsergebnissen der SBCC. Aber den spannendsten Teil möchte ich dann doch wieder DCS Derringer überlassen.« Mit einem Nicken in Richtung CC Timmins setzte sich Nicky wieder hin.

»Danke, Nicky. Es stimmt, ab jetzt wird es hochinteressant. Wir haben uns hier, in unserem Team, weiter auf die flüchtigen schottischen Verbrecher konzentriert. Dank der Aussagen des ehemaligen Chefs der Bande, Charles Maclellan, konnten die noch flüchtigen Mitglieder der hiesigen Bande identifiziert und mit internationalem Haftbefehl gesucht werden. Wir haben vor gut acht Wochen Interpol einschalten können. Leider ist die Vernetzung der internationalen mit den jeweiligen nationalen Behörden noch nicht so automatisiert, wie wir es uns wünschen würden.«

Alan griff zu seinen Notizen und blickte kurz darüber. »Bereits kurz nach der Flucht der Verdächtigen, Anfang Oktober, ereignete sich im Westen Frankreichs ein Brand. Ein Bauernhaus in der Bretagne ist abgebrannt. In den Ruinen hat die Polizei vier Leichen gefunden. Drei davon waren Männer. Das hat die spätere Obduktion ergeben. Und das Haus war voller Patronenhülsen. Mehr konnte man zunächst nicht identifizieren. Dabei wär´s auch fast geblieben, hätte sich nicht jemand eine kleine Unaufmerksamkeit geleistet.«

Mit hochgezogenen Augenbrauen blickte Alan auf das Foto von Henry Potts. »Keine zehn Kilometer von dem Haus entfernt, in einem kleinen Waldstück, fand man einen ausgebrannten Wagen, einen Citroen C5, der als gestohlen gemeldet worden war. Und dreimal dürft ihr raten, wessen Fingerabdrücke man in diesem Wagen gefunden hat. Stimmt. Henry Potts hatte sich dort verewigt. Er hatte wohl versucht, den Wagen vor dem Verbrennen zu reinigen, hat dabei aber die Innenseite des Kofferraumdeckels vergessen. Klassischer Anfängerfehler. Aber gut für uns. Da die Brandursache in dem Bauernhaus eindeutig Brandstiftung war - man hat Benzin und eine abgeschraubte Gasleitung gefunden - hat die französische Polizei das große Programm gestartet und konnte tatsächlich die Reifenspuren auf dem Gelände dem gestohlenen Wagen zuordnen. Bis allerdings die Fingerabdrücke bei Interpol gelandet waren und diese wiederum überhaupt von den Leichen in dem Haus in Kenntnis gesetzt wurde, waren einige Wochen ins Land gegangen. Nachdem die französische Polizei von Interpol das Foto bekommen hatte, konnte man auf einer nahe gelegenen Tankstelle eben diesen Henry Potts identifizieren. Er hatte sich dort mit Landkarten und Proviant eingedeckt. Auffällig war nur, dass er ohne Auto unterwegs war. Wir wurden wiederum über all das erst in Kenntnis gesetzt, nachdem Brian in den letzten Tagen den Druck auf Interpol etwas erhöht hat.«

»Na ja, danke für die Blumen.« Brian blickte stolz in die Runde. »Zugegebenermaßen hat mich Scotland Yard, also DCS Monaghan, dabei massiv unterstützt.«

»Die Zusammenarbeit mit England klappt also ausgezeichnet?« CC Timmins blickte Brian freudig an. »Das freut mich sehr zu hören. Insbesondere, dass Sie hier die Rolle des Verbindungsoffiziers übernommen haben. Macht sich in der Personalakte ausnehmend gut. Weiter so!«

Schmunzelnd nahm Alan den Faden wieder auf. »Manche haben halt einfach die Diplomatie im Blut. Also, wir haben Frankreich DNA-Proben von den drei anderen Verdächtigen geschickt. Glücklicherweise konnten wir von allen noch persönliche Gegenstände in der alten Fischfabrik in Barrow-in-

Furness sicherstellen. Die DNA-Proben werden im Moment verglichen. Wir gehen aber mit an Sicherheit grenzender Wahrscheinlichkeit davon aus, dass es sich bei den drei männlichen Toten um unsere gesuchten Männer handelt. Wer die Frau war, können wir natürlich nicht sagen. Da wir zum jetzigen Zeitpunkt keine andere Theorie haben, müssen wir davon ausgehen, dass Henry Potts das Massaker angerichtet hat. Ob sie sich um die Beute gestritten haben oder was anderes die Ursache war, bleibt Spekulation. Das erhöht aber alles den Druck auf die Ermittlungen. Interpol, und jetzt auch die französische Polizei, haben den Fall mittlerweile ganz oben aufgehängt.« Alan klappte seinen Schnellhefter wieder zu und setzte sich. Nachdem er einen großen Schluck aus seinem Wasserglas genommen hatte, blickte er in die schweigende Runde. »Ihr wisst, dass das noch nicht alles ist, nicht wahr?«

»So cool, wie du gerade wirkst, hast du garantiert noch einen Joker im Ärmel«, antwortete Andy MacPhee selbstsicher.

»Ich bin doch tatsächlich ein offenes Buch. Aber du hast Recht. Nicky, bevor du platzt, leg los.«

Kaum hatte Alan seine Aufforderung geäußert, erweiterte sich das Diagramm auf der Leinwand schlagartig und weitere Namen und Linien tauchten auf. »Aber gerne! Kaum hatten wir die Informationen von der Sache in Frankreich erhalten, kam uns eine Idee. Wir haben uns gefragt, wie unsere Verdächtigen in so kurzer Zeit nach Verlassen des Landes ausgerechnet in einem kleinen Bauernhaus mitten in der Bretagne landen konnten. Also, haben die Kollegen der SBCC und wir uns mal angesehen, wem dieser Hof eigentlich gehört. Das war zunächst recht unspektakulär. Der Besitzer ist tatsächlich eine ortsansässige, französische Familie. Das Haus befindet sich schon seit seiner Erbauung in deren Besitz. Allerdings, so konnten die französischen Kollegen ermitteln, existiert ein langfristiger Pachtvertrag mit einem Unternehmen aus Brest. Eine auf den Im- und Export von Lebensmitteln spezialisierte Firma namens Lepante. Und jetzt wird's richtig drollig. Diese Firma Lepante wiederum hält 50 Prozent der Anteile an einem

Frachtunternehmen namens Bakker, das auf weltweite Kühltransporte spezialisiert ist. Die besitzen einige Kühlhäuser an mehreren größeren Häfen der Atlantik- und Kanalküste.« Nicky sah von ihrem Bildschirm auf und blickte in die Runde. »Wem gehören die anderen 50 Prozent?«

»Eigentlich ist es zu verrückt, um wahr zu sein«, antwortete Charlie Pollock. »Doch wenn du so gezielt fragst, kann es nur die Firma aus Holland oder vielmehr Saudi-Arabien sein. Stimmt´s?«

»Stimmt. IFT, International Food Trading.« Mit einer hektischen Bewegung ließ sie den Laserpointer auf der Leinwand kreisen. »Alles hängt miteinander zusammen! Die Typen, die den Whisky klauen, tauchen tot in einem Haus auf, das, über vier Ecken, wieder mit ihnen in Verbindung steht. Irre! Aber es kommt noch mehr!«

»Was? Noch mehr?« Charlie rollte demonstrativ mit den Augen. »Das ist ja wie ... keine Ahnung! Erzähl es uns einfach!«

»Der Wagen. Der wurde von einer kleinen Autovermietung aus Saint-Malo als gestohlen gemeldet. Allerdings erst, nachdem der bereits ausgebrannt gefunden worden war. Aber egal. Und diese Autovermietung gehört wem? Nein, nicht auch noch IFT. Sondern einem der Geschäftsführer der Firma Bakker. Soweit der Stand der Dinge.«

»Vielen Dank, Miss McGovern. Sehr gute Arbeit.« CC Bill Timmins erhob sich aus seinem Sessel. »Ich bin äußerst erfreut über die Leistungsfähigkeit dieses Teams. Insbesondere, nach den entwürdigenden letzten zwei Monaten. Alan, Sie sorgen bitte persönlich dafür, dass der Informationsaustausch mit MacArthur und seinen Leuten weiterhin so reibungslos und effizient klappt. Ich stelle zum wiederholten Male fest, dass die besten und schnellsten Ergebnisse nur dann erzielt werden, wenn alle Abteilungen an einem Strang ziehen – und zwar in die gleiche Richtung! Wegen der fast schon notorischen Abneigung der Polizeibehörden aus unterschiedlichen Zuständigkeitsbereichen, sich mit anderen Behörden auszutauschen, wird leider im Regelfall die geringste Mühe darauf aufgewendet, nach Übereinstimmungen in einem Fall zu suchen. Hier bleibt noch einiges für uns zu tun. Ich möchte – und dies ist kein Geburtstagswunsch, meine Dame, meine Herren – dass dieser aktuelle Fall ein Musterbeispiel an erfolgreicher Kooperation zwischen den schottischen Dienststellen und den Kollegen aus London wird. Weiterhin gutes Gelingen.«

Daraufhin verließ CC Timmins den Besprechungsraum und bugsierte Alan am Arm mit hinaus auf den Flur. »Ich möchte dies alles nicht nur, um MacArthur eins auszuwischen. Das ist mir zwar ein persönliches Anliegen, aber hier geht es um viel mehr. Wir könnten es schaffen, die ganzen politischen Strukturen in der Polizeiarbeit zu beeinflussen. Zudem habe ich das Gefühl, dass es einigen Leuten in Europa in kurzer Zeit sehr warm unter dem Hemdkragen werden wird. Sobald Sie sich mit MacArthur abgestimmt haben, kommen Sie bitte zu mir. Dann werden wir die nächsten Aktionen festlegen.« Er drückte Alan kurz die Hand und ging, sichtlich gut gelaunt, zurück in sein Büro.

Nach einer kurzen Rauchpause an einem Flurfenster kehrte Alan wieder ins Besprechungszimmer zurück

»Mann, Mann, das war ja mal wieder eine Rede ans Volk«, wurde er von Brian empfangen.

Alan winkte ab. »Ach, lass es gut sein. Er muss schließlich den ganzen Druck aushalten, den die Politiker und die Leiter der anderen Abteilungen aufbauen. Das hat er bislang alles von uns ferngehalten. Seien wir ihm dankbar.« Alan setzte sich wieder auf seinen Stuhl und blickte die Fotos an. »Also gut, wie weit sind wir in Bezug auf unsere schweren Jungs? Brian?«

Brian beugte sich vor und sah in sein Notizbuch. »Nachdem wir die Namen der vier von Charles Maclellan erhalten hatten, haben wir das ganze Programm laufen lassen. Die Lebensläufe und Strafregister liegen euch vor. Die kennen wir ja nun. Eine Einreise per Flug, Schiff und Bahn halte ich für fast unmöglich. Die Fotos liegen schließlich überall aus. Die zuletzt gemeldeten Wohnsitze wurden zwar die ganze Zeit überwacht, was uns aber, wie erwartet, nichts eingebracht hat. Dort schienen alle schon seit Monaten, wenn nicht Jahren, nicht mehr aufgetaucht zu sein. Auch die Überwachung der von Maclellan genannten Schlupfwinkel sowie Hafenanlagen in Barrow und in Drummore hat nichts gebracht. Wir haben den gesamten uns bekannten Kreis an Verwandten und ehemaligen Kollegen und Freunden befragt und lassen einige auch noch überwachen.« Brian zuckte resigniert mit den Schultern. »Die scheinen seit ihrer Flucht tatsächlich nicht wieder in Schottland gewesen zu sein. Wenn man nun davon ausgeht, dass zumindest diese drei hier wirklich schon am sechsten Oktober gestorben sind, ist das auch kein Wunder. Ich habe die Observierung für Patani, Scobbie und Gorissen deshalb abblasen lassen. Was sollen wir mit Potts machen?« Brian klappte das Buch zu und ließ sich in die Lehne zurückfallen.

»Gute Frage. Mein Gefühl sagt mir erstens, dass er noch lebt. Mein Gefühl sagt mir aber ebenfalls, dass er nicht der schießwütige Killer ist, der seine drei Komplizen und dazu noch eine Frau abknallt.« Alan blickte in seine Unterlagen. »Und das mit – laut aufgefundenen Hülsen – insgesamt über 50 Schüssen. Das klingt nach einem Psychopathen, aber nicht nach einem einfachen Schmuggler. Da passt irgendetwas nicht. Zumal die drei Männer laut Befund durch Patronen Kaliber 9 mm und die Frau mit Kaliber 7,65 mm getötet wurden. Eure Meinung?«

»Da könntest du Recht haben. Wenn wir davon ausgehen, dass Potts noch lebt und nicht der Killer ist, wer hat die anderen dann umgebracht? Und wieso hat es nicht Potts erwischt? Konnte er vor einem Mordanschlag entkommen und hatte einfach nur Glück? So, wie Robert Redford in "Die drei Tage des Condor?" War zufälligerweise gerade Brötchen holen oder was?« Andy lehnte sich mit spöttischem Gesicht zurück.

»Genau die gleichen Fragen habe ich mir auch gestellt«, stimmte Charly zu. »Das ist schon alles sehr ominös. Andererseits, warum sollte er seine Kumpels plötzlich so einfach abmurksen? Schauen wir uns die Kette der Ereignisse an. Wir schnappen einen Teil der Typen in Schottland. Der Rest flieht wohl nach Frankreich. Dort werden sie ihren Mittelsmännern von ihrer Pleite hier erzählt haben. Die fühlen sich plötzlich durch eine undichte Stelle bedroht. Patsch! Kurzer Prozess. Klingt ein bisschen wie im Mafiafilm, aber könnte ja durchaus sein.«

»Dann wäre der arme Henry Potts also jetzt ein Opfer seiner eigenen Taten und hat sich irgendwo wie ein Wiesel in einen Bau verkrochen.« Nicky x-te mit dem Laserpointer auch Henrys Foto aus. »Sollen wir ihn abschreiben?«

»Ich bin mir nicht sicher.« Alan schüttelte nachdenklich den Kopf. »Falls es so sein sollte, dass unser Henry tatsächlich auf der Flucht ist und sich mehr vor seinen ehemaligen Auftraggebern fürchtet als vor der Polizei, dann wird er Fehler begehen. Die Frage ist nur, ob wir sie bemerken. Stellen wir uns mal vor, wie das ist. Er kann sich nirgendwo sicher fühlen. Wenn er nur von der Polizei gesucht würde, dann könnte er in den ehemaligen Ostblock, nach Asien oder Mittelamerika fliehen und hätte dort quasi seine Ruhe. Vor einer großen Verbrecherorganisation fliehen zu müssen, ist eine größere Hürde. Die werden ihn auch in einem tibetischen Nomadenzelt suchen und irgendwann finden. Das ist nur eine Frage der Zeit. Und sie lassen niemals nach. Er muss sein ganzes Leben aufpassen. Das zermürbt. Früher oder später wird er sich entweder einen Fehler leisten und liegt dann in einem Betonsarg oder er sucht sich Gleichgesinnte und kämpft gegen seine Killer oder er bricht zusammen und stellt sich der Polizei.«

»Oder er knallt sich selber ab.« Brian hielt seinen Zeigefinger an die Schläfe. »Paf!«

»Stimmt. Oder so. So wie Charles uns seinen Henry beschrieben hat, und was wir aus seinem Lebenslauf herauslesen können, würde ich aber eher auf kämpfen oder stellen tippen. Vielleicht warten wir einfach nur ab und beobachten.«

»Und wenn er so clever ist und keinen Fehler macht?«

»Jeder Mensch macht Fehler. Das Kunststück liegt darin, sie dann zu machen, wenn keiner zuschaut. Aber, auf Dauer hält das Versteckspielen und Aufpassen kein Mensch nervlich durch. Er ist schließlich nicht Superman.«

»Und wenn er doch zu einem Psychokiller mutiert ist?«

»Nicky, dann wird es irgendwo auf der Welt irgendwann zu einer sehr unschönen Szene kommen. Ich hoffe nur inständig, nicht hier und nicht mit uns.«

Diplomatie

Wenige Tage vor dem ersten Advent stapelten sich beim Berliner Zollamt 476 Kartons mit je sechs Flaschen schottischem Whisky verschiedener Marken. Es war die bislang größte zollfreie Sendung, die von der Berliner Botschaft des Irak verschickt werden sollte - 2856 Flaschen Whisky, im Auftrag von drei Diplomaten. Das machte die Zollbeamten natürlich misstrauisch. Was wollten drei Diplomaten, noch dazu welche aus einem muslimischen Land, zu Weihnachten mit soviel Whisky? Das konnte doch wohl kaum noch als Weihnachtspräsent, geschweige denn als Eigenbedarf bezeichnet werden.

Einer der Zollbeamten hatte schnell mal hochgerechnet: Bei 952 Flaschen pro Diplomat und einem angenommenen Verbrauch von durchschnittlich einer halben Flasche pro Tag, mehr würde die Leber auf Dauer kaum mitmachen, würde diese Lieferung für mehr als 62,5 Monate reichen.

Aber warum sollte ein trinkfester Diplomat sich einen Fünf-Jahres-Vorrat an Whisky hinlegen. Das machte doch alles keinen Sinn! Dennoch: Die Sendung war einwandfrei als zollfreie Diplomatenware in den beigefügten Papieren ausgewiesen und von einer holländischen Firma namens Bakker angeliefert worden.

Auch wenn alle deutschen Zöllner angewiesen worden waren, bei Diplomaten-Ausfuhren alles zu vermeiden, was zu Beschwerden führen könnte, wollten die Zollbeamten dennoch Rücksprache mit der Botschaft halten, ob es sich hierbei wirklich um einen ordnungsgemäßen Diplomatenversand handelte.

Der Leiter des Berliner Zollamtes rief daher persönlich in der irakischen Botschaft an und ließ sich direkt mit dem Botschafter verbinden, der als einer der Absender auf den Frachtpapieren genannt war. Der sonst sehr höfliche und freundliche Mann Anfang der 50, reagierte allerdings sehr entrüstet darauf, und wies mit völlig undiplomatischen Worten darauf hin, dass weder er noch die beiden anderen Diplomaten jemals einen solchen Auftrag gegeben hätten. Sie hätten noch nie Whisky gekauft und auch noch nie welchen in ihr Heimatland geschickt.

Damit blieb den Berliner Zollbeamten nichts weiter übrig, als abzuwarten und zu hoffen, dass sich irgendjemand wegen des Whiskys melden würde. Und in der Tat, wenige Stunden nach dem Telefonat, tauchte beim Zollamt ein Fahrer mit seinem LKW auf, um die umfangreiche Whiskysendung, angeblich im Auftrag der Botschaft, beim Zollamt abzuholen und zum Frachtflughafen zu bringen. Von dort sollte der zolltechnisch verplombte und als Diplomatengepäck gekennzeichnete Container in die nächste Maschine in den Irak verladen werden.

Der Mann war den Zollbeamten bekannt, da es sich nicht um die erste Lieferung von Whisky im Auftrag der irakischen Botschaft handelte. Auch das kam den Zollbeamten mittlerweile "spanisch" vor, denn es hatte schon öfter kleinere Sendungen von Whisky in den Irak gegeben, immer im Auftrag des Botschafters. Aber der hatte kategorisch abgestritten, dass er irgendetwas davon gewusst hatte. Er wollte die Sache aber unbedingt aufgeklärt haben und hatte dazu umfangreiche Hilfe seitens der Botschaft angeboten.

Wie sich bei einer genauesten Untersuchung der, auf den ersten und auch zweiten Blick einwandfreien, Zollpapiere herausstellte, waren diese tatsächlich gefälscht worden, allerdings in hervorragender Qualität. Wenige Minuten später hockte der Fahrer des Lastwagens in einem Vernehmungszimmer des Zollamtes. Aus seiner Aussage ergab sich, dass er mit einer Zollkontrolle nicht gerechnet hatte.

Es stellte sich aber bald heraus, dass der Mann keinerlei Ahnung über irgendwelche Hintermänner hatte, sondern, nach seinem Kenntnisstand, lediglich im Auftrag eines irakischen Diplomaten den Whisky zum Flughafen bringen sollte. Den Namen des Diplomaten konnte er allerdings auch nicht benennen. Ob es sich bei dem Absender wirklich um jemanden aus der irakischen Botschaft handelte, konnte er ebenfalls nicht beschwören, denn er hatte bislang nie jemanden gesehen, der auch nur entfernt wie ein Iraker ausgesehen hatte. Er erhielt sein Geld für die Fuhre stets in bar und das immer von einem Deutschen, der, wie er vermutete, einen holländischen Akzent hatte. Alles andere hatte ihn noch nie interessiert. Den Treffpunkt für die Geldübergabe erhielt er immer über sein Handy mitgeteilt, sobald er mit seinem beladenen LKW losgefahren war.

Da sein von den Zollbeamten beschlagnahmtes Handy nicht klingelte, vermuteten die Beamten schließlich, dass die Auftraggeber des Mannes das Zollamt irgendwie überwachten. Da der Fahrer nicht in einer sonst üblichen Zeit mit seinem LKW den Hof des Berliner Zollamtes wieder verlassen hatte, gingen sie wohl davon aus, dass irgendetwas nicht stimmte und er vermutlich verhaftet worden war.

Die Vermutung drängte sich den Beamten auf, dass die holländische Firma Bakker die Anschrift der Berliner Botschaft als Deckadresse missbrauchte, um unverzollten Whisky in den Irak einführen und verschieben zu können. Der Wert der festgehaltenen Sendung betrug rund 128.000 Euro, die Höhe der hinterzogenen Abgaben lag in vergleichbarer Größenordnung. Alles in allem waren, zusammen mit den früheren Lieferungen, vermutlich mehr als 500.000 Euro am Zoll vorbeigeschmuggelt worden.

Die Zollbeamten hatten inzwischen die Berliner Kripo eingeschaltet und die Beamten waren zu ihnen ins Zollamt gekommen. Sie gaben gleich über die Einsatzzentrale eine Überprüfung der Adresse der holländischen Firma, die den Whisky ans Zollamt geliefert hatte, in Auftrag.

Normalerweise hätte eine Überprüfung der Flaschen einen Hinweis auf den Hersteller und den Lieferweg des Whiskys ergeben können. Allerdings hatten die Schmuggler, und mittlerweile gingen die Beamten zweifelsfrei davon aus, dass es sich um geschmuggelte Ware handelte, die Suche nach diesen Hinweisen dadurch erschwert, dass sie die vom Hersteller angebrachten Code-Zeichen unkenntlich gemacht hatten. Dadurch konnte der Weg, den der Whisky genommen hatte, nicht mehr nachvollzogen werden. Andererseits lag die Vermutung nahe, dass selbst die Abfüllung der beschlagnahmten Spirituosen auf illegalem Weg gelaufen war, sodass selbst die Code-Zeichen zu keiner Spur geführt hätten.

Aber es dauerte nicht lange und die Berliner Kripo wurde fündig. Sie spürte in Berlin Zweigniederlassungen von drei holländischen Firmen auf, deren Spezialität der Whisky-Handel mit diplomatischen Vertretungen im Bundesgebiet war. Die von einem Holländer, einem Saudi und einem Iraker geleiteten drei Import-/Exportfirmen bezogen ihren Whisky von Händlern in Holland und lieferten ihn als Diplomatengepäck ans Zollamt. Von dort ging der Whisky, vermutlich stets mit gefälschten Papieren, in die Heimatländer der Diplomaten. Erstaunlicherweise waren dies alles Länder, in denen eigentlich kein Alkohol getrunken werden durfte.

Besonders auffällig zeigten sich die Aktivitäten der von dem Saudi geleiteten Niederlassung der Firma International Food Trading, IFT. Dort stellten die Beamten fest, dass dieser wesentlich mehr Whisky als unverzollte Diplomatenware verkaufte, als er von Händlern bezog. Er schien noch andere Bezugsquellen für "steuerfreien" Whisky zu haben.

Aber, noch ehe die geplante Verhaftungswelle gestartet werden konnte, waren die Bosse der drei Handelsunternehmen verschwunden und hatten sich - für die Berliner Staatsanwälte unerreichbar - in ihre Heimatländer zurückgezogen. Die Beamten hatten zwar einen Schmuggelring zerschlagen, standen aber am Ende, mehr oder weniger, mit leeren Händen da. Keiner der größeren Fische war ihnen ins Netz gegangen.

Nachdem die Informationen der Schmugglerbosse an Interpol und die nationalen Polizeibehörden gegangen waren, konnte zumindest die holländische Polizei noch mit einer vielversprechenden Information aufwarten. Der gesuchte Mann namens Ken Janssen hatte offensichtlich noch einen britischen Pass und eine zweite Adresse in Schottland, die an die schottischen Behörden weitergeleitet wurde. Dort war er nicht unter seinem Namen gemeldet.

Alan und Brian trafen nahezu zeitgleich mit der lokalen englischen Polizei in der Ladywell Road in Berwick-upon-Tweed ein. Die Wochen vor Weihnachten schienen irgendeinen magischen Frieden zu verbreiten. Eine festliche Stille lag auf allen Häusern, in denen man, durch die Erkerfenster, die ersten beleuchteten Tannenbäume sehen konnte. Viele Fassaden wurden zudem schon durch Lichterketten verziert.

»Du glaubst doch nicht im Ernst, dass wir hier noch irgendjemanden vorfinden, oder?« Brian zog seine Winterjacke an, als er aus dem Wagen ausgestiegen war.

»Interpol hat uns die Meldung über diesen Janssen nahezu ohne Verzögerung weitergeleitet, als sie die Informationen der Berliner Behörden bekommen hatten. So, wie es aussieht, hat er Berlin Hals über Kopf verlassen müssen. In seinem holländischen Domizil konnte er nicht auftauchen. Dort hat die Polizei bereits auf ihn gewartet. Das hier ist unsere einzige Chance, ihn zu erwischen.«

Alan verschloss den Wagen mit der Funkfernbedienung und ging auf die drei Streifenwagen zu, die wenige Meter vor ihm am Straßenrand parkten. »Außerdem haben die Kollegen von hier eine Information eines Nachbarn bekommen, dass in seinem Haus seit gestern Abend Licht brennt. Irgendjemand wird also wohl da sein.«

Die vier uniformierten Beamten sowie die drei Beamten der bewaffneten Einheit stiegen aus ihren Streifenwagen aus, als sie Alan und Brian näherkommen sahen.

»Guten Tag, Sir und eine frohes Weihnachtsfest«, begrüßte sie der Inspector der uniformierten Beamten.

»Auch guten Tag. DCS Derringer und das ist DCI Strachan. Leider ist Weihnachten ja noch nicht da und ich glaube, wir werden bis dahin auch noch einiges zu tun haben. Aber das klappt hier ja alles wunderbar. Welches Haus ist es denn?«

»Die Nummer 14. Das dunkelgrüne Haus da hinten, kurz vor der Kurve. Sollen wir stürmen?«

»Langsam, mein Lieber. Wir wissen nicht, ob dieser Janssen zu der kämpferischen Sorte gehört. Falls er überhaupt hier ist. Wir sollten sehr diplomatisch vorgehen«, sagte Alan.

»Ich kümmere mich darum«, antwortete Brian. Alle starrten ihn erstaunt an. Selbst die englischen Beamten konnten, bei Brians Anblick und seiner Ausstrahlung, das Wort "Diplomatie" mit ihm in keinen sinnvollen Zusammenhang bringen.

»Was guckt ihr so. Für meine Diplomatie bin ich im ganzen Land berühmt.«

Alle mussten schmunzeln, auch Brian.

»Einverstanden«, sagte Alan, allerdings mit leicht zweifelnder Stimme. »Aber, versuch nichts Unüberlegtes. Ich habe keinen zweiten von deiner Sorte!«

»Ich kenne niemanden zwischen John O´Groats und Land´s End, der soviel Fingerspitzengefühl hat wie ich.« Brian musste natürlich noch einen draufsetzen.

Brian versuchte sich von seiner unauffälligsten Seite zu zeigen und spazierte die Ladywell Road bewusst gelangweilt hinauf, bis er vor das Haus mit der Nummer 14 kam. Was ihm an dem Grundstück als Erstes auffiel, war die penible Ordnung, die, selbst nach militärischen Maßstäben gemessen, mehr als mustergültig war. Alles hatte seinen Platz und war schnurgerade ausgerichtet. Selbst die Gardinen in den Fenstern schienen strammzuhängen.

Brian stellte zunächst einen Fuß auf die kleine Gartenmauer und band sich in aller Ruhe seinen Schnürsenkel zu. Dabei warf er mehrere verstohlene Blicke zu den Fenstern. Nichts regte sich. Daraufhin ging er über den peinlich sauberen Weg in Richtung Haustür, die drei Treppenstufen hinauf und klingelte an der Tür.

Als auch nach dem zweiten Klingeln niemand öffnete, wollte er schon wieder gehen, als die Tür des Nachbarhauses geöffnet wurde.

Ein älterer Mann, mindestens 75 "gereizte" Jahre alt und in eine braune Strickjacke gehüllt, blickte zu ihm rüber. »Sind Sie von der Polizei?«, rief er barsch.

»Wie kommen Sie denn darauf?«, antwortete Brian, mit einem verdutzten Gesicht, mit einer Gegenfrage. »Haben Sie denn die Polizei gerufen?«

»Nein, noch nicht. Aber die drei Ausländer, die heute in aller Herrgottsfrühe aus dem Haus kamen, sahen zum Fürchten aus! Alle ganz in schwarz gekleidet und mit Sonnenbrillen am frühen Morgen. Das ganze Land geht den Bach runter. Zu meiner Zeit war das noch anders. Als wir 1953 hierher gezogen waren, da konnte meine kleine Liz noch spät abends über die Straße gehen. Da gab es keine Rowdies und solch ein Gesocks. Und zu Weihnachten hat man mit den Nachbarn einen Punsch getrunken und ein bisschen gefeiert. Aber heute kennen die meisten ja nicht mal mehr Weihnachten. Wahrscheinlich feiern die irgendwelche Voodoo-Gedenktage. Gottloses Gesindel, sag ich ...«

Brian hörte schon nicht mehr zu, als er zur Straße zurücklief und hektisch winkte. Alan und die anderen Beamten setzten sich unverzüglich in Bewegung. Wenige Sekunden später war der Vorgarten des Hauses Nummer 14 mit Polizisten gefüllt, die wenig Rücksicht auf die gepflegten Rabatten nahmen.

Der ältere Nachbar war sichtlich begeistert, insbesondere von den bewaffneten Beamten. »Na, das ging ja mal schnell. Wusste doch, dass es nicht nur verweichlichte Schlappschwänze bei der Polizei gibt. Räuchert diese ganze Drecksbande aus ...«

Einer der uniformierten Beamten dirigierte den Mann, zunächst mit beruhigenden Worten, dann allerdings mit festem Griff, in sein Haus zurück und blieb auch bei ihm, denn der Alte wollte natürlich viel lieber ganz nah dabei sein.

Alan und Brian standen vor der verschlossenen Tür. »Was könnte das zu bedeuten haben? Ist dieser Janssen heute Morgen wieder abgehauen? Aber wieso waren es nach Information unseres "besorgten Bürgers und Nachbarn" alles nur dunkelhäutige Ausländer? Laut Fahndungsfoto soll dieser Janssen doch eher blond und hellhäutig sein. Auf jeden Fall ist diese Tür hier abgeschlossen.«

»Von Schlössern verstehe ich was«, sagte Brian. Aber, statt irgendeinen Kunstgriff anzuwenden, den seine Worte erwarten ließen, packte er einfach den Türgriff und warf sich mit einem so festen Ruck dagegen, dass das Schloss mit einem metallischen Quietschen aus dem Rahmen gerissen wurde. Die Tür schwang nach innen auf und Brian trat zur Seite, um Alan zuerst eintreten zu lassen.

»Du weißt schon, dass wir dafür einen Durchsuchungsbefehl gebraucht hätten«, erwiderte Alan lakonisch.

»Na und? Dieser Janssen ist entweder abgehauen oder tot«, antwortete Brian sarkastisch. »Soll er mich doch verklagen. Außerdem habe ich ganz deutlich etwas hinter der Tür gehört.«

Alan grinste. »Einen Hilferuf oder das Geräusch von jemandem, der abhaut?«

»Ich bin mir sicher, es war splitterndes Glas.«

Einer der Beamten stieß gewaltsam die verriegelte Tür des Badezimmers im Erdgeschoss auf und prallte zurück. Im Luftzug der plötzlich geöffneten Tür pendelte ein toter Körper langsam hin und her. Ein gutgekleideter Mann mittleren Alters hatte sich an einem Wasserrohr an der Decke erhängt.

Nachdem er sich von seinem Schreck erholt hatte, rief er umgehend Alan und Brian, die wenige Sekunden später aus dem Obergeschoss eintrafen. Keine zehn Minuten später traf der Notarzt ein und konnte nur noch bestätigten, dass der Mann wirklich tot sei und zwar schon seit mehreren Stunden. Der bei der Untersuchung seiner Taschen gefundene Personalausweis bestätigte, was im Flur schon laut gemunkelt wurde: Bei dem Toten handelte es sich um den gesuchten Ken Janssen, einen der Köpfe der internationalen Schmugglerbande. Unklar blieb allerdings zunächst, warum Janssen gerade hier in Schottland seinem Leben ein Ende gesetzt hatte. Warum nicht schon früher, in Berlin oder in Holland?

Der Polizeiarzt und der später hinzu gerufene Leichenbeschauer gingen von einem Selbstmord aus, da die Badezimmertür von innen verschlossen gewesen war und der Mann sich mit dem Gürtel seines Bademantels erhängt hatte, der im Bad hinter der Tür hing.

Bemerkenswert war allerdings auch, dass das Haus von innen verschlossen gewesen war und der Haustürschlüssel von innen im Schoss gesteckt hatte. Alles Zeichen dafür, dass Janssen sich erst nach dem Weggang der drei "Ausländer" das Leben genommen hatte.

Alan und Brian durchsuchten das gesamte Haus und wurden dabei von den englischen Kollegen unterstützt. Selbst nach über einer Stunde hatten sie nichts Brauchbares zu Tage gefördert, als einer der englischen Beamten zu ihnen kam.

»Sir, ich weiß nicht so recht, ob ich mich täusche, aber ...«

»Nun mal raus mit der Sprache! Wir sind für jeden Hinweis dankbar«, forderte Alan ihn auf.

»Auch, wenn er von einem Engländer kommt«, konnte man Brian leise im Hintergrund nuscheln hören.

»Nun, das ganze Haus hier ist so penibel ordentlich. Und deshalb ist mir eine Ecke unten in der Waschküche aufgefallen. Wollen Sie vielleicht mal nachsehen?«

»Gerne! Komm Brian. Hier oben sind wir eh fertig.«

Zu dritt gingen sie die Treppe hinab ins Erdgeschoss und durch die Küche hindurch. Dahinter befand sich eine ordentlich aufgeräumte Waschküche, mit Waschmaschine und Trockner sowie mehreren offenen Regalen. In einem der auf Schulterhöhe montierten Regale standen, fein säuberlich sortiert, diverse Waschmittel, Weichspüler und Reinigungsprodukte. Im anderen Regal lagen unterschiedliche Sachen wie Wäscheklammern, Staubsaugerbeutel und Wischlappen völlig unsortiert durcheinander.

»Sehen Sie?«, fragte der Beamte. »Das passt doch irgendwie nicht zum Rest des Hauses, oder?«

»Ich würde eher sagen, der Rest des Hauses passt nicht zu einem alleinstehenden Mann, aber Sie haben trotzdem völlig Recht.« Brian schob die unsortierten Sachen mit einem Kugelschreiber hin und her. »Sieh an, sieh an. Dahinter sehe ich doch so etwas wie eine versteckte Klappe. Nehmen Sie doch bitte mal das ganze Zeugs vom Regal und besorgen uns einen Stuhl, damit wir da mal hineinsehen können.«

Folgsam entfernte der Polizist alle Gegenstände aus dem Regal und legte sie in einen leeren Wäschekorb. Anschließend brachte er einen Stuhl aus der angrenzenden Küche und stellte ihn vor der Wand ab. Alan stieg auf den Stuhl, zog seine Latexhandschuhe wieder über und drückte an allen Ecken der schwach auszumachenden Geheimtür. Selbst bei genauem Hinsehen konnte man nur eine kleine Fuge in der, ansonsten weiß getünchten, Wand ausmachen. An der letzten Ecke gab die Tür erst leicht nach und schwang dann nach außen auf. »Aha! Ein Magnetschnapper. Das spart den Türgriff.« Alan zog in bester Fox Mulder-Manier seine kleine Taschenlampe aus der Manteltasche und leuchtete ins Innere des Geheimfachs. »Ganz schön groß! Das geht noch mindestens einen halben Meter nach unten. Da kann man locker vier Kästen Bier verstauen.

»Ist noch irgendetwas drin?«, wollte Brian wissen.

»Kann im Moment nichts sehen.« Alan beugte sich noch weiter vor und verschwand fast bis zur Brust in der Wandöffnung. »Ha! Siehe da. Da haben wir doch noch was.« Man hörte Papierrascheln und ein leises Ächzen von Alan, bevor er sich wieder aus dem Geheimfach gewunden hatte. »Anscheinend waren unsere ominösen Freunde nicht ganz so gelenkig. Auf dem Boden des Fachs haben sie doch glatt was vergessen.« Alan wedelte mit gut einem Dutzend Seiten Papier.

»Und auch nicht so ordentlich wie der verstorbene Hausherr«, ergänzte der Polizist wagemutig.

»Verdammt richtig!« Brian klopfte dem Mann wie immer etwas zu heftig auf die Schulter. »Ein ganz schön waches Auge … für einen Engländer.«

»Brian!«, mahnte Alan.

»Entschuldigung. War natürlich nur ein Witz! Aber Sie sollten sich ernsthaft überlegen, ob sie nicht eine Karriere beim CID anstreben wollen.«

Alan und Brian ließen den Sergeant mit leicht roten Wangen zurück und setzten sich an den Esstisch im Wohnzimmer.

»Na, dann lass uns doch mal sehen, was wir hier haben.« Alan breitete die Schriftstücke nebeneinander auf der Tischplatte aus.

Unter den Papieren befanden sich Geschäftsbriefe diverser Lebensmittelhändler, ein paar handschriftliche Notizen mit Zahlen und Buchstaben sowie ein staubiger Briefbogen der Thistle Malts Ltd, Kelso. Auf diesem befand sich ein handschriftlicher Vermerk mit den Worten: *Hallo Frans, finde dieses Logo nicht so gut. Adresse in Kelso ist okay. Habe dir die anderen Dateien nach Den Helder geschickt. Dein besserwissender Bruder.*

»Ich werde diese Unterlagen unverzüglich an MacArthur weitergeben.« Alan schob die Papiere zusammen und steckte sie in eine Klarsichthülle aus seiner Aktentasche. »Sieh du bitte zu, dass Charly, Ewen und Andy hier aufschlagen und die Kollegen vor Ort unterstützen. Vielleicht haben wir hier trotz des Toten doch noch einen Fuß in die Tür der großen Jungs bekommen.«

Die in den nächsten Tagen, unter Mithilfe von Alans Team, durchgeführte Obduktion des toten Ken Janssen ergab, wie zu erwarten war, keinerlei Hinweise auf Fremdeinwirkung. Die Polizei blieb weiterhin mit der Frage konfrontiert, ob Janssen wirklich Selbstmord verübt hatte, weil er keinen Ausweg mehr aus seinen Schwierigkeiten wusste, oder ob er von seinen Konkurrenten beseitigt worden war, die Janssens Enthüllungen fürchteten.

Hatte Ken Janssen gegen ein ungeschriebenes Gesetz verstoßen, das alle Bosse des Schmuggelgewerbes, trotz heftigster Konkurrenzfehden, miteinander verbindet: keinem Außenstehenden Einblick in das sorgfältig getarnte Labyrinth des Alkoholschmuggels zu gewähren? Diese Frage würde wohl niemals beantwortet werden.

Alans Forensik-Team stellte Ken Janssens Haus komplett auf den Kopf - jedoch ohne Erfolg. Nicht ein Fingerabdruck, geschweige denn ein weiterer Hinweis wurde gefunden. Die von Alan entdeckten Dokumente schienen die einzigen Beweise zu sein, die, wohl eher aus Schlampigkeit, im Haus zurückgelassen worden waren. Auch die Existenz der drei Besucher konnte durch keinen weiteren Zeugen bestätigt werden. Der Fall würde wohl, über kurz oder lang, als Selbstmord zu den Akten gelegt werden müssen.

Ein paar Tage später traf sich die SoKo "Whisky-Truck" erneut in den Räumen der Polizei in Inverness. Alan berichtete allen Mitgliedern von den Ergebnissen der Ermittlungen in Berwick.

»Dass die sich Kelso als Adresse für ihre Scheingeschäfte aus Großbritannien ausgesucht hatten, zeugte ja wohl von echter Faulheit. Keine 25 Meilen von Schottland entfernt«, empörte sich Nicky.

»Schon richtig.« Alan nickte in die Runde. »Aber, so konnte er die eintreffende Post - sofern es welche gab - von Dritten, in dem eingerichteten Postfach, abholen lassen. Und vergesst bitte nicht, Berwick ist auch ein Nordsee-Hafen. Es war für die beiden Janssens ein Leichtes, eigene Schmuggelfuhren außer Landes bringen zu lassen.«

»Wusste denn unser Charly Maclellan nichts von den Janssens?«

»Nein, Andy, zumindest nach Aussage von Maclellan kannte er die Beiden nicht. Auch von dieser Firma Thistle Malts hatte er noch nie etwas gehört. Und ich glaube ihm. Er war sogar ziemlich empört, als er von mir erfahren hat, dass seine ehemaligen Auftraggeber eine Privatorganisation direkt neben ihm betrieben haben. Aber, so sind die großen Organisationen nun mal gestrickt. Da weiß kaum einer, was der andere tut. Aber, das macht sie oft auch so enorm erfolgreich.«

Charly Pollock blickte etwas resigniert drein. »Trotzdem schade. Ich hätte mir schon gewünscht, dass wir den ganzen Laden aufmischen.«

Alan blickte lächelnd zu seinen Kollegen. »Ach, freut euch doch. Wir sind doch nur ein Teil einer riesigen Ermittlungsmaschinerie. Die ganze europäische Polizei hat die Verbrecher auf dem Radar. Und schaut doch mal: Wir von der SoKo und die Jungs der SBCC können uns mit Fug und Recht auf die Schulter klopfen. Zumindest der schottische Teil der ermittelnden europäischen Beamten hat doch alles nur Mögliche getan und auch erreicht. Nahezu die gesamte Schmugglerorganisation auf der britischen Insel haben wir aufgedeckt und – zumindest was die Überlebenden anging – auch verhaftet.«

»Da hast du recht, Alan. Lediglich der noch flüchtige Henry Potts steht noch als offener Posten auf unserer Rechnung.« Brian tippte mit einem Kugelschreiber auf das hinter ihm hängende Foto des Gesuchten.

»Und außerdem, meine Lieben, gibt's noch ein paar externe Schulterklopfer.« Alan nahm einen Stapel Tageszeitungen von dem Sessel neben ihm. »Ich zitiere: *Britische Polizei hat die*

Nase vorn im Schmugglerkrieg. Oder hier: *Britische Whiskydiebe weggeputzt!* Okay, das war ein Revolverblatt. Aber hier, etwas seriöser: *Der britischen Polizei ist es mit vereinten Kräften gelungen, dem Raub eines unserer wichtigsten Kulturgüter ein Ende zu setzen.* Vereinzelte Politiker tun obendrein ihr Übriges, erzählte mir CC Timmins heute Morgen. Er hat schon zwei Anrufe aus dem Ministerium erhalten. Fazit: Wir haben unseren Job mal wieder hervorragend erledigt. Ich denke, wir können damit rechnen, dass uns in den nächsten Tagen etwas Feierliches erwartet. Also, haltet mal ein gebügeltes Hemd bereit. Und damit wünsche ich euch ein geruhsames Wochenende. Schaltet einen Gang runter und kümmert euch am Besten um die Geschenke, die ihr mir zu Weihnachten unter den Baum legen wollt.« Mit diesen Worten stapelte Alan alle Unterlagen, die vor ihm auf dem Tisch lagen, und verstaute sie in seiner Aktentasche.

Alle anderen taten es ihm, mit einem zufriedenen Lächeln, gleich.

Kurz bevor Alan den Raum verlassen wollte, drehte er sich noch einmal um. »Und, was Henry Potts angeht: Wie ich euch schon sagte, lasst uns einfach geduldig sein.«

Fernweh

Henry Potts war kein dummer Mensch. Er wurde zwar von vielen, die ihn flüchtig kannten, als hirnloser Schläger oder der Mann fürs Grobe abgestempelt, aber dumm war er nicht.

Sein großes Manko bestand darin, dass er nur sehr schwer mit Veränderungen klar kam. Alles Neue war für ihn zunächst eine Wand, die er nicht erklimmen konnte. Und dies wurde mit zunehmendem Alter immer schlimmer. Dinge, die er einmal erlernt und verinnerlicht hatte, konnte er in Bruchteilen einer Sekunde abrufen. Seine ganzen Ausbildungen als Maschinenschlosser oder später beim Militär als Panzergrenadier lagen vor ihm, als wäre es gestern gewesen. Er konnte noch heute, fast blind und ohne nachzudenken, einen Traktor reparieren oder ein Sturmgewehr in wenigen Sekunden zerlegen und wieder zusammenbauen. Die paar Brocken Französisch, die er in der Schule gelernt hatte, waren noch genauso präsent wie alle Grafschaften Englands. Für Neues benötigte er aber einen Lehrer, der ihm immer und immer wieder die Dinge erklärte. Selbstständiges Lernen war ihm verwehrt.

Seit über zwei Monaten tingelte Henry nun quer durch Europa. Frankreich hatte er innerhalb von nur zwei Tagen verlassen. Nachdem er den verdächtigen Wagen verbrannt hatte, war er schnurstracks zur nächsten Tankstelle gelaufen, um sich mit

Landkarten einzudecken. Da er nicht im Geringsten wusste, wo er überhaupt war, und sich zudem nie Gedanken über Frankreich gemacht hatte, hatte er fast eine Stunde gebraucht, bis er seinen momentanen Standort auf den Karten identifiziert hatte. Natürlich war es für ihn ein Schock zu sehen, dass er am äußersten westlichen Zipfel des Landes stand. Zunächst wollte er irgendwie mit einem Schiff außer Landes. Vielleicht sogar Amerika. Da er dafür aber seinen Pass vorlegen oder sogar ein Visum beantragen müsste, verwarf er den Gedanken und blieb dabei, sich innerhalb der EU zu bewegen. Bloß wie? Ein Auto wollte er nicht mieten. Und was war der unauffälligste Weg? Was hatte er beim Militär gelernt? Tarnen. Wie tarnt man etwas am besten? Wo versteckt man am besten einen Apfel, hatte sein Ausbilder immer gefragt. Unter anderen Äpfeln natürlich.

Also, wo fällt ein britischer Mann in Frankreich am wenigsten auf? Unter anderen britischen Männern. Touristen! Deshalb begab sich Henry auf eine Reise, von der er hoffte, dass die Polizei oder die möglichen Killer ihn am wenigsten erwarteten. Zunächst fuhr er mit einem Linienbus bis Morlaix. Dort kam ein stetiger Strom an britischen und irischen Touristen von den Fähren aus Plymouth und Cork durch. Hier setzte er sich in einen Schnellzug nach Paris. Tatsächlich bestand die Gruppe der Fahrgäste fast ausschließlich aus Briten. Er konnte sogar ein paar belanglose Gespräche mit ihnen führen. In Paris reihte er sich in die endlosen Touristenströme ein und konnte so völlig zwanglos ein paar neue Kleidungsstücke sowie neue Schuhe, eine Digitalkamera und ein neues Handy erstehen. Da zu seinem Glück die englische Sprache nahezu in ganz Europa von jedem Schulkind beherrscht wird, hatte er auch keine größeren Verständigungsprobleme. Sicherheitshalber kaufte er sich trotzdem ein französisches, deutsches und italienisches Wörterbuch.

Da Henry über Frankreich aus seiner Schulzeit nicht mehr wusste, als dass es in Paris den Eiffelturm gibt, wollte er es sich, trotz seiner Angst im Nacken, nicht nehmen lassen, wenigsten den einmal persönlich gesehen zu haben. Zudem fühlte er sich in den von fröhlichen und neugierigen Menschen überfüllten Straßen von Paris einigermaßen sicher. Also, schloss er sich einer englischen Reisegruppe an, die er vor einem der berühmten Kaufhäuser entdeckt hatte, und fuhr mit ihnen zusammen auf den Eiffelturm hinauf. Eine fast schon kindliche Freude erfüllte ihn, hier oben zu stehen und über ganz Paris blicken zu können.

Gegen Abend mietete er sich in einem der zahlreichen Hotels ein Zimmer für eine Nacht. Da die vorweihnachtliche Hochsaison noch nicht begonnen hatte, stellte dies kein großes Problem dar. Da ihn auch niemand nach einem Ausweis fragte, fühlte er sich auch weiterhin relativ sicher. Geldsorgen musste er sich für die nähere Zukunft auch keine machen. Durch die erfolgreichen "Geschäfte" der letzten Jahre verfügte er über mehrere 10.000 Pfund, die er stets bei sich trug.

Am nächsten Morgen begab er sich zum Bahnhof und überlegte, wohin er nun reisen sollte. Außer Italien und Deutschland, kannte er kaum ein Land in Europa. Vielleicht noch die Schweiz, aber da konnte er nur mit einem Pass einreisen. Soviel wusste er. Italien war für diese Jahreszeit angenehmer. Also, fuhr er kurzentschlossen mit dem Zug über Lyon und Turin nach Genua. Dort bestieg er eine Fähre, die ihn in die Nähe von Rom brachte.

Die nächsten Wochen verbrachte Henry Potts tageweise in verschiedenen Touristenhochburgen, um nicht aufzufallen. Permanent begleitete ihn aber die Angst, verfolgt zu werden. Er wusste überhaupt nicht, ob die Polizei ihn überhaupt suchte. Hatten Tom und Wayne gesungen? Waren sie überhaupt verhaftet worden oder konnten sie fliehen? Und wenn sie verhaftet worden waren, hatten sie ihn verpfiffen? Er glaubte, eher nicht. Zumal die beiden kaum etwas von ihm wussten. Der Einzige, der mehr über ihn erzählen konnte, wäre sein ehemaliger Boss Charles. Aber der war ja wohl selbst untergetaucht. Oder hatten die Typen ihn auch umbringen lassen? In den britischen Tageszeitungen, die er immer wieder mal kaufte, konnte er nichts finden. Trotzdem blieb er weiterhin vorsichtig.

Mittlerweile war es bereits Ende November. Mit den Wochen hatte sich Henrys Erscheinungsbild deutlich verändert. Seine sonst bullige Gestalt wurde schmaler und er musste sich neue Klamotten kaufen. Sein bisher stoppelig rasierter Schädel wurde inzwischen von einer halbwegs vollen Frisur mit Scheitel geziert. Und einen Schnauzer samt Kinnbart hatte er sich auch stehen lassen. Die Ähnlichkeit mit seinem Passbild verblasste immer mehr. Da er nun sehr viel Zeit hatte, sich im Gegensatz zu seinem bisherigen Leben auch mit sich selbst zu beschäftigen, stellte er verblüfft fest, dass seine Sehkraft nachgelassen hatte. Also, kaufte er sich in Wien eine Brille. Niemand hätte zu diesem Zeitpunkt den alten Schläger Henry Potts wieder erkannt.

Mit der wachsenden äußeren Veränderung nahm im gleichen Rahmen aber auch seine Einsamkeit zu. Da er nicht den Mut hatte, mit den zahlreichen Briten, die er überall traf, auf ein näheres Gespräch einzugehen, verstummte er mit der Zeit immer mehr. Und umso mehr entwickelte sich eine Sehnsucht nach Heimat und Geborgenheit und Freunden, die er bisher nicht kannte. Es war ihm nie bewusst gewesen, wie sehr er an seine Heimat Schottland gebunden war. Erst durch die vielen Wochen, die er nun in fremden Ländern verbracht hatte, wurde ihm klar, dass er nicht in der Lage war, sich in diese Kulturen und Gepflogenheiten einzugewöhnen. Er vermisste die Pubs, das Bier, die Fußballspiele im Fernsehen und die Bar Meals. Er wollte wieder Fish ´n Chips essen. Aber mit richtig frischem Fisch. Er vermisste die Atlantikbrise, die Heide, die Schafherden und die leuchtenden Hügel der Highlands. Alles Dinge, die er bisher überhaupt nicht bewusst wahrgenommen hatte. Dinge, die einfach nur da waren ... gewesen waren. Er konnte keine Pizza mehr sehen, kein Wiener Schnitzel und kein amerikanisches Fast Food. Er wollte wieder Linksverkehr und Häuser mit Einscheiben-Verglasung und bunt lackierten Erkern. Kurz, er wollte nach Hause.

Je länger seine Irrfahrt durch Europa dauerte und je mehr es auf Weihnachten zuging, umso mehr ging seine Reise Richtung Norden. Anfang Dezember quartierte er sich bereits in Hamburg ein und konnte nicht umhin, jeden Abend auf den gerade eröffneten Weihnachtsmarkt zu gehen. So etwas kannte er bisher noch nicht, aber trotzdem brachten ihn die Lichter, die Weihnachtsbäume und die vielen Stände mit Weihnachtsschmuck und Kerzen dazu, an seine Kindheit zu denken. Wie er bis zum Tod seines Vaters bei seinen Eltern in dem kleinen Reihenhaus in Dunblane gelebt hatte. Erst als seine Mutter sich "den Neuen" zugelegt hatte, zog er mit 19 Jahren aus und ging zum Militär. Bis dahin hatten sie jedes Jahr ein wundervolles Weihnachtsfest verbracht. Es gab zwar nie große Geschenke, da sein Vater in der Fabrik nicht gerade üppig verdient hatte, trotzdem war es immer schön.

Leider hatte er es nie geschafft, eine Frau zu finden, die ihr Leben mit ihm teilen wollte. Zugegeben, er hatte bisher auch nie darüber nachgedacht. Seine Kumpels und Weihnachten in seinem Stamm-Pub waren ihm immer genug gewesen.

Mitte Dezember saß Henry in seinem Hotelzimmer in Oostende und blickte aus dem Fenster. Das Hotel lag direkt am Seedeich und eröffnete einen fantastischen Blick auf die offene Nordsee. Der Himmel war knallblau und der Strand war mit leichtem Schneegriesel überzogen. Keine zwei Kilometer entfernt sah er die große Fähre Richtung Ramsgate entschwinden. Zum ersten Mal, seit seiner Flucht aus Frankreich, hatte er das geheime Fach in seinem Hartschalenkoffer geöffnet. Diesen Koffer hatte er in Paris erworben. Der Verkäufer hatte ihm stolz den doppelten Boden erklärt. Hier könne man seine Wertsachen oder auch die Souvenirs verstecken, die die Ehefrau nicht sehen musste. Sehr witzig. Tatsächlich war bei einem oberflächlichen Durchsuchen nicht erkennbar, dass sich hier noch ein Hohlraum befand. So konnte er seine Pistole und eine der MPs unbemerkt transportieren. Zudem verstaute er hier sein Bargeld. Nun hielt er seine Pistole in der Hand und schob gedankenverloren den Sicherungshebel laufend hin und her. Was war sein Leben eigentlich noch wert? Er musste endgültig eine Entscheidung treffen. Entweder irgendwo konkret ein neues Leben anfangen oder ... ja, oder was?

Zwei Stunden später lief Henry am Hafen von Oostende entlang und spähte durch den feinen Nieselregen hindurch nach einer bestimmten Sorte von Booten. Nachdem er sich bei einigen der Hafenarbeiter durchgefragt hatte, erreichte er den Teil der Hafenanlagen, der dem Fischereigewerbe vorbehalten war.

Hier wiederum schaute er sich die zahlreichen Kutter an, die an der Kaimauer vertäut lagen. Schließlich traf er eine Auswahl und betrat die Planke zu einem Schiff namens "Dolly". Den Kragen seiner Winterjacke hochgeschlagen und seine Kappe tief ins Gesicht gezogen, betrat er das Deck und ging schnurstracks auf das Steuerhaus zu. Da sich langsam die Abenddämmerung über den Hafen legte, waren die Fenster bereits alle hell erleuchtet. Er konnte durch die Scheiben den holzvertäfelten Steuerstand und zwei wettergegerbte Männer sehen. Er klopfte an die Stahltür, die dick mit unendlich vielen Schichten an Farbe bedeckt war, und zog sie an dem großen Hebel auf.

»Guten Abend. Sprechen Sie meine Sprache?«

Die beiden Männer blickten von einem Schreibblock auf und sahen ihn misstrauisch an. »Wer will das wissen?«, antwortete der eine in fließendem Englisch.

»Nur jemand, der eine Passage nach England sucht. Aber, keine Angst, ich bin kein gesuchter Schwerverbrecher. Ich mag bloß keine Fähren«, antwortete Henry.

»Da sind Sie falsch hier. Wir sind kein Passagierschiff.«

»War ja nur eine Frage. Hätte ja sein können, dass Sie zufälligerweise an der englischen Küste vorbeikommen.« Schulterzuckend machte Henry Anstalten zu gehen.

»Moment mal. Wir sehen zwar nicht aus wie die Heilsarmee, aber was wollten Sie denn für einen kleinen Bootsausflug so springen lassen?« Der andere der beiden Männer wandte sich nun vollends Henry zu. »Nur mal so aus Interesse natürlich.«

»Zwei Riesen und dabei ist der Trip mit einem Schlauchboot bis an den Strand inbegriffen.«

Beide Männer fingen lauthals an zu lachen. »Oh, Mann. Dafür kriegen Sie gerade mal den Sprit für die Hinfahrt. Zurück müssen wir aber auch noch. Und dann auch noch die Unkosten. Verpflegung, Roomservice und so weiter.«

Henry machte ein zerknirschtes Gesicht. »Und wie viel würde mich die Pauschalreise kosten?«

Die beiden Männer sahen sich an. »Sechs Riesen sollten schon auf dem Tisch landen, meinst du nicht auch, Sven?«

»Also, mindestens. Aber direkt bei Abfahrt und nicht mit irgendwelchen Versprechungen. Meine Mutti zahlt, wenn wir angekommen sind, oder so.« Wieder lachten beide lauthals los.

»Mal davon ausgehend, dass ich so viel Geld hätte, wann ginge es los? Ich hab's ein wenig eilig.«

»Von mir aus morgen früh gegen vier. Mit der Flut.« Anscheinend war der etwas ältere der beiden der Kapitän.

»Okay, ich überlege es mir. Wenn ich das Geld auftreiben kann, bin ich kurz vor vier wieder hier.« Ohne ein weiteres Wort verließ Henry das Schiff und ging zurück zu seinem Hotel. Das lief ja alles viel besser, als er erwartet hatte. Geld schien immer noch der beste Türöffner zu sein.

Gegen halb vier verließ er leise das Hotel. Da zu dieser Zeit die Rezeption nicht besetzt war und er zudem bis Ende der Woche bereits bezahlt hatte, würde ihn auch so schnell keiner vermissen. Mit schnellen Schritten lief er durch die pechschwarze Nacht. Wie kleine Nadelstiche schlugen die Regentropfen auf seine Haut. In Schottland hatte ihm ein solches Wetter nie viel ausgemacht. Hier hasste er den hereinbrechenden Winter. Kurz vor vier erreichte er die "Dolly". Alle Mastscheinwerfer waren angeschaltet und beleuchteten das komplette Deck und acht Seeleute, die mit dem Festzurren von Gegenständen und dem Aufwickeln von Tauen beschäftigt waren. Alles sah nach Aufbruch aus. Erneut betrat er das Deck und dann das Steuerhaus.

»Sieh an, sieh an. Der Mann mit Fernweh. Ich hab doch tatsächlich nicht mehr dran geglaubt.« Der Kapitän saß auf einem Hocker neben dem Ruder und blickte vom Radarschirm auf. »Wenn diese Hand sich füllt, zeige ich Ihnen unsere Hochzeitssuite.« Demonstrativ hielt er Henry die geöffnete, schwielige Hand hin.

»Nichts anderes habe ich erwartet«, antwortete er und zog eine Rolle Geldscheine aus seiner Manteltasche. Er warf einen letzten Blick darauf und ließ das Bündel in die offene Hand fallen.

Mit einer lässigen Handbewegung schnippte der Kapitän das Gummiband von den Geldscheinen und faltete den Stapel wie ein Kartenspieler auseinander. »Ich sehe alte und schön gebrauchte Scheine. Haben wohl Ihr kleines Sparschwein geschlachtet, was?«

Ohne die geringste Gefühlsregung zu zeigen, blickte Henry den Kapitän nur schweigend an.

»Okay, für ein kleines Schwätzchen haben Sie wohl nicht bezahlt. Auch gut.« Er ging zur Tür und rief laut »Sven! Sven! Unser Gast möchte sich zur Ruhe begeben.«

Kurz darauf erschien der andere Mann namens Sven und grinste über beide Backen. »Oh! Welch hoher Besuch. Darf ich Sie geleiten?« Mit einer gestelzten Bewegung wies er Henry den Weg.

Über mehrere Außen- und Innentreppen erreichten sie kurze Zeit später eine kleine Außenkabine. Auf Henry wirkte sie eher, wie das Innere eines Öltanks mit Bullauge. Eine Stahlpritsche mit einer schmuddeligen Matratze war das einzige Mobiliar. Dagegen waren die Kabinen auf ihrem "Whisky-Trawler" geradezu luxuriös gewesen. »Darf ich bitten?« Sven ließ Henry in die Kabine treten. »Einen Lokus finden Sie am Ende des Gangs, rechte Tür. Schlafen Sie noch ein bisschen. Sobald wir die Fanggründe erreicht haben, können Sie in die Kombüse kommen. Da gibt's dann auch was zu trinken. Wünsche angenehmen Aufenthalt.« Mit einem leisen Grinsen schloss Sven die Kajütentür.

Ebenso leise grinsend stellte Henry seinen Koffer auf die Pritsche, öffnete ihn und bereitete sich in Ruhe auf das vor, was nun unweigerlich kommen würde.

Keine vier Stunden später kam es dann auch so, wie Henry es erwartet hatte. Seine Kajütentür wurde geöffnet und ein philippinischer Matrose strahlte ihn an. »Kommen du mit. Wir bald da.«

Henry nickte dem Matrosen zu, erhob sich von der Pritsche und zog seine dicke Winterjacke an. »Können Sie mir bitte den Koffer tragen? Bei dem Schwanken verliere ich immer das Gleichgewicht.« Daraufhin drückte er dem Matrosen seinen Koffer in die Hand und ließ ihn vorgehen. Als sie das Deck erreichten, wurden sie, wie von Henry vermutet, von fünf weiteren Matrosen, Sven und dem Kapitän erwartet. Alle sahen ihn freundlich an.

»Sehen Sie dahinten die Küste? Da ist Ihr geliebtes England«, erklärte ihm der Kapitän.

Henry blicke unter einem strahlend blauen Himmel über die aufgewühlte See und sah am Horizont einen grauen Küstenstreifen. Gischt spritzte bei jeder Welle, die das Schiff traf über das Deck.

»Leider müssen wir aber das Reiseprogramm ein wenig abändern. Tut uns Leid.« Sven zuckte bedauernd mit den Schultern. »Unser Schlauchboot, was Sie eigentlich von hier an Land bringen sollte, ist gerade unabkömmlich. Und erst die raue See ...«

Alle Anwesenden lachten über Svens gestelzte Ausdrucksweise. »Und das bedeutet?«, fragte Henry kurz.

»Tja, das bedeutet, dass Sie den Rest des Weges leider schwimmen müssen. Aber für jemanden, der so dringend dorthin möchte, sollten zwei bis drei Meilen doch eigentlich keine Herausforderung sein. Am besten, Sie lassen allen überflüssigen Ballast, wie Gepäck, Geldbörse und Mantel, hier und wagen einen beherzten Sprung über die Reling.«

»Und wenn mir dieser Vorschlag gar nicht gefällt?«, fragte Henry ruhig.

Svens Augen blitzten ihn kalt an und er präsentierte ein machetenähnliches Messer, das er hinter seinem Rücken gehalten hatte. »Dann, mein lieber Freund, werden wir wohl ein wenig nachhelfen müssen, was?«

»Habe ich denn keine Wahl?«, fragte Henry und machte Anstalten, seine Jacke zu öffnen.

»Ich glaube nicht«, entgegnete Sven.

»Ich glaube aber doch«, entgegnete Henry und zog seine Pistole aus dem Schulterhalfter. Mit einer fließenden Bewegung richtete er die Waffe auf Sven und drückte einmal ab. Direkt zwischen die Augen getroffen, fiel Sven wie ein gefällter Baum auf das Deck. Die Blutlache, die sich schnell um seinen Kopf bildete, wurde sogleich von der Gischt weggespült. Keiner der anderen schien auch nur zu atmen.

Nach einer gefühlten Ewigkeit kam Unruhe in die Mannschaft. Einzelne Matrosen begannen, mit diversen Gegenständen in ihren Händen zu jonglieren. Andere klopften mit Eisenstangen oder Holzlatten auf das Deck. Erst jetzt sah Henry, dass alle irgendwie bewaffnet waren. Schließlich brach der Kapitän das Schweigen. »Was glauben Sie, wie viele Sie von uns erwischen, bevor einer Ihnen den Schädel einschlägt?«

Mit einer weiteren fließenden Handbewegung zog Henry mit der freien Hand die Maschinenpistole aus seiner Manteltasche und richtete sie auf die Gruppe der Matrosen. »Alle?«

Wie auf ein lautloses Signal, wichen die Matrosen langsam zurück. Einzelne ließen demonstrativ ihre Waffen auf das Deck fallen. Der Kapitän sah ihn mit leichenblassem Gesicht an. »Scheiße! Sie sind kein Passagier! Sie sind ein gottverdammtes Terroristenkommando. Bleiben Sie ruhig, Mann! Sie haben gewonnen. Hey, ihr, lasst das Schlauchboot zu Wasser. Wir bringen Sie rüber, Mann.

Eine viertel Stunde später saß Henry in dem geräumigen Schlauchboot mit Außenborder und sah vergnügt dem Kapitän beim Steuern zu. Er hatte es sich nicht nehmen lassen, von ihm persönlich an Land gebracht zu werden. Mit einem zufriedenen Lächeln und vorgehaltener Maschinenpistole nickte er seinem persönlichen Chauffeur zu. »Finden Sie nicht, dass bei diesem miserablen Rahmenprogramm eine gewisse Reisekostenrückerstattung angebracht wäre?«

Missmutig blickte der Kapitän zurück. »Sie haben meinen ersten Offizier und Steuermann abgeknallt.«

»Ich sehe ein, ein schmerzlicher Verlust. Aber doch kein Beinbruch, oder? Verbuchen Sie's doch einfach unter Arbeitsunfall. Also?« Mit derselben Geste wie der Kapitän heute früh, hielt Henry die offene Hand hin, als das Schlauchboot auf den Strand der englischen Küste bei Dover aufsetzte.

Mit hasserfülltem Gesicht griff der Kapitän in seine Jacke und knallte Henry das Geldbündel auf die Hand.

»Na, na, ich bin doch kein Unmensch. Ich will doch nicht alles zurück. Wie ich Ihnen schon gestern sagte: Zwei Riesen sind durchaus angebracht.« Henry teilte die Geldscheine und gab dem Kapitän seinen Anteil wieder zurück. Anschließend kletterte er aus dem Boot, zog seinen Koffer hinterher und ging in Richtung der Klippen, wo sich eine steile Treppe nach oben befand. Ein letztes Mal drehte er sich um und winkte dem Kapitän zu. »Ich werde Ihr schönes Schiff "Dolly" und Ihr Gesicht niemals vergessen. Verstanden?! Ahoi!«

Am frühen Abend des gleichen Tages stand Henry am Bahnsteig in Londons Fernbahnhof Kings Cross und wartete auf den East Coast-Expresszug nach Edinburgh. Jetzt, am 17. Dezember, war der Weihnachtstrubel bereits in vollem Gange. Menschentrauben strömten aus der Stadt und den Citybahnen in den Bahnhof, um die Schnellzüge in ihre gemütlichen Vororte zu erreichen. Vollbepackt mit Taschen und Kartons, teilweise schon in Geschenkpapier gehüllt, drängelten sie an Henry vorbei. In den meisten Gesichtern konnte er nur Hektik, Stress und Unmut wahrnehmen. Wie traurig. Kein einziger war sich des Glücks bewusst, sich einfach nur unbeschwert Sorgen über Tante Helgas Parfümgeschmack und Opa Dereks Sockenfarbe machen zu müssen. Henry wusste nicht, ob er neidisch oder wütend sein sollte.

Als kurz darauf sein Zug einrollte und er den richtigen Waggon ausgemacht hatte, nahm er seinen Koffer und stieg ein. Er fand seinen reservierten Platz und hievte seinen Koffer in die Gepäckablage. Das Gewicht hatte sich merklich verringert seit seiner Ankunft am Strand. Die Waffen hatte er an Ort und Stelle ins Meer geworfen. Klamotten, die ihn an die Zeit vor seiner monatelangen Odyssee erinnerten, hatte er in einem Müllcontainer in Dover entsorgt.

Er zog seine Winterjacke aus und legte sie, zusammen mit Kappe und Schal, auf den Sitz neben sich. Sein Waggon war nur knapp zur Hälfte besetzt. Das gefiel ihm gut. So brauchte er die letzten knapp fünf Stunden, bis er endlich wieder Schottland betrat, keine ungewollte Konversation zu betreiben. Die Tüte, mit verschieden belegten Bagels und einem großen Isolierbecher heißen Kaffees, stellte er auf das kleine Tischchen unter seinem Fenster ab. Kurz darauf verspürte er das typische Ruckeln eines anfahrenden Zuges. Langsam bewegten sich der Bahnsteig und dann die großen Gleisanlagen an ihm vorüber. Lampen an hohen Gittermasten beleuchteten punktuell die schmutzigen Schotterflächen zwischen den Gleisen und das in der Winterkälte verdorrte Unkraut darauf. Trotzdem gefiel Henry dieser Anblick. Hier war Großbritannien. Das Land, für das er in der Armee gedient hatte. Sein Land. Er fühlte sich, als wäre er, nach einem langen kalten Tag draußen, wieder ins Haus gekommen.

Als er gegen 23:00 Uhr den Bahnhof in Edinburgh verließ, war er einfach zu müde, um sich über die nächsten Schritte Gedanken zu machen. Er lief schnurstracks zum Cityhotel, gegenüber vom Bahnhof, und mietete sich ein Zimmer für eine Nacht. Er war im Zug mehrmals eingeduselt, wurde aber immer wieder wach und fühlte sich nun wie gerädert. Er wollte jetzt einfach nur noch schlafen.

Nachdem er, nach einer ruhigen Nacht und einem reichhaltigen schottischen Frühstück, das erste echte Heimatgefühl in sich spürte, genoss er in Ruhe den Ausblick aus dem Frühstücksraum auf die ihm vertraute Stadt. Es war kalt und die Passanten liefen fest eingemummt in ihren Wintersachen vorbei. Die Autos fuhren wieder auf der richtigen Seite und die Werbetafeln priesen schottische Weihnachtsprodukte an. Die Welt war wieder fast in Ordnung. Für diesen Moment.

Seine nächste Hürde betraf seine Mobilität. Er brauchte ein Auto. Da er sich nie getraut hatte, einen falschen Pass anfertigen zu lassen, hatte er nun ein Problem. Da er bis heute glaubte, dass es keinen schnelleren Weg gäbe, die Unterwelt zu informieren, wo man sich gerade befand, als einen falschen Pass anfertigen zu lassen, blieb er die ganze Zeit über Henry Potts. Es gab allerdings auch keinen schnelleren Weg, die Polizei zu informieren, wo man sich gerade befand, als seinen richtigen Pass oder Führerschein zu benutzen.

Über die Polizei hatte er sich im Ausland nur nachrangig Gedanken gemacht. Hier, in seiner Heimat, wurde sie plötzlich sehr präsent. Aber war die Angst überhaupt real? Wer sagte ihm eigentlich, dass er überhaupt von der Polizei gesucht würde? Könnte er da nicht zwei Fliegen mit einer Klappe schlagen? Er kannte noch einige alte Kumpels, die er für halbwegs vertrauenswürdig hielt und die ihm noch den einen oder anderen Gefallen schuldeten. Ein Anruf würde genügen und er wüsste, ob er gesucht würde, und könnte sich eventuell ein Auto ausleihen. Also, ging er in die Lobby und suchte im Telefonbuch von Edinburgh nach einem bestimmten Namen.

Tatsächlich fand er ihn und wählte an dem öffentlichen Fernsprecher die Nummer.

»Hallo?«

»Mickey?«

»Wer ist da?«

»Henry.«

»Henry wer?«

»Potts.«

»Mein Gott. Wirklich? Dich gibt's noch?«

»Warum sollte es mich nicht geben?«

»Na weil ... weil sie doch ... vor zwei Monaten ...«

»Was meinst du? Spuck´s aus!«

»Die Bullen waren bei mir. Die suchen dich. Hättest dich mit einem Schiff abgesetzt.«

»Scheiße!« Henry hatte damit zumindest eine Antwort auf eine seiner Fragen. »Wie sind die auf dich gekommen?«

»Hab ich sie auch gefragt. Die haben einfach rausgekriegt, dass wir zusammen bei der Armee aufgehört haben. Und dass wir danach wohl eine Zeitlang zusammen rumgehangen haben. Irgendeiner hat wohl zu viel geplaudert. Wie geht's dir?«

»Schon okay. Ich brauche einen Wagen. Nur für ein paar Tage.«

»Mann, wie soll ich das denn machen? Wenn sie dich schnappen, mit meinem Wagen, bin ich doch mit dran. Henry, das ist ein bisschen zu viel verlangt. Ich kann dir etwas Kohle geben.«

»Brauche ich nicht. Nur einen Wagen. Irgendwie. Danach bist du mich los.«

»Das sagen sie alle. Verdammt. Pass auf: Bei mir um die Ecke ist ein Tesco-Supermarkt. Ich bin zwischen zwei und drei dort einkaufen. Bist du noch so fit wie früher mit Autos?«

»Denke schon. Wenn's kein ultraneues Modell ist.«

»Ach, Quatsch! Wovon denn? Ist ein uralter Fiesta. Ich lasse die Beifahrertür auf. Unter dem Sitz liegt ein Ersatzschlüssel. Lass es wie einen Diebstahl aussehen, ja? Ich werde ihn übermorgen als geklaut melden. Werde sagen, dass ich ihn auf dem Parkplatz stehen gelassen habe, weil er nicht mehr ansprang. Habe dann halt erst zwei Tage später nachgesehen. Das ist alles, was ich für dich tun kann.«

»Das reicht mir. Danke! Hast was gut. Vielleicht kann ich mich irgendwann revanchieren. Ich bin heute Nachmittag beim Tesco. Welches Kennzeichen und welche Farbe?«

Am späten Mittag fand Henry den Wagen in einer der hinteren Reihen des Supermarkt-Parkplatzes, gleich neben den Müllcontainern. Wie zugesagt, war die Beifahrertür offen, und es kostete Henry keine fünf Minuten, um den Wagen zu starten. Auch das hatte er gelernt. Nachdem er einmal das Kabelbündel so drapiert hatte, dass jeder Polizist an einen Diebstahl glauben musste, benutzte er für die weitere Fahrt dann den Ersatzschlüssel. Voll getankt war der Wagen auch noch. Fast zu schön, um wahr zu sein.

Nach vier Stunden Fahrt erreichte er Marypark, ein kleines Dorf an der A95 in der Speyside. Hier hielt er vor einem bescheiden wirkenden Altersheim. Mittlerweile war es wieder dunkel geworden und er konnte durch die großen Panoramascheiben in den Gemeinschaftsraum blicken. Eine Gruppe älterer Menschen saß vor einem Fernseher. Daneben saß eine weitere Gruppe an einem langen Tisch und bastelte offensichtlich Weihnachtsschmuck. Und dann entdeckte er sie auch. Zuerst wollte er wieder gehen, doch dann kamen ihm alle Gedanken der letzten Tage und Wochen wieder hoch und er ging hinein. Eine der Pflegerinnen nahm ihn in Empfang und geleitete ihn in den Gemeinschaftsraum. Dort nahm er sich einen Stuhl und setzte sich neben eine Frau in einem Sessel, die etwas häkelte. »Hallo, Mum.«

Nach über drei Stunden trennte sich ein zufrieden aussehender Henry Potts von seiner glücklich ausschauenden Mutter. Henry trat aus der großen Eingangstür in die Nacht hinaus, blickte nach oben und zog die kalte Luft in sich ein.

»Guten Abend! Henry Potts, nehme ich an?«, begrüßte Alan Derringer ihn.

»Ebenfalls einen guten Abend. Und Sie sind von der Polizei, nehme ich mal an?«

Alan und Brian zogen ihre Dienstausweise und hielten sie Henry hin. »Richtig.«

»Wow! Ein Chief Super. Bin ich so wichtig, dass man die oberste Garde schickt und das Fußvolk im Hintergrund bleiben muss?«, fragte Henry, mit einem Blick auf die drei uniformierten Beamten, die auf dem Parkplatz warteten.

»Vielleicht nicht unbedingt so wichtig, aber doch mindestens so interessant. Beantworten Sie mir vielleicht hier schon ein paar Fragen? Ich brenne vor Neugier.« Alan blickte Henry offen an.

»Natürlich, gerne. Schauen Sie sich doch nur diesen schottischen Sternenhimmel an. Ich glaube, ich habe ihn noch niemals wirklich wahrgenommen.«

Alan blickte nach oben. »Kristallklar. Ich schaue immer wieder mal gerne da rauf. Haben Sie den alten Farmer in der Scheune umgebracht? Die Scheune ist hier übrigens gleich in der Nähe.«

»Ich weiß. Nein, das habe ich nicht. Ich habe ihn mit dem Elektroschocker betäuben wollen. Er ist dämlich gefallen. Ich konnte ihn nicht mehr halten. Das wollte ich wirklich nicht.«

»Okay. Haben Sie ihre drei Kumpels und die Frau in Frankreich getötet?«

»Meine Kumpels nicht. Nur die Frau.«

»Hat die etwa Ihre drei Kollegen umgelegt?« Brian kniff die Augen zusammen.

»Hat sie. Das war eine Auftragskillerin. Ich hatte nur Glück. Aber ich musste was tun. Sonst hätte mich das Luder ewig verfolgt. Ist nicht schade drum. Aber darf ich jetzt auch mal eine Frage stellen?«

»Nur zu.«

»Wer hat gesungen? Sagen Sie's mir. Ich bin wirklich auch nur neugierig. Wer hat Ihnen den Tipp gegeben, dass ich wieder in Schottland bin? Mickey?«

Brian schaute verdutzt. »Mickey? Wer ist Mickey? Nein, ein Mickey hat Sie nicht verpfiffen.«

»Dann war's die Krankenschwester da drin? Hat sie mich erkannt?«

»Wieder daneben. Wie sollte die Schwester Sie erkannt haben? Nicht mal wir waren uns wirklich sicher, als wir Sie durch das Fenster mit Ihrer Mutter gesehen haben.« Alan setzte ein leichtes Schmunzeln auf. »Henry, es hat Sie niemand persönlich verpfiffen. Tut mir Leid.«

»Ja, verdammt, woher wussten Sie dann, dass ich heute hier sein werde?«

Alan tippte sich an die Nase. »Weil wir Sie kennen, Henry. Weil wir gute Polizisten sind. Weil wir uns in unsere Täter einfühlen können, deshalb. Und weil wir an Sie geglaubt haben. Wir wussten nicht, wann Sie hier auftauchen würden. Aber wir wussten ganz genau, dass Sie kommen würden. Irgendwann. Wir haben Geduld. Und deshalb haben wir das Personal hier im Altersheim darauf eingeschworen, uns umgehend zu informieren, falls jemand Ihre Mutter besuchen sollte, den die Belegschaft hier nicht kennt. «

»Komisch. Und ich wusste genau, dass Sie hier sein würden.«

»Dann können wir ja alle ein ruhiges Weihnachtsfest verbringen«, bemerkte Brian, als sie gemeinsam zu den Streifenwagen gingen.

»Ja, das können wir«, antwortete Henry.

Epilog
Der Rest der Welt

Die eingeleiteten Ermittlungen der SBCC ergaben, dass Frans Janssen, zusammen mit seinem Bruder Ken, ein gut gehendes Geschäft mit Delikatessen aller Art in Den Helder in Holland führte. Die holländische Steuerfahndung war schon seit längerer Zeit an ihm interessiert, da sie vermuteten, dass er, neben dem Verkauf von Feinkostprodukten, auch als Alkoholschmuggler aktiv war. Sie hatten ihm allerdings noch nie etwas nachweisen können. Eine weitergehende Überprüfung brachte zutage, dass seine Firma eng verflochten war mit einer Firma Lepante aus Frankreich, von der er die meisten seiner Lieferungen erhielt. Zudem war er als einer der Spartenleiter bei der Firma IFT auch für die Thistle Malts Ltd. verantwortlich

Ganz offensichtlich verdiente Janssen schon seit Jahren sein Geld mit einem sehr erfolgreichen Schmugglernetz und entzog sich der Steuerfahndung durch immer fintenreichere Vorgehensweisen. Laut der holländischen Zollfahndung galt er inoffiziell sogar als Whisky-König in einer Welt korrupter LKW-Fahrer, verschleierter Frachten und bestochener Zöllner, die alle mithalfen, seine Waren als Transitfracht in benachbarte ost- und westeuropäische Länder zu schmuggeln.

Frans Janssens sorgfältig aufgebaute Welt drohte aber, wie die anderen Teile der Organisation, zusammenzubrechen, als, an der österreichisch-ungarischen Grenze, einer seiner LKWs, im Rahmen der europaweiten Überprüfungen des IFT-Imperiums und der damit verwickelten Firmen, wider Erwarten doch kontrolliert worden war. Und prompt wurde darin eine Fuhre mit geschmuggeltem Whisky entdeckt. Die Zöllner rissen eine Kiste nach der anderen auf und bald wussten sie: Hier sollten 10.200 Liter Single Malt Whisky über die Grenze geschmuggelt werden.

Der Fahrer wurde verhaftet, den Namen seines Auftraggebers konnte oder wollte er jedoch nicht preisgeben. Die Zollbeamten fanden allerdings in seinen Unterlagen eine Telefonnummer, und nachdem sie den Fahrer damit konfrontiert hatten und immer härter bedrängten, gab dieser schließlich zu, dass es die Nummer seines Auftraggebers sei, den er nach erfolgreichem Grenzübergang hätte anrufen sollen, um weitere Anweisungen über den Transport und Bestimmungsort der Ladung zu bekommen.

Die Zollfahnder griffen zu, der Besitzer der Telefonnummer wurde ermittelt und wenig später verhaftet. Es handelte sich um den gesuchten Frans Janssen. Er hatte versucht, in letzter Minute einen Flieger in den Nahen Osten zu erwischen.

Die Beamten lösten damit eine Lawine aus, die in wenigen Tagen weitere Teile des Schmuggelrings unter sich begruben. Ein Bandenmitglied verriet das andere und eine Spur führte zur nächsten. Doch irgendwann verlief jede noch so vielversprechende Spur, im wahrsten Sinne des Wortes, im Sande. Alle Informationen verloren sich in der Wüste der Saudi-Arabischen Halbinsel.

Die Prozesse gegen die "Kollegen" von Janssen, die lediglich mehrjährige Gefängnisstrafen erhielten, weil sie nur Teil einer umfangreichen Organisation waren und ihnen nichts, außer den Delikten ihres Teils an dem Gewerbe, nachgewiesen werden konnte, bestätigte wiederum die Ohnmacht der Justiz. Alle Aussagen vor den diversen Gerichten konnten lediglich die Spitze eines Eisberges sichtbar machen und gewährten nur einen flüchtigen Blick auf eine, in vielen Ländern Europas unter der Oberfläche tätige, Organisation. Sie boten nur, was alle Schmugglerprozesse leisten: Scheingefechte von Justiz und Zoll gegen einen Gegner, der letztendlich nicht gefasst werden konnte.

Wo immer es gelang, Schmuggler zu ertappen, wo immer Staatsanwälte und Richter den illegalen Alkoholhandel verfolgten, stets ging es nur um wenige 10.000 Liter, standen nur

Bagatellen zur Verhandlung, die in der Bilanz der Schmugglerorganisationen kaum zu Buche schlugen. Die wirklichen Hintermänner dieses dauerhaftesten Zweiges der Schmugglerbranche aber blieben unerreichbar.

In Riad, Saudi Arabien, saß ein Mann in seinem festungsähnlichen Palast, der von all diesen Vorgängen wusste. Und nicht nur das, denn er hatte die "Beseitigung" der Schmuggler in der Bretagne sowie des Problemfalles Janssen in England persönlich veranlasst. Er war mit der Lösung dieses Falles sehr zufrieden und mit sich selbst völlig im Reinen. Die Zerschlagung des ersten Glieds der Schmuggelkette in Schottland und des nahezu letzten Glieds im Irak war zwar ein Rückschlag für sein Geschäft, aber dennoch verschmerzbar. Auch die kleinen Erfolge der Zollbeamten in Luxemburg, Frankreich, Deutschland und Holland waren für ihn "Peanuts" und eigentlich nicht der Rede wert. Es gab genügend Kandidaten in der weltweiten Organisation, die umgehend nachrücken würden und die Plätze der getöteten oder verhafteten Männer einnehmen würden. Keiner von ihnen würde jemals der Polizei einen Hinweis auf seine Existenz geben können.

Der weltweit organisierte Alkoholschmuggel entzog sich, mit seinen vielfältigen Verflechtungen, auch weiterhin dem Blick von Zollfahndern, Richtern und Finanzbeamten. Und so sollte es auch weiterhin bleiben, ein sehr ertragreiches Geschäft, das im Verborgenen abgewickelt wurde.

Mit den ein bis zwei Milliarden Dollar Reingewinn, die der Mann für sich persönlich Jahr für Jahr erwirtschaftete, konnte er sich kleinere "Abschreibungen" durchaus leisten und eine weltumspannende Organisation finanzieren, gegen die sich die internationale Mafia im Vergleich als Kaffekränzchen ausmachte. Allerdings musste er bei der Führung seines "Internationalen Konzerns" auch öfter Methoden einsetzen, um den Verhaltenscodex seiner Mitarbeiter auf dem gewünschten Level sicherzustellen, an die kein anderes wirtschaftliches

Unternehmen denken würde, und gegen die andere Verbrechensorganisationen eher wie ein "Streichelzoo" wirkten.

Der einzig echte Wehmutstropfen war für ihn der Verlust seiner Lieblingstochter Zuleika. Er hätte es ihr nicht gestatten sollen, sich persönlich um die Erledigung der "Spezialaufträge" zu kümmern. Er hatte für sie eigentlich eine andere Zukunft geplant. Leider war ihre ausgeprägte Schönheit auch gepaart mit einer ebenso ausgeprägten Lust zu töten. Und dies wurde ihr leider in der Bretagne zum Verhängnis. Bei seinen anderen sechs Töchtern würde er dieses Schicksal aber zu verhindern wissen.

Dem Alkoholschmuggel gehörte auch weiterhin die Zukunft. Genauso wie schon "Very long ago".

Epilog
Schottland

Montag, der 19. März 2010.

Die Klappe in der massiven Holztür an Zelle 2116 im Staatsgefängnis Glasgow öffnete sich mit lautem Klappern.

»Maclellan! Post für Sie. Die ist eben persönlich abgegeben worden.« Der Vollzugsbeamte schob einen großen Umschlag durch die Öffnung.

Charles Maclellan sprang von seiner Pritsche auf und nahm den Brief entgegen. »Danke.«

Natürlich war der Brief schon geöffnet worden. Ein roter Stempelaufdruck "Kontrolliert" zierte den Umschlag. Darüberhinaus nur noch sein Name, sonst nichts. Er setzte sich wieder auf seine Pritsche und zog zwei Seiten Papier heraus. Das erste Blatt war eine Kopie eines Artikels aus einem Fachmagazin.

Whisky Review. 1.Quartal 2010

Wiedergeburt einer verloren geglaubten Destillerie

Graham Morrice, Head of Distilleries and Maturation der Scottish Whisky Society und ehemaliger Manager der Ben Rhinnes Distillery in Charlestown, konnte mal wieder mit einer spektakulären Neuigkeit aufwarten.

Ihm ist es nicht nur gelungen, den letzten Nachfahren der Inhaberfamilie der Dandaleith Distillery aufzutreiben. Nein, er konnte sogar noch eins draufsetzen!

Charles Maclellan, letzter Zeuge der jahrhundertelangen Familiengeschichte um diese Destillerie, konnte ihm zwei Flaschen der Single Malt Originalabfüllung überreichen, die kurz vor dem fürchterlichen Brand 1952 produziert worden waren.

Der letzte Manager und Inhaber von Dandaleith, Peter Maclellan, besaß schon damals den Weitblick, Whisky der eigenen Destillerie direkt zu vermarkten. Wäre nicht die Zerstörung durch das Feuer und, damit verbunden, sein schrecklicher Tod dazwischengekommen, so wäre Maclellan mit Dandaleith wohl einer der Vorreiter des Siegeszugs schottischer Single Malt Abfüllungen geworden.

Da das Gelände der ehemaligen Dandaleith Distillery sich im Besitz von Graham Morrice‘ Familie befindet, hat dieser nun beschlossen, den altehrwürdigen Namen wieder aufleben zu lassen.

Er hat eine der beiden erhaltenen Flaschen öffnen und analysieren lassen. Nach eigenen Angaben soll es sich um einen hervorragenden Whisky mit einem ganz eigenen Stil handeln. Mehr wollte er uns aber nicht verraten.

Durch eine Mischung von verschiedenen Fässern der verschiedenen SWS-Destillerien hat er nun eine exakte Replik dieses Dandaleith Malts produziert. Dieser soll noch mindestens ein Jahr in dem, extra hierfür auf den alten Grundmauern der Destillerie errichteten Warehouse, am Originalstandort, in der Nähe von Edinvillie, lagern. Zudem wird aktuell in den Anlagen der Ben Rhinnes Distillery ein Single Malt gebrannt, der dem Stil des Dandaleith sehr nahe kommen soll.

In den letzten Jahren haben ähnliche Wiedergeburten wie Port Charlotte durch Bruichladdich auf Islay oder Hazelburn durch Springbank in Campbeltown bewiesen, dass dieses Rezept zum Erfolg führen kann. Wir jedenfalls wünschen Graham Morrice alles Gute für sein Vorhaben.

Welcome back, Dandie!

Das zweite Blatt war die Kopie eines Briefes an eine Violet Simpson.

Sehr geehrte Mrs. Simpson,

hiermit möchten wir Ihnen und Ihrer Tochter Synthia wenigstens eine kleine Unterstützung zukommen lassen, die Ihrer Familie die schwere Zeit nach dem schrecklichen Tod Ihres Mannes und Vaters Doug erleichtern möge.

Das Geld stammt aus einer Wohltätigkeits-Versteigerung einer sehr seltenen Flasche Dandaleith Single Malt Whisky. Die erlöste Summe von 45.000 £ wurde nochmals um 10.000 £ erhöht, durch eine Spende des ehemaligen Arbeitgebers Ihres Mannes, Mullholland Transports.

Weil er speziellen Whisky transportiert hatte, musste er umkommen. Wir hoffen, dass wiederum der Erlös aus einem Whiskyverkauf ihre ärgste Not ein wenig lindern kann.

Ihr Mann Doug war mir seit Jahren gut bekannt. Ich habe seine erfrischende Art jedes Mal genossen, wenn wir uns gesehen haben.

Alles erdenklich Gute,

Graham Morrice HDM, Scottish Whisky Society

David Pinkerton, Managing Director, Mullholland Transports

Zufrieden lehnte sich Charles Maclellan auf seiner Pritsche zurück, legte die Blätter in seinen Schoß und lächelte ...

... und ein lächelnder Graham Morrice fuhr vom Besucherparkplatz des Gefängnisses, in einem dunkelgrünen Land Rover Defender Station Wagon. An der Beifahrer-Sonnenblende war ein schon ziemlich abgegriffener Teil eines Briefes befestigt:

> Als Ersatz für Ihren, bei einem Polizeieinsatz zerstörten Wagen. Mit den besten Wünschen des schottischen Innenministeriums.

Und darunter der handschriftliche Zusatz:

> *Pass aber diesmal besser darauf auf!*
> *Alan.*

Danksagung

Wir möchten uns auch dieses Mal wieder bei dem echten Alan und dem echten Graeme bedanken sowie bei George und Graham, alles bekannte Menschen in der schottischen Whiskyindustrie, die schon unsere zahlreichen Fragen über Fundorte und mögliche Tatabläufe für unser erstes Buch beantwortet hatten. Auch bei der Vorbereitung zu diesem Buch hatten sie, mit uns zusammen, wieder die entsprechenden "Tat"-Orte in Augenschein genommen. Bei einem guten Glas Whisky (manchmal waren es auch einige mehr) wurden die Details weiter vertieft und wieder waren alle begeistert bei der Sache. Slàinte liebe Freunde!

Wir möchten uns natürlich auch bei den zahlreichen Lesern unserer ersten beiden Whisky-Krimis bedanken, die uns nicht nur durch den Kauf der Bücher, sondern auch durch entsprechend positive, teils sogar enthusiastische Kommentare ermutigt hatten, ein weiteres Buch zu schreiben.

Und wir möchten uns auch bei Katrin Krach, unserer genauesten Leserin, bedanken, die auch dieses Mal wieder dafür gesorgt hat, dass unser Verhältnis zur neuen deutschen Rechtschreibung versöhnlich blieb.